Pour mourir, le monde

© Agullo Éditions, 2023
www.agullo-editions.com

Conception de la couverture : Cyril Favory

Images de couverture :
D'après Alfredo Roque Gameiro, initialement publiées dans *Historia de Colonizacao portuguesa do Brasil*, 1923.

Carte de jaquette :
D'après Jan Huygen van Linschoten, *A Ilha e Cidade de Goa Metropolitana da India E Partes Orientais que esta en 15 Graos da Banda da Norte*, 1596.

Yan Lespoux

Pour mourir, le monde

Agullo

Nascer pequeno e morrer grande é chegar a ser homem ;
por isso deu Deus tão pouca terra para o nascimento
e tantas para a sepultura.
Para nascer, pouca terra ; para morrer, toda a Terra.
Para nascer, Portugal ; para morrer, o Mundo.

Naître petit et mourir grand est l'accomplissement d'un homme ;
c'est pourquoi Dieu a donné si peu de terre pour sa naissance
et tant pour sa sépulture.
Un lopin de terre pour naître ; la Terre entière pour mourir.
Pour naître, le Portugal ; pour mourir, le Monde.

Antonio Vieira (1608-1697)
(cité in Luís Felipe Thomaz, *L'expansion portugaise dans le monde*,
Chandeigne, 2018. Trad. Émile Viteau et Xavier de Castro)

1

Côte du Médoc, janvier 1627

Le courant l'aspire sous l'écume. Il s'agrippe comme il peut au ballot de coton auquel il s'est accroché après avoir sauté du navire échoué dont les flancs immenses geignaient sous les coups de la tempête. Ils craquent et se brisent à présent, loin derrière. Les vagues se succèdent. Elles saisissent ses jambes et l'entraînent vers le fond. Elles le tirent vers le large et, lorsque de nouvelles lames éclatent, elles écrasent son dos, maintiennent sa tête sous l'eau froide. Puis elles le recrachent vers l'avant. Son corps lui fait l'effet de n'être qu'une poussière sans consistance, puis le ressac lui fait à nouveau éprouver toute sa masse et celle de ses vêtements, gangue lourde et glacée. Il n'est plus alors qu'un poids mort que seule une balle de coton en train de se déliter permet de maintenir à flot, le temps d'aspirer quelques goulées d'air.

Ses doigts serrés sur les cordes fines du ballot de tissu s'engourdissent. Ses jambes battent l'eau de plus en plus faiblement. Son menton peine à se tenir au-dessus de la surface. Il y a bien longtemps qu'il n'a pas jugé bon de recommander son âme à un Dieu qui lui a toujours paru bien trop éloigné des hommes. Il est pourtant prêt à s'y résoudre maintenant. On ne sait jamais.

Le grondement de l'océan ne s'arrête pas mais, l'espace de quelques secondes, il s'estompe. Une vague plus grosse et plus puissante que les autres, au lieu de se briser derrière lui, le soulève lentement. Sa lèvre bascule vers l'avant et le propulse dans sa pente. Il n'a plus peur. À ce moment-là, seule compte la vitesse de cette glissade incontrôlée. Il sourit au ciel terne et sale de ce matin de janvier, serre plus fort sa bouée de fortune et, lorsque la vague achève de se casser, se fait rouler sur le fond. Il lâche tout. Ses pieds battent et trouvent le sable. Poussé par la force de la vague il se laisse entraîner vers le rivage et se lève. Les embruns se mêlent au sable que le vent fait voler, mais il distingue enfin l'estran où vient mourir l'écume, emportée à son tour. De l'eau aux genoux, il sent le ressac qui l'agrippe, balaie le sable de sous ses pieds, tente de le tirer à nouveau vers le large. Ne pas tomber. Tenir. Avancer. Un pas après l'autre. Il jette un regard derrière lui, le temps de voir une nouvelle vague éclater à quelques mètres. Elle gronde, fonce et le frappe. Elle l'écrase au sol avant de faire rouler son corps vers le rivage. La peur l'étreint un instant encore lorsque, désorienté, il bat l'air de sa main, là où il pensait trouver le sol. Il émerge à nouveau et l'eau coule autour de lui, repart vers le large.

Il se relève, cherche son souffle et sent avec satisfaction le poids du sac qui pend encore à l'intérieur de sa ceinture. Il titube sur quelques mètres et finit par s'effondrer, le visage cinglé par le sable que le vent emporte.

Le paysage qu'offre à lui la pâle lueur de ce matin d'hiver est fait de dunes auxquelles s'accrochent parfois des plantes rachitiques. Il sait qu'il est sur la côte française, mais, pour ce qu'il en voit, il pourrait tout aussi bien se trouver sur celle du Sahara ou d'Arabie. L'incessant fracas des vagues derrière lui l'incite à s'éloigner encore un peu plus de l'océan. Enveloppé dans un nuage de poussière et d'embruns salés il avance difficilement dans le sable avant de chanceler à nouveau et de s'asseoir, frigorifié. Le vent qui s'insinue dans ses oreilles glacées enfonce un fer rouge jusqu'à son cerveau. La main sur l'oreille pour atténuer la douleur, il regarde enfin l'océan.

Au large, la silhouette massive de la caraque *São Bartolomeu*, échouée sur son banc de sable, est frappée par des vagues énormes et désordonnées. Des gerbes d'écume jaillissent sur cette ombre avant de se fondre dans le blanc laiteux du ciel. Donnant de la gîte en direction de la côte, le gigantesque bateau n'a plus de grand mât et l'on n'aperçoit plus à cette distance qu'un moignon de mât de misaine. Plus près du bord, entre la caraque et les derniers bancs de sables, émergeant du bouillonnement d'écume et des lames qui s'élèvent et se brisent, les débris tourbillonnent. Bois, cordages, tonneaux sont partout. Des cadavres aussi commencent à s'échouer et se font ballotter, masses molles et lentes que l'eau vive traîne sur le sable.

Il doit y avoir d'autres survivants. Les cinq cents passagers n'ont pas pu tous périr. Certains sont morts très vite. Il les a vus. Pour tout dire, il en a aussi aidé un à rejoindre son Créateur. Lentement, il se lève et entreprend de marcher le long du rivage en tournant autant que possible le dos au vent. Ce n'est pas son premier naufrage. Il sait ce que c'est que de fouler une terre inconnue et hostile. La différence, c'est que la dernière fois le soleil l'accablait et pas le froid saisissant d'une tempête hivernale. Quoi qu'il en soit, il n'y a qu'une chose à faire, marcher. Pour se réchauffer et peut-être trouver du secours.

Les bourrasques qui soufflent derrière lui et le bousculent l'ont empêché d'entendre les cris. Lorsqu'ils lui parviennent, il n'est qu'à quelques dizaines de pas des ombres qui s'agitent sur la grève. Il en distingue six. Il s'approche encore et discerne une silhouette noire, à demi-nue. Certainement un des esclaves indiens qui partageaient un entrepont avec d'autres marchandises. Recroquevillée au sol, une autre personne est inerte et ce qui ressemble à une énorme créature velue la fouille sans ménagement. Elle arrache un collier puis s'affaire sur une main qu'elle finit par laisser tomber au sol avant de se saisir d'une hache et de la trancher. L'homme – car c'en est un, vêtu de peaux de moutons dont la laine est tournée vers l'extérieur – lève sa prise au-dessus de sa tête. La lumière diffuse qui perce fugitivement entre deux nuages accroche un instant l'éclat d'une chevalière passée à un doigt brisé. D'autres ombres se meuvent sur la dune et crient en direction de l'intérieur des terres.

Le vent de sable a fait qu'ils ne se sont pas tournés dans sa direction. Il en profite pour se courber autant que possible et rejoindre un repli entre deux dunes qui s'avancent en pente douce vers l'océan. L'esclave est à présent le centre de l'attention. Il n'ose ou ne peut bouger. Les quatre hommes qui l'entourent paraissent discuter âprement. L'un d'entre eux met brutalement fin à la discussion en assénant un coup de bâton au visage de leur prisonnier. Alors que ce dernier tombe à genoux, celui qui tient la hache lui fend le crâne avec désinvolture. Le corps n'a pas fini de basculer que déjà ses bourreaux s'en désintéressent et entreprennent de remonter la plage à la recherche de ce que la mer y charrie. D'autres arrivent, qui dévalent les dunes et se précipitent vers des ballots qu'ils tirent des flots avant de les percer à coups de hache et de se disputer ce qu'ils contiennent, tissus divers ou épices que l'eau salée vient souiller ou que le vent emporte. Déjà, les vagues mourantes s'ourlent de noir. Des ondulations de grains de poivre se dessinent sur le sable mouillé chaque fois que la mer se retire.

Il jette un œil de l'autre côté. Hésite un instant à faire demi-tour et à remonter face au vent, mais il voit là aussi de nouvelles silhouettes qui rejoignent la plage. L'esclave a été exécuté parce qu'il ne valait rien. Lui ne vaut pas beaucoup plus. Le sac à sa ceinture, par contre, vaut beaucoup trop pour que ceux qui en verraient le contenu le laissent en vie. Pas question d'essayer de négocier avec ces sauvages. Pas question surtout de tomber entre leurs mains. Sa cachette est bien trop précaire. Lorsqu'ils avanceront de ce côté, ils le verront. Il lui faut quitter la plage et s'enfoncer dans les dunes en espérant pouvoir les traverser et trouver un lieu un peu plus civilisé que cette côte livrée aux pilleurs d'épaves.

Il rampe lentement dans le sable jusqu'à atteindre la crête où les deux dunes ne font plus qu'une. Le vent y est plus violent. Le sable fouette ses joues, s'insinue dans ses yeux, son nez, sa bouche. Il avance ainsi, courbé dans ce désert qui, dans son horizon bouché par les bourrasques, ne semble pas avoir de fin. Ses pieds s'enfoncent dans le sol meuble. Il progresse alors à quatre pattes avant de se relever, guette d'éventuelles ombres, confond parfois les hurlements du vent avec des voix, perd la notion du temps. Il ne sait s'il a beaucoup avancé lorsqu'une nouvelle nuée de grains de sable lui fait fermer les yeux un instant. Il trébuche, part en avant et bascule lourdement dans une cuvette formée entre les dunes. Sa chute s'arrête à mi pente. En partie abrité du vent, il rouvre les yeux et regarde l'endroit où il a chu. Une herbe courte et verte a poussé par plaques sur certains côtés. Au fond, le sol paraît se mouvoir seul. Il lui faut un moment pour comprendre qu'une pellicule de sable recouvre l'eau qui stagne dans la dépression et que le vent agite. Il se laisse aller, profite de cet abri de fortune où la morsure du froid se fait moins vive. Il a soif et le mouvement de l'eau dans cette cuvette attise cette sensation. Il descend, s'accroupit au bord de la mare et commence à brasser la surface pour en écarter la couche de sable lorsqu'il aperçoit à quelques mètres, en grande partie immergé, le cadavre gonflé d'une vache brune. De dépit, il se laisse tomber assis au bord de l'eau corrompue par la charogne dont l'odeur lui parvient maintenant.

C'est un changement presque imperceptible dans le bruit du vent, une ombre vague à la limite de son champ de vision, qui lui fait lever la tête. Au-dessus de lui, sur sa droite, une jeune femme le regarde. Elle porte une robe de laine noire grossière et une sorte de bonnet. Elle est pieds nus. Elle tient un manteau noir. Elle tourne la tête, comme pour s'assurer qu'elle est bien seule, descend de quelques pas et, de la main, lui fait signe de la rejoindre.

Il hésite d'abord, puis grimpe vers elle. Il ne peut réfréner ses tremblements, sans savoir s'ils sont dus au froid ou à la peur. Lorsqu'il arrive devant elle, elle lui tend le manteau. Un long manteau de velours noir qui devait appartenir à un *fidalgo* dont le cadavre, en ce moment, doit être brimbalé par les vagues sur la grève. Même trempé, il a l'air chaud. Alors il le pose sur ses épaules et en rapproche les pans devant lui sans cesser de frissonner. Fernando Teixeira, soldat de l'Inde, renégat et voleur, se demande comment il a bien pu en arriver là, frigorifié après avoir échappé au deuxième grand naufrage de sa courte existence, épuisé, assoiffé. Riche peut-être, aussi, et en passe de mettre son avenir entre les mains d'une fille crasseuse, membre d'une tribu de sauvages vêtus de peaux de bêtes. Engoncé dans le manteau d'un homme mort, il sent son avenir lui glisser entre les doigts.

2

Canal du Mozambique, août 1616

Vent en poupe, le bateau se traînait sur les eaux de l'Océan indien. Au-dessus des voiles blanches paresseusement gonflées sur lesquelles se déployaient les immenses croix rouges de l'ordre du Christ, dans la hune du grand mât, les mousses laissaient aller leur regard sur le grand rien qui les entourait. Dans l'air limpide, ils clignaient des yeux et cherchaient à distinguer les flots des cieux. Soudain ils virent se détacher sur l'horizon quelques nuages qui s'accrochaient à la masse sombre d'une île. Cette image à laquelle fixer son regard vint perturber l'une de ces vigies, qui ressentit dès lors plus fortement dans le creux de son ventre le lent balancement de la plateforme sur laquelle elle se trouvait. Soucieux de ne pas vider son estomac du peu de choses qu'il avait ingérées avant de grimper à son poste, et surtout de ne pas s'en délester sur l'un des marins affairés sur le pont, qui ne manquerait pas de l'attendre pour le corriger, le jeune garçon se détourna de l'île. Il cherchait à nouveau à s'absorber dans le bleu immense et immobile quand il crut distinguer sur cette toile vierge une tache un peu plus claire. Elle disparut un instant avant de réapparaître, lui faisant reprendre conscience de l'oscillation du mât. Son diaphragme se serra une seconde, puis il ouvrit la bouche, laissant échapper dans un hoquet un filet de bile que le vent emporta, à son grand soulagement. Il cria pour signaler la présence d'une voile.

En bas, l'équipage était depuis quelques heures au diapason de l'allure nonchalante à laquelle avançait le *São Julião*. Sur le pont, on manœuvrait dans un silence relatif seulement troublé par quelques ordres courts, les grincements des pièces de bois, les vibrations de cordages tendus et le clapotis de l'eau contre la coque, si imposante qu'elle ne savait pas se contenter de glisser, mais toujours attaquait les flots d'un air pataud. En y regardant de près, on aurait vu que les voiles n'étaient plus si blanches, que les croix rouges portaient les cicatrices de divers rapiéçages, que bien des cordages étaient ragués et que les hommes qui allaient là n'étaient pas dans un bien meilleur état. Après quatre mois de navigation durant lesquels il avait fallu affronter les tempêtes de l'Atlantique, les bonaces sans fin de l'équateur, le tumulte du cap de Bonne-Espérance et veiller à éviter de s'échouer sur les hauts fonds des *Bassas da Índia*, la voix du garçon qui criait depuis la hune dans la douce léthargie de ce matin vint rappeler à l'équipage que ce voyage-là, même pour quelques instants, on n'en profitait pas, on l'endurait.

Plus bas encore, sous le tillac, là où étaient cantonnés les soldats qui avaient achevé leur quart de nuit, ça grouillait. De poux, de puces, de vers, d'insectes que personne n'aurait su identifier avec certitude. De rats aussi. Et d'hommes. Sur leurs paillasses en décomposition certains cherchaient un sommeil qui serait moite et les userait autant que leurs tours de garde. D'autres déliraient, accablés par la chaleur que décuplait encore leur fièvre et que les rares filets d'air passant par les écoutilles ne parvenaient pas à réguler. On se poussait un peu, on essayait de trouver une position moins inconfortable, on veillait sur sa ration de biscuits et de cette eau qui avait depuis longtemps croupi dans les tonneaux embarqués à Lisbonne.

Dans un coin, certains jouaient malgré les réprobations des jésuites et dominicains qu'on logeait avec eux. Depuis le départ, les frères tentaient avec opiniâtreté de donner un peu de religion à cette assemblée dans laquelle se mêlaient véritables gens de guerre, paysans enrôlés de force et criminels qui avaient préféré embarquer pour les Indes plutôt que de goûter aux prisons portugaises ou à l'échafaud. Mais ici, dans la pénombre de cet entrepont, il fallait bien se rendre à l'évidence : l'œil de Dieu lui-même n'aurait pu percer une atmosphère aussi épaisse, un air si vicié que l'on avait l'impression de respirer à travers une toile de jute humide. C'est en tout cas ce que se disait Simão Couto qui, au moment de lancer les dés sur le sol, se demandait par ailleurs si échapper ainsi à la surveillance étroite de son Créateur était une bonne ou une mauvaise chose. Lorsque les trois cubes d'os finirent de rouler, le silence se fit quelques instants, le temps pour chacun des joueurs de plisser les paupières et d'approcher la tête pour mieux discerner le score dans la semi-obscurité. Et Gonçalo Peres partit d'un grand rire tandis que les épaules de Simão s'affaissaient. Un peu à l'écart, Fernando Teixeira capta le regard de son ami et haussa les siennes. Une manière de lui signifier son impuissance face à cette perte. Il s'agissait d'une poule. Une poule grise au plumage mité qui caquetait faiblement dans la cage sur laquelle Peres venait de poser la main ; il exhibait un sourire édenté et des gencives enflées et noircies par le scorbut. Peres, se disait Fernando en regardant ce soldat enrôlé au seuil d'une prison, ce voleur sans autre qualité qu'une plus grande propension à la violence que le commun des mortels, était décidément trop bête pour mourir. Depuis quatre mois, il avait bien souvent eu l'occasion de voir des hommes trépasser à cause d'accidents ou de maladie. Le scorbut en avait déjà emporté plusieurs dizaines et nombre de ceux-là étaient morts dans un meilleur état que Gonçalo Peres. Ses yeux étaient vitreux, sa bouche un puits puant, ses jambes enflées et constellées d'ulcères qui, au jour, donnaient à voir une fascinante palette de couleurs déclinant toutes les nuances, du rouge le plus clair au noir le plus sombre en passant par quelques bleus écœurants et des verts qui lui rappelaient les déjections de canards dans une basse-cour. N'importe quel humain conscient de sa condition de mortel se serait étendu une bonne fois pour toutes sur sa paillasse en attendant la mort. Mais pas Gonçalo Peres, déjà mort mais toujours aussi vivant lorsqu'il s'agissait de dépouiller ses camarades au jeu ou d'essayer de sodomiser un mousse dans un recoin de l'entrepont. Tout cela parce qu'il était tout simplement incapable de se rendre compte de ce qu'il n'était plus qu'un corps rongé par la maladie. Ce n'était pas une pulsion de vie, un réflexe de lutte, qui le tenait debout, mais seulement l'habitude.

Pour l'heure, il s'éloignait de Simão avec à la main la cage dans laquelle la poule essayait de battre des ailes et perdait le rare duvet qu'elle avait encore. Fernando, qui avec Simão avait économisé depuis des semaines sur ses rations pour la nourrir, regardait partir le volatile avec des yeux de mari cocu. Il l'aimait bien, cette poule, et il s'était souvent demandé s'il serait capable de la manger. Mais en la voyant dans les bras de Peres, il eut soudain faim. Plus que d'habitude, en tout cas. Simão le rejoignit et ils allèrent se coucher sur leurs paillasses, installées côte à côte depuis le début de cet interminable voyage.

Fernando Teixeira n'avait pas de chance. Ni aux dés – c'est pourquoi il s'abstenait pour sa part de jouer – ni, à son avis, en quoi que ce soit. Toujours au mauvais endroit au mauvais moment depuis qu'il avait vu le jour. Son père, Elisio Teixeira, louait ses bras. L'hiver, il coupait des arbres pour alimenter la très gourmande industrie navale d'un royaume minuscule qui se rêvait en empire maritime. L'été, il effectuait des travaux agricoles. Il n'avait pas le moindre instinct maternel et son amour paternel avait été considérablement atténué par la mort de son épouse peu après un accouchement interminable, trop éprouvant pour une femme de faible constitution. Fernando avait charrié durant sa courte vie le poids de cette fatalité. Une vie sans autre horizon que les forêts défrichées de l'Alentejo, les chemins qui les menaient d'un chantier à l'autre et les gifles qui s'abattaient sur lui aux moments les plus inattendus. On ne pouvait reprocher à Elisio Teixeira une quelconque instabilité de caractère. D'humeur toujours égale, il cheminait accompagné d'une colère constante qui se retournait volontiers vers le fils encombrant dont Dieu, sans doute pour le punir de quelque péché ou pour l'ensemble de son œuvre en la matière, l'avait affligé en même temps qu'il rappelait à lui une femme qu'il n'avait pas tant aimée mais qui lui tenait compagnie et savait se montrer utile. Fernando avait tellement pris de coups que le moindre déplacement d'air lui faisait rentrer la tête dans les épaules dans l'attente de la brûlure d'une main calleuse sur l'oreille ou la nuque. Parce qu'il était au mauvais endroit. Parce qu'il était là.

Mauvais endroit encore lorsque, cinq mois auparavant, l'enfant de quinze ans que le travail en forêt et aux champs avait commencé à tailler en homme avait décidé qu'il était temps de prendre la route seul. De ne plus craindre un coup venu par surprise. De vivre une autre vie. Peu importe qu'elle fût meilleure ou pire si au moins elle était différente. Une nuit au début du printemps, il avait donc suivi à la lueur d'une lune gibbeuse la sente claire qui quittait le chantier de coupe en direction d'Évora. Aux premières heures du jour, Fernando avait croisé une troupe hétéroclite formée de quelques soldats, d'enfants d'à peine une dizaine d'années, d'hommes bardés de cicatrices que l'on aurait dit tout juste sortis de prison et qui l'étaient, d'ailleurs, et même d'un unijambiste.

L'armée du Portugal souffrait d'un manque chronique d'hommes pour renforcer les garnisons de Goa et de divers comptoirs de la côte occidentale de l'Inde. Elle en avait besoin pour embarquer sur la flotte de trois nefs qui devaient partir cette année-là. Or, les soldats commençaient à se faire aussi rares que les chênes et les pins pour bâtir les bateaux censés les transporter d'un océan à un autre. La perspective de ne jamais pouvoir revenir une fois son service terminé, tant la place était chère sur une nef dont on ne savait pas si elle saurait accomplir le voyage sans faire naufrage, représentait un aspect assez rebutant pour les hommes honnêtes. C'est pourquoi ceux-ci étaient rares dans la colonne qui remontait vers Lisbonne, à laquelle Fernando s'était trouvé attaché à son corps défendant.

L'unijambiste, qui ralentissait la cadence, fut abandonné bien avant de passer le Tage. Mais entre-temps la troupe s'était étoffée de nouveaux hommes, eux aussi engagés plus ou moins volontairement selon qu'ils avaient quelque chose à fuir ou qu'ils n'avaient au contraire pas réussi à échapper assez vite au regard des recruteurs.

Les bleus occasionnés par cette rencontre fortuite le faisaient encore souffrir lorsque Fernando Teixeira, dorénavant soldat, fut inscrit sur le registre de l'écrivain de la *Casa da Índia*. Il toucha sa solde, acheta un semblant d'équipement – culottes, chemise, chaussures, veste – et rencontra Simão Couto. Le garçon avait grandi dans le quartier du port de Lisbonne et rêvait d'Inde. Fils d'un marchand d'épices, il avait été bercé par les récits de naufrages de navires de la *Carreira da Índia* qu'on lisait ici avec un effroi mêlé de délectation. Ces histoires de naufragés exposés à la fourberie et à la lâcheté de leurs pairs, à la sauvagerie des nègres des terres africaines et à la sévérité de Dieu ne l'avaient pas découragé. Bien au contraire. Il avait aussi pu voir dans la boutique de son père les marins de retour avec leurs chargements d'épices qui les enrichissaient, entendre leurs récits de pirates malabars, de tigres et de mines de diamants. Il avait fini par fuguer et, face à la pénurie d'hommes, personne n'avait cherché à l'empêcher de s'engager.

Le 5 avril, les trois nefs de l'Inde, accompagnées par le son des trompettes et des tambours, passèrent devant la tour de Belém pour rejoindre la barre du Tage et entrer en pleine mer. Simão rayonnait et Fernando commença à vomir. Il vomissait encore quand ils eurent à affronter au large de la Guinée la tempête qui les laissa seuls au milieu de l'océan. Une première nef, affligée d'une importante voie d'eau, avait rapidement fait demi-tour au large du Portugal. Ils venaient d'être séparés de la deuxième à quelques jours de passer le cap de Bonne-Espérance. Il apprécia alors à sa juste valeur la solidité de la construction de l'immense navire, la force de son armature de troncs de chênes que son père avait peut-être lui-même abattus, la résistance des mâts et des vergues et l'efficacité du calfatage qui faisait que pas plus d'eau n'entrait que ce que la pompe en pouvait évacuer.

Il n'avait plus rien à vomir lors des interminables jours de calme qui suivirent le passage de l'équateur. La chaleur moite et accablante commença à corrompre les vivres, l'eau et même les vêtements. Après les averses tropicales, pour peu que l'on n'arrivât pas à les faire sécher, les chemises se mettaient, comme les paillasses, à grouiller de vers. Par la suite, le passage du cap de Bonne-Espérance et du cap des Aiguilles, malgré le froid et le mauvais temps, n'avait en fin de compte pas paru si terrible. « Si tu veux apprendre à prier, prends la mer », avait dit, sentencieux, l'écrivain de la *Casa da Índia* qui semblait trouver que Fernando était à la fois trop tendre et pas assez dévot pour le long voyage qui l'attendait. Les jésuites et les dominicains s'employèrent sans succès à lui enseigner la prière, mais les aléas de la navigation suffirent à le convaincre d'invoquer le Seigneur à l'occasion.

Ce jour-là, alors donc que Fernando et Simão essayaient de ne plus penser à leur poule et de voler quelques heures d'un mauvais sommeil à l'atmosphère fétide de l'entrepont, le *São Julião* naviguait seul.

C'est une main posée sur sa cuisse qui sortit Simão de sa torpeur. Lorsqu'il ouvrit les yeux, il vit la cicatrice boursouflée qui courait de la tempe au nez de Gonçalo Peres et sa barbe rousse dans laquelle s'affairaient quelques poux. Il perçut les mots en même temps que l'haleine acide du soldat qui venait de s'inciser les gencives et de les rincer avec un verre de vinaigre. « On peut s'arranger, pour la poule, tu sais. »

Un mouvement sur la paillasse voisine. Un couteau se posa sur l'entrejambe de Peres. « Garde la poule », dit Fernando. Peres porta sa main à sa poche et la lame du garçon s'enfonça un peu dans le tissu de sa culotte de drap. La main s'immobilisa. Peres expira et regarda le garçon dans les yeux. Dans ceux du soldat, Fernando ne vit que du vide. Dans ceux du garçon, Peres vit de la détermination. Mais ce n'est pas cela qui le retint de sortir sa lame malgré tout. Plutôt cette légère étincelle d'excitation qu'il ne connaissait que trop bien et qui alimentait souvent ses propres débordements de violence. Gonçalo Peres était peut-être idiot, mais il savait que s'il lui en donnait l'occasion ce gamin lui couperait les couilles. Il sourit et cracha un filet de sang noir sur la poitrine de Simão avant de se reculer lentement et de lancer un clin d'œil à Fernando : « Tu veux le garder pour toi. Je comprends. » Il leur tourna le dos et repartit vers son coin et la cage sur laquelle il posa la main avant de s'asseoir. « Je voudrais pas être la poule », dit Simão. Fernando rit et se recoucha. La main sur son couteau. Toujours.

Le bruit d'un coup de canon lointain le tira de son demi-sommeil. Encore quelques secondes et ce fut un tir venu du *São Julião* qui acheva de le réveiller tandis que dom Afonso de Sá, qui dirigeait leur escouade, leur criait de rejoindre le pont. Les soldats obéirent immédiatement. Moins par sens du devoir que pour profiter de l'occasion qui s'offrait à eux de quitter l'étuve dans laquelle ils cuisaient depuis des heures. Passée l'écoutille,

Simão et Fernando prirent le temps de s'écarter du passage, rejoignirent le plat-bord et aspirèrent un peu de l'air léger de l'océan auquel se mêlait encore toutefois le goût âcre de la fumée du canon que le faible vent n'avait pas achevé d'emporter.

Le navire avec lequel le *São Julião* venait d'échanger les salutations d'usage battait pavillon anglais. Vu du pont de la caraque il semblait bien petit mais courait vite en direction des Portugais. Trois bâtiments plus imposants se trouvaient loin en arrière.

On s'activait sur la nef des Indes. Les mousquets et leurs munitions étaient montés de la cale et distribués aux soldats. Fernando et Simão reçurent les leurs avec fébrilité. Ils n'avaient tiré jusqu'à présent que lors des entraînements organisés lorsque le temps le permettait, moins pour faire de ces bataillons de soldats des tireurs capables que pour les occuper. Ils commencèrent à charger leurs armes. Sur les hunes, les mousses préparaient les pierriers et quelques soldats agiles montaient dans le gréement pour mieux surplomber le pont du navire anglais qui approchait. Les artilleurs se tenaient prêts à tirer. Les passagers priaient : les prêtres pour le salut des âmes qui se trouvaient à bord, les commerçants pour celui de leurs marchandises entreposées dans les cales et sur les ponts.

Un homme ne bougeait guère. Sur le château de poupe, trois ponts au-dessus du tillac, dom Manuel de Meneses, engoncé dans le manteau de velours noir qu'il ne quittait jamais, regardait le bateau anglais approcher. Meneses ne le montrait pas, mais il était agacé. Par la lenteur du *São Julião*, bien entendu. Mais il n'y pouvait rien. Il ne pouvait même pas en rejeter la responsabilité sur le pilote, Sebastião Prestes, qui était plutôt compétent. Les nefs des Indes souffraient de leur gigantisme. Depuis des années, il les voyait grossir de manière prodigieuse. Le *São Julião* atteignait mille cinq cents tonneaux, pour trois ponts et dix-sept *rumos* de quille. Avec sept-cents personnes à bord plus les marchandises, le simple fait qu'il se meuve étonnait encore Meneses. Sans parler du fait que Prestes réussisse à le manœuvrer. Non, ce qui faisait enrager le capitaine-mor, c'est qu'il était parti de Lisbonne avec une armada de trois nefs, qu'il ne savait pas ce qu'il était advenu des deux autres, et qu'à présent des Anglais, c'est-à-dire des hérétiques, venaient intercepter son navire dans ce qu'il considérait encore comme un pré carré portugais ou à tout le moins ibérique depuis que les royaumes d'Espagne et de Portugal étaient réunis sous la même couronne. Déjà, lors de son précédent commandement – une armada de cinq nefs – sept ans plus tôt, le fait de devoir guetter d'éventuels navires anglais où hollandais, qui commençaient à s'aventurer sur la route des Indes orientales gardée secrète des décennies durant par les rois du Portugal, lui avait donné des aigreurs. L'idée que ces protestants venus de royaumes prétentieux du nord de l'Europe puissent naviguer dans les mêmes eaux et tenter de faire main basse sur les richesses que ses prédécesseurs étaient venus chercher bien souvent au prix de leur vie heurtait le Portugais fidèle à son royaume. Qu'ils daignent l'aborder aujourd'hui comme un vulgaire marchand sommé de justifier de son itinéraire bousculait son amour propre. C'était offensant. Et s'il offrait à son équipage et à ses passagers le masque d'impassibilité qu'il entretenait depuis des années quelles que soient les circonstances, dom Manuel de Meneses sentait la brûlure de la bile et de la colère remonter de son estomac jusqu'à son œsophage. Il avait envie de hurler. Mais c'est d'une voix posée qu'il passa ses ordres en regardant approcher le navire anglais sur la dunette duquel se tenait un officier.

Sur le pont du *São Julião*, canons, pierriers et mousquets étaient prêts à tirer s'il le fallait. Fernando et Simão, postés entre le grand mât et le château arrière, se trouvaient aux premières loges lorsque le dialogue entre les deux navires s'engagea. L'officier anglais, à quelques toises et en contrebas de l'immense bateau portugais, cria des questions dans sa langue en direction de la silhouette noire de dom Manuel de Meneses. Ce dernier s'adressa à l'écrivain du bord, Antonio Pinto, qui se tenait à ses côtés. Pinto cria à son tour à l'Anglais, en portugais, qu'il ne comprenait pas ses questions. L'officier anglais répondit à nouveau dans sa langue. Fernando supposa qu'il disait lui aussi qu'il ne comprenait pas. Pinto s'adressa alors à lui en espagnol. L'Anglais rétorqua dans une nouvelle langue. « Ça, j'ai déjà entendu, dit Simão à Fernando. C'est du français. » Alors Pinto répondit dans la même langue et se tourna vers Meneses. Du pont, les garçons l'entendirent : « Il parle italien et il demande d'où nous venons et où nous allons. » « J'ai bien compris, Pinto, répondit le capitaine-mor, il n'est pas nécessaire de me traduire. » Simão et Fernando, comme d'autres soldats et marins, soupirèrent à l'idée d'être privés du dialogue qui s'engageait. Simão, surtout, ne concevait pas que l'on puisse naviguer sur les océans du monde sans comprendre la langue de ceux qui les avaient conquis. Les Anglais, dont il n'avait jusqu'alors jamais entendu beaucoup de bien, baissèrent encore dans son estime.

Mais il n'était pas très utile de comprendre l'italien pour saisir le sens général de la conversation. Il suffisait de regarder les visages des interlocuteurs. Ils étaient rouges. De colère pour Meneses. De révolte pour l'Anglais. De gêne pour Pinto à qui Meneses faisait de toute évidence dire des choses embarrassantes.

Sur le pont du *São Julião*, les chefs d'escouade des soldats, le connétable chargé de diriger les canonniers, les maître et contremaître qui pour leur part comprenaient ce qui était en train de se jouer faisaient passer le mot : se tenir prêt à faire feu.

Tout à coup, dom Manuel de Meneses tira Pinto par l'épaule et hurla à l'adresse du capitaine anglais des paroles que Fernando eut la surprise de comprendre. Car qu'ils soient dits en italien ou en portugais, « voleurs », « hérétiques » ou « diables » sont des mots assez aisés à saisir. Quand bien même, le ton de Meneses laissait de toute manière peu de place à l'interprétation. Le garçon n'eut pas le temps de se féliciter de la découverte chez lui d'un éventuel don pour les langues, que le sifflet du connétable retentit, immédiatement suivi par une bordée assourdissante de six canons de bronze dont les boulets percutèrent pont et bastingage du navire anglais. L'épaisse fumée blanche n'était pas encore dissipée et les soldats sur le pont du *São Julião* n'avaient pas encore eu le temps de tousser que les cris des blessés anglais commencèrent à leur parvenir. Dans ce brouillard étouffant, Fernando et Simão virent les voiles adverses prendre le vent et le navire s'éloigner sans chercher à répliquer. Les deux garçons étaient partagés entre le soulagement d'échapper à un combat dont les seuls coups de canons tirés par leur propre camp les avaient désorientés, et la déception de ne pas pouvoir jouer un rôle dans ce qui, à entendre les cris de joie qui s'élevaient du pont et du gréement de la nef, ressemblait bel et bien à une victoire. Cela ne faisait pourtant que commencer. En eussent-ils douté que Fernando et Simão n'auraient eu qu'à regarder les visages interloqués des marchands embarqués sur le *São Julião*. Certains d'entre eux essayèrent bien de parler au capitaine-mor, mais Meneses, occupé à transmettre ses directives au pilote et à ses officiers, ne leur prêtait aucune attention.

Il fallut un peu moins de trois heures au reste de la flottille anglaise pour se mettre à portée du *São Julião*. Assez longtemps pour que la caraque se rapproche de la côte de l'île aperçue au matin et pour que bombardiers et soldats se préparent à un combat qui paraissait inévitable et déséquilibré. Comment cette nef, aussi imposante soit-elle, pouvait-elle tenir tête à des navires taillés pour le combat. Seul dom Manuel de Meneses semblait ne pas s'en soucier. Depuis le tillac où ils voyaient au-dessus d'eux le capitaine-mor, Simão chuchota à Fernando : « Celui-là, c'est un vrai serpent. » Meneses, malgré l'épaisseur de son éternel manteau, n'avait pas l'air de transpirer. Toujours immobile sous le soleil qui écrasait le pont, il regardait approcher sans montrer la moindre inquiétude un navire plus grand et mieux armé que celui sur lequel il avait ordonné de faire feu plus tôt. Mieux encore, on aurait dit qu'il attendait une proie. Fernando acquiesça sans répondre, déjà tout entier tourné vers le spectacle dont la musique qui leur parvenait maintenant depuis le bateau anglais annonçait qu'il allait se jouer sous leurs yeux.

Le *Charles*, ainsi qu'il était écrit sur sa poupe, manœuvra pour se placer à portée du *São Julião*. Les tractations, hachées par quelques incompréhensions et par la difficulté des deux navires à tenir la même allure, commencèrent entre dom Manuel de Meneses et celui qui se présentait comme le commandant Benjamin Joseph. Cette fois, les Anglais se tenaient eux-aussi prêts au combat. Fernando voyait leurs artilleurs s'affairer autour des pièces qui se trouvaient sur le tillac et, plus bas, les bouches des canons qui pointaient par les sabords. Les mousquetaires aussi étaient en place.

La discussion entre les deux officiers, à laquelle ni Fernando ni Simão ne comprenaient grand-chose, paraissait vive mais encore polie. Lorsqu'elle arriva à son terme, le capitaine-mor appela le contremaître du *São Julião* : « Prenez deux marins. Les Anglais envoient une chaloupe. Trois d'entre eux vont monter à notre bord et vous irez chez eux. Leur commandant désire nous montrer qu'il a suffisamment d'artillerie pour nous envoyer par le fond. Allez voir ça et tâchez de revenir avec des informations précises. » Le contremaître, Gustavo Fereira, était un homme expérimenté et respecté de ses marins. Il en appela deux et ils attendirent près du plat-bord l'arrivée de la chaloupe anglaise. L'échange eut lieu quelques minutes plus tard. Les trois Anglais montés à bord du *São Julião* furent escortés près du grand mât d'où ils ne bougèrent pas durant le temps que dura l'inspection. Dom Meneses n'eut même pas un regard pour eux. Sur le *Charles*, Benjamin Joseph accueillait les Portugais et les fit descendre à sa suite par une écoutille.

Les Anglais qui se trouvaient sur la caraque ne dissimulèrent pas leur soulagement lorsqu'un peu moins d'une heure plus tard leur chaloupe revint avec le contremaître du *São Julião* et ses hommes. Ils ne se firent pas prier lorsqu'il s'agit de redescendre la corde qui les menait à leur embarcation. Fereira avait le même visage fermé qu'à son habitude, mais les deux marins, eux, étaient bien pâles et agités pour ce qu'en voyait

Fernando depuis son poste. Sur les ponts du château de poupe, les marchands et *fidalgos* le regardaient monter vers dom Meneses et brûlaient d'envie de lui demander ce qu'il avait vu à bord du navire anglais. Certains le firent, mais le contremaître, la mine de plus en plus sombre, ne s'attardait pas et gardait le silence. Ce qu'il avait à dire, il le réservait au capitaine-mor.

Comme tous ceux qui se trouvaient de ce côté de la caraque, Fernando et Simão observèrent avec curiosité le conciliabule qui se tenait à la poupe. Fereira avait remis une lettre à dom Meneses. Celui-ci la lut et la roula en boule. Il se tourna vers le *Charles* dont le commandant l'observait, puis la jeta à la mer. Enfin, il congédia le contremaître, invité à rejoindre la partie du pont sous sa responsabilité.

La rumeur courut aussitôt, du château de poupe à celui de proue, descendit sous le tillac, monta dans les gréements. Les Anglais invitaient le *São Julião* à leur dire ce qu'il transportait et vers où il se dirigeait. Fereira avait été impressionné par l'armement du *Charles* et en avait fait part à Meneses qui avait jugé ses propos défaitistes. Il allait donc falloir se préparer à un combat déséquilibré et, éventuellement, pensa Fernando, prier pour trouver un morceau de bois auquel s'accrocher si le bateau venait à couler. Le genre de prière qu'il était plus facile de voir exaucée que celle qui aurait consisté en un apprentissage accéléré de la natation. Car si les prêtres enseignaient la prière et organisaient même des concours en la matière pour tuer l'ennui et détourner les hommes du jeu, si les officiers enseignaient le maniement du mousquet pour les mêmes raisons, si les soldats comme Gonçalo Peres vous enseignaient un peu malgré eux qu'il fallait toujours se tenir sur ses gardes, il ne venait à l'idée de personne, en embarquant pour un voyage de six mois sur des océans déchaînés, de vous apprendre à nager. L'avis de Simão, auquel Fernando s'était ouvert de ses inquiétudes en la matière dès le départ de Lisbonne, tenait en quelques mots : au moins, la mort serait rapide. L'estomac de Fernando se serra un instant à cette idée, mais l'excitation du combat à venir, ou tout simplement la curiosité de ce à quoi cet affrontement pourrait bien ressembler, l'emporta.

« Eh bien ! Que ne cherchez-vous la guerre, alors que nos souverains sont en paix ? Je vous laisse une chance de ne pas envenimer les choses. Poursuivez votre route et nous poursuivrons la nôtre », lança dom Manuel de Meneses en direction du navire anglais. Sur le *São Julião*, quelques marins et soldats acclamèrent les paroles du capitaine. Les marchands, tout comme le contremaître, se taisaient, consternés. Fernando siffla son approbation avec un temps de retard. Le capitaine-mor répéta en italien ce qu'il venait de dire pour bien se faire comprendre du *Charles*.

Le commandant anglais ne prit pas la peine de répondre. Il donna quelques ordres à ses hommes, et le bateau vira vers le *São Julião*, coupant sa route, peut-être pour se mettre en position pour un tir à la proue. Meneses n'attendait que ce prétexte. On manœuvra les voiles et le pilote fit virer à son tour la caraque qui tira une bordée en direction de l'ennemi. Trop tôt. La plupart des boulets s'enfoncèrent dans l'eau loin derrière le *Charles*. Un seul percuta sa coque. Depuis son poste Fernando en vit un autre traverser le pont adverse entre les hommes et les cordages tendus sans rien toucher et continuer sa route vers l'horizon. Il éprouva une nouvelle fois dans son corps les vibrations des canons. Ses oreilles se bouchèrent un instant. Ses yeux se mirent à piquer alors qu'il se trouvait enveloppé dans le nuage de fumée des canons. Il éternua. Un bruit humide, un léger claquement dans ses tympans et il recouvrit l'ouïe pour entendre les ordres du connétable à ses bombardiers. À côté de lui, Simão semblait tout aussi désorienté, une main agrippée à un cordage, l'autre au lourd mousquet. Fernando sentit tout à coup le poids au bout de son bras de l'arme dont il avait oublié qu'il la tenait. Il la regardait, se demandant à quoi elle pourrait bien servir dans le combat à venir, quand le *Charles* tira sa propre bordée au moment où le *São Julião* arrivait bord à bord. Ses dents vibrèrent en même temps que l'air autour de lui. Vinrent ensuite les craquements du bois qui éclate sous le choc des boulets et projette ses éclats. Fernando vit un soldat s'effondrer, la jambe transpercée par un morceau de bastingage, et le sang s'en échapper en longues saccades, comme s'il avait été retenu trop longtemps dans ce corps et profitait de l'occasion pour s'enfuir aussi vite que possible. Au milieu du vacarme, il entendait les ordres criés par le connétable aux canonniers qui s'agitaient autour de leurs pièces. Une rafale de vent frais emporta la fumée, et lorsque le *São Julião* tira à son tour en profitant du roulis pour viser le gréement adverse, Fernando vit le commandant anglais, descendu de son poste pour donner des ordres à ses artilleurs. Avant que la fumée ne remonte des sabords de l'entrepont et du tillac jusqu'à lui, il vit aussi le boulet portugais qui emporta le cœur de Benjamin Joseph après l'avoir heurté en pleine poitrine. Dans la blancheur âcre qui l'enveloppait, tandis que quelques balles de mousquets anglais faisaient mollement vibrer l'air devenu trop épais, la scène lui apparut encore comme une image rémanente. Il porta par réflexe sa main à son visage, comme pour s'assurer qu'il était bien là, sentit un liquide tiède couler sur sa paupière et s'aperçut qu'il avait lâché son mousquet. Sa main saignait là où une balle ou un éclat l'avait touché sans qu'il s'en rende compte. À côté de lui Simão tira en direction du *Charles* une balle qui se perdit dans la fumée. Le temps s'étira. Absorbés dans ce monde nébuleux que le soleil perçait parfois lorsque le vent le permettait, assourdis par les canonnades et les cris mêlés des marins, des officiers et des blessés, les deux garçons attendirent. Une dernière bordée anglaise visa haut. Quelques boulets passèrent dans le gréement, vers l'avant du *São Julião*, sans trop faire de dégâts. Le navire anglais manœuvrait déjà pour s'éloigner. Quand les derniers lambeaux de fumée qui s'accrochaient encore à la nef finirent de se dissoudre dans l'air, le *Charles* rejoignait sa flottille. Sur le *São Julião* on s'affairait déjà à réparer les avaries causées par le combat et à soigner les blessés.

Dom Manuel de Meneses ne pouvait plus longtemps refuser de parler aux marchands et *fidalgos* embarqués sur la nef. Ils le rejoignirent sur le château arrière pour discuter d'un avenir immédiat qui s'annonçait sous de bien mauvais auspices. Meneses, pourtant, s'en tenait à sa ligne de conduite : le *São Julião* était un lieu inviolable et il fallait montrer aux nations étrangères qu'il en allait ainsi sur tous les océans sur lesquels le Portugal et l'Espagne avaient assis leur domination. Les Anglais n'étaient pas chez eux ici et n'avaient pas à connaître les desseins de ce navire, ni la route qu'il avait empruntée jusque-là ni celle qu'il suivrait ensuite. C'était un point d'honneur et l'honneur, c'est bien ce qui faisait la supériorité du Portugal sur ces nations de pirates hérétiques. Certes, les marchands voyaient leurs intérêts remis en cause par cette escarmouche et ses suites éventuelles, mais s'il le fallait le roi pourvoirait à leurs besoins. Plus clairement, le capitaine-mor n'avait que faire des préoccupations de ses passagers. Non seulement il se jugeait compétent pour diriger cette nef, ce poste n'était pas une récompense donnée au premier venu par le roi, mais de plus il était lui-même un *fidalgo* et ne jugeait bon de s'incliner devant personne d'autre que Dieu ou son souverain. Il agirait donc comme il l'entendrait, avec le seul souci de préserver l'honneur du royaume et, dit-il, comptait bien sur tous les passagers pour œuvrer en ce sens.

Il y avait bien longtemps que les foyers des cuisines installées sur le pont, près du grand mât, ne servaient plus qu'à faire cuire un biscuit trop friable agrémenté parfois de charançons et de vers de farine. Pourtant, même lorsqu'au début du voyage certains passagers y faisaient encore cuire la viande de quelques bêtes embarquées vivantes à Lisbonne, jamais l'odeur qui se dégageait des fourneaux n'avait paru si délicieuse à Simão. Tout en rotant l'air qui était l'élément le plus consistant à occuper son estomac ce soir-là, alors que leur escouade prenait son tour de garde, il repensait à la poule et à Gonçalo Peres. À côté de lui Fernando regardait l'île dont approchait la nef. Le soleil s'apprêtait à disparaître derrière elle et ses ultimes flamboiements reflétés dans l'eau et sur les nuages donnaient l'impression qu'elle flottait dans un brasier. Il eut soudain chaud, s'éloigna de la cuisine du pont et jeta un œil en arrière. La flottille anglaise s'était encore rapprochée. Il frissonna et décida de mettre ça sur le compte de la brise qui venait de forcir un peu et gonflait les voiles de la caraque sous lesquelles les marins s'activaient. La nuit s'abattit sur eux en moins de temps qu'il en fallait à Meneses pour faire tirer sur un navire anglais. Fernando ne s'était toujours pas habitué à la vitesse à laquelle le jour pouvait céder la place à l'obscurité sous ces latitudes et il se demanda s'il s'y ferait jamais. Il espérait bien que oui. Et aussi à la guerre. Il repensait au sentiment d'impuissance qu'il avait éprouvé lors du combat. Un peu le même que celui qui l'avait déjà tétanisé lorsqu'il avait pour la première fois été confronté à une tempête dans l'océan Atlantique, quelques jours seulement après avoir quitté Lisbonne. Toujours cette impression de ne pas être à sa place, de se trouver au mauvais endroit. Il lui fallait bien pourtant s'y habituer s'il voulait survivre. Ou plutôt s'il survivait. Aux Anglais, au voyage ou tout simplement à Peres qui avait peu apprécié de sentir la lame de son couteau lui caresser l'entrejambe. Là, au moins, pensa Fernando, il s'était senti au bon endroit au bon moment. Il aurait pu pousser son avantage jusqu'au bout et les débarrasser définitivement de ce salopard. La crainte de finir enchaîné au pied de la pompe ou pendu à une vergue l'en avait dissuadé. Peut-être devrait-il arrêter de penser ? Après tout, c'était ça qui maintenait les Peres en vie.

Le sergent de bord venait tout juste de faire éteindre les feux des cuisines qu'une lumière apparut à l'arrière du *São Julião*. Du noir d'encre dans lequel venait de les plonger un nuage qui passait devant un fin croissant de lune émergeait maintenant une lueur jaune qui flottait dans les airs. Le silence se fit parmi les hommes qui se trouvaient sur le pont. On regardait en l'air, au-delà du château arrière, ce halo qui se balançait au rythme des oscillations de la nef. Puis vint la rumeur. « C'est quoi, ça ? » demanda Simão. Il ne vit pas Fernando secouer la tête en réponse. La voix de dom Afonso de Sá s'éleva à leurs côtés. Leur chef semblait déconcerté.

— Ils ont allumé un fanal à la poupe.

— Pourquoi ? demanda Simão

— Pour que les Anglais ne nous perdent pas. Pour leur montrer qu'on ne fuit pas devant eux, je suppose. Qu'ils ne nous font pas peur.

Sur la droite, un homme gémit. Un autre, sans doute un frère jésuite ou dominicain, commença une prière que quelques soldats et marins reprirent avec lui. Fernando se surprit à en ânonner quelques phrases avant de s'interrompre. La course entre la nef et les Anglais dura encore toute la journée du lendemain malgré les demandes de l'écrivain du bord, mandaté par les passagers pour supplier le capitaine-mor de cesser ce jeu dont ils ne pouvaient que sortir perdants. Meneses refusait obstinément de fuir ou de se rendre. Il cherchait le lieu idéal pour engager le combat.

Au matin du troisième jour, les Anglais étaient bien plus proches et une nouvelle île aussi. Vers son sommet, un volcan effilochait les nuages blancs qui s'étaient pris dans ses flancs. La masse verte de la forêt plongeait vers une plage où elle se heurtait à des amas de pierres noires sur lesquelles le bleu clair de la mer se désagrégeait en gerbes d'écume. La couleur de l'eau était ce qui préoccupait le pilote et le capitaine-mor. L'indigo du large laissait peu à peu place à des tons plus clairs, se mettait à tirer sur le vert. Le marin qui sondait à l'avant annonçait des mesures auxquelles Fernando n'entendait rien si ce n'est qu'elles diminuaient régulièrement et que la nef pesante et ventrue ne pourrait aller bien loin à ce rythme.

Sur le pont les marins manœuvraient les gréements selon les instructions et le *São Julião* vira lentement, puis dom Manuel de Meneses ordonna que l'on mette en panne. La caraque glissa encore, emportée par son poids. On la sentit même un moment freiner alors que s'élevait un bruit désagréable de frottement qui la ralentit avant qu'elle reprenne brièvement une course moins heurtée et s'immobilise. Elle se trouvait dorénavant parallèle à une portion de côte. La proue orientée vers une pointe hérissée de récifs sur lesquels venaient se briser les vagues. Les hauts fonds sur lesquels elle avait talonné se trouvaient derrière sa poupe.

Sans attendre, des ordres furent lancés à tout le monde, marins et soldats. Il fallait faire passer l'ensemble de l'artillerie à bâbord et, pour cela, bouger lest et marchandises en en transférant une partie à tribord. Sur le navire encombré, plein comme un œuf, la tâche était fastidieuse. Tout le monde fut mis à contribution. Le bateau offrait dorénavant en direction du large et de l'ennemi sa muraille de bois hérissée de l'ensemble de ses bouches à feu.

Lorsque Fernando et Simão remontèrent sur le tillac, ils purent voir la flottille anglaise en ligne. Le *Charles* s'en détacha pour faire voile vers le *São Julião*. Afonso de Sá leur ordonna de se placer sur le deuxième pont du château de poupe avec leurs mousquets. Au-dessus d'eux, il y avait dom Meneses dans son manteau noir qui observait l'approche du bâtiment ennemi. En contrebas, sur le premier pont du château, il y avait un autre groupe de soldats parmi lesquels Gonçalo Peres se distinguait : il avait monté avec lui la poule dans sa cage. Au fur et à mesure que le *Charles* avançait vers eux leur parvenait la cadence des tambours et fifres anglais. Les musiciens du

São Julião commencèrent aussi à jouer. Au moins l'un de leurs tambours était à contretemps. « La journée va être longue », dit Simão.

Les heures suivantes ne furent que fumée, fracas et hurlements. Les quatre navires anglais se relayèrent pour passer devant la caraque portugaise et la bombarder. Ils demeuraient la plupart du temps à la limite de la portée des mousquets et c'était cela le pire pour Fernando. Cette impression de n'être qu'un pion inutile, le spectateur passif du spectacle organisé pour sa mise à mort. Aussi il tira méthodiquement jusqu'à n'avoir plus de munitions. Le sergent qui se chargeait de faire monter de la cale balles, poudre et mèches avait été proprement égorgé par un éclat de bois du bastingage. Il n'avait pas fini de mourir, le corps plié au sortir de l'écoutille, qu'une vergue du grand mât avait mis fin à ses souffrances en s'effondrant sur lui et quelques hommes alentours. Elle avait aussi emporté avec elle écoutes et haubans et précipité à la mer ceux qui s'y tenaient encore. Fernando avait alors pu se ranger à l'avis de Simão : mieux valait ne pas savoir nager.

Les Anglais avaient commencé par tirer sur la muraille pour réduire au silence les canons situés sous le tillac. Ils avaient fini par ouvrir quelques brèches dans l'épaisse coque et quelques tirs chanceux avaient directement touché l'artillerie portugaise en passant par les sabords. Les cris des blessés qui remontaient de là-dessous malgré le tonnerre des bordées laissaient imaginer à Fernando l'enfer que ça devait être. Dans un second temps ce furent le pont et le gréement qui furent visés. Des tirs à démâter et pour éclaircir les rangs des marins et soldats qui se trouvaient là. Des boulets et de la mitraille. Qui perçaient les voiles, faisaient voler le bois en éclats et mutilaient les hommes. Il en fut ainsi de Gonçalo Peres. Comme d'autres, à commencer par Fernando et Simão, il avait tenu les premières heures du combat sans blessure. Des deux côtés, les munitions s'épuisaient. Près de quatre cents boulets avaient été tirés par le *São Julião*, et Fernando, plongé dans le brouillard de guerre, avait alors même renoncé à l'idée de revoir un jour le soleil lorsque le *Charles* se présenta devant la caraque, poussé par une rafale qui finit par dévoiler la mer et un coin de ciel. La mitraille aussi manquait à bord du navire anglais qui chargeait à ce moment-là une partie de ses canons avec les clous de la réserve du menuisier du bord et tous les objets en métal que l'on pouvait trouver. Un tir vint frapper le bas du château arrière du *São Julião* ; Fernando et Simão se jetèrent au sol tandis que des fragments de métal se plantaient dans le bois. En se relevant, ils regardèrent vers le bas d'où leur parvenaient les gémissements de blessés. Gonçalo Peres était étendu sur le côté et ses jambes s'agitaient. Une masse d'éclats d'os mélangés à une bouillie rose et grise s'échappait de sous le fer à repasser qui avait heurté sa tempe après avoir traversé l'espace qui séparait le navire anglais de la nef. « Merde », dit Simão dont le regard avait déjà quitté Peres pour se porter derrière lui. Quelques plumes grises volaient encore dans l'air au-dessus de ce qui avait été une cage en bois. Il versa une larme.

Peres, lui, comme à son habitude, vivait malgré tout. Il continuait de battre des pieds, et des mots mal articulés sortaient de ses mâchoires brisées. Fernando posa le mousquet inutile qu'il n'avait pas lâché depuis le début du combat et se saisit de son couteau. Il descendit sur le pont inférieur et se campa au-dessus de Gonçalo Peres.

Puis il s'agenouilla et, comme il l'avait vu faire dans son enfance au moment où l'on tuait le porc, il planta son couteau dans le cou du soldat et le tira vers lui en sectionnant veines et artères. Le sang l'éclaboussa, et Peres, après d'ultimes gargouillis, se tut enfin. Fernando se releva, regarda ses mains rouges, puis tourna la tête vers le ciel. Il y vit la silhouette noire de dom Manuel de Meneses qui, du haut du château de poupe, l'observait. Fernando baissa les yeux, partagé entre le plaisir de s'être enfin débarrassé de Peres et la déception que son premier véritable acte de soldat ait été de tuer un compatriote. Simão, qui venait d'assister à la scène, le tira par le bras et ils remontèrent à leur poste. Quand Fernando chercha de nouveau Meneses, la fumée d'une bordée que venait de tirer le *São Julião* les enveloppait et il ne discerna que des ombres sur le pont supérieur.

Les navires anglais cessèrent enfin de prendre leur tour pour bombarder la caraque. Dans la dernière heure il avait fallu abattre le grand mât et le mât de misaine. Le mât d'artimon était brisé. Les mousses actionnaient la pompe sans discontinuer. Calfats et menuisiers tentaient de réduire les voies d'eau. Le barbier allait d'un blessé à l'autre et indiquait aux prêtres ceux auxquels donner les derniers sacrements. Avec d'autres soldats, Fernando et Simão dégageaient des corps de sous les débris de bois, de fer et de voilure qui encombraient le pont. Avec une poutre, ils firent levier sur un canon. Les cordages censés contenir son recul avaient lâché et la pièce d'artillerie avait écrasé les jambes d'un bombardier qui n'était pas beaucoup plus âgé qu'eux. Quand il fut libéré du poids qui l'immobilisait, le garçon qui hurlait jusque-là eut un sanglot, soupira une dernière fois et mourut.

Pendant ce temps une chaloupe anglaise était venue demander la reddition de dom Manuel de Meneses. Il était évident que la nef n'irait plus nulle part et que tous ceux qui étaient à bord mourraient s'ils n'étaient pas recueillis par leurs vainqueurs. Ceux-ci proposaient de ramener l'ensemble des Portugais survivants à Surat d'où ils pourraient rallier Goa. Meneses refusa. Le point d'honneur, dit-il. Un bateau de sa Majesté ne se rendait pas. Et si les Anglais envoyaient un nouvel émissaire, il serait abattu. Car aussi endommagé que fût le *São Julião*, il disposait encore de soldats armés de mousquets et d'une partie de son artillerie. L'ordre fut donné aux marins d'utiliser la civadière qui, sur le beaupré, était la dernière voile de la caraque. Au pilote, Sebastião Prestes, Meneses demanda de faire de son mieux avec ce que permettait ce qui restait du gouvernail pour diriger le navire vers Ngazidja, l'île qui présentait à eux ces récifs sur lesquels se brisaient les vagues.

Le *São Julião* commença son dernier voyage. L'immense navire, tiré avec difficulté par une voile ridiculement petite, prit un peu de vitesse en suivant une course erratique. Il talonna par deux fois, et les gémissements du bois et des hommes projetés au sol se mêlèrent lorsqu'il passa par-dessus un premier récif avant que sa proue ne vienne se coincer entre deux autres plus proches de la côte.

Bloquée là, la nef conservait par miracle une certaine stabilité. Mais combien de temps supporterait-elle son propre poids et les assauts des lames pour lesquelles elle constituait dorénavant un nouveau brisant? La plus grande partie des hommes valides furent mis à contribution pour remonter les marchandises des cales. Pendant ce temps, d'autres, sous la direction du menuisier et du pilote, s'attelaient à la construction d'un radeau.

Quand les draps de laine, des tonnelets d'huile, tous produits appartenant aux marchands embarqués, les dernières munitions, quelques rares denrées restantes et l'or du royaume destiné au vice-roi de Goa pour payer les hommes à son service s'entassèrent enfin sur le tillac, quand on eut fini, après des prières expéditives, de jeter à l'eau les corps des morts de la matinée, quand la marée eut assez baissé pour que la pointe rocheuse qui reliait les récifs sur lesquels était échoué le *São Julião* à la terre fût dégagée, alors ont pu tenter de rejoindre l'île.

Il n'y eut que deux noyés dans cette entreprise. Le premier fut balayé par une vague plus grosse que les autres sur un passage délicat. Tiré par un violent ressac, son corps fut ramené contre les rochers à plusieurs reprises et s'y désarticula. Le second, un marchand effrayé à l'idée de fouler une terre inconnue et inhospitalière, voulut rejoindre le radeau sur lequel une vingtaine d'hommes, dirigés par Sebastião Prestes, étaient installés avec pour mission de rejoindre un port de la côte ouest de l'île. L'embarcation de fortune, qui portait un morceau de vergue en guise de mât et ce qui restait de la civadière comme voile, était surchargée. Aussi, quand le marchand la rejoignit à la nage malgré le courant et s'y agrippa pour se hisser, ceux qui étaient à bord lui brisèrent les doigts pour l'en empêcher. D'épuisement ou de dépit, il coula quelques minutes plus tard.

Éreintés par le voyage, par le combat et par les efforts des dernières heures les hommes se réunirent sur la plage tandis que les flammes commençaient à s'élever de l'épave du *São Julião*. Les calfats, sur les ordres de dom Manuel de Meneses, l'avaient incendiée après qu'elle avait été vidée de ce qui pouvait servir aux naufragés. Au large, la flottille anglaise qui avait observé le déchargement reprit sa route.

Les pieds plantés dans un sable noir que le soleil avait rendu brûlant, Fernando reçut sa part des dernières munitions qui avaient été récupérées. Quelques balles, un peu de poudre et de mèche… pas grand-chose.

Les heures suivantes s'étirèrent tandis que le soleil baissait peu à peu. Les prêtres priaient ou donnaient les derniers sacrements à certains des blessés ramenés à terre, les soldats finissaient de rassembler les marchandises. Quand la lumière du jour fut remplacée par le halo jaune de l'immense épave qui continuait de se consumer malgré les assauts des vagues, on alluma des feux. Sur un rocher entre le brasier de la caraque et la plage, se tenait la silhouette noire de dom Manuel de Meneses, comme si le capitaine-mor dominait encore ses hommes et ses passagers depuis le château arrière.

On organisa des tours de garde pour la nuit. Les habitants de cette île allaient venir, disaient ceux qui avaient déjà fréquenté ces latitudes. Restait à savoir dans quelles dispositions. Fernando espérait secrètement qu'ils ne seraient pas cannibales. Simão était assez excité par l'idée de cette rencontre : « Il paraît qu'ils vont tout nu. Même leurs femmes ! »

Ils arrivèrent au matin. Ils portaient des pagnes et il n'y avait pas de femmes avec eux lorsqu'ils émergèrent de la forêt. Quelques-uns tenaient des lances, mais la plupart avaient des pierres à la main. Le soldat qui les repéra en premier tira un coup de mousquet. La détonation arrêta l'avancée des quelques dizaines de noirs qui se trouvaient sur la plage mais en fit sortir d'autres de la végétation.

Dom Manuel de Meneses ordonna de baisser les mousquets. Il s'avança vers celui qui, en avant des autres, semblait être le chef de cette tribu. Aux côtés de Meneses se trouvait Alvares de Torres. Marchand et surtout *casado* de Goa, descendant des compagnons d'Albuquerque mariés à des Indiennes, Torres connaissait la langue de ces Mahométans et leurs usages. Il connaissait aussi la langue universelle du commerce. C'est pourquoi, en s'avançant avec dom Manuel de Meneses, il portait avec lui quelques pièces d'étoffes prises dans son stock.

La négociation, pourtant, tourna court. De ce qu'en pouvaient comprendre Fernando et Simão, le capitaine-mor, une fois encore, restait inflexible, provoquant l'irritation de ses interlocuteurs. Une phrase saisie au vol alors qu'il revenait vers le groupe des Portugais avec Alvares de Torres le confirma : « Nous avons tenu tête aux Anglais, ce n'est pas pour la baisser devant des nègres à demi-nus armés de pierres. »

La première de ces pierres toucha un jeune marin en pleine tête. Il s'était éloigné pour satisfaire à l'écart un besoin naturel. En se dirigeant à l'opposé du groupe qui parlementait alors, il pensait s'éloigner des noirs, sans s'apercevoir que ceux-ci se tenaient tout le long de la lisière de la forêt, dans l'ombre des arbres. Étourdi par le premier projectile, il n'eut pas le temps de se relever. Des dizaines d'autres s'abattirent sur lui. On fit feu avec les mousquets. Cela provoqua quelques cris chez les adversaires. De peur et, du moins l'espérait-on, de douleur. Les noirs se replièrent sous le couvert de la végétation. Personne n'osa toutefois aller chercher le corps du marin lapidé.

La journée parut interminable à Fernando. Depuis cette plage que le soleil accablait de sa lumière, la tentation était de plus en plus forte de rejoindre la forêt et son ombre qu'il imaginait fraîche, où son esprit faisait couler des sources au goût de fer et de terre mêlés dont la froideur viendrait heurter ses dents. Il était toutefois régulièrement extrait de ses pensées par des incursions des noirs sur la plage. Quelques coups de mousquets étaient alors tirés, provoquant un nouveau repli. Dom Meneses parlait avec les marchands, les *fidalgos*, l'écrivain du bord et Alvares de Torres. La discussion était âpre. Elle prit fin peu avant que le jour en fasse autant. Il fut décidé d'abandonner les marchandises et l'or royal aux Mahométans. Alvares de Torres fut envoyé pour entériner cette capitulation. Il revint avec une nouvelle condition imposée par celui qui se présentait comme le roi de cette terre : les Portugais devaient aussi abandonner leurs armes.

À la nuit, le capitaine-mor accepta que l'on brise et jette épées et mousquets à la mer. Il n'y avait de toute manière aucun espoir de tenir plus longtemps ici. Les noirs étaient trop nombreux, les munitions manquaient et, pour survivre, il fallait quitter cette plage, déjà devenue le tombeau de bien trop d'hommes. Au moins les blessés les plus graves des combats contre les Anglais étaient-ils morts. Ils n'auraient plus à vivre le calvaire imposé à leurs camarades, dit Meneses lors du seul moment solennel de cette journée, devant les naufragés rassemblés autour de lui. Et d'ajouter, parce qu'il était pragmatique, qu'ils ne les ralentiraient pas non plus.

Quand l'aube se leva enfin, les noirs trouvèrent les Portugais prêts à partir et désarmés.

— Qu'est-ce qui les empêche de nous tuer, maintenant ? demanda Simão à Fernando.

— Rien, à mon avis. Mais si ça doit se passer comme ça, j'espère que ça sera rapide. J'en ai assez d'attendre.

— Eh ! C'est sûr qu'on aurait plus vite fait de se noyer, tu vois !

— Crois-moi, si tout ça m'a bien appris une chose, c'est que je préfère mourir vite et violemment plutôt que d'attendre la mort, que ce soit sous un entrepont ou sur une plage.
— Tu peux aussi vivre vieux. On sait jamais.
— Tu y crois, toi ?

Ça n'était pas fini. Nul besoin de traducteur pour comprendre les gestes sans ambiguïté des vainqueurs. Les naufragés furent invités à se dévêtir. Quelques-uns feignirent de ne pas comprendre. Ils furent battus et déshabillés de force. Les soldats comme Simão et Fernando ne se firent pas prier pour enlever leurs hardes. Ce fut plus compliqué pour les hommes de plus haut rang. La plupart, toutefois, même s'ils rechignaient, obtempérèrent dès que la menace d'être rossé se précisa. Le dernier homme vêtu fut dom Manuel de Meneses. Peut-être croyait-il encore que son statut de chef lui épargnerait cette humiliation. Le capitaine regarda les Portugais qu'il avait menés jusqu'ici. Fernando, qui se trouvait alors à quelques pas de lui, ne sut ce qu'il vit dans son regard. Mépris pour ces hommes nus, ou colère à l'égard de ceux qui les avaient forcés à s'exposer ainsi ? Pas de pitié en tout cas. Ce n'était pas là un trait de caractère du capitaine-mor. Une claque assénée par un noir ramena Meneses à la réalité. D'instinct, il porta la main à son épée absente. Alors que ses doigts se refermaient sur le vide, il fut poussé et bascula dans le sable. Tout juste eut-il le temps de relever son visage cramoisi par le coup et la colère que l'on se saisit de lui. Son manteau lui fut arraché, tout comme sa chemise, sa culotte et ses chaussures. Son corps maigre, moins altier qu'il avait toujours paru lorsqu'il était enfermé dans l'éternel manteau noir, se trouvait maintenant exposé à la brûlure du soleil et aux regards de noirs dédaigneux et de subordonnés qui en temps normal cherchaient de toute force à éviter le sien.

Il fallut ensuite se mettre en marche. La forêt était interdite. Un calfat qui voulut y aller à la recherche de l'eau fut transpercé par une lance avant d'atteindre les premiers arbres. Cela n'étancha la soif de personne, mais aida tout le monde à s'en accommoder. Pour quelque temps au moins.

Dom Manuel de Meneses, dont la peau pâle rougissait déjà, prit la tête de cette pathétique procession d'hommes nus. Il fit quelques pas et s'effondra. Le spectacle du capitaine-mor, dépouillé de son manteau noir et de la grâce qu'il lui conférait, son corps blanc étendu sur le sable noir comme un poisson échoué, saisit tout le monde. Il fallut quelques secondes pour que quelqu'un s'approche de Meneses. Ce fut Fernando.

En se penchant sur le corps, il éprouva d'abord le soulagement de voir son dos se soulever au rythme d'une respiration saccadée. Le capitaine-mor était vivant. Ses cheveux blonds collaient à son visage humide de sueur, de bave et de morve. Après une hésitation, Fernando entreprit de le retourner. Lorsqu'il posa la main sur le bras de Meneses, celui-ci parut se réveiller. Ses pupilles noires dilatées dissimulaient le bleu de ses iris. Le sang semblait avoir déserté ses lèvres. Il bafouilla des mots incompréhensibles. Hoqueta pour laisser échapper un pleur jusque-là retenu au fond de sa gorge. Renifla pour ravaler son mucus. Puis cracha. Pupilles et iris reprirent leur place et un regard froid se posa sur celui qui, pour l'aider, s'était porté si près qu'il avait pu voir l'enfant apeuré dissimulé derrière le masque impassible. Dom Manuel de

Meneses se dégagea. Sa main se posa sur une pierre. Il la serra et frappa Fernando au visage. Il se mit ensuite à quatre pattes pour se relever, chercha un équilibre précaire et se tourna vers les hommes qui le regardaient. « Eh bien ! Nous n'allons pas rester là. En avant ! » Il fit mine de reprendre la marche d'un pas chancelant, s'arrêta. Essuya son visage du plat de la main. Il se tourna vers Fernando. Au sol, le garçon encore étourdi peinait à se remettre sur pied. Sa pommette éclatée saignait et son œil enflait déjà. « Toi, retourne avec les soldats. Tu n'as rien à faire ici. »

Fernando recula. Encore au mauvais endroit. Il rejoignit Simão qui le soutint tout en essayant de ne pas grimacer à la vue de la plaie ouverte.

Ils marchèrent ainsi trois jours, laissant dans leur sillage les cadavres des plus faibles. Enterrés dans le sable lorsque c'était possible, abandonnés parfois à même la pierre volcanique qui leur brûlait et coupait les pieds. Les nuits étaient pires que les jours. Les corps nus étaient enveloppés par un froid humide qui les pénétrait jusqu'aux os sans pour autant apaiser les brûlures du soleil sur leurs dos couverts de cloques ni décoller les parois asséchées de leurs gorges. La première nuit, pris de fièvre, Fernando avait déliré. Simão craignait que la blessure ne s'infecte. L'œil ne désenflait pas et la plaie commençait à suppurer.

La délivrance vint au troisième jour, lorsqu'un nouveau groupe de noirs les rejoignit. Ils avaient été envoyés à leur rencontre par le roi de cette partie de l'île où se trouvait un port qu'avait rallié le radeau mené par Sebastião Prestes. Là-bas, un marchand maure du nom de Chande Mataca, qui revenait de l'île de Saint-Laurent et s'apprêtait à repartir vers Mombasa, avait vu dans la nouvelle de ce naufrage une occasion de plaire aux

Portugais et, surtout, de tirer une récompense de leur sauvetage.

Après avoir bu et mangé sous le couvert enfin accessible des arbres, les hommes furent menés au port. Le roi les y fit soigner. On posa sur le visage de Fernando des onguents et des plantes qui firent leur effet. Le garçon garderait une cicatrice, sorte de tache lisse et claire sur son visage mat, un œil à la paupière tombante et, à l'égard de dom Manuel de Meneses, un sentiment de crainte mêlée de ressentiment.

Chande Mataca fournit aux Portugais vivres et vêtements avant de les faire embarquer sur ses deux grands boutres à destination de la côte de l'Afrique. Les bateaux étaient surchargés, mais Fernando et Simão comme les autres naufragés goûtèrent le plaisir d'être tout simplement vivants. Des sept cents hommes montés à Lisbonne sur le *São Julião*, moins de la moitié pouvaient dorénavant espérer voir Goa.

À peine eurent-ils le temps de voir Mombasa qu'ils découvraient un nouveau navire, un galion affrété par le capitaine de cette forteresse, Simão de Mello Pereira. Un mois seulement avait passé depuis le jour où la caraque dirigée par dom Manuel de Meneses avait rencontré la flottille anglaise, et déjà le voyage vers l'Inde reprenait son cours.

Il fallait faire la course contre la mousson. Il était bien tard. Le *São Julião* aurait dû arriver en juillet ou août. Avec plus d'un mois de retard, il faudrait affronter des vents contraires. Mais il était hors de question pour dom Manuel de Meneses d'hiverner en Afrique. D'autant plus que la rumeur de son affrontement avec les Anglais le précédait, portée d'abord par ses ennemis eux-mêmes, impressionnés par son courage confinant à la folie.

Mello Pereira l'avait chaudement félicité. Il ne doutait pas qu'à Goa le vice-roi en ferait autant. Il avait hâte d'y être. Fernando et Simão aussi, qui trouvaient que la vie dans cette forteresse africaine, faite de discipline sévère et d'ennui profond, n'avait pas grand-chose à envier à celle à bord d'un bateau, si ce n'était pour les rations, chiches mais tout de même plus abondantes.

Un mois encore et ils rejoignaient l'Inde. Fernando sentit Goa bien avant de la voir. Il prenait son quart de garde sur le pont. Les voiles blanches tendues se confondaient avec un ciel que les nuages passant devant la lune rendaient laiteux. C'était une de ces nuits grises où le vent porte la promesse d'une pluie qui se fait attendre, où la houle écume sans se faire trop violente. En émergeant de l'écoutille, Fernando prit sa respiration pour se gorger du vent salé. Mais c'est une odeur, mélange de terre chaude détrempée par l'averse et d'humus, qui l'assaillit. Le sel était là, mais il se mêlait à une senteur de sous-bois. Après la chaleur de Ngazidja et la sècheresse de Mombasa, la richesse de cet air le submergea. Le temps d'une inspiration, il eut la sensation de le mâcher et il s'en reput.

Au matin, une barre de nuages noirs avança vers le galion. La mer forcit et, derrière un rideau de pluie, la masse sombre de la terre apparut enfin, transpercée en son milieu par un fleuve charriant une eau rouge. Elle vint se mêler à celle, grise, de la mer pour entourer le bateau qui approchait de la côte. Quand ils atteignirent la barre de Goa après que l'averse se fut calmée, Fernando et Simão, appuyés avec les autres au bastingage, virent se dessiner sur les terres rouges de Bardez la forme du fort de l'Aguada, salué comme il se doit par une salve de canons. Le galion se fraya un chemin entre d'autres navires à l'ancre et, au prix de quelques manœuvres hardies des gabiers, pénétra dans l'embouchure du Mandovi. Les garçons n'avaient pas assez de leurs cinq sens pour goûter le spectacle qui s'offrait à eux. Les ordres lancés par les marins, les cris des Indiens qui, sur de petites embarcations, guidaient le navire entre les bancs de sable, les troncs et cadavres d'animaux que vomissait le fleuve dans ses eaux chargées de limon, les cocotiers qui ployaient sous le vent, cet air qu'ils avalaient et qui était si plein de tout qu'ils auraient presque pu s'en saisir… et l'odeur. Toujours cette odeur forte de boue et de végétation et, derrière elle, presque dissimulée, celle de pourriture qui semblait insidieusement s'avancer en attendant de tout envelopper.

Fernando se détourna pour regarder une fois encore, comme il le faisait depuis des mois, vers le château arrière. La silhouette à nouveau noire de dom Manuel de Meneses se tenait là, et le garçon crut un instant qu'il le regardait. Il se détourna et dit à Simão :

— Avec Mombasa, ça fait deux fois qu'on accoste quelque part sans faire naufrage.

— J'espère que ça va durer !

— Moi j'espère qu'on ne remontera plus sur un de ces bateaux.

— Il faudra bien qu'on rentre un jour au Portugal.

— Pour quoi faire ?

3

Médoc, mars 1623

Debout sur le seuil de l'église, Marie regardait le lac. De l'autre côté, au loin, elle voyait les dunes. Par endroits la masse verte des pins venait donner un peu de consistance à cette blancheur mouvante qui plongeait dans les eaux sombres et se diluait dans les nuages. La fumée noire du camp de gemmeurs tailladait parfois le ciel avant d'être écrasée par une bourrasque. Et quand celle-ci atteignait cette rive, des vaguelettes venaient clapoter aux pieds de la jeune fille. Lorsque l'ombre des nuages qui filaient laissait enfin passer les rayons du soleil levant, la lande inondée scintillait au rythme du balancement des herbes jaunes rabattues par le vent. En ces lieux désolés, l'église qui s'élevait là, massive, toute de pierre blanche, semblait incongrue, entourée de son cimetière dont les pauvres croix penchaient dans le sable sapé par les eaux. Les quelques maisons de torchis, dont certaines tombaient déjà en ruine, se dressaient entre les chênes et les bouleaux déplumés par les dernières tempêtes. Elles paraissaient aussi des anomalies dans le paysage.

— Tu ne peux pas rester, lui dit son père, debout derrière elle, en posant une main sur son épaule.

— Personne ne peut rester, répondit-elle. Regarde, l'eau est partout. Nous sombrons.

— Tu ne peux pas rester avec nous. On va te retrouver. Tu dois aller de l'autre côté. Là-bas tu pourras te cacher en attendant qu'ils oublient.

Elle n'avait pas pleuré lorsqu'elle était partie pour la première fois. Elle avait alors quinze ans et déjà, l'hiver, l'eau venait lécher les murs des bâtiments les plus proches du lac. L'église commençait à être désertée. Le curé n'y venait plus guère, empêché l'hiver par les pluies qui rendaient les chemins presque impraticables, l'été par la chaleur qu'il trouvait trop accablante pour entreprendre avec son mulet les deux lieues séparant son presbytère de cet endroit isolé. Empêché surtout, toute l'année, par la priorité qu'il accordait à la fréquentation des cabarets.

Le colporteur, lui, savait trouver son chemin. La communauté n'était pas bien grande, ni très riche, mais elle avait des besoins qu'il pouvait satisfaire. Enfant, Marie venait à sa rencontre avec sa mère pour lui acheter fil et aiguilles, quelques étoffes parfois et d'autres objets dont manquait le foyer. Comme tout le monde, elle venait aussi écouter le colporteur qui vendait ses marchandises, mais offrait ses histoires. Bien des nouvelles ne parvenaient ici que par son intermédiaire. Il s'approvisionnait à Bordeaux et avait mille choses à raconter sur la ville, son port et donc sur le monde entier. Les quelques fois de l'année où il s'arrêtait étaient des parenthèses bienvenues. Il lui arrivait de passer la nuit chez les uns ou les autres avant de repartir le lendemain. Marie en gardait une image vive. Le colporteur partant par une fondrière au-dessus de laquelle planait une nappe de brouillard. Elle le regardait s'éloigner, un de ces matins de fin d'été.

Elle frissonnait encore dans la fraîcheur humide de la brume qui déposait des gouttelettes rondes sur le fin duvet de ses avant-bras. Et elle décida de partir.

Tout la rattachait à cet endroit, à commencer par ses parents et ses deux frères. Ils l'aimaient et elle les aimait en retour. Sa mère lui disait que si la vie était parfois rude, on pouvait trouver ici une forme de quiétude. Dans ce village enfoncé dans la lande humide, isolé côté levant par une forêt de chênes et de pins mêlés à des bouleaux, et côté couchant par le lac, on était bien loin des malheurs du monde. Jamais la guerre n'avait poussé jusqu'ici, ou alors la mémoire des lieux l'avait depuis longtemps oubliée, ni les brigands, et l'on n'avait même pas vu de loups depuis que, dans l'enfance de son père, quelques moutons avaient été massacrés.

Ce matin-là, pourtant, le désir de voir autre chose, de se dégager de la gangue de ces marais, se fit impérieux. Ou peut-être que l'idée de devoir bientôt encore passer un hiver de pluie entre les murs noircis par la suie d'une maison trop étroite, de voir à nouveau les eaux monter et le village comme s'enfoncer, se fit soudain insupportable. Plus encore quand le soleil passa par-dessus le bois et que ses rayons vinrent réchauffer ses bras. Qu'y avait-il ici pour elle ? Le fils d'un voisin ? D'un de ces fermiers, comme son père, qui cultivaient leur millet et pêchaient dans l'étang ? Qui courbaient l'échine et n'osaient chasser un lapin par crainte d'un seigneur qui, pas plus que ses gardes, ne viendrait jamais tremper ses souliers dans ces marais ? Elle valait mieux que ça, pensait-elle. Alors elle se mit à marcher dans la trace du colporteur sans même jeter un regard en arrière.

Il lui fallut deux jours pour arriver à Bordeaux. Ce fut une déception. Passée la porte de Saint-Germain et la vue des murs et des tours du château Trompette, elle trouva que les maisons y étaient plus petites que dans son imagination, les rues plus étroites et les odeurs bien trop fortes. Seul le puissant effluve de limon de la Garonne, lorsque la marée basse exposait la vase à l'air, la rassurait. Il lui rappelait celui de l'étang dont elle avait pourtant voulu s'éloigner. Le reste ne semblait être qu'ordures et déjections. Mais elle ne regrettait pas d'être là. Elle commença par se soûler de l'agitation du port de la Lune. Sur les rives fangeuses du fleuve, elle passa des heures à regarder les hommes décharger les gabarres et coureaux qui transportaient les marchandises des navires à l'ancre sur les eaux jaunes. Les bœufs et les chevaux qui charriaient caisses et barriques vers le haut des berges, les pêcheurs dont les filadières accostaient pour débarquer le poisson. Souvenir des pêcheries de l'étang où elle accompagnait parfois son père. C'est de ce côté-là qu'elle se dirigea. Vers les femmes aux grands paniers qui venaient chercher la pêche pour l'apporter au marché. Elles parlaient fort, elles étaient imposantes, elles faisaient un peu peur et c'était rassurant. Peut-être y avait-il parmi elles une connaissance ? Ou une fille qui avait fait le même chemin avant elle ? Elle n'était pas la première à chercher une autre vie à Bordeaux. Elle ne serait certainement pas la dernière. Elle voulait croire qu'elle pourrait faire partie de celles qui y trouveraient un travail honnête. De celles qui ne revenaient pas avec la réputation d'avoir dû s'offrir pour vivre ou, presque pire, de s'être laissé abuser par un homme qui les abandonnait avec un enfant conçu dans le péché. De celles, tout simplement, qui ne revenaient pas du tout. Dont on finissait par oublier l'existence après avoir un temps spéculé sur leur sort : la plupart des gens du village les imaginaient devenues filles de mauvaise vie tandis que la famille voulait plutôt les croire heureuses épouses de quelque fils de négociant, parties vers des îles lointaines. La vérité, elle aurait l'occasion de l'apprendre, se situait bien souvent entre les deux. On pouvait faire une vie presque honnête ici à condition de se plier occasionnellement aux ordres d'un maître ou d'une maîtresse, aux désirs d'hommes qui en avaient les moyens ou savaient vous convaincre qu'ils les avaient.

Les marchandes de poisson n'avaient rien pour elle. Mais elles finirent par s'entendre pour l'envoyer voir la femme d'un tailleur qui possédait une taverne adossée aux remparts à quelques rues du port. D'après elles, elle venait aussi du Médoc, ou en tout cas d'un de ces endroits avec beaucoup de moutons, plus d'eau encore, et bien peu de civilisation. Elle était landaise.

Quant à la taverne, c'était un bâtiment si étroit qu'en y voyant entrer deux gros bourgeois Marie se demanda comment ils pouvaient faire passer leurs culs par la porte. Plus que d'une taverne il s'agissait d'un de ces cabarets sombres, un tripot dans lequel cohabitaient difficilement deux tables dont une était bien branlante. On venait y boire du mauvais vin blanc et jouer aux dés. La patronne cuisinait un peu, et, à l'odeur, on se doutait que ça n'était pas meilleur que le vin. Des hommes se massaient là, parlaient fort, jouaient beaucoup d'argent et buvaient trop. C'était pour Marie une chose étrange que de voir des hommes bien mis se soûler et perdre tant dans des lieux si crasseux.

Si Antoine était le patron, c'était bien Quiterie qui tenait l'affaire. Lui passait ses journées dans son atelier, à quelques rues de là, et une partie de ses soirées à boire le bénéfice de sa femme. Marie tombait bien, lui dirent-ils. La fille qui aidait Quiterie à tenir la taverne avait trouvé une meilleure place au service d'un négociant qui fréquentait l'établissement. Ils disaient qu'elle ne tarderait pas à tomber enceinte et à revenir les supplier de la reprendre. Mais aussi que ça serait trop tard.

Marie aurait à servir les tables, c'est-à-dire, pour l'essentiel, à faire des allers-retours à la cave pour remplir des pichets de vin aux trois barriques posées sur le sol de gravier humide. Elle ferait aussi le ménage de la taverne et des chambres qui se trouvaient aux deux étages supérieurs. La sienne était en haut, sous les toits. Elle y serait logée gratuitement mais, lui expliqua Quiterie, elle devrait payer une commission si jamais elle y faisait monter des clients de l'établissement. Marie acquiesça sans bien savoir de quoi la patronne lui parlait. Elle eut vite l'occasion de comprendre. Et l'homme qui lui proposa de monter avec elle deux soirs après qu'elle avait commencé à travailler comprit assez vite à son tour que cette fille avait beau n'avoir que quinze ans et paraître fragile, elle pouvait en remontrer à beaucoup d'hommes lorsqu'il s'agissait de frapper juste et fort. Pour le calmer, Antoine, qui était là, dut offrir à boire au client. Et aussi un mouchoir pour éponger le sang qui gouttait de son nez. Il ne revint plus pour autant. C'est Quiterie qui se chargea de réprimander sa nouvelle employée : bien qu'on ne le lui conseille pas, elle pouvait refuser ce genre de proposition, mais il n'était pas question d'humilier la clientèle.

L'incident eut pour effet d'asseoir la réputation de Marie. La plupart des clients étaient des habitués, et ils eurent tôt fait de se passer le mot. Mieux valait éviter de lui faire des propositions malhonnêtes. L'histoire, que la rumeur avait par ailleurs enjolivée, lui assura quelques mois d'un relatif répit.

En pensant à tout cela, les yeux rivés sur l'étang dont les eaux s'insinuaient dans ce semblant de village, elle se demandait ce qu'elle espérait bien trouver là-bas. Une chambre exigüe et une taverne sombre avaient remplacé une maison trop petite dans laquelle la lumière peinait à se frayer un chemin. Une ville humide dont les eaux souterraines remontaient dans les caves et engorgeaient les murs avait succédé à cette lande inondée. Les gens seulement étaient différents, peut-être. Sans doute parce qu'ils étaient plus nombreux. Certainement parce qu'ils se pensaient meilleurs. Au fond, elle voyait dans Bordeaux une première étape vers un ailleurs qu'elle n'avait même pas pris le temps de rêver avant de partir sur un coup de tête. Alors elle était de nouveau là, moins de deux ans plus tard. Et il lui fallait de nouveau s'en aller. Elle savait où, cette fois, et elle n'en avait pas du tout envie.

Elle avait fini par s'habituer à la taverne, à ses patrons et à ses clients. Aux mains baladeuses des hommes et aux accès de colère de Quiterie. Elle n'aimait pas son travail mais avait su s'en accommoder en attendant de trouver mieux. Durant le peu de temps libre dont elle disposait, elle flânait en ville et surtout autour du port. Elle aimait l'agitation qui y régnait : les marins côtoyaient les bourgeois qui veillaient au chargement de leurs marchandises, les vendeuses de poisson croisaient les armateurs... Elle y avait même vu une fois un homme à la peau si sombre que l'on disait qu'il descendait d'une lignée de bâtards issus de nègres africains destinés à être esclaves. Ils avaient été débarqués ici sur ordre du Parlement et certains d'entre eux avaient été mis au service de riches familles pour lesquelles, manifestement, ils n'avaient pas seulement fait office de valets. Elle aussi, elle aurait droit un jour ou l'autre à sa chance. Il faudrait être au bon endroit au bon moment. Et le vouloir. S'il y avait bien une chose dont elle était sûre, c'était celle-là : elle le voulait.

Les choses avaient commencé à mal tourner lorsque le fils d'un armateur s'était mis à fréquenter la taverne et à trouver Marie à son goût. On avait prévenu Jules Teste qu'il valait mieux se montrer galant avec cette serveuse à la main leste. Aussi fut-il bien courtois. Au début, du moins. Il flattait volontiers la jeune fille, lui laissait un peu de monnaie lorsqu'il réglait. Il s'intéressait à elle, tout simplement. Quiterie voyait tout cela d'un mauvais œil. Elle craignait de perdre à la fois une bonne employée et un bon client. Elle n'essaya pas de convaincre Marie de le faire monter dans sa chambre. Marie, elle, se sentait flattée.

Aujourd'hui encore, de retour chez elle, la jeune femme ne pouvait s'empêcher de se demander si elle n'avait pas mal agi. Avait-elle laissé entendre qu'elle était disposée à répondre à ses avances ? Eu un geste équivoque ? N'avait-elle pas vu, même fugitivement, dans le jeune homme un chemin vers la vie qu'elle voulait ? Quoi qu'il en soit, Teste était arrivé cet après-midi-là avec une idée en tête. Il savait sans doute que Quiterie, comme chaque jour, serait alors à l'atelier d'Antoine et qu'il y aurait peu ou pas de clients. Marie était seule dans la taverne. Parce qu'il avait toujours été poli jusqu'alors, elle s'était contentée d'écarter sa main lorsqu'il avait attrapé sa hanche au moment de commander son vin. Descendue à la cave pour remplir le pichet à la barrique, elle avait entendu les pas dans l'escalier auquel elle tournait le dos sans y faire vraiment attention. Quiterie était rentrée, pensa-t-elle. Elle avait lâché le pichet lorsque des mains avaient enserré sa taille et que le nez et la bouche de Teste s'étaient posés sur sa nuque. Elle avait senti son haleine lourde dans la fraîcheur de la cave et ensuite les braies tendues de l'homme contre ses fesses tandis qu'une main appuyait maintenant sur son épaule pour la forcer à se courber sur le tonneau. À peine avait-elle pu dire « non » d'une voix qu'elle aurait voulu plus assurée, que la main attrapait son cou et que Teste soufflait à son oreille en se serrant plus contre elle : « Oh si… » Elle avait tenté de se dégager, perdu l'équilibre avant de s'affaler sur le gravier humide. Teste avait alors entrepris de la relever en la tirant par les cheveux. Debout, elle se retourna et écrasa le pichet sur la tête de l'homme qui voulait la forcer. À son étonnement, il rebondit sans se briser. Les jambes de Teste, elles, parurent se ramollir d'un coup et – se dit-elle juste après – sa bite aussi sans doute. Il s'effondra. Ses yeux se révulsèrent. Du sang se mit à couler de son oreille sur le gravier qu'éclairait faiblement le halo d'une chandelle. Elle le regarda un peu se convulser et jugea bon, sur le moment, en le voyant ainsi au sol, jambes écartées, de lui donner un grand coup de pied dans les couilles. Il ne bougea pas. Elle n'eut alors plus qu'une idée en tête, bien claire. Il fallait partir. La taverne était vide. Elle ne prit pas la peine de monter chercher ses maigres possessions, sortit dans la rue et marcha vers la porte de Saint-Germain. Il était temps de rentrer. Elle aurait tout le chemin pour penser à ce qui venait de se passer et à ce qu'il faudrait faire ensuite.

Le chemin fut plus long qu'à l'aller. Les sentiers boueux qu'elle empruntait pour éviter la grande route la ralentissaient et elle s'égara même deux ou trois fois sans oser demander d'aide aux rares silhouettes de bergers juchés sur leurs échasses qu'elle apercevait de loin en loin.

Quand elle approcha enfin de la maison, elle estima plus prudent d'attendre la nuit dans un bosquet à la lisière duquel une craste coulait en direction de l'étang. Elle y but et le goût métallique de l'eau aux reflets de bronze la rassura. Ça avait la saveur de l'enfance. Celle dans laquelle elle voulait maintenant se réfugier après l'avoir abandonnée sans même y penser. Ce retour précipité avait cela d'ambigu qu'il était à la fois un échec, une déception, et qu'il était profondément rassurant. Aussi forte qu'elle se croyait, elle ne pourrait s'en tirer seule. Il lui faudrait de l'aide.

Le soleil couché, elle marcha jusqu'à la maison. La terre était humide et s'enfonçait parfois sous ses pieds. La bâtisse en torchis et en pin penchait un peu, comme si elle aussi était aspirée par le sol. Une lueur jaune brillait à la fenêtre et la fumée de la cheminée brouillait la blancheur d'un nuage que la lune éclairait. Elle se rendit compte à quel point elle avait froid. Sur le seuil, elle hésita avant de frapper à la porte. Elle n'en eut pas besoin. Son père ouvrit et elle entra.

Près du foyer se tenaient sa mère et Guilhem, son plus jeune frère. Elle chercha du regard l'ainé, Léonce, qui n'était pas là. « Il est mort au début de l'été, dit son père. Une de ces fièvres… Ça n'a pas duré bien longtemps. » Sa mère la serra contre elle, et puis son frère. Personne ne semblait étonné de la voir. « Lagarde, le berger, t'a vu arriver de loin et nous a prévenus. Il a reconnu ta démarche. Cet air de toujours être en colère, il a dit. Alors on se doutait bien… Et Guilhem a cru voir quelqu'un se cacher dans le bois au bord de la craste. On t'a gardé du potage. Tu vas manger, et après tu nous diras », poursuivit son père en s'asseyant sur un tabouret à côté de la cheminée. Elle but la soupe claire au goût d'ail avec un peu de pain noir et raconta tout. Au moins on ne lui fit aucun reproche. Tous les trois semblaient heureux de la voir. Leurs gestes le montraient. Une main dans le dos, une caresse, un regard tendre. Mais au fil de son récit, les mines s'assombrirent. Sa mère pleura un peu.

« Tu ne vas pas pouvoir rester », finit par dire son père. Elle le savait, bien sûr. La manière dont Lagarde l'avait repérée laissait présager de ce qui allait se passer. La rumeur de son retour avait déjà commencé à courir et, même s'ils se déplaçaient peu par ici, dans ces landes et marais qu'ils considéraient comme un pays perdu, elle arriverait tôt ou tard aux oreilles d'un agent quelconque de l'administration du gouverneur. Et puis Quiterie et Antoine savaient plus ou moins d'où elle venait et on se douterait bien de son retour. Où d'autre aurait-elle pu aller ? Tôt ou tard quelqu'un se déciderait à affronter les fondrières emplies d'eau durant l'hiver ou les nuées de mouches et moustiques de l'été et viendrait la chercher jusqu'ici. À leurs yeux, Teste, qu'il soit mort, ou pire à son avis, qu'il soit vivant, valait sans doute bien cette peine.

« Demain, je t'emmènerai de l'autre côté. On n'ira pas te chercher là-bas », lui dit son père. Alors seulement elle pleura.

Ce matin, après avoir serré sa mère dans ses bras et prié dans la chapelle assaillie par les eaux, après avoir faiblement tenté de convaincre son père de la laisser rester, elle se préparait à partir. Les rares voisins de ce village que l'on finissait lentement d'abandonner ne s'étaient pas montrés, et nulle ombre ne se détachait sur la lande. Guilhem tirait le bateau à l'eau. Il était déjà temps de partir à nouveau.

Les bourrasques d'ouest compliquèrent la traversée sur la barque à fond plat que le clapot faisait rebondir. La voile rudimentaire peinait à les faire remonter au vent. Lorsqu'ils arrivèrent enfin de l'autre côté de l'étang, ils étaient trempés et transis de froid. L'eau était plus profonde sur cette rive, et Guilhem attendit qu'ils fussent presque au bord avant de sauter du bateau pour le tirer jusqu'à l'anse de sable blanc où ils mirent pied à terre. À chaque extrémité de ce croissant dénudé, des dunes escarpées auxquelles s'agrippaient quelques pins penchés plongeaient dans l'eau. Face à eux, dans un taillis d'arbousiers et de chênes verts, une sente s'enfonçait plus avant. Derrière ce premier rideau d'arbustes, de vieux pins s'élevaient et quelques gros chênes, vestiges de l'ancienne forêt.

Marie, Guilhem et leur père suivirent le chemin qui les mena en hauteur, là où se rejoignaient les deux dunes qui fermaient la crique. En regardant à l'est, par-dessus l'étang, Marie discerna l'église blanche et les fumées des quelques habitations qui l'entouraient. De ce côté, vers le nord, là où la dune redescendait, elle voyait émerger du sable des pins à moitié enterrés. Les grains que le vent soulevait formaient un brouillard opaque dans lequel les têtes de certains arbres disparaissaient parfois. Si les eaux faisaient leur œuvre là d'où elle venait, c'était ici le sable qui se chargeait d'engloutir le monde.

Ils prirent donc au sud, sur la crête des dunes, par un chemin muletier. L'étang finit par disparaître et ils arrivèrent au bord d'une lède. Au fond de cette vallée encaissée entre deux dunes, un tapis de mousse et d'herbe accueillait quelques petits chevaux et des vaches qui paissaient là, sans surveillance, entre les arbres sur les branches desquels pendaient des rideaux d'aiguilles tombées des pins. Ils restèrent en haut et continuèrent leur chemin. Le vent portait avec lui le grondement régulier de l'océan et l'odeur de la résine. Des voix leur parvinrent avant que le chemin débouche sur un lieu à peu près plat. La forêt avait été éclaircie. Il y avait de grands pins, des chênes aux troncs imposants et même un platane immense. Entre tout cela, des cabanes en planches dont certaines disposaient de cheminées en briques et de tuiles de terre cuite. Un peu à l'écart, une autre, un peu plus grande, s'élevait au centre d'une petite clairière. On devinait un potager et même un puits. Des femmes vêtues de robes de laine noire conversaient devant une des habitations tandis que des enfants pieds nus se réfugiaient dans leurs jupons. Elles se turent pour observer les trois intrus qui avançaient vers le bâtiment le plus imposant. Marie monta les deux marches qui menaient sur une sorte de porche et y pénétra derrière son père et son frère.

Dedans, un feu dans la cheminée agitait les ombres en y projetant ses lueurs orange et mouvantes. Les rais de lumière que laissaient passer les planches irrégulières des murs découpaient la pièce en tranches. Une fois que l'on s'habituait à cette pénombre hachée, on se disait que ça faisait beaucoup de couleurs pour pas grand-chose : quelques tables et chaises, un buffet, un comptoir et, sur un tabouret près du foyer, un homme qui les regardait entrer sans montrer une once de curiosité et encore moins d'étonnement. Marie s'imaginait bien que dans des lieux comme celui-ci, il devait avoir l'occasion de voir des choses bien plus surprenantes. « Parrain… » dit-elle, avant que son père et son frère aient parlé.

L'homme se leva. Il était imposant. Moins sec que ceux que l'on croisait ici ; ces gemmeurs petits et nerveux qui couraient les bois pour entailler les arbres et les vider lentement de leur résine tout en les gardant en vie. Il s'avança vers eux, sourit et demanda : « Alors, Bernat, que me vaut cette visite inattendue de ce côté de la civilisation ? »

Marie sentit le corps de son père se raidir. Les rares fois où elle avait vu son oncle et parrain, c'était lui qui avait traversé le lac. Et toujours, la visite avait été rapide, empreinte de tension. Le père de Marie reprochait à son frère cadet son manque de religion et sa façon bien peu chrétienne de gagner sa vie. Ce dernier en riait. Mais son rire masquait mal une rancœur évidente. De ce qu'elle en savait, cela avait à voir avec des questions de morale, mais surtout d'héritage.

— Je ne suis pas là pour toi, Louis, répondit le père. C'est ta filleule qui a besoin de toi.

— Eh bien, je suis là et vous aussi. Alors demandez et on verra si je peux faire quelque chose.

— J'ai peut-être tué un homme, dit Marie. À Bordeaux. Il a essayé…

— À Bordeaux ? Ça n'était pas assez bien pour toi, ici ?

Marie bafouilla quelques dénégations peu sincères que son oncle interrompit en riant.

— Tu as raison. Il n'y a que ton père pour trouver que ce que la terre lui offre est suffisant. Il aime crever de faim et attraper des fièvres. Hein, Bernat ?

Comme réponse, ce dernier se contenta d'une autre question.

— Tu peux la garder ici, ou pas ?

Louis regarda sa nièce, hocha la tête.

— Oh, tu sais, la famille, c'est sacré. Et puis j'aime bien l'idée qu'elle ait tué un Bordelais.

Il regarda Marie et lui demanda :

— Tu as aimé ça ?

La jeune fille rougit, leva la main pour empêcher son père de prendre la parole.

— Je ne sais pas si j'ai aimé ça, mais ça m'a satisfait, oui.

Louis rit encore.

— Toi, tu es un peu comme moi. Et j'aime ça.

— Elle a fait ce qu'elle a fait. Elle n'est pas comme toi pour autant, intervint Bernat. Dieu l'en préserve.

— Dieu… Il faudra bien chercher pour espérer trouver une trace de lui par ici. Ça n'est pas le genre d'endroit où il s'aventure. Et c'est pour ça, d'ailleurs, que vous êtes là.

Du coin de l'œil, Marie vit Guilhem se signer comme pour conjurer ce blasphème et son père secouer la tête. Louis lui faisait un peu peur mais ici, avec lui, elle se sentait en sécurité pour la première fois depuis plusieurs jours.

— Occupe-toi d'elle le temps de savoir si on la cherche, dit son père. Et si c'est le cas, le temps que tout se calme. Je reviendrai la chercher quand ça sera le moment.

Louis cracha dans la cheminée une glaire qui grésilla sur les braises, sourit de toutes ses dents noires, écarta les bras… « Bienvenue ! »

4

Goa, mai 1623

Fernando Teixeira leva la tête lorsque la première goutte toucha son front. Il cligna des yeux et renifla. Il vit la lune disparaître derrière une vague de nuages et sentit le goût métallique que prend l'air juste avant une averse. Ou bien il s'agissait seulement du sang qui emplissait ses sinus. Il appuya son pouce sur sa narine et souffla une giclée rouge sur les pavés. Comme une outre que l'on aurait trop rempli, le ciel qui s'était chargé de nuages noirs tout au long de la journée se vida d'un coup. Le mélange de mucus et de sang partit rejoindre le reste des ordures emportées dans le torrent que devenait la rue. Restait les corps meurtris de deux Portugais qui geignaient en se tordant au sol. Les mains de l'un essayaient d'agripper l'air ambiant pour tenter de respirer malgré ses côtes brisées, celles de l'autre tâtonnaient à la recherche d'une bourse qui se trouvait maintenant à la ceinture de Simão Couto. Les cheveux collés au front, Fernando regarda son ami et sourit. Il aimait le travail bien fait et espérait bien avoir trouvé un nouvel emploi.

Abandonnant leurs cannes de bambou sur le sol, les deux jeunes hommes repartirent à travers les rues désertes de Goa. Le gargouillement de l'eau qui ruisselait pour aller se perdre dans le fleuve Mandovi et le claquement de la pluie sur les toits et les feuilles des palmiers couvrit le bruit de leurs pas. Ils s'arrêtèrent devant une façade blanche que rien ne distinguait des autres si ce n'est les lueurs plus vives qui perçaient derrières les carreaux de nacre d'huîtres des fenêtres. Ils entrèrent.

L'esclave indien posté dans le vestibule leur indiqua où laisser leurs épées. De derrière une tenture rouge leur parvenait une mélopée qui troubla un instant Fernando. Encore trempés, ils écartèrent le rideau et pénétrèrent dans la pièce suivante. Autour de quelques tables, des Portugais jouaient aux cartes et aux dés. À une autre, deux hommes étaient absorbés dans la contemplation d'un échiquier. Des pièces d'or passaient de main en main, changeaient de place sur les tables. Les gagnants exultaient. Les perdants tentaient de faire bonne figure. Sur un divan, une femme indienne pinçait les cordes d'une guitare tandis qu'une autre chantait. Comme dans l'entrée, des esclaves indiens veillaient au bon déroulement des jeux. Il pleuvait depuis quelques minutes seulement, mais une vague odeur de moisi commençait déjà à infuser dans l'atmosphère, à peine masquée par celle de l'encens. Simão et Fernando n'étaient pas les seuls spectateurs. D'autres soldats étaient là, comme eux, appuyés contre les murs. Certains encourageaient les joueurs, espérant qu'un gagnant ou un beau perdant leur offre une pièce qui leur permettrait de voir venir pendant quelques jours ou quelques semaines.

La saison des campagnes de chasse aux pirates malabars était terminée. Le roi ne versait plus de solde et il fallait compter dorénavant, jusqu'à la fin de la mousson, sur la générosité des capitaines et de nobles oisifs que l'on reconnaissait à leurs faces bouffies par l'abus d'eau sucrée et de confitures plus qu'à leurs vêtements. Ils étaient mous, ils étaient fiers de leur supériorité et ils crevaient de peur. La peur que les Indiens qui les entouraient par dizaines de milliers s'aperçoivent un jour qu'ils n'étaient quant à eux que quelques centaines. La peur de déplaire à quelqu'un de plus puissant. La peur que l'empire qui les engraissait s'effondre sous les coups de ces rois mahométans voisins ou, pire encore, des Anglais ou des Hollandais.

C'est avec l'un d'eux que dom Afonso de Sá sortit d'une pièce voisine. L'ancien chef d'escouade avait fait du chemin. Il avait fini par commander une flotte chargée de traquer les pirates malabars. Ils n'étaient pas si nombreux, sept ans plus tard, les survivants du *São Julião*. Après la traversée, le climat de Goa, les combats de l'été, les bagarres de rues de l'hiver et les maladies vénériennes avaient fait leur œuvre. Leur lieutenant avait été une sorte de père pour Fernando et Simão. Devenu capitaine, il était plutôt à présent un parrain attentionné. Et il venait à leur rencontre avec celui qui pourrait bien leur ouvrir les portes d'une vie meilleure.

Dom Rui Álvares était un *casado* bien installé et proche de dom Francisco de Gama, le vice-roi. Sá fit signe à Fernando et Simão de les suivre. Ils empruntèrent un escalier et arrivèrent dans une pièce qui, avec son lit, son bureau et ses fauteuils aux boiseries laquées, son paravent de Chine et ses tentures, tenaient autant du cabinet que de la chambre de passe.

— Alors ? Avez-vous appris la politesse à mes amis ? demanda Álvares.

Fernando sentit le doute dans la voix du *casado* et tâta son nez. Une croûte de sang coagulé tomba de ses narines. Il respira mieux.

— Ils devraient s'en souvenir, répondit-il.

— On ne peut rien affirmer, avec cette pluie, mais je crois bien qu'il y en avait un – le grand avec la barbe noire – qui pleurait, ajouta Simão. C'est certainement un signe de contrition.

Álvares hocha la tête, satisfait.

— Merci, messieurs. Certains de nos compatriotes sont un peu lents à comprendre que les rapports de forces sont en train de changer depuis le retour de Francisco de Gama. Ceux-ci pensaient encore pouvoir me prendre de haut. Une leçon ne leur fera pas de mal.

— Vingt ans d'absence, c'est long, et ça laisse le temps de prendre de mauvaises habitudes qui sont ensuite difficiles à extirper, ajouta Afonso de Sá. Mais venons-en au fait, voulez-vous ?

— Oui...

Álvares se redressa et gonfla sa poitrine – comme un coq, pensa Fernando qui le détestait déjà.

— Lors de son premier mandat de vice-roi, dom Francisco de Gama a vu se monter contre lui une faction de *casados* de Goa. Disons qu'ils étaient jaloux de leurs prérogatives et que dom Francisco voulait aussi profiter de leurs réseaux commerciaux. Faute d'accord avec eux, il s'est associé à d'autres, dont moi-même. C'est peu dire qu'après son départ je me suis trouvé dans une position pour le moins délicate et que je n'ai pas pu prospérer autant que j'aurais dû. Mais les temps changent, et aujourd'hui j'ai la possibilité, avec l'aide du vice-roi, de mettre en place un commerce fructueux avec Bijapur. Les relations entre dom Francisco et l'Adil Shahi nous permettent d'avoir accès aux plus belles pierres et en particulier aux diamants de Balaghat en nous passant de bien des intermédiaires.

— Avec tout le respect que je vous dois, dom Álvares, en quoi sommes-nous concernés ? demanda Fernando. Il ne vous a pas échappé que nous ne sommes pas des commerçants et encore moins des diplomates.

— Je suis un peu diplomate, moi, dit Simão en souriant. Tout le monde m'aime.

Dom Afonso de Sá leva les yeux au plafond, souffla et demanda à Simão de se taire. Dom Álvares reprit :

— C'est de vos épées que j'ai besoin. Et d'hommes de confiance. Dom Afonso de Sá m'a dit qu'il répondait de vous. Je veux que vous m'escortiez.

Fernando et Simão se regardèrent. Le premier pinçait les lèvres. Le second souriait toujours. Encore une aventure à vivre. Il disait souvent que lorsqu'il serait vieux il les écrirait. Peut-être même qu'il allait s'y mettre tout de suite. Il commençait déjà à se sentir vieux, d'ailleurs, lorsqu'il voyait débarquer de nouveaux soldats de la flotte annuelle du Portugal. Fernando, lui, faisait consciencieusement son travail, animé par deux idées : survivre et changer de condition. Simão était tout aussi appliqué à ne pas mourir, mais il ne ressentait pas le besoin de s'enrichir ou de devenir ce qu'il n'était pas. Ce qu'il voulait, c'était la gloire, quitte à enjoliver un peu ses histoires.

— Alors, qu'en dites-vous ? demanda dom Afonso de Sá. C'est l'occasion de gagner votre vie un peu plus facilement. Vous savez vous battre et, surtout, vous avez appris à éviter les ennuis lorsque c'est possible.

— Notre service est terminé, répondit Fernando, et nous ne sommes plus obligés de servir comme soldats. On peut aussi faire valoir nos certificats pour toucher nos pensions ou nos charges.

— Oui, vous avez de bons états de services, mais regardez les choses en face : vous n'êtes que des soldats.

Personne ne vous attribuera une charge en Inde. Et pour toucher une pension il faudrait encore que vous retourniez à Lisbonne. Tu as envie de refaire cette traversée ? Tu en as les moyens ?

— Dom Afonso de Sá a raison, ajouta Álvares. Par ailleurs, dom Francisco de Gama subit beaucoup de pressions pour envoyer une flotte de secours à Rui Freira et reprendre Ormuz. Tôt ou tard, il va devoir céder et lever toute une armée. Service terminé ou pas, tous les soldats devront y aller. Vous avez vraiment envie d'aller mourir pour une citadelle que nous ne reprendrons jamais aux Anglais et aux Hollandais ?

— Moi, ça pourrait me tenter, répondit Simão, mais j'imagine que nous serions mieux payés par vous ?

— Tout à fait.

Fernando et Simão acquiescèrent. La négociation s'achevait avant même d'avoir commencé. Les deux soldats le savaient, ils n'avaient pas vraiment le choix. On convint que le départ aurait lieu la semaine suivante. En attendant, Álvares devait réunir l'argent de ses investisseurs pour l'achat des diamants et préparer le voyage qui, en cette saison, prendrait quelques semaines. Le marché fut conclu dans la foulée. On se serra la main. La poigne d'Álvares était un peu glissante et il essayait de serrer trop fort. Simão le laissa faire. Fernando ne put s'empêcher de répondre au *casado* en forçant à son tour sa poignée de main. Les deux hommes se regardèrent droit dans les yeux quelques secondes puis Álvares détourna le regard en lâchant la main de Fernando.

En sortant de l'établissement pour rejoindre la rue transformée en une rivière qui commençait déjà à saper les murs blanchis de certaines maisons, Simão reprocha à son ami d'avoir défié Álvares.

— C'était vraiment pas utile. Tu cherchais quoi ? À montrer que tu es le plus fort ? On le savait tous.
— Il m'a agacé, répondit Fernando en haussant les épaules. Je veux bien travailler pour lui et prendre son argent, mais j'ai pas envie de courber l'échine devant lui.
— C'est parce qu'ils ont pas voulu non plus qu'on a cassé les os de ces deux types, tout à l'heure. Qu'est-ce qui l'empêche de trouver deux autres soldats et d'en faire de même avec nous ?
— La peur, tiens. Tous ces *casados* et tous ces *fidalgos*, ils ne sont rien sans les soldats comme nous. Et nous, on est meilleurs que les autres. Alors sa fierté, il va la ravaler et la ranger sous sa peur. Par contre, il faudra se méfier de lui à notre retour. Ça, je te le garantis.

Sept ans après son arrivée, l'Inde était encore un mystère pour Fernando. Il avait écumé les eaux de l'océan au large des comptoirs portugais et combattu les pirates malabars. Il avait même subi une brève captivité sur un de leurs bateaux avant que la flotte d'Afonso de Sá reprenne l'avantage, et il n'avait pas particulièrement aimé ça. Le chef des pirates se vantait d'être un neveu de Kunjali, que les Portugais avaient décapité à Goa avec une quarantaine de ses hommes avant de faire transporter et exposer sa tête à Cannanore. Le neveu en concevait manifestement un soupçon de rancune. Fernando avait trouvé longue l'attente de sa libération et, d'une manière générale, la situation inconfortable.

Il avait aussi remonté le cours de fleuves aux eaux rouges pour s'enfoncer dans les terres. Il avait vu des tigres et des crocodiles. Il fallait faire preuve d'une égale méfiance à l'égard de ces deux animaux, mais moins tout de même qu'avec tous les hommes qu'il avait pu croiser ici. Il avait observé les idolâtres, ces Indiens qu'on appelait aussi Gentils, sans jamais réussir à percer le mystère de leur religion. Celle des Mahométans était un peu plus simple à concevoir. Un seul dieu était bien suffisant à son avis. Ça laissait la possibilité d'échapper parfois à sa surveillance. Même si ses serviteurs en ce monde se montraient zélés, particulièrement à Goa. Mais il avait surtout compris que le Portugal d'ici, cette copie tropicale et sans fard de Lisbonne, était différent de celui d'où il venait. Si on en avait les moyens, tout était permis. Si on ne les avait pas, il fallait se permettre malgré tout en espérant ne pas se faire prendre. Pour une fois, il avait l'impression d'être au bon endroit.

À ce moment précis, étendu sur une paillasse dans la maison que Simão et lui partageaient avec cinq autres soldats, tandis que le grondement de l'océan au loin se confondait avec les ronflements de ses camarades, Fernando pensait moins à Dieu qu'à lui-même. La mission que leur confiait Álvares était peut-être enfin l'occasion d'échapper à un destin tout tracé s'ils refusaient d'escorter le *casado*. De nouvelles campagnes à mener chaque été faute d'autre choix, des hivers enfermés dans une maison humide en comptant sur la charité intéressée d'officiers ou de nobles et, au bout du chemin, la mort dans une escarmouche médiocre ou sur un champ de bataille dérisoire pour défendre ou reprendre, comme l'avait fait remarquer Álvares, une forteresse inutile. Ou bien une de ces maladies qui proliféraient ici et dont les noms exotiques cachaient à peine le fait qu'elles n'étaient que les manifestations d'un pourrissement du corps qui accompagnait assez bien celui de l'âme. Les leurs, d'ailleurs, où en étaient-elles ? Simão demeurait égal à lui-même, tel que Fernando l'avait connu à Lisbonne, tourné entièrement vers l'aventure. Le bien et le mal lui importaient peu s'il pouvait vivre chaque jour comme une source d'étonnement et de découverte. Il avait soif du monde car, pensait-il, il constituait un inépuisable réservoir de surprises. Bonnes ou mauvaises, ça n'était pas le sujet. Il suffisait qu'elles existent. Fernando en déduisait que Simão était doté d'une âme simple qui, sans l'empêcher de voir le monde tel qu'il était, lui permettait de faire abstraction de ce qu'il avait de pire. Quoi qu'il lui réservât, ce serait une nouvelle histoire à raconter, un futur récit qu'il saurait éclairer de son enthousiasme adolescent, ce feu qui ne l'avait jamais quitté, y compris dans les pires épreuves, du naufrage du *São Julião* aux combats menés ces dernières années. Fernando l'enviait parfois. Son âme à lui, se disait-il, il n'avait même pas eu l'occasion de la vendre, on la lui avait prise en l'embarquant sur la caraque de dom Manuel de Meneses. Ou peut-être se l'était-il fait dérober un peu plus tard, sur une plage comorienne, quand le capitaine-mor l'avait regardé en se relevant de son malaise avant d'écraser une pierre sur son visage. Quoi qu'il en soit, il était sûr qu'il n'avait de toute manière plus à s'en encombrer ici après avoir vu comment l'humanité vivait, des chantiers de bois de l'Alentejo aux marchés de Goa en passant par toutes les avanies avec lesquelles il fallait composer en mer. Il lui faudrait peut-être un jour penser à la récupérer, cette âme, mais elle lui serait bien peu utile tant qu'il n'aurait pas acquis les moyens de l'entretenir. Car quoi qu'on en dise, ce n'étaient pas les représentants de Dieu sur Terre qui se chargeraient de cette corvée pour un pauvre soldat égaré dans la multitude des Indes portugaises. Il lui appartenait de se débrouiller pour acquérir la condition qui lui permettrait de le faire lui-même et de se sentir enfin un jour à sa place. L'expédition d'Álvares était une chance d'avoir enfin les moyens de cette ambition.

Ils partiraient donc dans quelques jours. Au matin, longtemps avant que le soleil ait réussi à percer le ciel gris de la mousson, ils traverseraient vergers et palmeraies pour rejoindre la porte du Paso Seco. Álvares paierait le capitaine et l'écrivain en charge du contrôle du passage, et ils franchiraient la rivière pour rejoindre la terre ferme et les collines, puis les montagnes. Le chemin serait long jusqu'à Bijapur. Il faudrait franchir des cols d'où ils verraient chaque fois, plus bas, des mers de nuages disloqués empêtrés dans les forêts épaisses des vallées où ils s'enfonceraient. Ça serait un voyage humide et, pensait Fernando, il leur faudrait prendre soin de leurs pieds et de leurs épées que la rouille piquetait déjà. Il faudrait aussi s'encombrer de mousquets, lourds et d'un fonctionnement hasardeux dans cette moiteur, mais qui donneraient à leur petite troupe un semblant de prestance militaire. Et puis il y aurait des tigres et peut-être quelques bandits. Il espérerait éviter les uns comme les autres quand Simão les attendrait avec impatience. Au bout du chemin, il y aurait des chevaux morts durant le trajet, des pieds meurtris, certainement quelques blessures infectées, qu'elles proviennent de griffes, de crocs ou d'armes blanches, puis enfin les ateliers des diamantaires de Bijapur. Álvares négocierait, et la présence de Simão et Fernando aiderait peut-être à convaincre les vendeurs si ce n'est de baisser leurs prix, à tout le moins de ne pas les porter à un niveau qui serait insultant. Álvares disait que l'ambassadeur de Gama les introduirait auprès de l'Adil Shahi. Fernando avait envie de le croire. Mais il savait aussi qu'il n'était qu'un soldat et qu'Álvares n'avait aucune raison de les emmener lui et Simão à la cour de Bijapur. Dans cette chambre, les yeux ouverts, ignorant le bruit de la pluie qui tombait et les respirations lourdes des hommes soûlés par le vin de palme, Fernando se demandait ce que le *casado* attendait vraiment d'eux et ce que Simão et lui pourraient tirer de ce travail en plus d'une bonne paye.

Le voyage se passa comme Fernando l'avait prévu. Presque. Ils croisèrent bien un tigre, mais un seul cheval mourut. Et son cavalier. Le cavalier était dom Rui Álvares. Le tigre avait surgi du rideau vert de la forêt qui bordait une rivière en crue ; ils s'apprêtaient à traverser après qu'un esclave avait vérifié que le passage était possible. Fernando était tourné vers la rivière quand il avait perçu du coin de l'œil un mouvement flou, orange et blanc. Lorsqu'il s'était retourné, le cheval était à terre, la bête sur lui, et hennissait une plainte qui lui serra le ventre. Simão avait déjà son mousquet en main et entreprenait de le charger. Sur le flanc de sa monture, la jambe de dom Álvares s'agitait, comme s'il cherchait à éperonner l'animal couché sur lui, en vain. Le tigre semblait fouir l'encolure du cheval, à moins que ce ne soit le corps d'Álvares. Fernando se précipita et abattit son épée sur l'échine du fauve qui se retourna, fouettant de ses griffes l'air à quelques centimètres du visage de son assaillant. Simão tira. La poudre fusa dans le bassinet de son arme. Le mousquet fit long feu. Le tigre rugit. Fernando le regarda, bras levé, prêt à abattre de nouveau son épée. Puis l'animal se détourna de lui et, aussi vite qu'il était apparu, bondit à nouveau sous le couvert de la végétation. Le sang du cheval giclait avec régularité de sa carotide transpercée. La jambe de dom Álvares s'agitait moins vite et cessa bientôt de battre. En s'approchant, Fernando vit le crâne enfoncé du cavalier qui, dans sa chute, avait rencontré une pierre. « On va devoir trouver un autre emploi », dit Simão derrière lui.

5

São Salvador de Bahia, mai 1624

Au sud, la lueur des incendies qui ravageaient la ville se reflétait sur le ciel. Les déflagrations des canons résonnaient parfois jusque-là. Lorsque le vent portait l'éclat d'un tir de mousquet qui paraissait soudain plus proche, on accélérait le pas. Et si c'était un cri de douleur ou de peur qui faisait vibrer l'air, on fermait une seconde les yeux comme si cela pouvait empêcher d'entendre. Noyé dans ce cortège qui avançait sur un chemin mal tracé entre les plantations de canne à sucre et des vestiges de forêt, Diogo Silva marchait en essayant de ne plus penser à rien. Mais chaque bruit le ramenait en arrière, vers São Salvador et ses parents.

Deux jours auparavant, le garçon quittait sa maison de la ville basse avec son père pour rejoindre le port. Quand sa mère l'embrassa avec cette étouffante affection que l'on donne à l'enfant unique longtemps désiré, Diogo lui rendit un baiser rapide avant de se dégager de ses bras. Il rattrapa son père et marcha jusqu'aux quais à ses côtés. Ils devaient réceptionner, entre autres, du bois brésil qui partirait bientôt pour le Portugal. Six bateaux transportant des Africains avaient jeté l'ancre, aussi. Les préparatifs pour le débarquement et l'embarquement de toutes ces marchandises battaient leur plein. On aurait pu croire à une cohue, mais c'était aux yeux de Diogo un véritable ballet. Porteurs, charrettes, marins, négociants, esclaves et soldats se croisaient, passaient sur d'étroites passerelles, frôlaient le bord des quais, évitaient les collisions. Les conversations rebondissaient, les ordres lancés dans le tumulte étaient pourtant entendus… une machinerie fascinante que venait parfois gripper une caisse récalcitrante, un pas de côté fait trop près du bord par un marin ivre, ou l'emballement d'un bœuf d'attelage découvrant subitement la notion de libre arbitre. Le soleil brillait mais l'air était moite. Les esclaves qui aidaient au transport du bois transpiraient et jetaient des regards sans expression aux bateaux dans lesquels leurs frères noirs, entassés dans les cales, sales, épuisés et assoiffés, attendaient qu'on les rende à la lumière. Diogo ferma les yeux et, malgré la chaleur, frissonna en sentant la brise de mer gonfler sa chemise et rafraîchir sa sueur. Instant de bonheur fugace que la main de son père interrompit en claquant sur l'arrière de son crâne. « On ne dort pas ! » dit Carlos Silva en continuant de marcher pour compter les marchandises que les esclaves déchargeaient.

Le garçon sursauta. Il eut à peine le temps de se frotter les cheveux là où la douleur se faisait cuisante que le tonnerre se fit entendre. Il leva les yeux vers le ciel pourtant bleu. D'autres, dont son père, firent de même avant de tourner la tête en direction de l'entrée de la baie, même si, d'ici, ils ne pouvaient distinguer la barre. « Ça doit venir du fort Santo Antônio », dit Carlos. Des cris retentirent alors dans la ville haute, là où les bâtiments avaient une vue plus dégagée. Autour de Diogo, les hommes qui travaillaient se figèrent. Les regards se tournèrent vers les hauteurs, avant de dériver à nouveau vers le large. Il n'y eut rien d'abord, puis des voiles passèrent l'horizon. Vingt-six navires hollandais venaient de pénétrer dans la Baie de Tous les Saints alors que personne ne les y attendait plus.

Quatre mois plus tôt, la ville était en état de siège. Le gouverneur-général, averti par Madrid de l'imminence d'une tentative d'invasion par une flotte hollandaise, avait levé autant d'hommes que possible. On avait armé des volontaires avec des arquebuses, on les avait entraînés. Mille hommes en armes, blancs, noirs et métis, étaient prêts à en découdre, du moins le pensaient-ils, et des Indiens avec leurs arcs patrouillaient à l'extérieur des fortifications. Les défenses des forts de la ville avaient été renforcées au prix d'une querelle avec l'évêque qui, lorsqu'on le sollicita pour bénir le Fort de la Mer et ses pièces d'artillerie qui protégeaient le port, rétorqua qu'il ferait mieux de le damner car sa construction s'était faite au détriment des travaux de sa cathédrale.

Mais en ce 8 mai, on était persuadé depuis des semaines que les Hollandais ne viendraient plus, détournés par une tempête, envoyés ailleurs pour une autre mission, peut-être même, de l'avis des plus optimistes, disparus corps et biens… Les civils avaient fini par rendre les armes aux garnisons et les garnisons par relâcher leur attention. Tout le monde était soulagé de ne pas avoir à affronter les soldats bataves et surtout les mercenaires de la Compagnie néerlandaise des Indes occidentales, troupe de brigands que leurs maîtres traitaient comme des chiens de garde, à coup de rations chiches et de pluies de punitions, avant de les lâcher, écumants et crevant d'envie de se venger sur n'importe qui.

Le surgissement de la flotte dans la baie saisit la population. Sur le port, Diogo vit la panique gagner la foule. Le silence ne dura pas, remplacé par les plaintes et le bruit des pas des hommes courant retrouver leurs familles, rassembler quelques affaires et fuir devant l'armada qui approchait et ne tarderait sans doute pas à bombarder la ville.

Pour Carlos Silva, son fils le comprit rapidement, les choses n'étaient pas si simples. Fuir comme les autres, c'était abandonner son commerce mais aussi une communauté dans laquelle toute sa vie il avait œuvré pour se fondre. En tant que nouveau chrétien, il portait comme un fardeau le soupçon de n'avoir jamais renié sa judéité. Partir maintenant, sans défendre Salvador, n'était-ce pas faire peser encore plus ce soupçon sur lui et sa famille ? Mais rester permettrait-il d'éviter cela ? Une fois la ville prise, car la faiblesse de sa défense ne laissait que peu de doute sur le sort qui l'attendait, il faudrait composer avec les nouveaux maîtres et passer pour un traître. Carlos Silva n'avait rien d'un aventurier. Il avait déjà eu assez de mal à s'adapter au climat du Brésil lorsqu'il y était arrivé enfant avec son propre père. Il s'imaginait mal fuir vers les villages alentours et la forêt, partager sa vie avec des Indiens sous la surveillance de jésuites qui ne feraient guère de différence entre ces païens-là et ce nouveau chrétien. Son indécision fit donc place à une absence de décision. Il ne choisit ni de partir ni de rester. Il continua consciencieusement son inventaire en attendant de voir ce qui se passerait. Il n'eut pas à attendre bien longtemps.

Le lendemain, la flotte hollandaise bombardait les défenses de São Salvador, qui ripostaient. Tout au long de la journée, les canons tonnèrent. Alors qu'une partie de la population de la ville basse commençait à fuir, les Silva restèrent chez eux, confits dans les hésitations du père de famille. La nouvelle de la chute du fort Santo Antônio, dont la garnison s'était enfuie face à l'assaut de mille cinq cents hommes armés de mousquets, de piques et d'une apparente volonté de tout détruire sur leur passage, fut un coup dur. Et plus encore l'annonce ensuite que ces fantassins hollandais montaient à l'assaut du fort São Bento, à l'ouest de la ville haute.

Le soir venu, le Fort de la Mer tombait à son tour et ses pièces d'artilleries étaient tournées vers la ville. C'est de là que vint le boulet chauffé à rouge qui traversa la façade de la maison des Silva. Ralenti par ce premier mur, il entra dans la chambre des parents de Diogo, arrachant les draps avant de fendre la tête du lit et de s'arrêter, fumant, sur les étoffes et contre le bois sec. Personne n'était là pour le voir. La famille était un étage en dessous, en train de rassembler quelques affaires. La mère de Diogo avait fini par convaincre son mari de quitter la ville basse, directement exposée à l'envahisseur. Le bombardement était si intense qu'ils ne se doutèrent pas sur le moment que leur demeure avait été touchée. C'est seulement lorsque leur lourd lit enflammé traversa le plancher pour s'écraser sur eux dans une pluie de poussière et d'étincelles qu'ils s'en avisèrent, pour peu qu'ils aient pu s'aviser de quoi que ce soit. Diogo assista impuissant à la scène depuis la porte d'entrée. Déjà le bois sec des poutres et de ce qui avait été le plancher de la chambre s'enflammait à son tour. Sous la masse incandescente, les ombres floues de ses parents, sans doute assommés par le choc, restaient immobiles. L'adolescent s'approcha du brasier, arracha mécaniquement gravats, poutres et planches jusqu'à ce que la brûlure devienne insupportable. Il garderait pour toujours de ce moment l'image de l'épaisse chevelure de sa mère s'embrasant d'un seul coup et le visage aimé qui semblait fondre derrière les ondulations de l'air brûlant. L'odeur, aussi.

Alors il s'enfuit. Torse nu après avoir déchiré sa chemise pour bander ses mains cloquées, il traversa la ville qu'un bombardement ininterrompu ensevelissait sous le fracas et la fumée. Guidé par les maisons incendiées dont les foyers perçaient l'obscurité, il monta vers la ville haute, le souffle court, les narines et la bouche pleines de suie et de l'odeur des chairs brûlées de ses parents. Sur le *Terreiro de Jesus*, la grande esplanade de la ville, il retrouva une foule égarée que la panique n'avait pas encore gagnée mais qui se divisait déjà entre ceux, peu nombreux, décidés à rester et ceux qui voulaient fuir. On disait que le gouverneur-général tentait d'organiser la défense de São Salvador. Des hommes montaient des barricades de fortune dans quelques rues à l'ouest de la place. Ils étaient bien peu nombreux et y mettaient autant d'énergie que si on leur avait demandé de creuser leur propre tombe. Diogo se dit que cette défense était bien mal engagée. Il en fut certain lorsque des soldats de la garnison rejoignirent l'évêque qui fuyait avec une partie de ses ouailles vers le village d'Espírito Santo. Laissant derrière lui une ville abandonnée à l'ennemi, avec pour seul rempart quelques miliciens sans doute habités par des pensées suicidaires, Diogo suivit les fuyards et s'enfonça dans la nuit.

Espírito Santo était une *aldeia*, un de ces villages sous l'autorité de la Compagnie de Jésus, dans lesquels les pères œuvraient à la conversion et à l'éducation des Indiens Tupinambas. Lorsque les Bahianais émergèrent de la forêt en même temps que le jour se levait, ils n'entendaient plus les bruits des combats, si ce n'est parfois l'écho lointain d'un canon. Ils découvrirent une longue et large place de terre battue. À son extrémité, les premiers rayons du soleil teintaient de rose les murs blancs d'une église. Le groupe avec lequel marchait Diogo s'arrêta pour prier. Le garçon ne savait pas si ses compagnons invoquaient Dieu pour le remercier de cet accueil spectaculaire et chaleureux ou pour qu'il les protège des Indiens qui sortaient des longues maisons entourant la place. Diogo lui-même espérait bien que ces Tupinambas avaient cessé de manger de la chair humaine. Les récits d'équarrissage, de cuisson et d'ingestion d'ennemis qu'il avait entendus durant son enfance et qui avaient contribué à l'empêcher de quitter les murs de la ville, étaient encore vifs. Mais en lieu et place de cannibales nus et hostiles, il voyait des hommes aux coiffures certes étranges, mêlant tonsures et cheveux longs, mais dont les parties honteuses étaient pudiquement dissimulées aux regards par de longues chemises. Diogo eut l'impression en les voyant aller ainsi, empêtrés dans ces vêtements de blancs, d'assister à un défilé de prisonniers ou, pire, d'animaux sauvages auxquels on aurait limé les crocs et coupé les griffes. Et comme un garçon de quatorze ans, en apercevant parmi eux quelques jeunes filles dont la chemise fine laissait deviner les seins, il regretta cet accoutrement pour des raisons moins honorables que ses considérations sur le respect du mode de vie des Tupinambas. Loin devant, l'évêque discutait avec les jésuites et l'accueil s'organisait.

Passée l'excitation de l'arrivée, les ordres lancés aux uns et aux autres, les hésitations des groupes de réfugiés, la mise en place de sentinelles chargées de veiller à une éventuelle incursion hollandaise, on fit apporter à manger pour tout le monde. Diogo eut droit comme les autres à une portion de pain de manioc. Sous ses bandages de fortune, ses mains brûlées lui rappelaient avec douleur, au rythme de son pouls, la perte qui était la sienne. Il se laissa aller à une torpeur fiévreuse puis à un sommeil peuplé d'images de ses parents.

Il se réveilla sans plus savoir quel jour on était. Enveloppé dans un hamac de coton, il sentait la chaleur d'un foyer et voyait, à la lueur des flammes, une femme à la peau brune dont les longs cheveux noirs brillaient. L'Indienne appliquait des cataplasmes sur ses mains et lui donna de l'eau. Il se rendormit jusqu'à ce que des rais de lumière blanche viennent se ficher autour de lui en traversant le toit de palmes. Il était dans une de ces grandes maisons qu'il avait vues en arrivant. D'autres hamacs, vides, étaient suspendus à la charpente. La vaste pièce était silencieuse. Il se leva, étonné de ne plus sentir qu'une vague gêne aux mains lorsqu'il se tint aux rebords de sa couche pour en sortir. Surpris par l'oscillation, il trébucha en se levant et chancela près des braises en train de mourir avant de retrouver l'équilibre. Dehors, on s'agitait. Il rejoignit la grande place et se mêla à la foule : on venait d'apprendre la reddition d'Antonio de Mendonça et de ses officiers. Les nouvelles du pillage de la ville arrivaient aussi. La moitié des maisons avaient brûlé, à ce que l'on disait, et quelques exécutions avaient eu lieu. Les mercenaires de la Compagnie néerlandaise des Indes occidentales avaient été fidèles à leur réputation. Ils avaient violé, mutilé, détruit, volé, jusqu'à ce que leurs maîtres les rappellent à la niche et en pendent quelques-uns en gage de bonne volonté. Il fallait bien s'attacher les services de la population restée sur place.

Une brise venait de la mer et Diogo fut saisit par le froid. Il ne s'était jamais senti aussi seul que dans cette foule. Il marchait au hasard au milieu de tous ces gens quand une rumeur enfla un moment et l'évêque apparut. Celui qui avait décidé de fuir appelait maintenant à la résistance. En attendant les renforts qui ne tarderaient pas, de Pernambuco d'abord, puis du Royaume, les Hollandais ne devaient pas pouvoir sortir de la ville. Ils ne devraient la quitter que la peur au ventre et pour cela on aurait besoin de tous les hommes valides, portugais, indiens et africains. Ses paroles remontèrent le moral des réfugiés. Au moins avaient-ils un but désormais.

Tandis que tout le monde se dispersait, un frère jésuite approcha Diogo et l'amena jusqu'à l'église. Dans l'édifice sombre et dénué de décoration, l'homme fut satisfait de voir que l'orphelin connaissait ses prières. Son père les lui avait assez fait répéter, nouveau chrétien encore plus chrétien que tous les chrétiens qu'il était. Il lui expliqua qu'en attendant de trouver mieux, il lui faudrait partager une maison commune tupinamba.

Espírito Santo était à quelques heures de marche et à mille ans de Salvador. Pour Diogo, qui n'avait presque jamais quitté la ville, le lieu dans lequel il se trouvait désormais aurait tout aussi bien pu être un autre monde. Ça l'était d'ailleurs. Il était arrivé là comme il était parti. Vide et sans bagages. Mû par un réflexe de survie plus que par une quelconque volonté. Il voyait maintenant combien son monde à lui avait été minuscule et mesurait combien sa vie et celles de ses parents l'étaient aussi, balayées en l'espace de quelques secondes par un conflit qui les dépassait, anéanties par un bête boulet passé au four et tiré par un canon qui n'avait certainement rien visé de particulier. Il devait malgré tout se faire à cette fatalité. Parce qu'il n'avait pas vraiment d'autre choix.

Le jésuite, auquel Diogo s'était ouvert dans l'église, avait entrepris de donner une explication à la mort de ses parents. Il s'agissait de toute évidence de la volonté divine. Certainement parce que son père, dont on connaissait bien les origines, n'avait pas assez sincèrement accepté Dieu dans son cœur.

Il fut heureux de retrouver les Indiens. S'ils étaient soumis aux jésuites qui s'acharnaient depuis des décennies avec un succès discutable à en faire de bons chrétiens, ils constituaient aux yeux du jeune garçon une énigme sans fin. Leurs réactions étaient inattendues, empreintes parfois d'une apparente foi chrétienne et obéissant à d'autres moments à des croyances ou des manières d'agir bien plus anciennes. Ils étaient accueillants et susceptibles de l'aider à survivre, qu'il s'agisse de se nourrir, d'éviter les pièges de la forêt, ou d'apprendre à faire semblant d'écouter les religieux chrétiens. L'un d'eux, le fils de la femme qui l'avait soigné, le prit sous son aile. Ignacio, ainsi que l'avaient baptisé les jésuites dont l'imagination n'était pas la qualité première, n'avait pas d'âge. Du moins Diogo était-il incapable de lui en donner un. Tout au plus voyait-il que l'Indien était plus vieux que lui. Plus grand, plus fort et plus habile. Il avait beaucoup à lui apprendre et, alors qu'il allait falloir rejoindre l'armée hétéroclite de l'évêque, il en aurait bien besoin.

6

Côte du Médoc, juin 1624

L'eau fraîche s'enroula autour des chevilles de Marie tandis que le courant tournait dans la baïne. Un banc de lançons capta la lumière, et les reflets des poissons lui firent plisser les yeux. Elle les ferma pour goûter l'instant, le sel sur ses lèvres mêlé à celui de sa sueur qui avait séché et tirait sur la peau brune de son visage. Elle gonfla ses poumons, soupira d'aise, rouvrit les yeux et se laissa brièvement aveugler par la lumière blanche de ce jour d'été. Elle se pencha, plongea ses bras dans l'eau et se mouilla la nuque. Elle pourrait rester là, pensa-t-elle, les pieds baignés dans la mer et le visage dans le soleil jusqu'à fondre et se diluer dans le courant. Elle se laisserait entraîner vers le large et elle verrait bien ensuite. Ça serait toujours mieux que Bordeaux, que les landes marécageuses ou que le camp de résiniers dans lequel elle se terrait depuis plus d'un an. Et ça serait plus propre, même si elle imaginait qu'au fond de l'eau reposaient bien des choses qu'elle n'avait pas envie de voir. Carcasses de bateaux, cadavres de leurs équipages, et sans doute quelques monstres marins qu'elle peinait à se représenter mais qui, à en croire l'aspect des poissons qu'elle connaissait déjà, devaient avoir des figures assez peu plaisantes.

Dans une autre baïne, des animaux s'ébrouaient. De ces petites vaches et chevaux qui divaguaient dans les dunes et avaient rejoint la plage et l'eau pour échapper aux mouches et aux taons. Sur le banc de sable, perturbées, des mouettes sautillaient au milieu de leurs fientes en criant. Elles n'étaient pas les seules. Plus loin encore, Pèir, un des *vagants* qui fréquentait la maison de son oncle Louis, l'appelait en agitant les bras. Elle l'avait suivi jusqu'ici pour fuir le camp, la chaleur épaisse et moite de l'ombre des pins, les regards des résiniers qui la convoitaient et de leurs femmes qui voyaient en sa seule présence une provocation. Elles l'auraient volontiers lapidée sous des volées de pignes rouges, fermées et lourdes de graines, cette putain. Pour qu'on envoie une fille se perdre ici, c'était certainement qu'elle l'avait cherché. Encore une de ces traînées qui se croyaient supérieures parce que leur cul était plus rond, leur poitrine plus ample et qu'elles avaient su garder leurs dents. Tout cela, elle le lisait dans leurs yeux même si elles s'abstenaient de le dire ailleurs que dans le secret de leurs conversations, loin des oreilles de Louis et des siennes. Aucune ne lui avait adressé la parole en une année. Leurs maris étaient moins bornés, surtout après quelques verres chez Louis, mais redevenaient muets en retrouvant leur compagnie. Les *costejaires* et les *vagants*, ces hommes sans toit qui arpentaient la côte à la recherche d'ambre, de biens échoués, de naufragés et de pèlerins de Saint-Jacques égarés à dépouiller, de vaches, de taureaux et de chevaux presque sauvages à attraper pour les revendre ou de moutons à voler aux bergers qui passaient par ici, étaient moins austères. Ils ne la jugeaient pas. Peut-être reconnaissaient-ils en elle une sœur qui cheminait aux marges de la loi, ne serait-ce que parce qu'elle était la protégée de Louis.

Marie traversa lentement la baïne pour rejoindre le banc de sable duquel s'envolèrent les mouettes pour aller se poser un peu plus loin. Elle contourna la baïne suivante et distingua aux pieds de Pèir une forme sombre qui émergeait du sable. En la voyant approcher, le *costejaire* libéra l'objet du sol meuble et le leva à bout de bras en riant. C'était une assez grosse cruche et, d'après l'effort qu'avait fait Pèir pour la soulever, elle était sans doute pleine. Il la reposa lorsque Marie arriva à sa hauteur.

— Elle est encore bien bouchée. Elle est pas pleine d'eau de mer. Je crois que c'est de l'eau-de-vie. J'espère, en tout cas. Ça pourrait intéresser ton oncle.

— Si tu la bois pas avant d'arriver.

— Il fait trop chaud pour ça. Regardons si on trouve autre chose. Ça doit venir du bateau espagnol qui s'est échoué au large il y a deux ou trois mois. La marée en ramène encore des morceaux et des marchandises. J'ai trouvé deux souliers l'autre jour, mais ils venaient de deux paires différentes. J'ai juste pu récupérer une boucle en cuivre sur un des deux.

— Pour en faire quoi ?

— Qu'est-ce que j'en sais ? J'allais pas la jeter, quand même ?

Elle rit et, à cet instant, elle eut envie de l'embrasser.

Ils arpentèrent ainsi la plage quelques minutes encore sans rien trouver de plus intéressant qu'une grosse méduse dont les tentacules flasques traînaient dans le courant et des os de seiches. Marie en ramassa quelques-uns pour donner aux poules. Le soleil était haut maintenant. Ils décidèrent de repartir. Pèir récupéra la cruche et ils s'arrêtèrent un moment au pied de la dune. Dans un bouquet de roseaux où affleuraient des concrétions brunes se trouvait une résurgence dont l'eau douce glissait sur l'alios avant de rejoindre à nouveau le sable. Ils burent dans leurs mains en coupe cette eau pure à laquelle se mêlaient quelques grains de sables qui craquèrent sous leurs molaires en leur arrachant des frissons. Ils s'engagèrent ensuite dans le dédale des dunes en direction du camp de résiniers. Passé un premier cordon derrière lequel la brise de la mer ne soufflait plus, les mouches plates, sevrées du sang des chevaux et des vaches, commencèrent à les harceler. Pèir, chargé de sa cruche, subissait leurs piqûres avec stoïcisme. Marie les attrapait machinalement sur sa nuque où ses avant-bras et les coupait en deux entre ses ongles. Lorsqu'ils arrivèrent enfin au camp après deux heures d'une marche pénible, les doigts de Marie étaient maculés du sang dont les insectes s'étaient gorgés. Les bras et jambes de Pèir étaient constellés de boutons sur lesquels les gouttes de sang séché formaient une pellicule brunâtre.

Marie alla jeter les os de seiches dans le poulailler et rejoignit Pèir dans la grande pièce de la maison de Louis. Elle commença à balayer pour préparer la salle pour le soir. Son oncle venait d'ouvrir la cruche et d'en sentir le contenu. Il attrapa deux gobelets en étain sur une étagère et les remplit. C'était bien de l'eau-de-vie et de la bonne de l'avis de Pèir dont les yeux larmoyaient. Louis répliqua qu'elle n'était pas si bonne que ça. Qu'elle devait faire partie des rations des marins. Il en proposa un prix que même Marie, bien qu'elle ne dît rien, trouva ridicule. Pèir dit qu'à ce compte-là, il ferait aussi bien de la garder pour se la boire seul. Enhardi peut-être par ce verre qui lui chauffait encore l'estomac et le cœur, il ajouta qu'il pourrait même la revendre lui-même au verre, dans sa cabane, à ceux qui passeraient. Louis lui demanda alors s'il ne trouvait pas sa vie déjà assez compliquée, orphelin survivant dans les dunes au milieu des bêtes. S'il ne pensait pas qu'il y avait suffisamment de gens dont il devait se méfier sans avoir à se lancer dans un commerce qui durerait le temps de vider une cruche mais lui attirerait un ennemi pour longtemps. Pèir prit un air bravache, se resservit un verre en regardant Louis dans les yeux, et le but cul sec. Le liquide prit le mauvais chemin et le jeune homme toussa tandis qu'une brume d'eau-de-vie giclait de son nez. Louis rit, sortit sa bourse et posa quelques pièces sur la table. C'était un peu plus que ce qu'il avait d'abord proposé ; à peine moins ridicule. Pèir rafla l'argent, se leva et quitta la maison, toujours agité par une quinte de toux. Lorsqu'il ouvrit la porte, Marie regarda la poussière en suspension dans la lumière du jour. Peut-être aussi, encore, les gouttelettes crachées auparavant, prisonnières de l'air chaud et épais dans lequel se mêlaient l'odeur douceâtre de l'alcool, celle plus lourde de la résine qui suintait des planches, et celle, qui collait presque au corps, de l'huile froide et rance d'un chaudron pendu dans la cheminée éteinte.

— Je l'aime bien, dit Louis. Il n'est pas très malin mais il a des tripes.

— Je l'aime bien aussi, dit Marie.

— Eh bien, ne t'attache pas trop. Je l'aime bien, mais s'il commence à jouer les durs devant les autres il faudra que je le corrige. Et tu sais ce que c'est... parfois on s'emporte.

Marie termina de nettoyer en silence. Elle connaissait assez son oncle pour savoir qu'il ne servait à rien de répondre. Prendre la défense de Pèir le piquerait au vif. Ici, personne ne remettait son avis ou ses décisions en question. Le sable n'ensevelissait pas seulement la végétation et quelques cabanes. Il dissimulait aussi un certain nombre de personnes qui avaient eu un désaccord avec Louis.

Les jours étaient longs et le soleil n'était pas encore couché lorsque les premiers clients arrivèrent. Ils s'installèrent sur la galerie qui courait devant la maison et offrait une vue dégagée sur l'airial, les cabanes de résiniers un peu plus loin et le chemin par lequel Marie était venue avec son père et son frère l'année précédente. Elle leur servit du vin pendant qu'ils discutaient, et Louis leur apporta des cartes à jouer. Au crépuscule, ils étaient encore là et d'autres s'étaient installés à l'intérieur. La chaleur y était insoutenable. L'odeur de la sueur des hommes arrivait presque à couvrir celle de l'huile puante dans laquelle Marie faisait cuire des miques, de grossières boules de farine agrémentées d'un peu d'ail qui tiendraient lieu de repas à cette assemblée de résiniers, de bergers, de *costejaires* et de *vagants* venus des alentours. Avant de devoir s'installer de ce côté de l'étang, elle n'avait jamais imaginé que ces lieux pussent être si peuplés, fût-ce de ces hommes dont certains étaient à demi sauvages, secs, teint jaunâtre, barbe broussailleuse, yeux enfoncés, cheveux sales et gestes brusques. Il n'y avait là que des marais, quelques bois et plantations de pins et du sable qui les avalait peu à peu. Des insectes qui dévoraient tout ce qui avait le sang chaud l'été. Et l'hiver, le vent, la pluie, la brume et le grondement incessant de l'océan. Ils étaient tous là pourtant, et elle avec eux. Ils n'avaient pas d'âge. Louis disait parfois qu'on n'avait jamais que l'âge de ses dents et Marie pensait alors que même ceux qui semblaient les plus jeunes, comme Pèir, devaient être bien vieux. Elle en connaissait la plupart. Parmi les autres, il y avait des *vagants* et des bergers de passage, certainement aussi des hommes qui, comme elle, fuyaient quelque chose.

Elle avait servi du vin tiède et aigre et des miques toute la soirée, et Louis avait fini par sortir la cruche d'eau-de-vie. Des gagnants avaient offert leur tournée, des perdants s'étaient aussi accordé quelques verres payés avec des objets hétéroclites qui partiraient rejoindre le bazar que Louis entretenait dans le fond de la pièce, derrière un semblant de comptoir. Un *costejaire* avait laissé des cordes trouvées sur l'estran, un autre, des bouteilles vides. Un berger laissa un couteau en gage, promettant à Louis de retourner jusqu'au campement qu'il partageait avec des camarades pour récupérer de quoi le payer. Mais il avait l'alcool mauvais.

Il était tard et il ne restait plus que deux clients. Le berger, après avoir perdu aux cartes, voulut tenter sa chance aux dés et finit par y perdre un mouton qui n'était pas le sien. Le troupeau dont il avait la charge appartenait à Minvielle. Et Minvielle, qui était riche, possédait de nombreuses têtes de bétail – moutons, vaches et chevaux – ainsi que des terres et des bois quelques lieues plus au sud, et avait un sens aigu de la propriété. Dans un instant de lucidité le berger s'avisa qu'il serait difficile d'aller chercher un mouton et de le ramener sans que ceux avec qui il avait installé son camp s'en aperçoivent et le rapportent à Minvielle. Il sollicita donc un crédit au *costejaire* avec lequel il jouait ; un homme que Marie ne connaissait que par son surnom, La Vive. Il le tenait de ce qu'un jour il avait par réflexe essayé d'écraser un poisson qui avait filé entre ses pieds : une vive, donc, dont les épines avaient fait leur office et diffusé leur venin. Aussi grand et gros soit-il, il s'était écroulé, terrassé par ce tout petit poisson et une énorme douleur qu'il avait voulu atténuer en urinant sur la plaie. Ça n'avait pas été une mince affaire puisqu'il avait dû pour cela viser la plante de son pied tout en essayant de tenir en équilibre sur une jambe. Ce spectacle était devenu légendaire et on le racontait souvent au coin du feu, éventuellement en mimant la scène, ce qui renforçait son aspect comique, surtout quand le principal protagoniste était absent. La Vive rétorqua au berger que pour remplacer le mouton qu'il allait devoir lui donner, il n'avait qu'à faire comme tous les hommes de sa race et engrosser une brebis. D'ailleurs, ajouta-t-il, lui semblait bien avoir croisé un agneau dont la gueule ressemblait étrangement à celle du pâtre.

Louis, derrière son comptoir, avait mis la main sur une hachette qu'il gardait là. Au cas où. Et quand le berger voulut se saisir du couteau qu'il avait posé plus tôt sur les planches, la hachette s'abattit sur son poignet. La Vive s'était lui aussi rué vers son adversaire et lui planta son propre couteau dans le dos, entre les côtes. Le berger regarda ses doigts qui, trop loin de son bras, se refermaient sur le manche en bois usé de son arme, toussa en crachant quelques gouttes de sang vers le visage impassible de Louis, et s'effondra.

La Vive le regarda se tordre sur le sol et dit, en regardant Louis : « Désolé ». Louis haussa les épaules : « Qu'est-ce que tu veux, les réflexes… tu sais ce que c'est… » Il fit le tour de son comptoir, s'agenouilla auprès du berger qui implorait de l'aide et sa mère, souleva son buste, passa son avant-bras autour de son cou, cala sa tête contre son épaule, comme s'il s'apprêtait à le bercer, et posa son autre main sur son nez et sa bouche. Ce fut un peu long au goût de Marie, mais l'homme cessa enfin de s'agiter et de tourner les yeux dans tous les sens.

« On va fermer », dit Louis, et Marie alla éteindre les torches sur la galerie avant de tirer la porte de devant.

Quand elle rentra, La Vive avait jeté le corps du berger sur son épaule et Louis avait ramassé la main et le couteau. « Nettoie ici pendant qu'on se débarrasse de lui. Il faudra qu'on parle à mon retour », lui dit son oncle en sortant par derrière.

Tout était propre depuis longtemps et Marie somnolait, assise sur une marche à l'arrière de la maison, quand son oncle Louis revint. Du sable avait collé par plaques à la sueur de son visage. Lorsqu'il se mit à parler à la faible lueur d'une lampe à huile posée à même le sol, ce masque se craquela. « On l'a enterré, dit-il, mais on n'est pas beaucoup plus avancés. Ses compagnons savent où il était ce soir. La Vive voulait qu'on trouve leur harde et qu'on les tue pendant leur sommeil. Mais avec les chiens… et on ne sait pas combien ils sont… Ils vont le chercher. Personne ne dira rien ici et ils ne trouveront rien non plus, mais ça ne les empêchera pas de savoir au fond d'eux. Alors ils vont en parler à leur patron. Et ça, c'est un problème. Minvielle connaît les autorités et les autorités te cherchent toujours. Les hommes du gouverneur vont débarquer par ici, même s'ils évitent, en général. Ils vont un peu me bousculer, peut-être confisquer deux ou trois choses dans mon bazar, et ça n'ira pas bien loin. Mais il ne faut pas qu'ils te trouvent. Demain, tu vas prendre tes affaires et je vais t'amener ailleurs pour quelques semaines. » Marie acquiesça. « Où ? » « Chez la Sorcière. »

La Sorcière n'avait pas de nom, ou alors tout le monde l'avait oublié depuis longtemps. De toute façon, peu de gens venaient la voir. Sauf les hommes. Car elle faisait commerce de la seule chose que Louis n'offrait pas dans son cabaret. C'est ce qui inquiétait un peu Marie à l'idée d'aller là-bas, mais son oncle lui assura qu'elle n'avait rien à craindre pour deux raisons : la première était qu'elle savait se défendre, elle l'avait prouvé à Bordeaux, la seconde, qu'elle était sa nièce à lui et personne n'avait envie de s'en faire un ennemi. La seconde raison était celle en laquelle Marie croyait le plus, mais l'évocation de la première lui faisait tout de même ressentir une bouffée de fierté.

Après quelques heures de sommeil dérobées à cette nuit agitée, alors qu'à l'est le soleil teintait les nuages de rouge, Louis et Marie empruntèrent un chemin muletier qui traversait le bois en direction du nord. Au fur et à mesure qu'ils avançaient et que le soleil commençait à réchauffer l'air, l'odeur de la résine qui coulait des cares creusées par les résiniers sur les troncs des pins se faisait plus dense. Mêlée à la rosée du matin, elle laissait un goût un peu âcre au fond de leur gorge. La forêt, ici, n'était pas très large, mais elle s'étendait assez loin le long de la rive de l'étang. Au fond de certaines lèdes, des vaches dormaient sur la mousse humide. Sur la crête d'une dune, des chevaux les regardèrent passer. Quelques oiseaux chantaient. Ils entendirent enfin des chiens aboyer. Entre quelques chênes verts et des arbousiers, ils virent une fumée s'élever. La harde des bergers se trouvait ici. Un bâton planté dans le sol indiquait l'endroit. Autour de lui et d'un petit foyer allumé dans une cuvette creusée dans le sable, des bergers étaient là, avec leurs vestes de peau de mouton, leurs culottes noires et leurs pieds nus. Ils les interpellèrent pour demander à Louis s'il n'avait pas vu l'un d'entre eux à son cabaret, la veille. Louis leur répondit que oui, en effet et qu'il pensait le trouver ici, car il était parti ivre en lui promettant de revenir avec de quoi payer son alcool et ce qu'il avait perdu. D'ailleurs il lui avait laissé son couteau en gage, dit-il en le sortant de sa poche. Les bergers convinrent que c'était bien son couteau, mais dirent qu'il n'était pas rentré. Louis s'étonna. Il l'avait pourtant bien vu partir dans la bonne direction. Il espérait qu'il n'avait pas fini par s'égarer, se briser le cou en glissant dans une pente ou s'enfoncer dans une bedouse, ces sortes de sables mouvants que l'on trouvait parfois dans le creux des dunes. « En attendant, je vais garder son couteau. Et quand vous le verrez, dites-lui bien qu'il a plutôt intérêt à revenir me payer s'il veut le récupérer et s'il veut à nouveau profiter de ce que mon établissement a à offrir. » Les bergers promirent et Marie et son oncle continuèrent leur chemin.

Le soleil qui les avait réchauffés au départ brûlait à présent. Le bois commença à se rétrécir. Tant et si bien que vint un moment où les arbres formèrent comme une flèche verte plantée dans une immensité de sable d'où émergeaient parfois des têtes de pins morts. La maison de la Sorcière était presque au bout de cette pointe, la porte d'entrée ouverte sur ce semblant de forêt. Derrière elle et sur le côté donnant vers l'océan, le sable s'était accumulé. Une nouvelle dune était en train d'apparaître, modelée par le vent d'ouest. Un gros pin dont le tronc se divisait en deux et formait une fourche paraissait s'y enfoncer, ses deux branches imitant les bras levés d'un homme jeté à l'eau qui appellerait au secours. On disait que parfois la Sorcière attendait au creux de la fourche pour jeter un sort à ceux qui s'approchaient de sa maison sans y avoir été invités. Que c'était de là qu'elle s'élançait pour rejoindre ses semblables les soirs de Sabbat et aller copuler avec un bouc. Aujourd'hui, elle était seulement en train de remplir un seau dans le puits qui se trouvait devant chez elle. Quand elle eut fini, elle les regarda approcher. Louis rompit le silence. D'un coup de menton, il désigna le pin fourchu : « Avec le sable qui monte autour, tu n'auras bientôt plus besoin de voler là-haut avec ton balai ! » La vieille rit et fit le signe des cornes du diable avec ses doigts : « De toute façon, j'ai plus l'âge de me promener sur ce bout de bois. J'ai mal au dos rien qu'à le manier pour nettoyer la maison. Qu'est-ce qui vous amène, toi et ta nièce ? »

La Sorcière savait déjà pourquoi Marie était de ce côté de l'étang. En quinze mois, la nouvelle avait eu le temps de faire son chemin dans la petite communauté. Les résiniers traversaient régulièrement pour faire des provisions, aller à la messe avec leurs femmes pour ceux qui en avaient ou, pour les autres, passer un dimanche dans un cabaret un peu moins sommaire que celui de Louis. La famille Teste, dont le fils n'était pas mort mais avait tiré de sa rencontre avec le pichet de Marie un enfoncement de l'os temporal, de régulières crises d'épilepsie et une assez handicapante peur des femmes, était proche du gouverneur, le duc d'Épernon. Aussi celui-ci entendait-il leur rendre justice. Des officiers venaient de manière impromptue. Ils avaient interrogé la population et même perquisitionné à plusieurs reprises la maison des parents de Marie. Sur l'autre rive, les rumeurs allaient bon train mais peu de gens savaient où se trouvait la jeune fille. Et de ce côté, si personne parmi les résiniers du camp et les *costejaires* habitués des lieux n'était dupe lorsque Louis la présentait comme une lointaine petite cousine orpheline, le fait qu'elle soit sous sa protection incitait tout le monde à rester prudemment discret.

Sans entrer dans des détails qu'elle ne demandait d'ailleurs pas, Louis expliqua à la Sorcière qu'il n'était pas impossible que des officiers poussent un jour, dans les semaines à venir, jusqu'à son établissement. Même s'il devrait en être averti bien avant qu'ils arrivent chez lui, il préférait se garder de toute surprise et lui confier Marie. « Ils y réfléchiront à deux fois avant de venir jusqu'à toi. Tu leur fais plus peur que moi. Et quand bien même, quand ils seront chez moi, j'aurai le temps de t'envoyer quelqu'un pour t'avertir et Marie pourra aller se cacher dans les dunes. » Il voulut laisser à la vieille femme de l'argent, mais elle refusa : « Un peu de compagnie, ça me fera du bien. Et ça me changera des bergers qui viennent me baiser en gardant leurs manteaux puants. Je ne sais jamais s'ils évitent de me regarder parce que je leur fais peur ou parce que je suis trop laide. »

La maison était faite pour l'essentiel de planches gauchies et de bois de récupération apporté par des *costejaires* en guise de paiement. Les poutres principales, en pin, montraient que les résiniers aussi, parfois, payaient en nature. L'ensemble était plutôt spacieux et Marie pouvait avoir son coin, derrière un drap, dans la pièce principale. La Sorcière, elle, dormait dans une chambre étroite qui, à l'origine, devait être une souillarde. Ici plus qu'au camp de résiniers, le sable s'insinuait partout et les deux femmes passaient beaucoup de temps à le balayer.

Il fallut quelques jours, mais les officiers d'Épernon passèrent bien au camp. C'est Pèir qui vint prévenir Marie et l'emmener avec lui dans les dunes au cas où, après avoir bu chez Louis, les hommes du gouverneur auraient eu encore envie de s'enfoncer plus profondément dans les bois et le sable. Le jeune *costejaire* prit sa main et ils partirent tous les deux en courant en direction de l'océan. En voyant leurs doigts ainsi mêlés, la Sorcière secoua la tête en signe de désapprobation. Il lui faudrait en parler à Marie.

Ce séjour forcé loin du camp fut une sorte de libération. Loin du regard des résiniers, de leurs femmes et des clients, loin de son oncle, Marie se sentit plus légère. La Sorcière était de bonne compagnie. Elle lui révéla son véritable prénom, Hélène, et entreprit de lui raconter sa vie. Veuve très jeune d'un résinier mort de fièvres, elle avait failli se remarier avec un autre ouvrier, mort lui aussi brutalement d'un coup de hache donné par un collègue lors d'une discussion sur la présence ou l'absence du corps du Christ dans l'hostie et, surtout, de son sang dans le vin. Plus que sur la foi douteuse de cet homme, c'est sur Hélène que l'on rejeta la cause, bien qu'indirecte, de sa mort. Deux hommes en si peu de temps avec comme seul point commun cette femme un peu plus belle que les autres et qui le savait, ça ne pouvait pas être un hasard. Et d'ailleurs n'était-ce pas elle qui avait insinué le doute dans l'esprit de son futur second époux ? Elle était devenue la Sorcière. La chance – il en fallait bien un peu – avait fait que le camp de résiniers s'était peu à peu déplacé et qu'elle avait pu rester dans la cabane qu'elle avait brièvement partagée avec son mari, à l'endroit même où s'élevait sa maison actuelle. Seule dans un monde dominé par des hommes aux instincts de bêtes, elle avait survécu en faisant épisodiquement commerce de son corps et, surtout, en entretenant sa réputation de sorcière. Les plus malfaisants étaient souvent ceux qui craignaient le plus d'être soumis à quelque forces occultes. Ses philtres et potions dont elle aimait à faire croire qu'elle avait quantité de recettes étaient tous préparés à base de résine et servaient aussi bien à soigner les indigestions que les mauvaises toux, mais guère autre chose. Les gens étaient crédules et ça l'arrangeait bien, car ça la protégeait. Elle ne savait trop dans quelle catégorie ranger Louis, expliqua-t-elle à Marie. Il ne faisait pas partie des superstitieux, c'était certain. Mais bon ou mauvais, elle n'aurait su dire. Il était prêt à tout pour protéger ses intérêts et les développer, et ne semblait craindre ni Dieu ni Diable. Toutefois, il pouvait aussi se prendre d'affection pour quelqu'un et, dans ce cas, se montrer presque aimable. Elle-même en était la preuve. Il l'avait aidée quelques fois lorsqu'elle avait eu affaire à des mauvais payeurs ou qu'elle avait été malade, sans jamais rien lui demander en retour. Mais, ajoutait-elle, cette forme d'affection pouvait tout aussi bien disparaître si elle finissait par aller trop loin contre son intérêt. Elle en convenait volontiers, la relation qu'il avait avec Marie était différente. Mais elle doutait que Louis, qui voulait tout contrôler, laisse Marie faire ce qu'elle voulait. Elle lui conseilla de rester discrète si sa relation avec Pèir prenait le tour qu'elle croyait deviner.

La solitude pesait à Marie. Ce qu'elle avait voulu fuir en partant pour Bordeaux, elle l'avait retrouvé en pire au camp, coupée de ses rares amies et de sa famille proche. Louis n'avait jamais eu un mot plus haut que l'autre avec elle, et les tâches qu'il lui confiait dans son semblant de bazar et de cabaret n'étaient pas pénibles, mais elle avait l'impression de vivre constamment sous la menace d'un changement d'humeur soudain. Son oncle éprouvait à son égard une affection qui tenait au fait qu'elle était de son sang, mais surtout, comme il le disait parfois, qu'il se reconnaissait en elle. Il jugeait qu'elle renfermait une grande violence et que, comme lui, elle aimait l'exercer. L'événement qui l'avait amenée ici représentait pour Louis l'expression d'un penchant naturel qu'elle aurait longtemps enfoui et qui ne demandait qu'à ressortir.

Un autre incident, survenu peu après l'arrivée de Marie, avait encore ancré cette conviction. Les femmes du camp évitaient autant que possible l'établissement de Louis. Elles étaient bigotes et voyaient dans son commerce un lieu de perdition où leurs maris dépensaient leurs maigres salaires. Elles ne pouvaient rien y faire, et le bazar qui s'y trouvait leur était parfois indispensable, mais elles ne pouvaient se résoudre à montrer une quelconque forme de déférence à cet homme qui les saignait à blanc en pratiquant des prix prohibitifs, poussait leurs hommes au jeu et à la boisson, et affichait son mépris de la religion. Louis s'en accommodait et trouvait même une forme de plaisir à les narguer, à les pousser dans leurs retranchements jusqu'à ce qu'elles reculent, craignant de dépasser la borne invisible au-delà de laquelle il risquait d'user de violence. Elles n'eurent pas ces préventions à l'égard de Marie. Elles commencèrent par l'ignorer, par ne pas répondre à ses salutations, par la fixer avec des yeux aussi chargés de dédain que possible. Marie savait ce qu'elles pensaient et, à son tour, les méprisait pour cela. Elle au moins avait essayé de trouver mieux que ce que ces lieux avaient à lui offrir, et elle pouvait encore le faire. Elle ne traînait pas derrière elle une portée d'enfants crasseux ou un mari assommé par un travail d'esclave. Bien sûr, cela la ramenait à son propre échec. N'était-elle pas esclave elle aussi de ces lieux et de ceux qui y vivaient ? Des jours durant elle sentit ainsi sa colère monter et il suffit d'un geste.

Elle allait chercher de l'eau au puits, son seau à la main, et deux femmes y étaient déjà. Elles la regardaient approcher en chuchotant. Jusqu'alors Marie avait attendu que les autres s'en aillent avant de prendre leur place. Pas cette fois. Elle s'avança en soutenant leurs regards. Elle n'aurait su dire ce qu'elle attendait. Des mots, même des insultes, pour lui dire qu'elle existait ? Un geste amical ? Certainement pas. Quand elle fut assez proche des deux femmes, l'une d'elle plissa le nez, renifla, se racla la gorge et cracha à ses pieds. Comme si elle n'avait rien appris de ce qui lui était déjà arrivé, Marie tint fermement l'anse en corde pour frapper la femme au visage avec le seau. Celle-ci leva un bras qui encaissa le choc. Marie était déjà sur elle, la frappait et, après l'avoir mise à terre, s'assit sur sa poitrine et entreprit de l'étrangler. L'autre femme, plutôt que d'essayer de faire lâcher prise à la furie qui tuait son amie, courut chercher Louis. Lorsqu'il arriva, les ongles de sa nièce étaient plantés dans le cou de l'autre femme. Elle-même portait quelques griffures au visage mais son adversaire ne se débattait plus, trop occupée à essayer de faire passer un filet d'air dans sa trachée compressée. Louis saisit Marie par-dessous les épaules et la souleva, libérant l'autre qui demeura à terre en goûtant l'air qui affluait de nouveau. Aucun mot n'avait été échangé, et Marie n'eut pas droit à une quelconque leçon de morale de la part de son oncle. Il se contenta de la ramener jusqu'à sa maison, de la faire asseoir, de lui servir un verre de vin et de la regarder en souriant. Il était fier. Elle aussi.

7

Bijapur, août 1624

Sa tunique de coton lui collait à la peau. Pas un souffle de vent, seulement des nuages pareils à l'écume grise d'un de ces bouillons de poissons pas très frais que des marchands vendaient au coin de certaines rues, et une atmosphère aussi lourde et étouffante que leur fumet. Fernando avait chaud et, en ce moment précis, se demandait si son cerveau n'allait pas bouillir sous son turban. Il avisa un porteur d'eau, lui donna une pièce et eut droit à un gobelet d'un liquide tiède avec un arrière-goût de moisi. Il sentit ses intestins s'agiter comme pour le prévenir que si jamais il passait la nuit à se vider il ne pourrait s'en prendre qu'à lui-même. Il réprima un haut-le-cœur et reprit sa marche dans les rues encombrées de Bijapur en direction du palais de l'Adil Shahi. Comme à Goa, la foule s'apparentait à un mur infranchissable, une masse compacte, colorée et bruyante. Peut-être était-ce le bruit plus encore que le nombre qui donnait cette sensation de se heurter à un rempart. Ou bien les odeurs, celles fugaces des boutiques d'épices, celles plus acides des déjections d'animaux – de chevaux et même parfois d'éléphants –, celles des plats des marchands ambulants.

Mais lorsque l'on prenait le temps d'observer la foule sous les immenses parasols colorés portés par les esclaves, on finissait par comprendre qu'il n'y avait rien de plus ordonné, si ce n'était peut-être une fourmilière. Des courants semblaient diriger les palanquins des notables et de leurs escortes, les chevaux des soldats et des nobles, les pas des esclaves envoyés faire le marché par leurs maîtres… et si cette mécanique parfaitement agencée venait à se gripper, si l'on était heurté par quelqu'un, alors on tâtonnait à la recherche de sa bourse. Fernando se glissa dans ce flux comme une feuille emportée par le courant.

Devant le palais, il retrouva Simão. Lui aussi portait tunique, hauts-de-chausse, chaussures ouvertes à bout pointu et turban. Un véritable indien, occupé à ce moment-là à caresser un cheval. Un de ces petits pur-sang arabes qui transitaient par Goa et venaient équiper l'armée de l'Adil Shahi dont les deux soldats portugais faisaient dorénavant partie.

Le problème de la mort de dom Rui Álvares s'était en fin de compte changé en bénédiction. L'arrivée à Bijapur de Fernando et Simão sans celui qui les avait engagés avait suscité une certaine méfiance chez ceux qui étaient censés profiter de ce commerce. L'ambassadeur de dom Francisco de Gama auprès de l'Adil Shahi en premier lieu. Tout le monde savait à quel point les tigres étaient ici un fléau pour le voyageur. Mais cela ne rendait-il pas justement l'explication de la disparition d'Álvares un peu trop facile ? Fernando et Simão avaient bien apporté avec eux tous les effets de leur infortuné employeur, sans oublier l'argent qu'il destinait à l'achat des diamants. Mais l'occasion était trop belle pour les investisseurs portugais de revendiquer des sommes plus élevées que celles qu'ils avaient réellement versées. Les jésuites, omniprésents, y compris dans ce royaume musulman que Fernando commençait à trouver un peu trop tolérant, jouaient aussi leur partition. Ils poussaient en faveur d'un procès en bonne et due forme, relevant au passage que depuis leur arrivée à Bijapur ni l'un ni l'autre des deux hommes de l'escorte d'Álvares n'avait daigné assister à un office et encore moins se confesser. On les qualifiait de voleurs et d'assassins. Les frères de la Compagnie de Jésus ajoutaient le nom d'impies que Fernando, en d'autres circonstances, aurait volontiers considéré comme un compliment. Simão et lui se voyaient déjà de retour à Goa pour profiter des largesses de l'Inquisition et du confort des cellules du palais du Saint-Office. Cela, à vrai dire, les tentait peu. Aussi, avant que cette histoire ne dégénère, ils avaient choisi de passer le pas. Leur expérience militaire et leur maîtrise des armes à feu leur ouvraient les portes des armées de l'Adil Shahi. Victimes de luttes intestines entre ceux qui cherchaient à racler les derniers lambeaux de chair accrochés aux os d'un empire auquel seul le grouillement des mouches et des asticots s'agitant dessus donnait l'illusion de la vie, Fernando et Simão avaient tout à perdre en restant du côté du monde qui les avait envoyés ici. Il avait fallu habiller leur conversion de quelques accents de sincérité, se dire que le choix par défaut de ce nouveau dieu – qui était sans doute le même – leur interdirait désormais tout retour. Leur seule conviction, de toute façon, était que leur avenir ne pouvait plus se jouer à Goa. Cela avait été plus simple pour Fernando, que rien ne rattachait plus depuis longtemps à sa terre natale, que pour Simão, qui ne cessait de se raccrocher à des rêves de gloire. Ceux-ci, bien entendu, n'avaient de valeur que s'il pouvait revenir conter ses aventures ou, mieux encore, les faire imprimer dans un de ces récits comme il en avait tant lu. C'était là sa croyance à lui : on ne meurt vraiment que lorsque plus personne ne prononce votre nom. Il désirait vivre longtemps.

Renégats à la solde d'un roi musulman, les deux soldats s'étaient taillé une réputation pendant leurs premiers mois de service. Habiles et capables de charger rapidement un mousquet, ils s'étaient illustrés lors d'embuscades menées au sud du royaume contre des troupes du sultan de Golkonda. Si ni leurs origines ni leur carrière dans l'armée portugaise ne les avaient préparés à l'équitation, ils avaient cependant appris à monter et étaient devenus des cavaliers honorables, ce qui, à Bijapur, avait son importance. Enfin, et peut-être était-ce perçu comme leur qualité principale par leurs nouveaux chefs, Fernando et Simão, contrairement à la plupart des Portugais qui servaient là, buvaient peu. Tout cela leur avait permis de s'élever rapidement dans la hiérarchie. Ils étaient dorénavant affectés à la garde du palais de l'Adil Shahi Ibrahim II. La solde était honnête et la relative paix qui régnait sur ce sultanat dont le roi se piquait avant tout de musique et de peinture rendait leur position confortable. En fin de compte, c'était avant tout des autres Portugais qu'il fallait se méfier. Fernando s'y employait tandis que Simão continuait d'imaginer des plans pour renouer avec une action qui commençait à lui manquer.

Cette action ne viendrait certainement pas de la mission qu'on leur confiait ce jour-là. Un Portugais venait d'arriver au palais. Fernando suivit Simão à l'intérieur où ils rejoignirent Yusuf Khan, l'officier chargé de la garde.

Celui-ci leur présenta Luís Gomes. Gomes, leur dit-il, était un fondeur de canons. Il fallait en prendre grand soin, car c'était un homme important. Le sous-entendu était clair pour Fernando : Luís Gomes était un traître qui avait trouvé en l'Adil Shahi un nouvel employeur susceptible de le payer mieux que ne le faisait le vice-roi. Il fallait s'assurer qu'il travaille dans de bonnes conditions, mais aussi le surveiller au cas où il déciderait de trahir de nouveau. Gomes n'était pas important, mais il était précieux. L'Adil Shahi avait la réputation de s'intéresser essentiellement au sitar, mais il ne négligeait pas la défense de son royaume. La paix entretenue avec les Portugais restait fragile et les relations avec le Grand Moghol étaient compliquées. Quant à celles avec les autres sultanats du Deccan, Fernando et Simão avaient assez récolté de cicatrices sur les frontières de l'État pour savoir qu'elles n'étaient pas toujours cordiales. Si, pour l'Adil Shahi, la musique adoucissait les mœurs, de bons canons, eux, permettraient de mettre ses voisins dans de bonnes dispositions. Or, si Bijapur regorgeait de bon minerai, on manquait cruellement d'artisans capables de produire des bouches à feu solides et efficaces. L'arrivée de Luís Gomes, pour peu que le fondeur fût aussi habile qu'il le disait, était une chance dont il fallait tirer avantage.

Gomes le savait et il avait tendance à surestimer sa propre valeur. L'homme était petit. Presque maigre. Loin de l'image que pouvaient se faire Fernando et Simão d'un homme travaillant le métal. Il avait par contre tout du Portugais en Inde. Malgré sa taille, il les prenait de haut. Il les toisait avec mépris comme s'il n'avait pas lui aussi déjà décidé de changer de camp. Il agitait trop ses bras et parlait trop fort et trop mal.

« Il a intérêt à être bon », dit Simão à Fernando en regardant Gomes donner des coups de mentons dans le vide en direction de Yusuf Khan à qui il expliquait ce dont il avait besoin ou, plutôt, ordonnait que l'on mît un certain nombre de choses – esclaves et matériel – à sa disposition. « Parce que si ça n'est pas le cas, il va mal finir. » Fernando acquiesça. Si le fondeur se révélait moins bon que ce qu'il affirmait, Yusuf Khan se ferait un plaisir de s'en débarrasser avec, aux lèvres, le même rictus qu'il affichait à ce moment précis en écoutant les instructions de Gomes. À en croire la manière dont le sourire du chef de la garde ne cessait de s'élargir, ça serait long et douloureux.

Quand Gomes en eut terminé, au grand soulagement de tout le monde, Yusuf Khan le confia à la garde de Fernando et Simão qui, avec quelques hommes, se chargèrent d'escorter le Portugais jusqu'à l'arsenal. À cheval, ils accompagnèrent le palanquin que l'on avait mis à disposition de Gomes. Le petit homme continuait de pérorer et de jurer lorsque les porteurs ne stabilisaient pas assez sa litière. Simão ouvrait la voie et, derrière le convoi, Fernando écoutait le fondeur de canons tout en espérant qu'un éléphant pris de panique fende la foule et vienne mettre fin à son soliloque en l'écrasant proprement.

L'arrivée à l'arsenal fut une délivrance. Ils pénétrèrent dans une vaste cour entourée de préaux. Des dizaines d'ouvriers, forgerons, cordiers, charpentiers, esclaves dédiés aux tâches subalternes et à la manutention s'affairaient autour d'échafaudages, de fours, de fosses et de cuves. Les foyers rendaient la chaleur plus accablante et les fumées âcres que le vent rabattait parfois en tourbillonnant dans la cour brûlaient la gorge, piquaient le nez, faisaient pleurer les yeux. Gomes, pourtant, semblait à son aise. Suivi d'un traducteur, il faisait l'inventaire du matériel nécessaire et aboyait des ordres à destination des ouvriers. Moins d'une heure après leur arrivée, le fondeur travaillait déjà à la préparation du modèle sur lequel serait fabriqué le moule. Il avait déjà fait venir un gabarit de bois réalisé par ses soins qui reproduisait la forme du futur canon. Très vite, un squelette de bois prit forme sur un chevalet équipé à ses extrémités de manivelles manipulées par des esclaves. Le long tourillon se hérissait de planches de différentes largeurs autour desquelles on commença ensuite à enrouler une corde de chanvre. Sous l'un des préaux, des Indiens préparaient l'argile destinée à recouvrir l'ensemble. Fernando et Simão s'installèrent à leurs côtés pour profiter de l'ombre.

— Je crois que ça va durer longtemps, dit Simão alors que l'après-midi était déjà bien avancé. Il compte pas s'arrêter ?

Il n'y comptait pas. Les jours suivants furent longs. Gomes s'activait sans cesse, négligeait de se reposer. Il avait décidé de faire en une semaine un travail qui, en temps normal, en aurait nécessité trois ou quatre. L'Adil Shahi avait était clair : tout le monde devait se mettre au service de ce fondeur qui se disait si fort. Conscient de l'enjeu, Gomes n'accordait aucune confiance aux ouvriers. Il ne se contentait pas de hurler ses ordres. Il les accompagnait de coups. Un morceau de corde au bout duquel il avait fait un nœud épais lui servait de fouet. Aux premiers coups, les Indiens avaient ri en essayant d'esquiver les assauts de ce petit Portugais teigneux. Fernando et Simão, qui avaient déjà eu à subir les colères de chefs de cet acabit, se demandaient quand les choses dégénèreraient. La question de Simão n'avait pas seulement à voir avec son propre confort, même s'il comprit très vite que les soldats devraient rester attentifs à ce qui se passait. Elle disait aussi son inquiétude, et Fernando la partageait. Certes, il y avait là des esclaves qui avaient l'habitude des mauvais traitements, mais Fernando doutait que le fondeur fasse la différence entre ceux-là et les artisans au service de l'Adil Shahi. Que le Portugais s'en prenne à la mauvaise personne et il risquait de goûter à son tour à la douleur. Sous la lumière du soleil ou celle des flambeaux, au creux de la nuit ou au milieu du jour, à toutes les étapes de la fabrication du canon, Luís Gomes crachait sa colère et sa peur d'un échec qui pourrait lui être fatal. Il devait faire vite et il devait faire bien. Et si cela n'avançait pas assez rapidement, si le moule mettait trop de temps à sécher, si les cerclages d'acier n'étaient pas suffisamment bien posés, si le four ne chauffait pas assez le bronze et si l'alliage semblait encore contenir des impuretés, la corde s'abattait. Les esclaves encaissaient les coups. Les ouvriers ne riaient plus.

Quand il fallut enfin vider la fosse dans laquelle on avait enterré le contre-moule pour y couler le bronze et le laisser refroidir, Luís Gomes semblait prêt à tuer tout le monde, et tout le monde voulait le tuer. Quelques heures auparavant, un soldat indien de la garde avait émis l'idée d'enterrer le fondeur dans la fosse avant d'y verser l'alliage en fusion. « Ça serait une belle mort, pour lui », avait-il dit pour appuyer sa proposition, que Fernando avait dû rejeter à contrecœur.

Un échafaudage avait été mis en place au-dessus de la fosse. Des esclaves achevaient de la vider de sa terre pour en sortir le canon et sa culasse libérés de leurs gangues d'argile. L'opération était délicate. De l'avis des ouvriers, la plupart des éléphants étaient moins lourds que les pièces qu'ils avaient à sortir de ce trou. Il n'y avait pas d'éléphant pour retirer le canon de sa fosse. Seulement des hommes épuisés par ces derniers jours sans repos passés dans la chaleur et les fumées de l'arsenal.

L'Adil Shahi était là lui aussi, accompagné de Yusuf Khan et d'autres hommes de la garde. Le souverain tenait à assister à la naissance de ce qui serait peut-être la première d'une longue série de bouches à feu qui lui permettraient de montrer sa puissance et de mieux résister à la pression de ses ennemis.

La pièce de bronze se trouvait maintenant suspendue en l'air, et les esclaves s'arc-boutaient, les pieds plantés dans le sol, les bras raidis sur leurs cordes tandis que l'on avançait l'affût sur lequel devait être posé le canon. La pièce descendait lentement, guidée par quelques ouvriers et Gomes qui, peu affecté par la solennité que revêtait cet instant pour son commanditaire, continuait de hurler ses ordres. Pas assez fort toutefois pour couvrir le craquement d'une poulie gauchie par la pression. Le silence se fit l'espace d'une seconde puis l'une des cordes se libéra, entraînant avec elle une ligne d'esclaves précipités au sol, et le canon tomba de guingois sur l'affût, le brisant net, avant de s'écraser sur les jambes d'un ouvrier. Le cri de douleur de cet homme fut à son tour couvert par celui de colère de Gomes. Le fondeur abattit sa corde sur les corps encore emmêlés des esclaves étendus dans la terre ocre de la cour. Le nœud de chanvre fouettait des membres brisés, meurtrissait les chairs. Fernando le vit cingler un œil qui éclata sous le coup. Le soldat n'y tint plus. Tandis que Simão et d'autres se précipitaient pour aider à dégager l'ouvrier évanoui, coincé sous le canon, il courut vers Gomes qui eut tout juste le temps de lever la tête vers lui avant qu'un poing ne le cueille sous le menton. Il s'écroula et se tut enfin. Ce fut un réconfort pour tout le monde. Sur sa chaise à porteurs posée au sol, à l'ombre des toiles qui le protégeaient du soleil, l'Adil Shahi hocha la tête en regardant le Portugais étendu et demanda à un musicien de sa cour de jouer un morceau sur son sitar.

C'est en musique que le canon fut soulevé et posé sur un traîneau de fortune, et que Luís Gomes retrouva ses esprits après qu'on lui eut jeté un baquet d'eau tiède au visage. Pour la première fois depuis son arrivée, le fondeur eut l'intelligence de se taire. Il se contenta de frotter son menton meurtri, de cracher un peu de sang et, avec ses doigts sales, de compter ses dents. Il en manquait une, tout devant.

Le canon fut mis à l'épreuve la semaine suivante sur un terrain dégagé à l'extérieur de Bijapur. Luís Gomes avait eu le loisir de se reposer. Aussi passait-il à nouveau beaucoup de temps à beugler ses ordres. Mais l'absence de son incisive provoquait un zozotement parfois ponctué d'un sifflement étrange, presque musical, dont Simão estimait qu'il devait ravir l'Adil Shahi, qui, sous ses parasols, installé sur une butte, observait la manœuvre.

Fernando espérait pour sa part que le canon en viendrait à se fendre, ce qui débarrasserait définitivement le royaume de cet homme irritant. Placé aux côtés de Yusuf Khan, en contrebas de l'Adil Shahi, il attendait.

Ce matin-là, le canon tira dix fois. Des coups qui semblaient ébranler le sol. Précis. D'une longue portée. On vérifia le canon. Il avait tenu bon. Luís Gomes avait prouvé que sa réputation n'était pas usurpée. Fernando savait déjà qu'il s'était fait un ennemi. Et voilà qu'il était devenu puissant. Mauvais endroit, mauvais moment, on ne pouvait décidément pas aller contre son destin.

8

Lisbonne – Cap-Vert, juin 1624 – janvier 1625

À bientôt soixante ans, il n'avait guère changé. Blond, pâle, maigre et engoncé dans son manteau noir, le général de la flotte portugaise revenait d'une campagne au large des côtes pour chasser les pirates anglais et hollandais. La chasse avait été bonne. Les soldats et marins qui embarquaient présentement sur des chaloupes pour retourner à terre affichaient la mine réjouie de ceux qui allaient écumer les tavernes et les bordels ce soir. Le soulagement aussi de s'éloigner de leur commandant, de son visage de pierre dont l'impassibilité ne se fissurait que pour jeter des ordres secs qui semblaient toujours charrier un flot de menaces implicites. Il n'en laissait rien paraître, mais dom Manuel de Meneses revenait de ces trois semaines de mer avec la satisfaction d'avoir nettoyé les eaux du royaume de quelques mécréants et peut-être aussi d'avoir montré au souverain espagnol la valeur de sa flotte portugaise.

Depuis le château arrière de son galion, il regardait approcher la caravelle qui, après s'être engagée dans le Tage, doublait maintenant la tour de Belém. Il s'agissait d'une arrivée imprévue. Dom Manuel de Meneses ordonna qu'on le ramène à terre.

La caravelle venait du Brésil. Matias de Albuquerque, gouverneur de la capitainerie de Pernambuco, annonçait la prise de Salvador de Bahia par les Hollandais le mois précédent et faisait suivre plusieurs lettres de l'évêque. Celui-ci y expliquait que le gouverneur avait dû se rendre. L'homme d'Église menait dorénavant une résistance depuis l'intérieur des terres grâce à plus de mille hommes qu'il avait pu rassembler après l'évacuation de la ville et à quelques centaines d'Indiens. Il demandait de l'aide. Albuquerque avait envoyé une compagnie pour assister l'évêque mais ne pouvait dégarnir ses propres défenses dans le cas où les Hollandais désireraient aussi s'en prendre à Recife ou Olinda.

La nouvelle fit grand bruit. Et lorsqu'elle arriva à Madrid, le roi Felipe IV affirma qu'il aimerait se rendre personnellement à Bahia pour effacer l'offense qui lui était faite par les Hollandais. Personne ne s'inquiéta outre mesure pour la vie du souverain qui, plutôt que de s'embarquer pour les Indes occidentales, ordonna que l'on arme deux flottes. L'une, qui serait la plus importante, à Cadix, l'autre, à Lisbonne.

Dom Manuel de Meneses était outré. Il avait connu l'annexion de son royaume à l'Espagne. Il lui était insupportable d'imaginer maintenant la perte d'un territoire chèrement conquis au profit de pirates hérétiques. Il voyait dans les ordres de Felipe IV une manière d'affirmer à nouveau la supériorité de l'Espagne sur le Portugal. C'était humiliant. La reprise de Bahia se devait d'être portugaise. Aussi soutint-il la création, en quelques jours seulement, d'une Compagnie générale de commerce dont les parts vendues à la noblesse lusitanienne permettraient de financer une opération de reconquête de Salvador de Bahia.

Juillet n'était pas encore là que le roi avait déjà fait appareiller quelques bateaux pour renforcer les garnisons de Pernambuco et Rio ; en direction de Salvador, Felipe IV envoyait trois navires sous les ordres de dom Francisco de Moura, qu'il destinait à être le nouveau gouverneur de Bahia. Au moins avait-il eu la sagesse de choisir un Portugais.

En août, dom Manuel de Meneses reçut enfin une lettre du roi qui faisait de lui le commandant de la flotte portugaise. Ce jour-là, il sourit. Pas longtemps, cependant. Le roi précisait qu'une fois prête la flotte de Meneses devrait rejoindre le Cap-Vert où elle ferait la jonction avec la flotte espagnole commandée par don Fadrique de Toledo. Ce serait lui le chef de cette opération.

Le Portugal entier s'engageait pour la reconquête de Salvador de Bahia. Non seulement des dizaines de *fidalgos* venaient combattre, mais eux et d'autres encore finançaient l'expédition. Plus de deux cents mille *cruzados* avaient été réunis. La moitié de la somme, offerte par la ville de Lisbonne. Les archevêques et évêques du Portugal avaient aussi donné, ainsi que les marchands de toutes les nations que l'on trouvait ici. Sans même que la couronne d'Espagne eût versé le moindre real, on avait financé dans le seul Portugal l'affrètement des bateaux, une partie de la solde des compagnies d'infanterie, les armes et les munitions, du matériel de siège, des vivres... Ce que l'on voulait ici, ça n'était pas aider Felipe IV à reprendre Bahia, mais que ce fût le Portugal qui s'en honore. C'était, dom Manuel de Meneses le comprenait mieux que quiconque, une question d'honneur. La couronne d'Espagne ne pouvait considérer la noblesse portugaise comme de simples vassaux. Elle se devait de respecter sa relative autonomie. Il leur montrerait, lui, à don Fadrique, à Olivares, le gros Premier ministre, et à Felipe IV, combien, ici, on savait défendre ses intérêts.

Trois mois durant, Lisbonne fut en effervescence. Il fallait affréter les bateaux – vingt-six allaient partir –, leur affecter des équipages et des capitaines, préparer leur ravitaillement, les armer, faire venir des soldats cantonnés dans diverses garnisons, en recruter d'autres... Dom Manuel de Meneses s'absorba dans cette tâche avec dom Francisco de Almeida, amiral de la flotte et maître de camp du *tercio* du Portugal. Il le fit comme toujours avec méticulosité et froideur. Avec brusquerie aussi. Surtout lorsqu'il s'agissait de traiter avec les *fidalgos*. Quel que fût leur rôle, capitaines de bateaux ou d'infanterie, simples volontaires pour combattre, sans attribution particulière si ce n'était leur titre de noblesse, mais dotés de toute l'étendue de leur incompétence, ils désiraient tous à tout prix donner leur avis ou, pire encore, leurs conseils. Parmi eux, António Moniz Barreto se distinguait par son exceptionnelle propension à s'écouter parler. Il avait beaucoup d'idées. Elles n'étaient pas toujours intéressantes, mais il aimait les développer longuement. Il n'entendait rien de ce qu'on pouvait lui dire, aimait à flatter les puissants – à l'exception de Meneses auquel il rendait ostensiblement son mépris –, et s'employait à se faire apprécier de ses subordonnés plutôt qu'à s'en faire obéir. Dom Manuel de Meneses aurait voulu se contenter de l'ignorer, mais il ne pouvait s'empêcher d'éprouver à son égard un sentiment qui s'approchait de la haine. Celle qu'il réservait en temps normal aux ennemis du royaume. Cela le dérangeait un peu. Et Moniz, qui sentait d'instinct ce trouble chez le commandant de la flotte, semblait en jouer. Il prenait son contrepied devant tout le monde et jouissait ouvertement des rares moments où Meneses en perdait son habituelle noble froideur pour laisser place à une telle raideur qu'on eût dit qu'on lui enfonçait un tisonnier chauffé à blanc dans le fondement. Mais Moniz avait ses propres appuis et on le disait même doté de quelques compétences. Il occupait donc dans la flotte une place essentielle. En plus d'être le capitaine du galion *Conceição*, il était le maître de camp du second *tercio* portugais. Il faudrait donc composer avec lui et tenter de le tenir.

Le 22 novembre, à la faveur de vents de nord-est, la flotte portugaise prit la mer après une prière collective. Depuis le château de poupe de son galion, dom Manuel de Meneses admirait le spectacle de ces voiles gonflées marquées de la croix rouge de l'ordre du Christ. Galions, caravelles et hourques barraient l'embouchure du Tage avant de cingler vers le large et les îles du Cap-Vert. Plus de quatre mille hommes et trois cents dix canons, des milliers de boulets, des dizaines de quintaux de poudre, trois mille mousquets et arquebuses et autant de piques et demi-piques s'apprêtaient à traverser l'Atlantique pour faire mordre la poussière aux voleurs de la Compagnie néerlandaise des Indes occidentales. Il eut une pensée pour Cécile de Rome, que l'on célébrait ce jour-là, sainte mariée de force qui avait pourtant réussi à convertir son mari et à conserver sa virginité. Il n'était pas convaincu que le Portugal puisse en dire autant. Le capitaine du galion le tira de ses pensées en lui faisant remarquer que le *Conceição* de Moniz, le mieux armé de tous, s'éloignait de la flotte. Les ordres avaient pourtant été clairement donnés avant le départ et on avait convenu que les navires demeureraient aussi groupés que possible. Mais António Moniz Barreto, une fois de plus, n'en faisait qu'à sa tête.

Il le paya un mois plus tard, à l'approche du Cap-Vert. La mer était mauvaise, le brouillard, épais et, comme il en avait pris l'habitude, Moniz avait navigué à l'écart de la flotte ; il l'avait perdue dans les parages de l'île de Maio où le vent et les courants avaient porté son lourd galion. Le destin se présenta à lui sous la forme d'un récif assez immergé pour qu'on ne le devinât pas, mais trop proche de la surface pour un navire aussi gros que la *Conceição* qu'il éventra en partie. La houle forte se chargea ensuite de terminer ce travail de sape tandis que la panique gagnait les hommes à bord.

Lorsque la nouvelle du naufrage parvint à dom Manuel de Meneses, celui-ci, ainsi qu'il en avait pris l'habitude en de pareilles circonstances depuis son exploit des Comores, se félicita d'avoir pour sa part les pieds au sec sur un bateau qui flottait parfaitement. Puis il entreprit de rejoindre les abords du *Conceição* tandis qu'une caravelle partait avertir le seigneur de l'île de Maio et lui demander son secours. Cette nuit-là, l'armada du Portugal perdit un galion mais aussi plus de cent cinquante hommes qui, dans le désespoir de l'instant, s'étaient jetés dans les flots en invoquant Dieu. Les plus dévots des survivants mirent en doute la sincérité de la foi de leurs regrettés camarades. L'un d'entre eux, qui s'était agrippé à des poutres liées en croix, avait survécu. C'est bien la preuve que le Seigneur était là. Mais il n'avait pas jugé bon de sauver tout le monde. Il avait certainement ses raisons. Dom Manuel de Meneses se serait aisément passé de sauver António Moniz Barreto, mais les hommes du seigneur du Cap-Vert s'en étaient déjà chargés lorsqu'il atteignit la zone du naufrage. Il se contenta donc de superviser les opérations de déchargement du *Conceição*. Grâce aux esclaves du seigneur de

Maio qui travaillèrent d'arrache-pied dans les pires des conditions, on put récupérer la plus grande partie de la cargaison et en particulier les canons et les munitions. On mit ensuite le feu à l'épave qui se consuma jusqu'au matin.

Après cela, Moniz se fit plus discret. Lors du naufrage, le capitaine d'infanterie présent à bord avait convaincu une partie des hommes de prendre le temps de fabriquer des radeaux de fortune, malgré l'urgence, plutôt que de s'offrir à une mort certaine. Ils lui en étaient tous reconnaissants ; l'étoile de Moniz, en revanche, avait autant pâli du naufrage lui-même que de son attitude passive après que le bateau se fut échoué.

Les trente navires de l'armada de don Fadrique de Toledo ne quittèrent Cadix qu'en janvier. Ils transportaient certes le double d'hommes et de canons que ce dont disposait l'armada de dom Manuel de Meneses, mais ils avaient un retard évident. Ils n'arrivèrent au Cap-Vert qu'au début du mois de février. Cela soulagea grandement les Portugais dont les hommes commençaient à s'impatienter et à souffrir du climat insalubre des lieux sur lesquels ils étaient cantonnés.

La jonction effectuée, Portugais et Espagnols cinglèrent aussitôt vers les Amériques. De sa place habituelle, le col de son manteau relevé pour se protéger des embruns d'une mer agitée, dom Manuel de Meneses ne pouvait qu'admirer le spectacle de ces dizaines de navires en chemin pour imposer de nouveau l'ordre ibérique sur cette part disputée du monde. Oubliant sa rancœur à l'égard du tuteur espagnol et le souvenir douloureux de l'Invincible Armada, il fut durant quelques instants gonflé de fierté à l'idée d'être l'un des chefs d'une des marines les plus puissantes au monde. Il se força à ne pas sourire et tourna la tête pour fixer la ligne d'horizon.

9

Recôncavo de Salvador de Bahia, janvier 1625

Ce qui était bien avec les Hollandais, c'est qu'ils se laissaient facilement tuer. Dès qu'ils n'étaient pas protégés par des murs ou qu'ils ne pouvaient utiliser leurs mousquets, on en faisait ce qu'on voulait. Trop occupés à piller la ville puis à s'y installer, ils avaient laissé le temps à l'évêque de regrouper ses troupes et d'organiser la défense de son bastion du rio Vermelho. Son état-major avait été installé sur une colline dont les accès étaient protégés par des tranchées équipées avec une partie de l'artillerie qui avait pu être sortie de São Salvador avant sa chute. Les canons, fauconneaux et pierriers assuraient une défense solide.

Pour l'heure, il pleuvait, et Diogo Silva essayait de se fondre dans la végétation avec l'aide de l'épais rideau de pluie. Comme Ignacio le lui avait appris, il s'efforçait d'être attentif à tout. Aux bruits, trop nombreux pour qu'il pût tous les discerner. Surtout aujourd'hui, tant ceux du ruissellement sur le chemin devant eux, des feuilles agitées par le vent et heurtées par les gouttes couvraient tout. Aux odeurs aussi. Il y avait bien entendu celles de la végétation humide, de la terre rendant à l'air la chaleur emmagasinée sous le soleil du matin. Mais aussi celle des poulets en train de griller sous un appentis du moulin à sucre derrière lequel lui, des Indiens Tupinambas et des soldats portugais étaient dissimulés. Il avait faim et peinait à se concentrer sur autre chose. À ses côtés, Ignacio aurait tout aussi bien pu ne pas être là. Totalement immobile, on n'entendait pas même le bruit de sa respiration. Il semblait ne dégager aucune odeur. Quand l'averse se renforçait, il disparaissait presque à la vue de Diogo. Les autres Tupinambas en embuscade un peu plus loin étaient tout aussi invisibles. Heureusement que, derrière eux, il y avait toujours un Portugais pour tousser ou faire tinter une épée ou une pique ; on se sentait moins seul.

La pluie était une alliée. Elle empêcherait les Hollandais d'utiliser leurs mousquets. L'évêque aurait apprécié cet aide du ciel s'il n'était mort quelques mois auparavant, emporté par la maladie. Il avait dès après la prise de São Salvador par les Hollandais mis en place une stratégie très efficace qu'étaient venus renforcer les hommes et le ravitaillement envoyés de Pernambuco. Elle était simple : la plupart des moulins à sucres et des fermes qui se trouvaient dans le Recôncavo, hors des murs de São Salvador, avaient été fortifiés, et on y avait installé des hommes en armes pour les défendre. Les îles de la baie de Tous les Saints étaient elles-mêmes contrôlées par les rebelles portugais. Les Hollandais devaient envoyer des troupes pour tenter de gagner du terrain. Or, sortir de São Salvador revenait pour eux à s'exposer à des embuscades. Ils en avaient fait l'amère expérience dans les premières semaines lorsque leur chef, le général van Dort, fut tué par Francisco Padilha et que les Indiens sous les ordres d'Afonso Rodrigues de Cachoeira lui coupèrent les mains et la tête. Diogo avait entendu conter cet exploit plus d'une fois, et il espérait bien pouvoir un jour participer à un tel moment. Le fait est que les Hollandais sortaient moins. Ils avaient essayé pendant un temps d'envoyer au ravitaillement, dans les fermes et moulins, des esclaves noirs. Leur sort avait été identique. On en avait même renvoyé vivants, mais avec les mains coupées et un petit écriteau autour du cou pour expliquer à quoi s'exposaient ceux qui pensaient pouvoir circuler librement dans le Recôncavo. Pourtant, à quoi bon tenir une ville comme São Salvador si l'on ne peut profiter des ressources de son arrière-pays ? Si l'on ne peut ni accéder aux vergers et aux fermes pour se ravitailler en vivres, ni prendre les moulins à sucre et la richesse qu'ils représentent ? Les Hollandais devaient parfois tenter des sorties. Ils s'éloignaient généralement peu des murs de la ville et toujours avec une grande escorte armée pour rejoindre les moulins et fermes qui n'étaient pas fortifiés et dont les propriétaires étaient réputés ouverts au commerce plus qu'à la guerre.

C'était le cas du maître du moulin derrière lequel Diogo patientait. Les Portugais lui avaient amicalement conseillé de commercer avec les Hollandais. Depuis plusieurs mois, ils venaient s'y ravitailler en sucre, en fruits et en volaille. Ce jour-là, ils venaient charger des pains de sucre et manger sur place. On les entendait d'ailleurs arriver. Le chariot qui devait transporter le sucre grinçait sur le chemin raviné par la pluie. Des voix s'élevaient. Des mousquetaires firent le tour, s'arrêtèrent pour regarder brièvement vers la lisière de la forêt avant de se tourner vers les poulets en train de cuire qu'un esclave du moulin faisait tourner sur leur broche au-dessus du foyer. Après s'être arrachés à ce spectacle hypnotique, ils repartirent. On entendait maintenant les hommes qui chargeaient le chariot. Quand ce fut terminé, le propriétaire apparut avec un officier hollandais. Peu à peu, les autres soldats, qui avaient fini de surveiller le chargement du chariot à l'avant du moulin, les rejoignirent. Ils parlaient et riaient. L'officier paya le propriétaire. On retira la broche sur laquelle étaient les poulets. Diogo avait compté vingt-cinq hommes. L'officier, vingt soldats, mousquetaires et hallebardiers, le conducteur du chariot et trois esclaves noirs qui étaient là pour la manutention. Lorsqu'Ignacio leva lentement son arc, Diogo fit de même. Il choisit un hallebardier bien en chair en se disant qu'il serait plus facile à toucher. Après six mois aux côtés des Tupinambas, il n'avait pas encore la même dextérité qu'eux, mais il progressait sans cesse. Ignacio lâcha sa flèche le premier. Elle transperça le cou de l'officier de part en part et alla se ficher dans le poulet que tenait derrière lui le propriétaire du moulin. Les autres Indiens tirèrent dans la seconde suivante, tout comme Diogo qui toucha sa cible à la jambe. Trois autres soldats s'effondrèrent pendant cette salve. Ceux qui étaient encore debout n'avaient pas eu le temps de comprendre ce qui leur arrivait que déjà ils voyaient sortir de la végétation une nuée de Tupinambas équipés de massues, suivis par des Portugais en armes. Les plus sensés s'enfuirent. Ceux qui restèrent n'étaient pas plus courageux. Ils n'avaient juste pas réalisé ce qui se passait ou bien ils étaient blessés. Cela ne dura pas beaucoup plus longtemps. Ces embuscades s'opéraient comme dans un rêve ou une transe. Lorsque l'on commençait à se rendre vraiment compte de ce que l'on faisait, tout était déjà terminé.

Deux choix s'offrirent à ceux qui n'avaient pas pu prendre la fuite : se battre ou se rendre. On fit deux prisonniers. On laissa les blessés sur place. Les Tupinambas coupèrent les mains et les têtes des cinq morts. Comme ils avaient le temps, ils les écorchèrent aussi. Le spectacle déplaisait assez aux Portugais, mais il avait l'avantage d'imposer la terreur à l'adversaire. Lorsqu'on viendrait les récupérer, les blessés pourraient dire ce à quoi ils avaient assisté. Diogo commençait à avoir l'habitude. Si, grâce à Ignacio, il était intégré à ce groupe de combattants, ses origines lui interdisaient de se servir sur le corps des ennemis et ça lui convenait. Quand ce fut terminé, ils mangèrent les poulets.

10

Bijapur, mars 1625

« Regarde-le, comme il est fier. On dirait un paon… il a un peu la même voix, d'ailleurs. »

Simão observait Luís Gomes. Le fondeur venait d'offrir à l'Adil Shahi un canon miniature de sa fabrication dont il affirmait qu'il pouvait fonctionner. Il déconseillait cependant de l'utiliser en intérieur. « Quel lèche-cul ! Il pourrait montrer un peu plus de pudeur… »

Fernando et lui étaient inquiets. Depuis qu'il avait réussi à fabriquer un canon de grande qualité dans des délais qui semblaient impossible à tenir, Gomes était en cour. Il dirigeait un atelier qui produisait des pièces d'artillerie avec rapidité et constance, et l'Adil Shahi lui en était très reconnaissant. C'est pourquoi il le payait bien, fermait les yeux sur ses débordements de violence à l'égard des ouvriers et, de plus en plus, l'écoutait. C'était là le problème. Le chuintement que le fondeur émettait à ce moment précis en s'adressant au souverain, tandis que sa langue venait se coller à son absence d'incisive, ne cessait de rappeler le contentieux qui l'opposait à Fernando. Fernando et Simão savaient de la bouche même de Yusuf Khan que Gomes faisait tout son possible pour les discréditer. Le chef de la garde les soutenait encore. Mais combien de temps ferait-il le poids face à celui qui était en train de faire de l'armée de Bijapur une des mieux équipées en artillerie du Deccan ? Tomber en disgrâce après avoir renié leur foi chrétienne obligerait Fernando et Simão à renoncer à ce qu'ils avaient commencé à construire au gré des circonstances. Ils avaient ici une place enviable. Il leur faudrait quitter Bijapur, offrir leurs services à d'autres souverains et tout recommencer. À condition qu'on les laisse partir.

Cela faisait plusieurs semaines que Simão insistait pour qu'ils fuient rapidement, tant que le venin de Gomes n'avait pas encore bien instillé chez l'Adil Shahi, tant qu'ils disposaient d'une certaine liberté de mouvement. Ça n'était d'ailleurs pas pour lui déplaire. Fernando, quant à lui, voulait croire qu'ils avaient encore une chance de garder leur place grâce au soutien de Yusuf Khan. Mais plus les jours passaient et plus il doutait.

Gomes partit enfin. L'Adil Shahi s'était retiré dans ses appartements d'où parvenaient des notes de musique. Les gardes furent relevés, et Fernando et Simão quittèrent le palais.

Ils étaient à quelques rues de leur logis lorsqu'un homme s'approcha d'eux dans la foule et leur demanda en portugais de le suivre discrètement. Les deux soldats s'assurèrent de la présence de leurs dagues à leurs ceintures et se regardèrent. Fernando hocha la tête. Simão haussa les épaules. Ils laissèrent l'homme prendre un peu d'avance et se mirent en marche. Ils empruntèrent de larges artères puis des ruelles dans lesquelles il était plus aisé de repérer d'éventuels suiveurs. Leurs pas les menèrent finalement devant une porte discrète.

L'homme les invita à entrer. Ils pénétrèrent dans une petite salle sans décoration. Des gardes leur demandèrent de déposer leurs armes. Fernando porta la main à sa dague sans aucune intention de la lâcher. Simão hésita. L'homme leur dit qu'ils n'avaient rien à craindre mais qu'il était hors de question que des soldats de l'Adil Shahi entrent armés dans le palais de l'ambassadeur du vice-roi. Ils pourraient récupérer ce qu'ils laisseraient à l'entrée au moment de repartir. Il n'avait pas fait allusion à leur statut de renégats. Fernando ne savait comment l'interpréter. Essayait-on de leur faire croire que cela n'avait pas d'importance ? Voulait-on les ménager ? Il ne croyait pas à un piège. On les aurait tués avant et ailleurs. Ils abandonnèrent leurs armes aux gardes et l'homme les guida dans les couloirs du palais jusque dans un salon qui s'ouvrait sur un patio. Une fontaine coulait dehors. Son bruit et le froufrou des palmes des arbres remuées par la brise avaient un effet apaisant après le bourdonnement constant de la rue. Ils reconnurent l'ambassadeur pour l'avoir déjà vu au palais de l'Adil Shahi. Assis près d'une ouverture donnant sur le jardin, il buvait une eau sucrée. Il fit signe à Fernando et Simão de s'approcher.

— J'ai un problème, dit-il, et vous aussi. Le mien est plus gros. Le vôtre est plus immédiatement dangereux. Nos deux problèmes portent le même nom : Luís Gomes.
— Nous avons un autre problème avec vous, non ? demanda Fernando.
— Ah… on y vient déjà. C'est bien. Oui, vous avez eu une attitude décevante vis-à-vis de notre royaume et bien plus encore vis-à-vis de la religion. C'est une chose difficilement pardonnable. Dom Afonso de Sá a été

particulièrement déçu. D'autant plus qu'il s'était porté garant de vous et que ça lui a causé un certain nombre d'ennuis. Mais il a usé du peu d'influence dont il dispose encore pour convaincre le vice-roi que vous pourriez nous aider avec notre problème. Qu'en dites-vous ?

— Nous ne sommes que deux pauvres soldats égarés, répondit Simão avec cette emphase qu'il adoptait souvent pour se faire passer pour plus bête qu'il ne l'était et qui, la plupart du temps, passait seulement pour de l'insolence. La faute à ce sourire en coin qu'il était incapable d'effacer. Que pourrions-nous pour vous ?

L'ambassadeur jeta un regard noir à Simão et se tourna vers Fernando.

— Débarrassez-nous de notre problème et l'on pourra envisager votre retour à Goa.

— Non, dit le soldat.

— Non ? Comment ça, non ? demanda l'ambassadeur piqué par le ton sec sur lequel Fernando lui avait répondu.

Simão continuait à sourire. Fernando fixa l'ambassadeur.

— Non. Tout simplement. Vous n'êtes pas en mesure de nous permettre de revenir sans avoir rien à craindre. Vous n'avez aucune autorité sur le tribunal du Saint-Office. Et c'est avec lui que nous aurons vraiment un problème si nous rentrons à Goa. Tout ce qui peut nous arriver ici si Gomes réussit à convaincre l'Adil Shahi que nous ne sommes pas des hommes de confiance sera infiniment moins grave et douloureux que ce que pourraient nous faire les inquisiteurs.

— L'Inquisition ne sera pas un problème. Nous avons des intérêts qui convergent. Eux non plus ne veulent pas voir Bijapur en mesure de présenter un jour son artillerie devant les murs de Goa.

— Vous supposez que nous voulons revenir à Goa. Mais ce n'est pas le cas. Pas dans ces conditions. Qu'aurions-nous à y gagner ?

— Venez-en au fait. Que voulez-vous au juste ?

Fernando regarda Simão avant de répondre.

— Le Portugal. Avec une pension pour les services rendus. Et une place pour ramener des marchandises sur le prochain départ de nefs pour Lisbonne.

L'ambassadeur sourit.

— C'est beaucoup exiger de la part de deux soldats venus de nulle part.

— C'est bien peu, je trouve, de la part de deux hommes qui ne vous ont rien demandé. Qui ont accompli leur service et ont dû partir parce que les affaires commerciales auxquelles voulait participer le vice-roi avaient été mal organisées.

— Je vais voir ce que je peux faire. Mais il faudrait que le travail soit accompli rapidement.

— Nous pouvons le faire. Mais nous voulons d'abord les lettres qui nous garantissent notre sécurité à Goa et le retour au Portugal selon nos conditions.

L'ambassadeur faisait tourner son eau sucrée dans son gobelet tout en regardant d'un air pensif ce renégat à l'œil mi-clos qui avait le culot d'exiger tant et tenait si peu en estime l'honneur du vice-roi et la valeur de la parole qu'il donnait. Il entretint ainsi le silence durant un moment. Cela ne déstabilisait pas Fernando qui continuait à le fixer. Quant à Simão, son intérêt se portait plutôt vers la cruche d'eau sucrée. L'ambassadeur but une gorgée, passa la langue sur ses lèvres et soupira : « Très bien. Nous vous recontacterons vite. »

Il fit ensuite un signe de tête, et l'homme qui avait accompagné Fernando et Simão les reconduisit jusque dans la ruelle. Quand les deux soldats se furent éloignés de l'ambassade, Simão se tourna vers Fernando.

— Je mourais de soif. Tu crois qu'il nous aurait proposé un verre de son eau sucrée ? Rien du tout. Est-ce qu'on peut faire confiance à quelqu'un qui nous traite comme ça ?

— J'en sais rien. Mais il a raison. Gomes est un problème. Si on doit s'en débarrasser, autant que ça nous rapporte quelque chose. Mais il va encore falloir se méfier. Nous ne sommes que des pions, on le sait bien, mais j'aime pas vraiment qu'on me le montre avec autant de mépris. Ils ont aucune raison de nous accorder ce qu'on veut. Et on peut juste essayer d'y croire, parce que c'est tout ce qu'on a.

*
* *

Comme lorsqu'ils servaient à Goa, ils louaient des appartements à Bijapur. Ils avaient commencé par les partager avec d'autres soldats, dont un mercenaire portugais. Leur ascension au sein de la garde de l'Adil Shahi leur avait permis de régler un loyer à deux. Plus besoin d'établir des horaires d'occupation des lits selon les gardes ou les engagements des uns et des autres, ni même de se partager armes et vêtements. Et surtout, ils pouvaient désormais conserver avec un peu moins de craintes leurs effets personnels. Dans le jardin, enterrée au pied d'un palmier, une bourse de cuir attendait. Elle contenait des diamants patiemment accumulés au gré de services rendus, de butins pris, de récompenses et d'échanges divers. Cela ne représentait pas une fortune. Ces pierres n'étaient pas exceptionnelles. La plupart n'étaient pas taillées. C'était pourtant bien plus que tout ce qu'ils auraient pu imaginer gagner dans les vies qui auraient été les leurs s'ils n'avaient pas un jour embarqué sur la caraque *São Julião*. Les diamants, cela se dissimulait et ça permettait d'échapper aux taxes qu'il fallait payer sur les marchandises transportées. La difficulté, c'était de trouver une place pour rentrer au Portugal. Elles étaient rares et chères. Les soldats n'étaient pas censés revenir. L'occasion d'en obtenir une ne se présenterait pas deux fois. Il fallait la saisir. Et puis tuer Gomes n'aurait rien d'une corvée. Encore faudrait-il ensuite arriver à quitter Bijapur.

*
* *

Debout à l'ombre d'une façade, Simão se léchait les doigts. Il transpirait mais ne savait s'il devait attribuer cela à la chaleur ou aux piments de la fricassée de poulet et de riz qu'il achevait de manger. Au loin, une détonation retentit. Gomes essayait un nouveau canon sorti de son atelier. Près de l'étal auquel ils avaient pris leur repas, Fernando recevait des documents de l'homme de l'ambassadeur qui, après les lui avoir remis, disparut dans la foule. Fernando revint et lui tendit les papiers pour qu'il les lise. Simão les consulta : « Il y a une lettre du vice-roi qui nous autorise à rentrer à Goa. Le deuxième papier, c'est un mot qui nous dit que pour la pension et le retour au Portugal, il faudra se rendre au palais du vice-roi quand nous aurons rendu le service demandé. Rien sur l'Inquisition… »

Fernando soupira.

— Qu'est-ce qu'on fait ? On suppose que si on a le droit de revenir à Goa, c'est qu'ils ont trouvé un accord avec les autorités religieuses ?

— On a le choix ? demanda Simão.

— J'aimerais bien. Pas vraiment.

— On le fait. Au moins on aura des histoires à raconter.

*
* *

Gomes se méfiait. Mais il était aussi vaniteux. Il avait fini par accepter l'invitation de Simão. Plus ouvert et affable que Fernando, c'est lui qui avait été voir le fondeur de canons pour lui proposer de les retrouver chez eux. Rien ne servait, lui avait-il dit, de se chercher des poux dans la tête entre Portugais. Ils étaient partis sur de mauvaises bases et Fernando s'était laissé dominer par son caractère colérique. Il fallait se serrer les coudes. Et, avait dit Simão, l'ascension de Gomes avait impressionné les deux soldats. Ils avaient quelques affaires en cours et ils pensaient que s'associer avec quelqu'un d'aussi important pouvait être un atout. Une entente était possible dans laquelle ils étaient prêts à négocier à bon prix sa participation.

Simão n'en était pas fier, mais il n'en avait pas honte non plus : il avait couché plusieurs fois avec la femme d'un *casado* de Goa lors d'un hiver où ils étaient cantonnés dans la ville après une campagne sur la côte de Malabar. Le jeune homme avait fait part à cette femme adultère de l'inquiétude qu'il ressentait à l'idée de coucher ainsi avec la femme d'un homme de rang supérieur. Inquiète, elle ne l'était pas le moins du monde. Elle faisait comme les autres, tout simplement. Lorsqu'elle désirait échapper à son mari, elle lui préparait une tisane assaisonnée de fruits de datura. Après ça, il dormait comme un bébé et ne se souvenait de rien le lendemain. Elle essayait de faire attention à ne pas forcer sur la dose car il était déjà arrivé que quelque cocu oublie de se réveiller.

Simão n'avait pas ce genre de préventions. Il avait bien fait infuser le datura avant de le verser dans le vin de palme qu'il avait généreusement servi à Gomes ; celui-ci l'avait bu avec un évident plaisir pendant que Fernando et Simão lui parlaient du commerce de diamants. Une affaire qui semblait l'intéresser au plus haut point. Puis le fondeur avait commencé à avoir la gorge et la bouche sèches. Il avait repris du vin de palme. Les hallucinations étaient venues un peu après. La nuit tombait et des chauves-souris commençaient à sortir. Gomes les trouvait vraiment très grandes. Simão lui avait dit que c'était peut-être parce qu'il était tout petit qu'elles lui semblaient si grandes. Gomes se leva, baissa la tête pour se regarder. Un sifflement passa dans l'interstice libre de sa dentition et il se mit à pleurer car, en effet, disait-il, il était minuscule. Il levait la tête vers le ciel à la recherche de Simão et de Fernando, mais ils étaient bien trop grands et trop hauts pour qu'il puisse même distinguer leurs yeux. Enfin, il s'effondra. Son corps s'agita quelques instants avant de se figer. Fernando et Simão le regardaient sans oser approcher. Fernando finit par se décider. Il s'agenouilla à côté du corps du fondeur de canon, dague en main. Il approcha son oreille de la poitrine de Gomes, à la recherche des battements de son cœur. Il n'entendit rien. Il était en train de se relever lorsque le corps inerte retrouva de sa vigueur pour se redresser brusquement. Fernando sursauta et planta sa dague dans le torse de Gomes qui s'écroula à nouveau en produisant une dernière fois ce sifflement énervant.

Fernando regarda le cadavre et se tourna vers Simão : « Qu'est-ce qu'on est devenus ? » Simão ne prit pas la peine de répondre. Ils le savaient tous les deux. Mettre des mots là-dessus ne ferait que rendre plus palpable le fait qu'ils avaient tué un homme pour leur profit. Pas pour une guerre, qui avait ses propres règles, ni pour se défendre, en vérité. Ils pouvaient toujours se dire qu'à un moment ou un autre Gomes aurait eu leur peau s'ils n'avaient rien fait, mais cela ne changeait rien. Ils avaient d'autres moyens de se protéger, à commencer par la fuite. Ils avaient choisi la solution la plus facile et, surtout, la plus rentable. Ça, Simão se demandait bien s'il l'écrirait un jour.

Après, il fallut creuser. La bourse de cuir déterrée, les deux hommes attaquèrent la terre avec leurs dagues et, la nuit durant, en silence, creusèrent une tombe peu profonde pour le fondeur de canons. En mourant, Gomes s'était vidé. C'était pourtant l'odeur du sol, ce relent de matière en décomposition qu'exhale la terre lorsque l'on a passé la couche supérieure, plus sèche, qui collait aux narines de Fernando. Il avait beau se moucher, se rincer le visage à l'eau, elle était là. Il se demanda si un jour il arriverait à vivre ailleurs que dans la pourriture. Le soleil se levait et une légère rosée perlait sur la végétation du jardin, y compris les feuilles mortes que Fernando et Simão répandaient sur la tombe fraîche pour la dissimuler un peu. De là aussi venait une légère odeur de moisi. Fernando sentit ses mains sales, les frotta à sa chemise, se pencha et vomit. Il s'essuya la bouche du dos de la main, renifla et, les yeux brillants, fit signe à Simão de le suivre.

Dans la maison, ils enfilèrent leurs uniformes. Ils réunirent leurs effets personnels. Presque rien. Deux vies qui tenaient dans le fond d'un sac posé dans un coin. Ils se partagèrent les diamants et les dissimulèrent dans les doublures de leurs vestes. Ils ne savaient pas si Gomes avait dit à quelqu'un qu'il devait les rejoindre la veille. Ils décidèrent de courir le risque et d'aller prendre leur garde au palais.

Tout se passa pour le mieux. Dans la matinée, Yusuf Khan les envoya chercher Gomes qui ne s'était pas présenté à l'atelier. Le chef de la garde ne se faisait guère d'illusions. Le fondeur réapparaîtrait une fois remis d'une nuit à boire du vin de palme dans un bordel. On avait l'habitude. Fernando et Simão firent bonne figure. Ils allèrent chez Gomes et dans quelques maisons qui fournissaient alcool et filles. Ils revinrent seuls sans que cela n'étonne Yusuf Khan. Bien entendu, cette absence l'énervait un peu. Lui-même ne supportait pas Gomes. Mais l'Adil Shahi y tenait. Cela passerait donc encore.

Lorsque l'on vint les relever, Fernando et Simão allèrent faire préparer deux chevaux aux écuries. Le palefrenier savait qu'ils avaient la confiance de Yusuf Khan. Il ne posa pas de question. Ils sortirent du palais, s'arrêtèrent chez eux pour récupérer le sac. Ils avaient les lettres du vice-roi.

On disait qu'il y avait plus de mille mosquées à Bijapur. Ils quittèrent la ville au crépuscule tandis que les muezzins appelaient à la prière. Ils partaient discrètement. Deux cavaliers perdus dans ce bruit assourdissant. Le ciel était clair et la lune, une grosse pièce d'argent collée dessus. Ils pouvaient faire du chemin pendant la nuit. On ne s'inquièterait d'eux que le lendemain et peut-être même que l'on ne découvrirait pas trop vite le cadavre de Gomes. Chaque minute gagnée les mettrait un peu plus à l'abri. Ils chevauchèrent en silence jusqu'à ce que les muezzins aient terminé leur appel et alors Simão prit la parole.

— On avait pas le choix. Tu le sais.

— On s'est vendus au plus offrant, c'est tout. Le choix ? On l'a toujours eu depuis qu'on a achevé notre service. Le seul qui nous était refusé, c'était celui du retour au Portugal.

— Maintenant, on l'a.

— On l'a peut-être. On le saura en arrivant à Goa. Et si on l'a, il faudra encore que la nef sur laquelle on embarquera arrive à Lisbonne...

— Hé ! Ce hasard, c'est le sel de la vie !

— De la tienne, peut-être. Ce que je voudrais, moi, c'est la contrôler un peu, ma vie. Et pas devoir la laisser entre les mains d'un Gomes, d'un Adil Shahi, d'un Francisco de Gama, d'un Afonso de Sá ou d'un Meneses.

— Meneses ! Il y a longtemps que j'avais pas pensé à lui...

— Moi, je suis pas près de l'oublier, dit Fernando en posant le bout de ses doigts sur la cicatrice de sa pommette.

11

São Salvador de Bahia, mars 1625

Le Recôncavo leur appartenait. Depuis l'embuscade du moulin au mois de janvier, ils avaient continué à infliger des pertes aux Hollandais. Quelques jours après, ils avaient tué leur chef, Albert Schouten, alors qu'il menait un détachement hors des murs de São Salvador. Il était tombé d'un coup, abattu par une balle de mousquet. L'escarmouche, une fois encore, n'avait pas duré longtemps. Les mousquetaires hollandais étaient nombreux. Les Portugais s'étaient aussitôt repliés. Ils avaient eu ce qu'ils voulaient. Depuis, les Hollandais se terraient. D'après les espions qui pullulaient à São Salvador, ils attendaient une flotte de renforts qui ne tarderait plus.

Alors Diogo chassait sans crainte. Il avançait lentement sur le sol encore humide après l'averse que des nuages noirs venus de la mer avaient déversée dans l'après-midi. En arrivant à la lisière de la forêt, il se pencha, puis s'agenouilla, tira un peu sur la chemise de coton qui lui collait au corps. Derrière les buissons, les rayons obliques du soleil venaient frapper la brume que dégageait le sol encore chaud d'un champ de canne à l'abandon. Un prisme de couleurs flottait quelques centimètres au-dessus de la terre. À l'autre bout du champ, les ruines calcinées d'un moulin à sucre brûlé aux premiers jours de l'invasion pour éviter qu'il tombe entre les mains des Hollandais laissaient planer une aura funèbre. Aux alentours, pas un bruit. La forêt semblait se recueillir en silence autour de ce lieu mort. De la végétation basse qui se déployait derrière le moulin émergèrent huit pécaris. Ils s'avancèrent dans le champ et se mirent à fouiller le sol. Depuis son affût, Diogo les observa. Il tourna la tête vers Ignacio qui lui fit signe d'y aller. En essayant de faire le moins de bruit possible, il se saisit du grand arc qu'il avait posé au sol en arrivant. Avec précaution, il encocha une flèche de roseau sur la corde en fibre d'écorce de palmier. L'arc en biais, il pointa l'un des pécaris qui releva son groin pour humer l'air et émit un grognement. Diogo s'immobilisa, certain que l'animal avait senti son odeur. L'arc était bandé et il n'osait pas relâcher la pression. Quand le cochon sauvage baissa à nouveau le museau, le garçon tira sans avoir vraiment pris le temps de viser. Après avoir filé à travers le champ, la flèche s'enfonça dans la cuisse arrière du pécari. La bête couina et s'enfuit en boitillant derrière le reste de la harde affolée. Le garçon traversa la parcelle en courant et s'enfonça dans la végétation à la suite de sa proie, Ignacio toujours derrière lui. Le visage fouetté par les branches, Diogo essayait de ne pas se laisser distancer. Malgré sa blessure l'animal creusait l'écart et, lorsqu'il émergea enfin du tunnel de verdure, Diogo ne le vit plus. Il s'arrêta pour reprendre son souffle et chercha des traces de sang qui pourraient lui indiquer la direction prise par le pécari. Ignacio faisait mine de ne pas savoir vers où le cochon avait fui. C'était sa manière d'enseigner les choses à Diogo : en le laissant se débrouiller et apprendre de ses échecs. Des cris se firent entendre. Leur course les avait amenés sur les flancs de la Vigia. La colline offrait un point de vue sur l'océan et l'entrée de la baie. À son sommet, des soldats de faction s'agitaient, tournés vers la mer. De là où ils étaient, Diogo et Ignacio ne disposaient pas d'une vue dégagée. Aussi montèrent-ils au pas de course. Quand ils purent enfin voir le large, ils furent impressionnés par le spectacle qui s'offrait à eux. Des dizaines de voiles cinglaient vers la baie.

« Les renforts hollandais ! » criait l'un des soldats, tellement bouleversé qu'il ne prêta même pas attention au jeune garçon et au Tupinamba nu au crâne tonsuré qui l'accompagnait. Les autres restaient mutiques, secouaient la tête, abattus. Ils restèrent là quelques minutes, à regarder l'immense armada approcher lentement. Au-devant, un bateau plus petit, sans doute une caravelle, s'était détaché et avançait plus vite vers la côte. La lumière baissait à mesure que le soleil descendait derrière la Vigia, mais avant que l'obscurité ne tombe, ils distinguèrent sur cette voile la croix de l'ordre du Christ. Cette flotte n'était pas hollandaise. Des renforts arrivaient bien. C'était les leurs. Le soldat qui avait crié émit un bruit qui n'était pas sans rappeler à Diogo le couinement du pécari blessé, et se mit à pleurer de soulagement. Diogo et Ignacio couraient déjà. Il fallait avertir l'armée du rio Vermelho.

*
* *

L'armada n'avait perdu qu'un bateau supplémentaire depuis le départ du Cap-Vert. La nef *Caridade* s'était échouée sur des récifs au large de Paraíba. On avait réussi à récupérer ce qu'elle transportait, et seulement deux marins un peu trop pressés de se jeter à l'eau dans les minutes suivant le naufrage étaient morts. Mais il n'était pas question que cela recommence ici. La nuit tombait vite et on mouilla avant la barre de la baie de Tous les Saints. Dom Manuel de Meneses était dans sa chambre et rédigeait son compte rendu quotidien. À côté de lui, il avait posé un livre de poésie. En vieillissant, après une vie consacrée à la navigation et à la cosmographie, il appréciait de plus en plus de se perdre dans les mots et leurs sonorités, même s'il avait le défaut de souvent vouloir trop analyser ses lectures. Dom Manuel de Meneses n'aimait pas se laisser dominer par ses sentiments. Demain serait le jour de Pâques, et les Hollandais auraient une belle surprise en assistant à la résurrection du Portugal. Il sourit et, par réflexe, regarda la pièce vide derrière le halo de sa lampe à huile comme pour s'assurer que personne n'avait assisté à cette brève manifestation d'humanité.

*
* *

La veille au soir, les rebelles avaient tenté un assaut facilement repoussé. Les renforts se faisaient toujours attendre. Des documents récupérés sur une caravelle portugaise interceptée quelques semaines auparavant indiquaient qu'une armada de secours arrivait d'Espagne et du Portugal. Willem Schouten, qui avait remplacé son frère au commandement de São Salvador, avait fait redoubler les travaux de fortifications côté baie et côté terre. Ils n'avançaient pas assez vite. L'attaque de la nuit avait permis d'éprouver les défenses de la ville, mais elle l'inquiétait. Il pensait à cela, en sortant de l'office de Pâques, lorsqu'on lui signala qu'une flotte avait passé la barre de la baie de Tous les Saints et mouillait face à la ville.

L'esprit humain est étrange. Il pousse parfois au déni. La première pensée de Schouten fut que ses propres renforts étaient enfin arrivés. Aussi ordonna-t-il que l'on hisse l'étendard des Sept Provinces-Unies sur le clocher de la plus haute église de São Salvador afin que les navires au large sachent que l'on avait réussi à tenir la ville. Un aide de camp se présenta. Depuis le port, on avait identifié les navires maintenant disposés en demi-cercle face à eux entre le fort de Santo Antônio et Tapuípe. Ils étaient espagnols et portugais. Il se força à garder les idées claires. Mais une pensée ne cessait de l'assaillir : il n'avait jamais eu l'étoffe d'un chef. La responsabilité qui était la sienne l'étouffait. Il tira nerveusement sur son col, sentit la sueur perler sur ses tempes et les ailes de son nez. Il se mit alors à lancer ses ordres en agitant les bras pour que l'on ne voie pas combien ses mains tremblaient. Cinquante vaisseaux ennemis, au bas mot, obstruaient la baie. Schouten disposait de moins d'une vingtaine de bâtiments de guerre dans le port et ils étaient coincés. Il ordonna donc que l'on amène quelques bateaux de commerce entre le port et les assiégeants et qu'on les coule pour empêcher les navires adverses d'approcher. Ils ne pourraient ainsi pas bombarder la ville. Il fallait aussi faire évacuer le fort de São Felipe, au bout de la pointe de Tapuípe, à près d'une lieue de là. Les soixante hommes de sa garnison ne pourraient pas tenir longtemps et ils seraient plus utiles à l'intérieur des fortifications. Il en était là de ses consignes lorsqu'il entendit les premières détonations en provenance de São Antônio. Il lui fallut s'asseoir un instant.

*
* *

La nuit dura un siècle. Lorsque dom Francisco de Moura, arrivé quelques mois plus tôt pour remplacer l'évêque, avait été averti de l'arrivée des renforts, il avait ordonné que l'on attaque les Hollandais sur le champ. Arquebusiers, mousquetaires, artilleurs avec des pierriers et des fauconneaux, Indiens avaient immédiatement pris le chemin du monastère de São Bento. De là, ils lancèrent l'assaut. Les Hollandais ne savaient pas encore que l'armada arrivait et n'avaient pas dégarni leur défense côté terre. Ils réagirent dès les premiers tirs, et des soldats portugais tombèrent immédiatement. La grande attaque espérée dura quelques dizaines de minutes seulement. Assez cependant pour que Diogo éprouve ce qu'était une bataille. Le fracas de l'artillerie, le sifflement des balles, les cris qui ne cessent jamais : ordres lancés, douleurs jetées au vent et borborygmes incompréhensibles hurlés pour se donner du courage. Le tremblement du sol, l'odeur de la poudre et celle, plus lourde, du sang. Les embuscades auxquelles il avait participé jusque-là, même les plus longues, n'étaient qu'un échantillon. Après la retraite, son corps vibrait encore et ses oreilles bourdonnaient. Ignacio aussi semblait décontenancé. Ils n'avaient pas vraiment eu l'occasion de tirer leurs flèches, et les massues casse-têtes n'avaient guère été utiles.

Réfugiés en arrière, sous le couvert des arbres, ils n'avaient pas fermé l'œil de la nuit et avaient regardé les premiers rayons du soleil venus de l'océan traverser la canopée pour donner au sang des blessés une teinte plus pourpre et quelques couleurs plus chaudes à la pâleur des visages épuisés. L'attente prit fin quand, venus du même côté que le soleil, des coups de canons ébranlèrent l'air.

*
* *

Dom Manuel de Meneses n'avait pas apprécié de devoir tenir conseil sur le bateau amiral de la flotte espagnole, mais personne n'y avait prêté attention. Après tout, le commandant en chef de la flotte portugaise arborait la même expression de froideur hautaine qu'on lui connaissait en toutes circonstances. Le débat portait sur le nombre de troupes qu'il était nécessaire de débarquer pour assiéger São Salvador. Don Fadrique de Toledo, qui avait effectué une reconnaissance, proposait de faire gagner la terre à seulement trois mille hommes sur les plus de neuf mille soldats embarqués. Il arguait du fait que les renforts hollandais pouvaient arriver à tout moment. Mais la plupart des officiers estimaient que ce serait trop peu pour réellement saper la résistance des assiégés, même en comptant sur l'aide des mille quatre cents hommes et des quatre cents Indiens de Francisco de Moura. Meneses estimait qu'il fallait commencer par couler la flotte hollandaise qui se trouvait dans le port. Il pensait surtout qu'il fallait arrêter les palabres et passer à l'action.

Don Fadrique se rendit à l'avis de la majorité. Quatre mille hommes débarquèrent sans rencontrer d'opposition. Deux *tercios* portugais et espagnol dirigés par Moniz Barreto et João de Orelhana s'établirent au nord, entre la ville et le monastère du Carmo, abandonné comme São Bento par les Hollandais. Ils placèrent aussi des pièces d'artillerie vers La Palma, d'où ils surplombaient une partie faible de la défense de Salvador. Un *tercio* napolitain sous les ordres du marquis de Cropani, un autre, portugais, commandé par dom Francisco de Almeida et un troisième, espagnol, mené par don Pedro Osório occupèrent les environs de São Bento où des sapeurs commencèrent à creuser des tranchées. Les troupes de Francisco de Moura étaient toujours positionnées un peu plus au nord avec leur propre artillerie, à portée d'arquebuse des fortifications ennemies. Quant à dom Manuel de Meneses, il faisait installer deux plateformes d'artillerie au sud du port. À moins d'un miracle, São Salvador tomberait. Dom Manuel de Meneses savait que le droit et Dieu étaient tous les deux avec le Portugal et que les hérétiques retranchés dans les lieux qu'ils avaient profanés ne pouvaient compter sur aucun miracle.

*
* *

Ils allaient subir un déluge de feu et de métal, et son seul espoir était que la flotte de secours arrive rapidement. Mais pour l'instant, il ne savait que faire. Willem Schouten était paralysé et ses officiers prenaient l'initiative. La situation était délicate du côté de São Bento où les assaillants avaient concentré une grande partie de leurs forces, bien décidés à se tailler une brèche dans la défense de la ville. Leur poste de commandement était établi dans le monastère même de São Bento. Leurs hommes creusaient maintenant une tranchée qu'ils fortifiaient avec des fascines pour y installer leur artillerie et bombarder la ville. Ils avançaient vite mais plus ils approchaient et plus ils s'exposaient aux tirs des défenseurs. C'était un travail rude, dangereux, épuisant. Il leur faudrait bien se reposer à un moment ou un autre. C'est en tout cas ce que pensait le capitaine Hans Ernst Kijf qui ne comptait leur laisser aucun répit. Depuis des heures, son artillerie chargée de mitraille les harcelait. La nuit n'était plus que déflagrations et cris. Et quand le silence retombait, c'était pour mieux entendre le bruit des pelles et des houes qui creusaient la terre. Peu à peu, alors que l'aube approchait, le choc des outils se fit moins régulier, jusqu'à s'arrêter. C'était le moment. Kijf rassembla six cents mousquetaires près de la porte de Santa Lucía. Trois cents d'entre eux sortiraient avec lui. Les autres resteraient positionnés près de la porte de manière à ce que l'ennemi ne profite pas de cette ouverture pour pénétrer dans la ville.

Avant que le soleil irradie ses premières lueurs, trois cents hommes en armes empruntèrent en silence un chemin creux et partiellement à couvert en direction des lignes ennemies. Ils se séparèrent en trois groupes.

*
* *

Diogo avait été désigné comme estafette entre les positions du sud de São Salvador qui avaient besoin de se coordonner. Les pièces d'artillerie de Moura devaient couvrir les travaux de siège des *tercios* de Cropani. Inséparable d'Ignacio, il se trouvait dans São Bento, prêt à repartir vers le nord avant le lever du jour avec des instructions, lorsqu'il entendit les cris. Tirées de leur demi-sommeil, les sentinelles les plus en avant venaient de voir fondre sur elles une escouade hollandaise. Surpris dans leur tranchée, les hommes de don Pedro Osório fuyaient de manière désordonnée. Des soldats tombaient. Les Hollandais prenaient le temps de les achever avant de continuer leur course. Dès les premiers coups de feu, Diogo avait vu Osório quitter l'abri du monastère, épée en main, pour se porter avec d'autres officiers et des soldats au-devant de l'ennemi. Lui et Ignacio les suivirent, arc en bandoulière. Pas bien loin. À l'approche de la tranchée infestée de mousquetaires hollandais, don Pedro Osório ralentit, fit trois petits pas tandis que sa chemise blanche s'assombrissait sur sa poitrine et tomba face contre terre. Il n'avait pas même émis un râle. Un peu en arrière, de nouveaux tirs se faisaient entendre alors qu'une autre colonne hollandaise s'avançait vers le monastère. Diogo, une nouvelle fois, suivit le mouvement des hommes qui refluaient pour se mettre à l'abri dans les bâtiments avant que l'ennemi ne les atteigne. Le soleil se levait et, avec lui, une légère brume que la fumée des tirs en suspension venait assombrir. Diogo s'approchait de la porte d'une maison lorsqu'il sentit sa chemise retenue en arrière. Un soldat hollandais l'avait agrippé d'une main. De l'autre, il levait une épée. Son geste était interrompu, figé dans la lumière matinale. Son crâne était fendu. Ignacio dut appuyer son pied sur le dos de l'homme et, à deux mains, fit des mouvements de va-et-vient pour extraire sa massue casse-tête du crâne dans lequel elle était coincée. Elle se dégagea dans un bruit de succion satisfaisant. Diogo et son ami pénétrèrent dans la maison, suivis par des soldats espagnols. Ils gagnèrent l'étage pour mieux surplomber la rue tandis que d'autres protégeaient la porte. La fusillade ne cessait pas. On rechargeait aussi vite que possible les mousquets et arquebuses de part et d'autre. Les balles sifflaient et venaient faire éclater les chairs, les os ou les briques comme celle qui, au-dessus de la tête de Diogo, explosa en poussière et fragments orange qui vinrent saupoudrer ses cheveux et son visage. Ils avaient peu de flèches et les utilisèrent au mieux. Deux mousquetaires tombèrent sous celles de Diogo avant que les Napolitains du marquis de Cropani n'arrivent en renfort et poussent les Hollandais à battre en retraite. Quand ils sortirent de nouveau dans la rue, les coups de feu et les cris s'élevaient encore de la tranchée. L'artillerie hollandaise couvrait la retraite de ses soldats et décimait les hommes qui s'étaient trop avancés à leur poursuite. Puis les tirs s'éteignirent peu à peu. Le jour était bien là maintenant et laissait voir un spectacle décourageant. Des blessés maculés de sang dont les larmes et la sueur traçaient des sillons clairs dans la poussière et la poudre collées à leurs visages. Des hommes qui se tordaient de douleur ou avaient déjà passé ce cap et attendaient en silence, le regard dirigé vers des lieux ou des personnes qu'eux seuls pouvaient voir. Sur le terre-plein en bas des murailles de Salvador, les Hollandais avaient tiré le corps d'un capitaine espagnol pour mieux l'exhiber. Il faudrait tenter de le récupérer la nuit venue. Pour l'heure, on ramassait les morts abandonnés sur le champ de bataille. Dans un réduit de la tranchée on trouva le corps de dom Francisco de Faro. Figé dans la mort, son visage arborait un dernier sourire. Dans ses bras, une dague enfoncée dans le ventre, un Hollandais finissait de mourir. Diogo regardait les deux hommes enlacés. Le sourire de Faro disait-il qu'il avait gagné? Et la souffrance et la faiblesse de son adversaire incapable de se défaire de sa poigne, qu'il avait perdu? Humilier son adversaire par-delà la mort suffisait-il à vous offrir une gloire plus grande? Le comte de Faro se consolerait-il de la perte de son fils en sachant qu'il avait emporté avec lui un ennemi? Ignacio se posait une question plus simple : pourquoi ne coupait-on pas les mains et les têtes des morts adverses? Les blancs étaient des êtres compliqués.

*
* *

Avant de se ressaisir, don Fadrique de Toledo avait voulu lancer un assaut général pour venger les morts de son camp. Il ordonna finalement que l'on termine la tranchée de São Bento, pour y installer les batteries qui auraient à charge de démonter l'artillerie et les défenses hollandaises.

La nuit venue, les Hollandais tentèrent le tout pour le tout côté mer. Deux de leurs navires de commerce furent transformés en brûlots. On chargea la partie avant des calles avec des barils de poudre, du soufre, du brai, du goudron et du suif. Par-dessus cela et sur le pont on empila des fagots de bois sec. On enduisit les cordages de mixture inflammable pour que le feu atteigne la voilure. Dans l'obscurité de cette nuit où les nuages dissimulaient la clarté de la lune, profitant du vent venu de terre, les deux bateaux furent lancés en direction des deux capitanes placées au milieu du dispositif de la flotte luso-espagnole. À mi-chemin de leur objectif, on les incendia. Les équipages restèrent encore un peu à bord avant de bloquer les gouvernails et de rejoindre des chaloupes pour regagner la terre ferme. Les chaloupes de surveillance espagnoles et portugaises comprirent tardivement ce qu'il en était. Elles prévinrent la flotte aussi vite que possible. La capitane portugaise eut tout juste le temps de manœuvrer. Le brûlot qui lui était destiné illumina le pont quelques minutes en continuant sa route pour finir de se consumer plus au large. La capitane espagnole eut plus de difficultés à se dégager de la route du brûlot lancé contre elle. La chaleur des flammes brûla quelques hommes sur le pont et quelques cordages, le calfatage commença à fondre à certains endroits, mais le pire fut évité. Restait dans le sillage des deux navires transformés en torche l'odeur poisseuse de ce feu gras et orange, les cris des hommes sur les capitanes, la nuit déchirée par l'incendie qui s'élevait vers le ciel. Alors que les brûlots étaient déjà loin derrière, les explosions des canons chargés de boulets, de mitraille et de poudre finirent de briser les coques et envoyèrent leurs éclats de fer et de bois rougis par le feu dans l'air ambiant. Puis les flammes baissèrent en même temps que les navires coulaient. À la fin il ne resta rien que quelques flaques incandescentes de résidus brûlant à la surface de l'eau. Puis l'obscurité revint, et le silence.

À la satisfaction de dom Manuel de Meneses, il fut décidé au matin de bombarder la flotte ennemie pour éviter une nouvelle tentative de ce genre. On la pilonna. Pour ne pas être bloquée dans le port elle tenta de se mettre sous la protection des forts au sud de la baie. Mais elle s'exposa alors aux plateformes de tirs de Meneses. Le commandant portugais aimait couler des navires ennemis. Il n'aurait jamais assez de revanches à prendre sur son propre naufrage. Chaque coup au but de l'une des pièces de son artillerie était un baume. Il désirait qu'il ne reste rien des bateaux ennemis. Et quand bien même cela finirait par compliquer les manœuvres de sa propre flotte, il comptait bien transformer la baie en cimetière marin. Debout sur les rochers au-dessus de son artillerie, il observait les dégâts infligés aux navires hollandais comme s'il eût été sur le château arrière de son galion.

*
* *

« Tu ne peux pas le manquer, regarde. » Le soldat portugais montra du doigt une silhouette noire campée sur les rochers qui dominaient les batteries tournées vers le port. Les cheveux de l'homme qui se tenait là étaient blonds et le vent les rabattait en arrière. Diogo et Ignacio entreprirent de grimper jusqu'à lui. Ils devaient remettre à dom Manuel de Meneses le message que voulait lui faire parvenir Francisco de Moura. Ils n'étaient qu'à quelques pas de lui lorsque surgirent des rochers derrière le commandant plusieurs mercenaires de la Compagnie néerlandaise des Indes occidentales ; ils avaient profité de la confusion des bombardements pour mettre une chaloupe à l'eau et contourner les positions de l'artillerie portugaise. Un premier coup de mousquet fut tiré en direction de Meneses qui sentit la chaleur de la balle alors qu'elle effleurait son cuir chevelu. Ignacio se précipita avec sa massue vers le tireur qui abandonna l'idée de recharger pour se saisir d'une dague. Ses doigts se refermèrent définitivement dessus alors que ce qui lui sembla être un poids énorme s'abattait sur son crâne. Une deuxième balle fut tirée et Meneses se laissa glisser au sol en se retournant pour faire face à ses assaillants.

Il vit le crâne défoncé du premier tireur. Le deuxième n'avait pas encore eu le temps de lâcher son mousquet qu'une flèche se fichait dans sa poitrine. Déjà les soldats portugais ripostaient et mettaient en fuite les quelques autres mercenaires. Une main apparut devant dom Meneses. Il leva les yeux vers un garçon brun qui, au bout de son autre bras, tenait un arc comme ceux des Indiens. « Je suis Diogo Silva, Monsieur, et j'ai un message pour vous de la part de dom Francisco de Moura. » Derrière le garçon, dans le plus simple appareil, se tenait un grand Tupinamba tonsuré, un arc en bandoulière et une massue à la main. « C'est Ignacio. Il m'apprend et il m'aide. » Manuel de Meneses accepta le bras tendu pour l'aider à se relever. Il épousseta son manteau, prit le message de Moura, le décacheta et le lut. Quand il eut terminé, il regarda Diogo Silva et l'Indien. « Nous allons trouver un autre messager pour répondre. Vous restez avec moi. » Puis il désigna Ignacio : « Mais par Dieu, qu'on lui donne une chemise. »

12

Lisbonne, 6 avril 1625

Dom Vicente de Brito se sentait vieux. Non, il devait se rendre à l'évidence : il l'était. À plus de soixante-dix ans, embarquer une nouvelle fois pour mener des caraques sur la route des Indes n'était guère raisonnable. Il s'était toutefois senti flatté qu'on le sollicite. Il se doutait qu'il n'était pas le premier choix, mais la plupart des *fidalgos* en mesure de se voir attribuer cette charge se trouvaient actuellement de l'autre côté de l'Atlantique, du moins l'espérait-on, pour récupérer Bahia. Alors si ses genoux grinçaient, si son dos se voutait, si ses yeux lui semblaient recouverts d'un voile qui les empêchait de voir bien loin, il avait pourtant accepté cette mission. Il pria dans la chapelle qui se trouvait près de ses appartements, alluma un cierge, contempla un long moment le Christ sur sa croix.

Lorsqu'il sortit dans la rue, accompagné de son aide de camp, le vieil homme constata que ses articulations avaient encore eu raison. Il pleuvait. Une pluie fine et froide que des rafales irrégulières tenaient parfois en suspension dans l'air, comme des volutes de fumée. Il remonta le col de son manteau et mit son chapeau le temps de faire les quelques pas jusqu'à la voiture qui l'attendait. Sa malle avait déjà été chargée. Il s'assit, passa un mouchoir sur son visage pour essuyer l'eau qu'il sentait couler le long de ses tempes et dans le sillon de ses rides. Il détestait l'humidité.

Depuis les quais, dom Vicente de Brito assista à la fin du chargement de la caraque *São Bartolomeu*. Ancrée un peu plus loin, la *Santa Elena* achevait aussi ses préparatifs. Les deux nefs étaient immenses. Jamais les chantiers navals de la *Ribeira das Naus* n'avaient engendré de tels monstres. Brito se demandait même comment les deux bateaux allaient bien pouvoir quitter le Tage sans en toucher le fond. Il n'était pas le seul à se poser la question. Dom João Enriques Ayala, capitaine de la *Santa Elena*, était inquiet lui aussi. Manuel dos Anjos, le maître-pilote du *São Bartolomeu*, ne cachait pas ses craintes, mais il estimait que le vent qui commençait à souffler plus régulièrement de nord-est permettrait de passer la barre du Tage sans trop de danger, même s'il faudrait être prudent. Pour avoir éprouvé le pilotage de cette caraque, il la savait peu maniable. Il ne fallait pas perdre de temps et profiter de la marée pour tenter de prendre la passe lorsque l'eau serait au plus haut. On décida alors que la *Santa Elena* attendrait le lendemain pour gagner la mer.

Après un trajet inconfortable en chaloupe, dom Vicente de Brito rejoignit la caraque dans laquelle on l'aida à monter. Il n'était pas encore parti et il avait déjà hâte de revenir d'Inde pour enfin se retirer. Il avait servi six rois, mené plusieurs fois des nefs sur la route des Indes, avait combattu au Portugal et outre-mer.

Longtemps il avait adopté une attitude intempérante qui allait de pair avec sa condition de *fidalgo* et de soldat. Peut-être – sans doute – avait-il parfois offensé Dieu. Maintenant qu'il pouvait sentir dans le moindre de ses os et tendons la mort approcher, il se souciait beaucoup de son salut. Durant toutes ses campagnes et tous ses voyages, il n'avait jamais craint de trépasser. Il était alors invincible. Il savait désormais au plus profond de lui-même qu'il n'était qu'un mortel comme les autres. Un homme qui avait privilégié les plaisirs plutôt que le service de Dieu. Il avait peur de ce qui l'attendait. La première fois qu'il était parti pour Goa, en un temps si lointain qu'il était présentement incapable de le situer, il ne connaissait ni l'océan immense ni l'Inde lointaine. Il n'avait pourtant aucune crainte. La mort serait un autre continent inconnu. Mais ce dernier, aujourd'hui bien plus qu'hier, était effrayant. Le voyage serait sans retour. Dans sa cabine, il redressa le crucifix cloué à la paroi. S'assit à sa table de travail, posa la main sur le missel qui s'y trouvait, et pria de nouveau. Quand il eut terminé de se recueillir, il monta sur le château arrière de la caraque pour observer la fin du chargement.

Le bateau était encombré, bien entendu. Depuis sa position, dom Vicente de Brito observait : une humanité grouillante de marins et de mousses en train de se préparer à appareiller, de soldats dont certains n'avaient jamais jusqu'à présent posé le pied ailleurs que sur la terre ferme et étaient déjà malades, de commerçants et de *fidalgos* à la recherche de la meilleure place pour entreposer leurs rations de voyage et leurs marchandises ; des animaux aussi, poules nombreuses, cochons, et même une vache qui semblait ne pas savoir où aller et bousculait les passagers en meuglant une plainte apeurée. Près du grand mât, la cuisine était déjà en marche. Alors que l'odeur de biscuit en train de cuire remontait jusqu'à lui, dom Brito eut la tentation fugace de se voir comme Dieu contemplant son ouvrage. Il réprima cette pensée impie.

Les ancres furent levées, les voiles hissées et, lentement, le *São Bartolomeu* se mit en marche. Dom Vicente de Brito écoutait. Il y avait l'habituelle musique de tambours et de trompettes qui accompagnait depuis toujours ces départs annuels et, lorsque cela arrivait, les retours aussi. Il y avait les ordres lancés, les adieux adressés par les passagers à leurs connaissances venues leur dire au revoir et les cris des animaux vivants. Il y avait enfin les grincements de cette caraque qui, à ses oreilles, n'était plus qu'un immense gémissement. Comment un bateau aussi gros et lourd pourrait-il effectuer ce voyage sans se briser, sans s'effondrer sous son propre poids ? La question le tourmenta quelques minutes. Elle lui rappelait encore qu'il ne vivrait pas éternellement et qu'il lui faudrait rendre des comptes. Accomplir dignement sa mission serait une façon de les équilibrer un peu. La blancheur de la tour de Belém sur tribord l'apaisa. Il ignora, loin à bâbord, le fort de São Sebastião de Caparica dont la masse sombre et austère tenait plus de la mise en garde que de l'invitation au voyage.

Lorsque la barre du Tage fut passée et que le *São Bartolomeu* eut gagné le large, on n'attendit pas la *Santa Elena*. Le voyage était long, mais le temps était compté pour pouvoir l'accomplir dans les meilleures conditions. En regardant les hommes qui vaquaient sur les ponts, il se demanda combien d'entre eux avaient éprouvé comme lui la nécessité de se laver de leurs péchés. Peu sans doute et particulièrement chez les soldats qui occupaient l'entrepont. Pourtant, une chose était certaine, l'histoire de la route des Indes était ainsi faite : des dizaines, des centaines peut-être, d'entre eux ne verraient jamais Goa. Et pour ceux, rares en dehors de l'équipage, qui envisageaient de faire aussi le voyage retour, la proportion de pertes serait plus élevée encore. Il prierait donc aussi pour eux, se dit-il. Et l'idée de cette nouvelle charge l'accabla plus encore que celle pour laquelle on l'avait missionné.

13

Côte du Médoc, mai 1625

Comme toujours en ces circonstances, la rumeur avait très vite couru. Ce n'était d'ailleurs pas une rumeur mais un cri, «*Avarèc !*», poussé par un *costejaire* au petit matin. Il était sur une dune qui dominait la plage battue par des vagues si puissantes que le vent d'ouest peinait à les écraser et se contenta de transporter son cri à travers le sable. Repris par ceux qui étaient à portée de voix, celui-ci voyagea ainsi jusqu'à ce que, à force de rencontrer de plus en plus de monde, il devienne clameur en arrivant au camp de résiniers. Guidés par les voix, les hommes prirent la direction de l'océan.

L'hiver ne semblait pas vouloir finir. Les tempêtes se succédaient. Elles rongeaient la plage, poussaient le sable à avaler toujours plus de forêt et, comme aujourd'hui, drossaient des bateaux vers la côte. Ceux qui marchaient vers celui qui avait échoué ce jour-là allaient pieds nus, comme toujours. Ils avaient des bonnets de laine grossière, des vestes en peau de mouton, des haches et hachettes dont ils auraient à faire usage pour extirper les marchandises de l'épave, ouvrir les ballots ou le crâne de naufragés trop peu coopératifs. Des résiniers, avec leurs capelines noires, s'étaient joints à eux. Quelques femmes aussi avaient pris le chemin de la plage. Marie était parmi elles.

Ses joues étaient rouges d'avoir été fouettées par les grains de sable. Elle en cracha quelques-uns et, les yeux plissés dans le vent, elle chercha Pèir parmi les hommes qui s'avançaient vers le bateau échoué que la marée, en se retirant, leur abandonnait. Elle le vit avec ceux qui, les premiers, avaient traversé une baïne encore agitée par le courant pour rejoindre le banc de sable sur lequel gisait le navire couché, exhibant son pont et ses gréements brisés à la côte. Après qu'ils y eurent grimpé, ils commencèrent à former une chaîne pour en extraire ce qui pouvait l'être. Il y avait là, pour l'essentiel, des barriques d'huile d'olive et des ballots de tissu. Pendant que cette marchandise rejoignait la plage, d'autres hommes entreprenaient de dépouiller l'épave de ses gréements, s'attaquaient à des pièces de bois ou de métal dont ils pourraient avoir l'usage. C'était une ruche bien organisée qui œuvrait pour débarrasser, vider et démanteler le bateau avant que les autorités soient prévenues du naufrage et viennent faire valoir leur droit sur l'épave. Ç'aurait aussi pu être une colonie de crabes dépeçant une charogne, pensa Marie. Louis était un gros tourteau parmi eux, comme elle en avait vu sur les marchés de Bordeaux. Plus gros, plus grand, moins agité, il donnait parfois la main pour transporter un objet mais, surtout, examinait tout ce qui sortait et évaluait les profits qu'il pourrait en tirer. Il n'y avait nulle trace de l'équipage. On finirait par trouver quelques cadavres échoués dans les jours à venir. D'autres ne réapparaîtraient jamais. Marie eut une pensée pour eux. Ils avaient voulu voir le monde. Elle espérait que pour quelques instants au moins le voyage avait été beau.

Maintenant qu'elle s'était suffisamment rapprochée elle vit Pèir. Il sortait de l'épave avec un tonnelet sous le bras, s'agrippa où il pouvait et sauta maladroitement sur le sable. Marie le revit, l'année précédente, soulever bien haut sa cruche d'eau-de-vie. Elle sourit et ce sourire s'effaça lorsqu'elle vit Louis s'approcher du garçon.

Le temps passé chez Hélène par sécurité, en attendant l'automne et le moment où la pluie l'emporterait sur le soleil, où les chemins deviendraient moins praticables, avait permis à Marie de prendre un peu de distance avec son oncle et de se rapprocher de Pèir. Le jeune *vagant* n'avait rien à lui offrir d'autre qu'une humeur toujours égale et les mêmes histoires de naufrages, d'échouages de marchandises et de pêche. Pas de rêves d'ailleurs. « Partir ? Pour quoi faire ? On n'a pas grand-chose ici, mais rien ne dit que ce sera mieux dans un autre endroit. » Mais il était là et elle aimait ça. Lorsqu'elle avait rejoint la maison de son oncle, Pèir avait continué de venir et elle partait souvent avec lui jusqu'à la plage. Sans rien dire, Louis ne cachait pas que cette complicité lui déplaisait. Il était brusque avec Pèir, et celui-ci, peut-être par orgueil ou pour se faire valoir auprès de Marie, répondait. Il négociait plus que nécessaire les objets qu'il rapportait à Louis, jusqu'à devoir reculer lorsque ce dernier se faisait ouvertement menaçant.

Pèir se redressa, son tonnelet à nouveau sous le bras, et regarda Louis. Celui-ci tendit la main vers le tonnelet. Le garçon secoua la tête et parla. Il marchandait encore. Tout, pourtant, dans l'attitude de Louis, indiquait que ça n'était pas le moment. La Vive, à côté de lui, était nerveux. Il trépignait comme s'il venait de nouveau de marcher sur quelque chose de désagréable, conscient de la tension. Pèir, lui, avait vu Marie approcher. Il releva le menton, épaules en arrière, jeta quelques mots à Louis et rit. La grosse main de Louis se posa derrière sa tête et l'attira vers lui. Le garçon, toujours agrippé à son tonnelet, tenta de se dégager. Louis lui parla à l'oreille. Quand il le lâcha, Pèir était rouge de honte, de peur et de juste assez de colère pour jeter son tonnelet sur une pièce de bois que l'on venait de tirer de l'épave. Une des douves se brisa, libérant sur le sable humide un liquide grenat. Le poing de Louis s'abattit sur le côté du visage de Pèir qui s'effondra. Il était encore au sol et Marie n'avait pas eu le temps de crier que, déjà, Louis avait ramassé le tonnelet percé pour l'abattre sur la tête du garçon jusqu'à ce qu'il se disloque.

Une vague venue mourir sur le banc de sable dilua le vin et le sang mêlés. La Vive restait debout, les bras ballants, interdit. Pèir sembla prendre une longue inspiration. Sa poitrine se souleva une dernière fois. Louis l'ignorait déjà. Tourné vers le bateau il attendait que les hommes encore à bord en descendent avec leurs marchandises. Une rafale fit grincer les restes de gréement. Marie avait traversé la baïne, senti le courant qui tirait sur ses jambes, le froid de l'eau qui les anesthésiait. Elle approchait derrière Louis. Elle non plus ne regardait pas Pèir. Il n'était plus qu'un corps échoué. Rien qu'elle veuille voir. Parce qu'alors, elle le savait, elle ne pourrait plus jamais quitter cette plage. Elle pensa à faire demi-tour, à fuir à nouveau. Mais le dos de Louis était là devant elle et elle ne voyait plus que lui. Elle le frappa de toutes ses forces. Elle sentit avec satisfaction son poing heurter la chair et entendit avec plus de contentement encore son oncle émettre un couinement ridicule lorsque sa respiration se coupa. Ses yeux pleuraient lorsqu'il se tourna vers elle, chancelant brièvement alors que de l'écume faisait fuir le sable sous son pied. Sa main était levée mais il ne la gifla pas. Il la posa lentement sur son épaule, comme pour l'apaiser ou l'attirer vers lui. Elle se défit de cette accolade maladroite et obscène, tourna les talons et courut.

La Vive tirait le corps de Pèir vers l'embouchure de la baïne, triste pour le garçon mais pas mécontent à l'idée que le courant de la marée descendante ferait office de fossoyeur. Louis le regarda faire. Il fut satisfait lorsque le cadavre disparut et qu'il ne vit plus sa nièce, passée désormais derrière une dune. Il eut alors l'impression de recouvrer ses sens. Il sentit la fraîcheur de l'eau sur ses pieds, le goût salé du vent et entendit quelqu'un crier « Chapeaux ! » Plus au sud, en effet, des silhouettes enchapeautées venaient de faire leur apparition. Les ivrognes qui faisaient office de garde-côtes pour le duc d'Épernon arrivaient à leur tour. Les pilleurs de l'épave s'égaillaient, laissant derrière eux les pièces les plus lourdes et encombrantes qu'ils n'avaient pas encore eu le temps d'évacuer. Il les suivit sans se hâter.

Il lui fallait partir. Deux ans ici, c'était bien trop. Deux ans sans voir sa mère. Deux ans à rester sur ses gardes. Son père et son frère étaient venus durant l'hiver. L'eau montait et le semblant de village qui demeurait encore achevait de se dépeupler. Les autres, chassés par les eaux, s'établissaient toujours plus à l'est avec l'assentiment d'Épernon, seigneur des lieux. On disait qu'il ferait bientôt don d'un tènement pour établir une nouvelle paroisse en un endroit un peu plus élevé.

Ici, la vie était de plus en plus compliquée. Les échouages comme celui d'aujourd'hui se faisaient rares, et le monopole de Louis sur les marchandises pesait sur les gens qui en dépendaient pour améliorer leur ordinaire. Le gouverneur, de son côté, voulait toujours plus faire valoir ses droits d'épave, et la pression était forte sur les *costejaires*. La communauté se repliait sur elle-même. Les résiniers traversaient de moins en moins l'étang. Louis s'occupait aussi du transport de la résine. Cela lui permettait d'entretenir de meilleures relations avec les hommes d'Épernon qui évitaient ainsi des déplacements difficiles et dangereux. Le commerçant renforçait son emprise sur les lieux et ceux qui y vivaient.

Après avoir quitté la plage, Marie avait marché longtemps jusqu'à rejoindre l'étang. Elle aurait voulu prendre l'une des barques à fond plat des résiniers pour rallier la rive opposée et retrouver, même quelques heures, les siens. Mais le temps était trop mauvais, le vent trop fort et irrégulier pour qu'elle espère réussir sans avoir jamais navigué seule auparavant. Elle s'installa sur une dune bien au-dessus de l'eau et chercha le village au loin. La chapelle était là. Derrière, un bosquet sombre permettait de révéler ses pierres blanches en surimpression. On ne pouvait savoir où s'arrêtaient les eaux. Une fumée, une seule, s'élevait un peu à droite. Elle sut que c'était celle de la maison de ses parents. Bientôt eux seuls vivraient encore là, enlisés dans cette terre de sable et de vase. Ils finiraient par partir, usés par la vie dans ces lieux insalubres et par les perquisitions régulières. À cause d'elle, de Teste et de ceux qui possédaient tout. À cause d'eux aussi, qui courbaient si facilement l'échine. Louis, lui, gardait la tête haute. Mais il avait troqué la servilité contre le mépris de toute autorité. De tout ce qui empiétait sur ce qu'il estimait être sa propriété, de tout ce qui faisait obstacle à sa volonté. Il ne valait pas mieux que Teste, Épernon ou Minvielle. Au moins était-il dénué de duplicité. On n'attendait pas de ce genre de serpent qu'il fasse autre chose que mordre. Elle le savait depuis le début et se reprochait maintenant de n'avoir pas voulu le voir. D'avoir cru peut-être qu'il en irait différemment avec elle. Elle avait été trop vaniteuse. Louis avait raison. Elle lui ressemblait trop. Elle voulait le voir mort.

14

São Salvador de Bahia, mai 1625

Soldats portugais, espagnols et italiens se pressaient sur le *Terreiro de Jesus*. Ils se tenaient debout sous la lumière du soleil que les murs blancs alentours rendait plus aveuglante encore. Prêtres et officiers se trouvaient dans l'église qui revenait enfin à la vraie religion. Depuis la place, Diogo et Ignacio entendaient par bribes la messe célébrée ce jour-là et les discours qui louaient la Miséricorde divine et la sainte ardeur des glorieuses armées des Couronnes de Castille et du Portugal. Le faste de la cérémonie, les riches habits revêtus par les nobles et les religieux et ceux presque propres des troupes réunies contrastaient avec ce qu'avait découvert Diogo en rentrant dans la ville quelques jours plus tôt, après la reddition définitive des Hollandais.

Il se souvenait bien entendu des maisons éventrées et brûlées qu'il avait laissées derrière lui un an plus tôt. Les occupants en avaient reconstruit une partie. Mais un mois de siège et de bombardements avait ajouté des ruines aux ruines. Il fallait ça pour reprendre une ville. La détruire et briser la volonté de ceux qui s'y accrochaient. Et ça avait d'autant mieux fonctionné que les Hollandais n'avaient rien construit ici. Leurs vies étaient ailleurs, et Bahia n'était à leurs yeux qu'une place commerciale. Ils y avaient envoyé des employés plutôt que des colons. Des gens qui savaient qu'ils seraient ailleurs dans quelques mois ou quelques années. C'étaient eux, les mercenaires de la Compagnie néerlandaise des Indes occidentales, français, anglais ou allemands, qui en faisaient la force et la faiblesse. Ils ne mouraient ni pour Dieu ni pour un pays. Ils servaient un patron qui payait assez bien mais punissait avec une violence aveugle. Et ce genre d'employés, lorsque leur employeur montre des signes de faiblesses, sont moins enclins à le suivre. Après ces semaines de combats, ils désiraient moins partir riches de Bahia qu'en partir vivants. Schouten avait été démis. Kijf, fort de son aura et de sa victoire symbolique des premiers jours, avait pris sa place. Une place inconfortable dans une position intenable.

Un mois durant, tous les jours, des hommes étaient tombés. N'importe où, à n'importe quelle heure, et même Dieu semblait les abandonner. Un dimanche matin, un boulet tiré de la batterie de São Bento avait traversé le mur de la chapelle São Jose convertie en temple. Il avait coupé la parole au pasteur et les jambes de quatre de ses ouailles en passant à hauteur de banc. Du côté du Carmo, la batterie de Moniz Barreto avait tué deux chirurgiens installés dans un bâtiment qui faisait office d'hôpital de campagne. Chaque jour apportait ainsi son lot de fer, de feu et de sang. Diogo avait vu aussi, après l'échec des brûlots hollandais, l'artillerie de dom Manuel de Meneses détruire méthodiquement la partie de la flotte qui tentait d'échapper aux tirs de l'armada portugaise et espagnole. Il y avait quelque chose de très satisfaisant à voir ces Hollandais brûler sur leurs navires.

Diogo ne connaissait que trop bien l'œuvre du feu. Aussi loin qu'il fût de ces hommes en train de se consumer, il sentait cette odeur de chair et de cheveux calcinés. Elle ne l'avait pas quitté depuis un an. Il apprenait à l'aimer.

Les négociations entre don Fadrique de Toledo et Kijf s'étaient étirées sur trois jours. Il en avait fallu quatre autres pour que les assiégés rassemblent les affaires que l'on consentait à leur abandonner et rejoignent les quelques navires encore en état qu'on leur laissait afin qu'ils repartent là d'où ils étaient venus. Les tirs avaient presque cessé et l'on aurait pu croire alors qu'après un mois de combat les soldats trouveraient un peu de répit. Ça n'était pas le cas. Dans les régiments portugais, on attendait avec inquiétude le moment où les Hollandais abandonneraient la place. En tant que maître de camp, António Moniz Barreto avait participé aux négociations et on espérait qu'il aurait aussi obtenu de don Fadrique que les Portugais plutôt que les Espagnols entrent en premier dans la ville reconquise. Les soldats espagnols et italiens, eux, comptaient sur leur plus grand nombre pour avoir ce privilège d'entrer en tête et de mettre la main sur le butin qui, à coup sûr, s'offrirait à eux. Cela reviendrait, de l'avis des soldats portugais, à livrer une seconde fois São Salvador aux envahisseurs. Ils avaient raison, se disait Diogo. Mais, même sans l'honneur d'entrer en tête, ils participèrent aussi au pillage. Dans le sillage des régiments lâchés dans la ville, qu'ils viennent de Naples, de Madrid ou de Lisbonne, la violence s'abattait une nouvelle fois sur les habitants de São Salvador. Diogo, resté avec Ignacio auprès de dom Manuel de Meneses, assistait à ce déferlement en spectateur. Il était soulagé de savoir que la maison de ses parents n'existait plus et que sa mère et son père n'auraient pas à supporter cela. Pourtant, la violence débridée qui s'exerçait là était fascinante. Il voyait des hommes qu'il avait fréquentés durant les dernières semaines, soldats disciplinés et parfois même bons compagnons, devenir des bêtes. Ils cassaient, volaient, battaient, violaient et nul ne se souciait de les arrêter. « C'est ainsi, avait dit dom Manuel, il faut lâcher la bride, laisser s'écouler le fiel et le mauvais sang accumulés. C'est bien peu noble, mais ces hommes ne sont pas nobles. C'est bien peu chrétien, peut-être, même s'ils le sont, mais ils savent qu'ils auront le pardon de Dieu. Les prêtres qui nous accompagnent sont là pour y pourvoir. Ils ne vont pas chômer. » Ignacio, engoncé dans sa chemise, regardait tout cela avec curiosité. Il connaissait les débordements de violence des Portugais pour les avoir éprouvés dans sa chair. Il comprenait aussi que l'on puisse prendre ce que l'on avait conquis. Il se demandait pourquoi on laissait tant d'ennemis en vie. Il fut presque rassuré lorsqu'il vit qu'après les premières heures consacrées au pillage, on s'occupait d'exécuter quelques personnes.

Les Hollandais avaient détruit les listes sur lesquelles figuraient les noms des habitants ayant collaboré avec eux. Alors il fallait bien trouver quelques coupables à punir. Diogo ne fut pas surpris de voir que les premiers à subir cette justice expéditive étaient des esclaves noirs. Il en venait à se demander si Dieu ne les avait pas créés dans ce seul but d'en faire des victimes expiatoires. Il se posa la même question lorsque ce fut le tour des commerçants nouveaux chrétiens. Et il pensa encore à son père et à son désir de faire oublier son ancienne religion. Cela n'aurait servi à rien. Les Jésuites avaient sans doute raison : Dieu même n'avait pas pris la peine de le protéger.

Il ne savait pas ce qu'il en était aujourd'hui de sa propre position auprès de Dieu, fils de juifs dont le seul ami était un Indien païen. Auprès des hommes et de dom Manuel de Meneses, il était avant tout un soldat. Personne ne se posait de questions sur sa religion du moment qu'il participait à tuer des ennemis. Tout cela l'écœurait et il en était à ne plus savoir qui était le véritable ennemi, des Hollandais qui avaient tué ses parents ou des Portugais qui, ce jour-là, exécutaient une partie de ceux qu'ils étaient venus libérer. Il éprouvait pourtant du respect et de l'admiration pour dom Manuel. Un peu de reconnaissance aussi. Et de crainte. Il l'avait pris sous son aile, à sa manière brutale et distante, et pour cela il estimait devoir lui être fidèle. Tout comme à Ignacio, d'ailleurs, qui l'avait aidé et lui avait beaucoup appris. Il était devenu son alter ego et même Meneses semblait les voir tous les deux comme un tout indivisible.

La messe terminée, dom Manuel de Meneses sortit. Il fit signe à Diogo de le suivre. « Je retourne sur la capitane. Tu viens avec moi. » Diogo se mit en marche, s'arrêta après quelques pas pour se tourner vers Ignacio qui le suivait. Meneses les regarda et hocha la tête : « Il vient aussi. » Alors qu'ils descendaient vers le port, la blancheur des murs encore debout de São Salvador céda la place à l'éblouissement du soleil dans le reflet des eaux de la baie. À quai, le marin qui attendait le commandant en chef de la flotte portugaise vit arriver ce drôle d'attelage : dom Manuel de Meneses, regard bleu et froid, qui marchait vers lui dans son manteau noir dont la légère brise de mer soulevait un pan, avec à sa suite un garçon brun portant en bandoulière un arc plus grand que lui et, à son côté, un Indien dans une chemise blanche incongrue, pieds nus, massue en main et lui aussi armé d'un arc. Ils embarquèrent, et il les conduisit jusqu'au *São João*.

Dom Manuel de Meneses les mena jusque dans ses quartiers. Un dortoir se trouvait en dessous de sa cabine, qui accueillait les pages et quelques artilleurs. C'est là qu'ils dormiraient, jusqu'au départ pour Lisbonne. Aucun choix ne leur était laissé. Diogo était heureux à l'idée de partir. Loin de Bahia il n'aurait plus à charrier un passé qui l'assignait à une place qu'il n'avait pas choisie. Il pourrait devenir un homme neuf. Ignacio était troublé. Par ce bateau qui lui avait paru si immense en approchant et dans lequel tout semblait si étroit maintenant qu'il y était. Par l'idée de traverser l'immensité de l'océan. Mais sa curiosité l'emportait. Lui aussi, peut-être, deviendrait un autre homme, même si ça serait beaucoup moins évident. Il aurait aimé pouvoir dire au revoir à sa mère. Il gardait précieusement sa massue casse-tête décorée de plumes d'ibis rouge. Elle servait avant tout aux sacrifices, mais il en avait fait une arme de combat efficace. Elle le raccrochait aux siens et à leur culture alors qu'il devait vivre dorénavant avec ces étranges Portugais.

Ils ne partiraient pas tout de suite, cependant. On attendait toujours l'armada de renforts hollandaise. Il n'était pas question que Bahia tombe à nouveau. Et, comme l'avait dit dom Manuel de Meneses, faute de pouvoir extirper l'hérésie d'Europe, au moins pouvait-on l'empêcher de faire son nid de ce côté de l'océan.

15

Goa, juin 1625

Le gardien de la porte du passage de Saint-Jacques était un vieux soldat qui avait perdu sa jambe lors d'un abordage contre des pirates malabars dix ans plus tôt. C'était du moins ce qu'il disait. En réalité, il n'avait pas eu le temps d'aborder qui que ce soit. Il était ivre lors de l'escarmouche en question, endormi à même le sol dans le recoin d'un entrepont, lorsqu'un tonneau d'eau s'était renversé et avait écrasé son genou. L'eau l'avait surpris, la douleur avait fini de le réveiller. Il s'était traîné jusque sur le pont alors que la bataille prenait fin. On l'avait retrouvé évanoui contre un tas de cordage. En fin de compte, il s'estimait chanceux. D'abord parce qu'il ne connaissait pas beaucoup d'hommes ayant survécu à une amputation sous ces latitudes. Ensuite parce qu'il n'avait pas eu à jouer sa peau à travers ce continent moite et cet océan vicieux pour combattre des Mahométans ou, pire encore, des Hollandais et leurs mercenaires de la Compagnie néerlandaises des Indes orientales. Une bande de malades qui aimaient autant l'argent que la violence. Et Dieu sait combien ils comptaient devenir riches. On l'avait remercié de ce sacrifice en lui accordant cette charge de portier. Il avait encore attendu cinq ans, le temps que son prédécesseur meure, pour pouvoir réellement l'exercer et toucher la pension qui y était attachée. Cela lui avait permis de trouver une femme – une esclave indienne qu'il avait achetée sur le marché dans ce seul but – et une vie plus simple.

Son année de service en tant que soldat et surtout les cinq suivantes à survivre dans Goa en attendant que la charge de portier se libère lui avaient permis d'observer bien des choses étranges. Pourtant, les deux hommes qui se présentaient ce matin-là à la porte le surprirent. Il avait d'abord cru, en voyant leurs silhouettes apparaître au bas de la colline de l'autre côté du gué, à des Indiens et même, à son avis, des Gentils d'une basse caste. Ils étaient maigres, bruns, les cheveux emmêlés et les pieds nus. Ils s'adressèrent à lui en portugais et il comprit qu'il avait affaire à des blancs. Ils voulaient entrer. Jusque-là, il n'y avait rien d'étonnant. Puis le plus grand des deux, un homme aux yeux sombres dont l'un, à moitié clos, surmontait une pommette abîmée, ajouta qu'ils voulaient voir le vice-roi. « Il nous attend », dit-il. Son compagnon sourit et ajouta : « On espère qu'il a trouvé à s'occuper en nous attendant. On a près de six mois de retard. » Le portier ne sut que répondre, alors il rit, puis il leur demanda qui ils étaient, car il fallait avoir été inscrit sortant sur les registres pour avoir le droit d'entrer à nouveau. « Ah, ça, dit celui qui souriait, vous allez pas nous y trouver, mais c'est le vice-roi qui nous a permis de sortir. » Le portier planta sa jambe de bois dans le sol humide, ce qui le fit un peu pencher sur la droite, secoua la tête et leur dit qu'il lui fallait une preuve plus qu'un discours. « On a perdu les lettres du vice-roi, dit le plus grand, mais je vous assure qu'on va rentrer. » Le portier n'était plus d'humeur à négocier avec deux loqueteux. Des mercenaires à coup sûr, ou même des renégats. Il appela les soldats de garde qui le rejoignirent à la porte. « Vous n'allez pas entrer. Et personne ne va rien aller demander au vice-roi. Alors vous avez le choix : vous pouvez retourner d'où vous venez ou bien aller goûter à la prison du Tronco. Là-bas, vous ne serez pas loin du vice-roi et, allez savoir, il viendra peut-être vous visiter. » Les deux hommes se regardèrent. Le plus grand haussa les épaules. L'autre continuait de sourire. Le grand décocha un coup de poing dans la mâchoire du portier qui tourna autour de sa jambe de bois avant de tomber sur le cul. L'autre rit en secouant la tête et leva une main, paume en avant en direction des soldats qui venaient de brandir leurs hallebardes. De l'autre main, il sortit de sa poche un petit diamant brut qu'il jeta au portier : « En guise de dédommagement. Faites au moins prévenir dom Afonso de Sá que Simão Couto et Fernando Teixeira sont de retour et qu'ils ont vraiment besoin de lui parler. » Le portier se mit à douter. Il était tenté de les faire fouiller pour vérifier s'ils n'avaient pas d'autres diamants. Et pourquoi pas, si c'était le cas, les dépouiller et abandonner leurs corps à la rivière. Mais ces deux-là disaient peut-être la vérité. Un bout de vérité, au moins. Il tenait à sa charge si patiemment acquise. Mieux valait vérifier et, peut-être, s'attirer les bonnes grâces d'un homme important comme Afonso de Sá ou le vice-roi lui-même. Il envoya un soldat trouver Sá et lui transmettre le message.

La matinée s'écoula lentement. Le portier buvait du vin de palme pour calmer sa douleur, les soldats gardaient les deux hommes à l'œil et ceux-ci attendaient sans rien dire, debout, les mains derrière le dos, comme si c'étaient eux, deux épouvantails crasseux, qui montaient la garde.

Dom Afonso de Sá finit par arriver à cheval, accompagné d'un soldat qui tirait lui-même deux montures. Il alla voir le portier et lui confia une lettre du vice-roi. Fernando n'aurait jamais imaginé que l'on pût faire autant de courbettes avec une jambe de bois. Dom Afonso de Sá reporta son attention sur lui et Simão.

— On vous attendait plus tôt. Nous pensions que vous étiez morts.

— Et c'était un problème ? demanda Fernando.

— C'était… disons, regrettable, de mon point de vue. Mais je ne suis pas certain qu'il soit partagé par tout le monde. Suivez-moi. Vous allez vous laver et me raconter ce qui s'est passé. Ensuite nous verrons dom Francisco de Gama.

Ils enfourchèrent leurs chevaux et, en partant, Simão fit un clin d'œil au portier qui répondit par une dernière révérence avant de frotter le bleu sur sa joue.

Les esclaves de dom Afonso de Sá prirent soin d'eux. Ils se lavèrent longtemps, reçurent des vêtements et de quoi manger. Un barbier les rasa, soigna leurs plaies et en rajouta quelques-unes en estimant qu'il était nécessaire de procéder à quelques saignées pour qu'ils retrouvent plus vite une meilleure forme.

Ils expliquèrent ensuite les difficultés de leur fuite. Si sortir de Bijapur n'avait pas été un problème, leur départ précipité avait néanmoins été rapidement découvert. Ils avaient aussi sous-estimé la vitesse à laquelle circulaient les informations au sein du sultanat. Ils avaient été repérés dès leur première étape, dans un village à quelques lieues de Bijapur et n'avaient dû qu'aux qualités de leurs chevaux d'échapper à une arrestation. Après cela, ils avaient choisi de ne pas prendre le chemin le plus direct pour Goa afin de brouiller les pistes. Cela les avait amenés du côté de Bidar, complètement à l'opposé, avant de remonter vers le nord et le sultanat d'Ahmadnagar pour entreprendre de contourner en partie les terres de l'Adil Shahi. Il avait fallu pour cela traverser des montagnes et des forêts, des villages dans lesquels on ne pouvait que remarquer ces deux Portugais. Ils avaient échappé à deux embuscades dont ils étaient incapables de dire si elles étaient le fait d'hommes de Yusuf Khan ou de simples brigands. Ils avaient erré ainsi pendant cinq mois. Leurs chevaux étaient morts d'épuisement et eux-mêmes n'avaient dû leur salut qu'à la chance et à l'hospitalité occasionnelle de paysans et de prêtres idolâtres. Ils avaient perdu les lettres du vice-roi en traversant une rivière pour échapper à des hommes en colère auxquels, dans un moment de pur désespoir, ils avaient tenté de dérober un éléphant pour, précisément, traverser à sec. Mais, expliqua Fernando, ils comptaient bien maintenant sur la grandeur et l'honorabilité du vice-roi pour que ce dernier tînt ses promesses.

— Dom Francisco de Gama espérait vous voir rentrer à Goa bien plus tôt. Il avait dans l'idée que vous prendriez l'une des nefs menées par Nuno Álvarez Botelho, arrivées en septembre et qui sont reparties le mois dernier, dit dom Afonso de Sá.

— Où est le problème ? demanda Fernando. Nous prendrons les prochaines.

— Le problème vient du fait que l'Adil Shahi veut vos têtes. Tout cela a créé un incident diplomatique regrettable. Le vice-roi a bien entendu nié avoir quelque chose à voir là-dedans et a promis que si vous reveniez, il se chargerait de rendre justice.

— Et alors ? réagit Simão. Il suffit de ne pas dire que nous sommes là.

— L'Adil Shahi a ici un ambassadeur, et ses espions sont partout. Les Portugais ne sont pas si nombreux que de nouvelles têtes passent inaperçues. C'est encore possible maintenant, mais ça sera beaucoup plus compliqué à la fin de la mousson, quand les soldats embarqueront pour la campagne de chasse aux pirates. On vous remarquera forcément. Pour tout vous dire, le vice-roi était d'avis de vous laisser enfermer au Tronco et de vous y oublier. Il y a là-dedans assez de prisonniers du Deccan pour que quelqu'un se charge de vous y exécuter, ce qui arrangerait tout le monde. J'ai tenu bon et, comme vous, j'ai invoqué des questions d'honneur. Mais tout cela est d'autant plus fragile que l'on attend aussi des diamants de Balaghat dont l'Adil Shahi veut faire cadeau à la reine en signe d'amitié entre nos souverains. Vous êtes des cailloux dans les chaussures de dom Francisco de Gama et je ne pense pas qu'il veuille marcher bien loin dans ces conditions.

Simão se grattait la joue, embarrassé, confus. Fernando peinait à cacher sa colère. Il avait beau savoir depuis le début qu'ils s'étaient aventurés dans un marigot en essayant, comme deux singes trop sûrs d'eux, de traverser les eaux stagnantes en sautant sur le dos des crocodiles, il n'arrivait pas à se faire à l'idée que l'on pût les sacrifier ainsi. Tout pourtant le disait depuis le début. Depuis le jour où son père lui avait donné sa première gifle. Il était né pour subir et pour courber l'échine. Depuis des années maintenant il s'acharnait à tordre le destin, à le plier à sa volonté pour enfin changer de condition. Il eut un instant la tentation d'abandonner. Il avait encore joué et perdu. Il se retrouvait encore au mauvais endroit, au mauvais moment. Un mois trop tard, cette fois. Mais perdu pour perdu, il voulait voir dom Francisco de Gama. Avoir encore l'illusion d'exister et de pouvoir regarder en face, dans les yeux, ceux qu'il était censé servir, qui se servaient de lui et qui auraient préféré ne pas le voir.

— Quand voyons-nous le vice-roi ?

— Disparaissez, répondit dom Afonso de Sá. Vous n'avez rien à gagner là-bas. Je peux vous faire sortir de Goa par là où vous êtes entrés.

— La mort là-bas ou la mort ici, vous savez... je préfère qu'on tente notre chance à Goa.

Simão acquiesça et sourit. C'était un sourire qui, sur ses lèvres, venait du ventre et exprimait sa jubilation à l'idée d'une nouvelle aventure. Mais dans ses yeux, venue du cœur, brillait la tristesse de se savoir peut-être au bout du chemin.

Au crépuscule, ils rejoignirent le palais du vice-roi aussi discrètement qu'il était possible de le faire dans une ville comme Goa. Coiffés de turbans qui dissimulaient mal leurs visages, ils suivirent de loin dom Afonso de Sá, à cheval dans les rues encore encombrées. On les fit entrer dans le palais par une porte dérobée. De là, on accédait aussi bien au palais qu'à la prison du Tronco, qu'il abritait. Ils sentirent les exhalaisons des prisonniers, acidité de la peur et de la crasse accumulées, en passant devant une ouverture dans laquelle s'engouffrait un courant d'air qui n'apportait aucune fraîcheur et ne semblait que brasser cette vapeur sordide. Une suite de couloirs les mena jusque dans une grande salle où on les fit patienter. Sur les murs étaient peintes toutes les flottes de nefs et de galions venues en Inde. Ou qui avaient essayé, puisque Simão repéra la nef *São Julião* et le nom de dom Manuel de

Meneses. Il la montra à dom Afonso de Sá et à Fernando : « On était déjà dans le palais, en quelque sorte ! »

Les gardes les firent enfin entrer dans la salle du Conseil, elle aussi décorée de tableaux. Tous les vice-rois des Indes y avaient leur portrait. Dom Francisco de Gama était à la fois sur le mur et derrière une table. Fernando trouvait celui du mur plus impressionnant et celui de la table, plus vieux. Le vieux Gama se leva et les invita à le suivre sur la galerie qui courait le long du bâtiment et depuis laquelle on dominait le quai du vice-roi et les eaux limoneuses du Mandovi. De là ils rejoignirent un escalier et montèrent à l'étage des appartements de dom Francisco de Gama.

Dans le salon où ils se trouvaient, deux enfants jouaient. Une jeune femme, voyant entrer le vice-roi et les hommes qui l'accompagnaient, les appela : « Venez, nous allons nous amuser plus loin. » Gama et Sá n'y prêtèrent pas attention. Une ombre comme une autre parmi les serviteurs du palais. Simão lui jeta un bref regard. Fernando vit ses mains, toutes petites, ses yeux bruns, ses cheveux écarlates qui s'étaient un peu détachés, et le sourire sur ses lèvres. Elle l'observa aussi. Hésita un instant. Se reprit. Appela de nouveau les enfants et sortit.

Dom Francisco de Gama parlait.

— Je ne vais pas vous le cacher, votre présence à Goa me dérange. Vous me mettez dans une position délicate vis-à-vis de l'Adil Shahi.

Il n'y avait pas une once de colère dans sa voix. Encore moins de compassion. Il se contentait d'énoncer un fait. Ils n'auraient su dire si ces paroles leur étaient destinées ou si le vice-roi ne parlait qu'à lui-même. Il continua :

— Vous savez, j'ai beaucoup d'estime pour dom Afonso de Sá, c'est un allié précieux et j'en ai peu. C'est pourquoi j'ai accepté de vous voir même si je me doute que l'Adil Shahi a des yeux et des oreilles jusque dans ce palais.

— Merci de nous recevoir, votre Majesté, c'est un grand honneur, dit Simão.

Fernando craignit un instant qu'il se lance aussi dans une révérence ou qu'il affiche son sourire qui agaçait tant. Aussi lui coupa-t-il la parole.

— Votre Majesté, nous avons fait ce que nous devions faire et nous voilà. Nous ne voulons rien d'autre que ce qui nous revient, comme cela avait été convenu : une pension et une place sur une nef de retour pour le Portugal.

— Je comprends votre requête même si je n'approuve pas le ton avec lequel vous la présentez. Les choses sont plus compliquées. Je vous avais assigné des places sur une nef de retour que vous n'avez pas prise. Je ne peux pas vous inscrire sur les registres pour toucher une pension. Pensez donc : deux renégats pensionnés par le roi ? Qu'en penserait le Saint-Office ? Aujourd'hui, la solution la plus simple serait de vous laisser courir les rues de Goa jusqu'à ce qu'un homme de l'Adil Shahi vous repère ou que l'Inquisition vous tombe dessus. Je ne le fais pas parce que j'ai un honneur, mais ce n'est pas l'envie qui me manque, croyez-moi.

— L'Inquisition ? Ça n'est pas réglé ? On nous avait dit que cela ne poserait pas de problème, dit Simão.

— On vous a dit ou vous avez entendu ce que vous vouliez entendre. Tout est question de pouvoir et, en ce moment, le mien est remis en cause. Le Saint-Office ne se prive pas d'y participer. C'est aussi pour cela que vous êtes gênants.

— Que nous proposez-vous ? demanda Fernando.

Francisco de Gama se raidit.

— Qu'est-ce que je vous propose ? Vous me prenez pour un de ces marchands de la rue Droite ? Je ne vous propose rien. Je vous donne ce que l'honneur me dicte de vous donner : la sécurité que l'on vous avait assurée et le retour au Portugal.
— Comment ?
— Je m'en occupe dans les jours qui viennent. En attendant, restez discrets. Dom Afonso de Sá va vous trouver une maison. Vous allez y rester le temps que je trouve une solution qui convienne à tout le monde. On va vous accompagner aux cuisines pour que vous mangiez un peu avant de repartir, c'est la moindre des choses. Vous pouvez disposer.

Quand ils furent sortis du salon, dom Afonso de Sá les laissa après leur avoir indiqué une adresse où ils pourraient se rendre pour dormir. « Il s'agit d'une maison de jeu. Le gérant est prévenu et vous donnera une chambre. Restez discrets. Demain, je vous emmènerai dans une maison un peu à l'écart où vous pourrez rester pour préparer votre départ. Ne vous attardez pas ici. »
Les gardes les accompagnèrent jusqu'aux cuisines. La partie réservée à la préparation des plats du vice-roi et de sa cour était calme. L'heure du repas était passée. Celle dans laquelle on préparait les plats du personnel et des soldats était bruyante. Une fumée épaisse y flottait et, quand ils sentirent les odeurs de piments, de viande cuite, de pain chaud et de sauces aigres-douces, Fernando et Simão réalisèrent combien ils avaient faim. On les installa dans un coin et on leur servit de généreuses assiettes et une grande cruche d'eau fraîche. Enfin, le ventre agréablement lourd et portés par cette étrange forme d'ivresse que procure un repas abondant

après une longue diète, ils sortirent du palais par la même porte qu'ils avaient empruntée à l'aller. Sur le Terreiro do Paço, cette grande place jumelle de celle du même nom à Lisbonne, on prenait l'air après une longue averse. Les nuages couraient en convoi dans le ciel et révélaient par intermittence les étoiles et une lune presque ronde. Les pavés étaient humides et, en ruisselant depuis le haut des rues qui débouchaient ici, l'eau avait charrié des traînées de boue. Il y avait là quelques gardes, bien entendu, des fonctionnaires du palais, des nobles de la cour et, un peu à l'écart, dans une robe de coton blanc, éclairée par une torche de la façade, la jeune femme menue qu'ils avaient vue plus tôt dans les appartements du vice-roi. « Vas-y, dit Fernando, je te rejoins plus tard. » Simão regarda la fille et sourit. « N'oublie pas ce que nous a dit dom Afonso de Sá, reste discret. »

Fernando s'approcha. Le coin des lèvres relevé, les yeux mi-clos, elle le regardait venir vers elle. Lui venait d'oublier le repas. Son estomac n'était qu'un creux sans fond. Il sourit en retour et l'aborda : « Puis-je vous demander qui vous êtes ? »

Sandra était au service de Beatriz da Fonseca, la préceptrice des neveux du vice-roi. Elle était venue avec eux sur une caraque deux ans plus tôt. Elle devait rentrer au Portugal par la prochaine nef de retour. Elle était poursuivie par la mort. Orpheline d'une famille proche des da Fonseca, presque veuve d'un homme qui avait sacrifié sa vie au royaume avant même de l'avoir épousée – pauvre garçon parti à la tête d'une escouade de soldats combattre des paysans sur des terres étrangères et jamais revenu –, elle cachait derrière ses yeux brillants la conviction qu'un jour prochain elle serait frappée à son tour et ne vieillirait jamais. Tout cela, elle ne le dit pas à

Fernando. Seulement qu'elle se languissait de Lisbonne mais peinait à imaginer ce qu'elle y ferait lorsque le moment serait venu d'y rentrer. On lui conseillait de plus en plus souvent de rejoindre un couvent où, disait-on, elle pourrait trouver la béatitude en se rapprochant de Dieu. Elle avait surtout l'impression que plus que de la rapprocher du Créateur, on voulait l'éloignait des regards. Encore jeune, belle et pourtant seule, elle dérangeait.

Fernando, quant à lui, était nerveux à l'idée d'être repéré. Les discours de dom Afonso de Sá puis de dom Francisco de Gama ne laissaient pas de l'inquiéter. Il suffisait d'un rien pour que tout bascule. Pourtant, à cet instant précis, il désirait, avec une force qui le dépassait, rester encore auprès de Sandra. Elle aussi, de toute évidence, le voulait. Elle prit sa main et l'invita à la suivre. Ils contournèrent le palais jusqu'au passage qui menait à l'arche des vice-rois et, au-delà, au Mandovi. Dans la pénombre de cette allée, Sandra lui donna rendez-vous le lendemain. Elle le rejoindrait au soir, dans la maison où dom Afonso de Sá les aurait installés. Elle saurait trouver car, au palais, elle entendait presque tout. Elle posa un instant ses lèvres au coin de celles de Fernando, lâcha sa main et l'abandonna là, déçu pour ce soir, empli de joie à l'idée du lendemain.

Au matin, pourtant, ses pensées allaient ailleurs. La nuit avait été longue. Simão et lui avaient parlé longtemps. Les prochaines caraques n'arriveraient pas avant le mois de décembre, si même elles arriveraient. Elles ne repartiraient que trois ou quatre mois plus tard. Cela voulait dire presque un an à attendre et à devoir adopter un profil bas. C'était impossible. Si seulement ils avaient tué un homme ici, à Goa, ils auraient pu, comme d'autres le faisaient, se réfugier dans une église et y patienter à l'abri de la justice. Là, il leur fallait se méfier des hommes de l'Adil Shahi, se faire oublier de l'Inquisition et veiller à ce que dom Francisco de Gama ne les fît pas arrêter lui-même. Ils devaient aussi préparer leur retour. Acquérir des marchandises qu'ils pourraient emporter pour les revendre au Portugal. La cannelle était une épice demandée et chère. Il faudrait en trouver, la payer avec les diamants qu'ils avaient en leur possession. Il leur fallait aussi subvenir à leurs besoins quotidiens jusqu'au départ et acheter de quoi survivre durant le voyage. Ils ne se faisaient pas d'illusions sur ce point : le vice-roi ne les nourrirait pas.

Dom Afonso de Sá les fit conduire dans une maison proche du grand bazar. Le quartier était animé, peuplé d'une foule d'esclaves, d'Indiens convertis, de soldats et même de quelques *fidalgos*. On n'était pas très éloigné du *Paso Seco* au cas où il faudrait envisager de quitter Goa en urgence. Le Tronco était à quelques pas et l'Inquisition pas beaucoup plus loin, fit remarquer Simão, qui commençait à faire attention à ce genre de détail. L'ameublement était sommaire mais ils disposaient de deux lits et de deux pièces, ce qui, pour des hommes de leur condition, était un luxe. Il y avait même une table et deux chaises ainsi que deux esclaves, un vieil Indien et une jeune femme noire du Mozambique, qui dormaient dans un appentis construit dans le jardin. Quand l'homme qu'avait envoyé dom Afonso de Sá fut parti, ils s'installèrent à la table avec un jeu de cartes que les précédents hôtes avaient abandonné. Il en manquait. « Ça va être long », dit Simão. « La journée ? » demanda Fernando, et son ami éclata de rire. Elle fut longue, pourtant. Et si les suivantes devaient ressembler à celle-là, ils ne tiendraient jamais dix mois.

Elle arriva à la nuit tombée. Simão dormait mais Fernando en était bien incapable. Il l'attendait. Il était assis à côté de la porte lorsqu'elle y frappa doucement. Il faillit ne pas l'entendre. Dehors, la mousson battait le sol de terre rouge et de pavés. Lorsqu'il ouvrit, il la vit dans sa robe sombre, ses cheveux roux collés à ses joues brunes, et ne pensa même pas à s'écarter pour la laisser passer. Elle se faufila entre lui et le chambranle, et leurs corps se frôlèrent. Il rougit et, dans les yeux bruns de Sandra, il vit briller les flammes des bougies qui éclairaient la pièce et une autre étincelle qui ne pouvait venir que d'elle. Ils s'assirent et parlèrent à voix basse. Longtemps. Se racontèrent bien des choses qu'ils n'avaient jamais dites à personne. C'était une évidence. Ils avaient tous les deux, de manières différentes, le désir d'échapper à ce que les conditions ou quelque autre nom que l'on donnât à Dieu, le destin ou la fatalité, leur réservaient. Au moins avait-il permis leur rencontre. Ils partiraient ensemble. Ils prenaient en quelques heures des décisions pour une vie, eux qui ne se connaissaient pas la veille. Et pourtant, en agissant ainsi, sans prendre le temps de réfléchir, Fernando se sentait délivré. En ce qui concernait tous les obstacles qui ne manqueraient pas de se lever, ils verraient bien ensuite. Ça n'était pas le moment d'y penser. Enfin ils firent l'amour sur le lit et, dans le gris qui précède l'aube, Sandra se glissa à nouveau dans la rue. Il la regarda s'effacer au coin d'un mur blanc sur lequel apparaissaient quelques tâches plus sombres là où la pluie commençait déjà à l'effriter. Il se dit qu'il avait toujours subi les circonstances. Même lorsqu'ils étaient passés à Bijapur, lui et Simão n'avaient fait que se plier à ce que le moment leur offrait. Pour la première fois, il avait le sentiment de prendre son destin en main. Tout devenait plus clair, et pourtant il ne s'était jamais senti aussi perdu. Peut-être parce que, pour la première fois, il portait un espoir concret et avec lui l'irrépressible crainte de sa perte.

Les jours suivants s'étirèrent, interminablement gris. La mer portait son intarissable cohorte de nuages poussés par la mousson qui venaient s'épancher sur Goa, transformaient les rues en torrents et effaçaient le soleil des heures entières. Derrière les fines vitres en coquille d'huîtres, les flammes chancelantes des bougies et lanternes ne s'éteignaient plus et l'humidité s'infiltrait de la rue aux maisons et des maisons à ceux qui les occupaient. Fernando et Simão s'imaginaient bientôt pourrir sur pied. L'inconfort, même celui des draps rendus moites par l'air ambiant, disparaissait cependant les soirs où Sandra venait et où Fernando et elle faisaient l'amour en imaginant un futur serein, confortable, chauffé par le soleil. Sec.

Simão avait quant à lui trouvé un négociant de Cochin qui pourrait leur fournir à bon prix de la cannelle de Malabar. Restait à savoir de quelle place ils pourraient disposer sur la nef qu'ils emprunteraient. Il avait ramené des échantillons, et l'odeur chaude de l'épice arrivait parfois à couvrir celle de l'humidité qui faisait moisir les tissus et gonfler les murs en s'infiltrant sous les enduits.

Ils étaient tous les deux attablés devant un bouillon de poisson et une écuelle de riz. Si le soleil était apparu, on aurait pu savoir si c'était encore le matin ou le début de l'après-midi lorsque la porte s'ouvrit. Elle laissa entrer dans une rafale un peu de la pluie battante et six hommes en armes. Le Saint-Office, disaient-ils, avait été saisi d'une accusation d'apostasie à leur encontre. On les arrêtait. Simão demanda s'ils pouvaient finir de manger et reçut en réponse une bourrade qui l'envoya au sol à côté de sa chaise. Fernando jeta fugitivement un œil à sa dague, posée sur le lit, trop loin, finit d'avaler sa bouchée de riz et se leva, mains en l'air. Il pensa à Sandra qui, ce soir, trouverait une maison vide si elle n'avait pas déjà été prévenue de leur arrestation. Il pensa aussi à dom Francisco de Gama, certain que sans lui ils n'en seraient pas là à ce moment précis.

Dehors, sous la pluie, il ferma les yeux et se concentra sur l'eau qui trempait ses cheveux et son visage, sur l'odeur lourde de la terre humide et celle plus légère et presque imperceptible des embruns mêlés aux bourrasques. Parce qu'il n'était pas près de les sentir de nouveau.

16

Salvador de Bahia – Lisbonne, août-octobre 1625

Ils mettaient les voiles et abandonnaient derrière eux la baie de Tous les Saints, São Salvador et Bahia. Agrippés au bastingage, Diogo et Ignacio pensaient à ce qu'ils laissaient là. Pour l'un, des morts sans sépulture, pour l'autre, une mère inconsolable. Un pays dans lequel ils avaient grandi, pour lequel ils avaient combattu sans y penser et dont ils ne s'avisaient que maintenant, en le voyant s'éloigner, à quel point ils y étaient attachés. Ils reviendraient peut-être.

L'armada qui quittait Bahia était désorganisée. Les mois passés depuis la reconquête n'avaient pas pour autant permis de bien préparer le retour. À la fin du mois de mai, la flotte de secours hollandaise avait fini par arriver. Trente-quatre voiles dont quinze bien armées se présentaient près de la barre de la baie sans se douter que São Salvador était déjà tombée. Le marquis de Cropani avait suggéré de continuer à tromper l'ennemi. Il suffisait d'ôter la bannière espagnole qui flottait sur la ville, de la remplacer par celle des Provinces-Unies, de demander aux batteries de São Salvador de tirer en direction de la flotte castillane et portugaise, qui répliquerait par quelques bordées. Les Hollandais s'engageraient plus avant et on pourrait alors les prendre par surprise. Le plan emportait l'adhésion de bien des capitaines. Don Fadrique de Toledo invoqua alors Alexandre le Grand qui estimait que vaincre par la ruse était vaincre sans honneur. Don Fadrique avait donc envoyé des galions au-devant de la flotte hollandaise de chaque côté de l'entrée de la baie afin de les prendre entre deux feux. Dom Manuel de Meneses pouvait comprendre cela. C'était une question d'honneur. Don Fadrique était un peu monté dans son estime. Il en avait dégringolé quelques heures plus tard lorsqu'il avait refusé que l'on poursuive les Hollandais qui, aux premiers coups de canons, avait fait demi-tour, sans doute parce que leurs équipages n'étaient pas préparés au combat. Laisser partir l'ennemi, c'était lui donner l'occasion de reconstituer ses forces et de revenir plus tard.

Plus de deux mois après, pourtant, les Hollandais semblaient avoir abandonné l'idée de reconquérir Bahia. Mais les armadas portugaise et espagnole étaient encore mal préparées. Les denrées envoyées de Pernambuco permettaient d'autant moins de procéder à un avitaillement suffisant de la flotte que des navires hollandais continuaient de croiser entre Caraïbes et Brésil et à attaquer régulièrement des bateaux de marchandises et de ravitaillement. Ces escarmouches ne remettaient pas en cause la domination portugaise au Brésil, mais elles étaient coûteuses.

Les galions et caravelles qui quittaient Bahia en ce début d'août en direction de Pernambuco n'étaient pas prêts aux yeux de dom Manuel de Meneses. On ne cessait d'improviser et cette excursion au nord avant de traverser l'océan pour rejoindre Lisbonne et Cadix lui paraissait inutile et même dangereuse. Mais il fallait aller retrouver des navires chargés de sucre à destination du Portugal afin de les protéger. Il fallait surtout ramener à Pernambuco Duarte de Albuquerque, le frère du gouverneur qui, après avoir combattu pour la libération de Bahia, entendait bien rejoindre sa capitainerie et Matias de Albuquerque. Par ailleurs, don Fadrique avait appris que quatre hourques arrivées de Cadix avec du ravitaillement pour la flotte castillane se trouvaient à Pernambuco.

Passée la barre de la baie de Tous les Saints, la mer se fit plus forte, la houle irrégulière. Diogo et Ignacio, qui n'avaient jusqu'alors navigué que sur des eaux calmes, entre le port et le *São João*, peinaient à marcher sur le pont. Ils cherchaient leur équilibre, trébuchaient, se faisaient bousculer par les marins. À tel point que dom Manuel de Meneses, agacé par leur manège, finit par les envoyer dans le dortoir. C'était pire. Sans l'horizon auquel se raccrocher, le mouvement du navire les saisissait au creux du ventre. Ils palissaient, avaient le souffle court, se retenaient difficilement de vomir. Ils finirent par remonter à l'air libre, à la recherche d'un peu de fraîcheur. Ce fut pour découvrir un équipage agité. Dans le gréement, on affalait les voiles. Des hommes se déplaçaient en l'air sur les haubans et les vergues. Diogo évitait de les regarder. Les voir ainsi tandis que les mâts se balançaient lui donnait la nausée. La main d'Ignacio serra son bras. Il se retourna vers son ami qui, bouche ouverte, fixait l'horizon. Le *São João* naviguait dans des eaux d'un bleu si sombre qu'elles en paraissaient presque solides. Plus loin, elles devenaient turquoise et barrées d'écume tandis qu'au-dessus d'elles avançaient des nuages gris poussés par d'autres, noirs, sous lesquels des cataractes de pluie obscurcissaient l'horizon. Puis les bourrasques arrivèrent. Elles balayèrent les ponts et, dans la mâture, les gabiers s'accrochèrent tant qu'ils purent. La mer autour du bateau se creusait et venait pilonner sa coque. Il n'était pas midi et on se serait cru en pleine nuit si un rai de lumière transperçant çà et là les nuées n'avait jeté une clarté stridente sur le galion. Dans ces moments, les scènes paraissaient figées : hommes accrochés aux haubans comme des araignées sur une toile, mousse glissant sur le château avant balayé par l'eau alors que le *São João* plongeait dans un creux, marin le corps arqué, tentant d'arrimer des tonneaux près de se renverser, soldat trempé s'extrayant d'une écoutille. Manuel de Meneses, yeux plissés par le vent, cheveux blonds décoiffés, col noir relevé, immobile, mains derrière le dos, bien campé sur ses jambes, la bouche ouverte pour crier un ordre.

Diogo n'aurait su dire combien de temps cela dura, si ce n'est que la nuit succéda plusieurs fois à ce faux jour et qu'elle était bien plus effrayante. Quand enfin le calme revint, la flotte était dispersée. Il n'y avait plus aux alentours du *São João* que quelques navires, castillans et portugais. La plupart avaient subi des avaries : voies d'eau, mâts coupés, voiles déchirées. Quelques hommes avaient été perdus. La tempête les avait éloignés des côtes et lorsque dom Manuel de Meneses fit ses calculs, il estima qu'elle les avait tellement poussés au nord qu'il valait mieux dorénavant faire route vers Lisbonne.

Les mousses avaient dû pomper et les calfats réduire les voies d'eau, mais une partie des provisions avait été souillée par l'eau de mer. À la fin du mois de septembre, les bateaux étaient enfin arrivés en vue des Açores où il serait possible de compléter l'avitaillement avant de repartir vers Lisbonne et Cadix. Ils approchaient de l'île de São Miguel et le soleil glissait lentement derrière la ligne d'horizon lorsqu'une des vigies repéra deux voiles que l'on identifia rapidement comme des vaisseaux hollandais. La nuit tombée, dom Manuel de Meneses fit allumer les fanaux du *São João*. L'équipage s'en étonna : le galion était en mauvais état, les hommes épuisés, une partie de la poudre à canon était encore humide. Il aurait été plus prudent de profiter de la nuit et de se soustraire à la vue des navires ennemis. « Fuir ? avait demandé dom Meneses. Devant des hérétiques, des voleurs ? Nous avons un honneur à préserver. Qu'ils viennent donc. Nous allons nous en occuper. »

Ils étaient venus au matin et le *São João* les attendait. Il s'agissait de deux galions dont l'un portait le pavillon amiral. Dom Manuel de Meneses avait fait courir vers eux et, arrivé à portée de l'amirale, fait tirer une première bordée à laquelle les Hollandais avaient répondu. Pour Diogo et Ignacio, qui assistaient pour la première fois à un tel combat, l'expérience avait été déconcertante. Les vibrations étaient plus denses, vous pénétraient plus profondément que lors des combats à terre et, surtout, il y avait beaucoup moins d'endroits où s'abriter. Il fallait moins se méfier des boulets adverses que de ce qu'ils détruisaient à bord, de la coque, du gréement, de la mâture et de tout ce qui encombrait le pont. Ça volait en éclats acérés, ça tombait du ciel, ça assommait et ça transperçait. Et tout cela dans un brouillard qui irritait les yeux, le nez et la gorge, et achevait de vous désorienter alors que vos oreilles tintaient encore après les détonations. Les deux garçons s'étaient contentés de s'agripper aux plats-bords et de rentrer la tête dans leurs épaules lorsque les déflagrations étaient trop proches.

Les boulets et la mitraille du *São João* avaient endommagé le mât de misaine de l'amirale adverse et réduit une partie de sa voilure en charpie. Les cris des blessés parvenaient aux oreilles de Diogo et Ignacio. Quant au deuxième vaisseau hollandais, il fuyait. Dom Manuel de Meneses fit un point rapide avec le pilote et le maître de bord : il fallait poursuivre le navire en fuite. L'amirale n'était pas en état de repartir immédiatement et le *Santa Ana*, un galion castillan commandé par don Juan de Orellana, approchait. À lui d'aborder les Hollandais et de saisir ce qu'ils transportaient. « Ils ne devraient pas opposer de résistance inutile », dit Meneses. Diogo se demanda à quel point cet homme croyait ce qu'il disait. Car une chose était certaine : dans les mêmes conditions, dom Manuel de Meneses aurait opposé la dernière des résistances sans se demander si elle était utile ou pas. Il avait pourtant raison. Alors que le *São João* s'éloignait, Diogo vit don Juan de Orellana lever un drapeau blanc et envoyer des hommes vers l'amirale hollandaise pour négocier sa reddition.

Le pilote du *São João* doutait de pouvoir rattraper le galion hollandais en fuite. Le bateau portugais portait encore les stigmates des tempêtes précédentes et les quelques bordées tirées par l'adversaire lors du court combat qui les avaient opposés avaient aussi causé des dégâts. Dom Manuel de Meneses, pourtant, s'obstinait, sûr de lui et persuadé que c'était là encore une question d'honneur. Il n'accepta de renoncer à cette poursuite que lorsque le contremaître lui montra le *Santa Ana* : de la fumée sortait de l'amirale qui se trouvait bord à bord avec elle. Le temps de virer de bord pour reprendre la direction du galion de don Orellana, les reflets orange gagnaient déjà le pont principal du navire hollandais qu'une fumée noire enveloppait. Le *Santa Ana* tentait de s'en éloigner, mais il était lui-même en proie aux flammes.

L'amirale hollandaise explosa la première. Diogo et Ignacio, qui avaient gagné le château de proue du *São João*, virent la toile sombre tissée par la fumée s'illuminer et, au-dessus, des éclats de bois faire des accrocs dans le ciel bleu. De là où ils étaient, encore bien loin, ils sentirent l'air se déplacer et le vent que fendaient leurs visages se réchauffer pendant une longue seconde. Le *Santa Ana* n'était pas assez loin pour échapper à la déflagration. Le feu qui avait déjà commencé à le dévorer s'étendait maintenant à son gréement. La poupe était un brasier. Des hommes se jetaient à l'eau. On voyait leurs ombres disparaître dans de petites gerbes d'écume et l'on entendait la rumeur de leurs cris que les flots s'empressaient d'étouffer. Il y eut plusieurs explosions, moins fortes que celle qui avait détruit le navire hollandais, et le galion espagnol commença à sombrer. Ici encore, au milieu de l'océan, le feu poursuivait Diogo. Fasciné, le garçon voyait, alors que seul le pont supérieur du château de poupe du *Santa Ana* surnageait encore, la flamme incandescente d'un homme en train de brûler et incapable, fou de panique et de douleur, de trouver le chemin de l'eau. Quant à ceux qui étaient dans l'eau, Diogo imaginait leur épouvante alors que la mort les entraînait vers d'insondables fonds peuplés de créatures monstrueuses. Certains s'accrochaient à des débris et appelaient à l'aide. Le *São João* s'approchait enfin et, depuis le pont, ceux qui n'étaient pas à la manœuvre tentaient de venir en aide aux naufragés. On leur jetait des planches, des tonnelets et des cordes. Quelques prêtres priaient.

Don Juan de Orellana avait disparu avec près de cent cinquante hommes. Les autres se serraient sur le *São João* qui avait repris sa route vers Lisbonne. Diogo et Ignacio n'étaient plus un sujet de curiosité pour l'équipage et les soldats du galion, mais ils le redevenaient pour les rescapés du *Santa Ana*. Surtout Ignacio, bien entendu, dont certains murmuraient que sa place était dans un entrepont avec les marchandises. Peu osaient le dire à voix haute après avoir constaté qu'il assistait aux offices donnés sur le tillac par les pères jésuites et qu'il faisait partie des rares personnes auxquelles s'adressait dom Manuel de Meneses. Avec Diogo, il continuait à servir le capitaine-mor et à transmettre ses ordres lorsque c'était nécessaire. Meneses n'avait pas tout à fait à leur égard la même attitude qu'avec les autres, y compris les *fidalgos* qui se trouvaient à bord. Non pas qu'il fît preuve d'une chaleur dont il était de toute façon dépourvu, ou d'un respect dont il estimait qu'il ne le devait qu'à des hommes d'un rang plus élevé que le sien, mais il se montrait moins brusque, un peu plus attentif et parfois même prêt à donner un conseil plutôt qu'une directive. Si l'homme n'avait été aussi peu superstitieux, on aurait sans doute considéré qu'il voyait en eux des porte-bonheurs. Diogo avait pu penser au début que dom Manuel de Meneses leur était redevable de lui avoir sauvé la vie. Il s'était aperçu qu'il n'en était rien. Meneses trouvait cela normal. Par contre, il avait repéré chez eux une utile compétence dans le combat et une absence d'ambition qui en faisait des auxiliaires fidèles. Les deux garçons n'avaient rien. Pas de parents pour Diogo, et à peine un peu plus pour Ignacio qui avait grandi avec sa mère, certes, mais surtout une cohorte de jésuites dont l'affection n'était pas la première des qualités. En sauvant puis en servant dom Manuel de Meneses, ils avaient trouvé une place dans ce monde brutal en train de se déliter. Ils lui en étaient reconnaissants sans arrière-pensées. Pour dom Manuel de Meneses, habitué à frayer dans une société de la dissimulation, de l'ambition et du complot, cette fidélité était une denrée aussi rare que précieuse.

Ils étaient à ses côtés, sur le pont du *São João*, un matin d'octobre lorsque, derrière une nappe de brouillard matinal, la côte portugaise se révéla à eux. Sans y avoir jamais pensé jusqu'alors, Diogo fut ému par ce spectacle. Après trois mois de tempêtes et de combats, ils avaient enfin traversé la grande mer océane et il revenait sur la terre dont son père avait été expulsé. Il arrivait là avec au cœur la fierté d'avoir rendu Bahia à ce royaume qui avait tant maltraité les siens. Il pensa aussi à Ignacio, dont l'épaule touchait la sienne, qui avait fait de même alors que l'on avait soumis son peuple. Le Tupinamba, lui aussi, pensait aux siens et à Bahia. Ils lui manquaient mais il savait aussi que depuis qu'ils avaient été regroupés par les jésuites à Espírito Santo, il n'avait plus jamais vraiment été chez lui. Cela faisait des années maintenant qu'il vivait dans un monde qui lui était en grande partie étranger et dont il peinait à comprendre les coutumes. Ici ou ailleurs, après tout, la différence tenait surtout au climat. Il faisait froid.

Dom Manuel de Meneses était satisfait. Il revenait victorieux. Il avait repris Bahia, battu les Hollandais en mer, porté haut les couleurs du Portugal et servi loyalement, quand bien même cela lui avait parfois coûté, le roi Felipe. Nul doute qu'on saurait le récompenser. Il était toutefois partagé. Le retour de l'armada portugaise au complet serait un beau symbole et pour cela il espérait que les autres navires le rejoignent si aucun n'était déjà arrivé. Mais si António Moniz Barreto ne revenait pas, auréolé des combats victorieux de son *tercio*... eh bien, il s'en accommoderait. Le brouillard s'était lentement dissout et la côte apparaissait dans toute sa clarté, déchirée par la barre du Tage. Derrière, il y avait Lisbonne et plus loin encore, peut-être, Madrid. Il était temps pour lui d'accéder enfin à des fonctions plus importantes. Il se demanda ce qu'il allait bien pouvoir faire du garçon et de l'Indien.

17

Goa, décembre 1625

Ils attendaient là depuis qu'on les avait extraits de leurs cellules au milieu de la nuit. Ils étaient des dizaines. Plus de cent, certainement. Debout dans cette galerie si mal éclairée que chaque halo jaune de lampe ou de bougie semblait au contraire renforcer l'obscurité environnante, ils gardaient le silence. On ne parlait pas dans les murs de la prison du Saint-Office, pas même pour prier. Dans cette pénombre silencieuse, les gardiens avaient remis à chacun l'habit du jour. Chemise et caleçon noirs rayés de blanc et un scapulaire à passer par-dessus. Celui de la plupart des prisonniers était fait d'une toile jaune barrée par une croix de Saint-André rouge. Ceux de Fernando et Simão étaient gris et portaient des dessins de flammes dont les pointes étaient tournées vers le bas. On leur avait donné aussi une bougie de cire jaune. Et on leur distribuait maintenant une collation, un bout de pain et une banane. Le pain était un peu dur et les bananes très mûres dégageaient une odeur écœurante qui envahissait la galerie. Fernando se hâta de les manger. Il n'avait pas faim, mais il craignait que le prochain repas ne fût qu'une très lointaine perspective. Les autodafés, à Goa, pouvaient durer longtemps. On n'entendait plus que des bruits de mastication, quelques rots mal contenus et parfois un sanglot. Fernando jetait régulièrement un œil à Simão. Celui-ci restait stoïque, ce qui n'était pas dans ses habitudes. Les semaines passées dans les cellules de l'Inquisition avait souvent cet effet-là. Il était difficile d'en être sûr dans l'ombre qui brouillait les traits des visages, mais il semblait pourtant à Fernando que son ami, parfois, esquissait un de ses sourires moqueurs. Il espérait que c'était ça. Ça le rassurait. Il pensait aussi à Sandra, à son corps, à ses sourires rares et précieux, et se demandait s'il aurait l'occasion de la revoir. Il l'espérait aussi. Et même retourner au Portugal avec elle. Mais il fallait bien se rendre à l'évidence après trois mois dans les geôles de la congrégation du Saint-Office : ses projets n'étaient plus pour l'instant que des chimères. Au moins lui permettaient-ils d'avoir quelque chose à quoi se raccrocher.

Les cloches de la cathédrale sonnèrent. On fit sortir les prisonniers l'un après l'autre pour les conduire dans une grande salle. Des habitants de Goa étaient là. Ils seraient les parrains de chacun des prisonniers, répondant de lui et le guidant vers le droit chemin durant cette journée. C'était, d'après le Saint-Office, un grand honneur. Les mines sombres des parrains laissaient entrevoir une autre réalité. C'était une corvée. On ne pouvait rien refuser à l'Inquisition, à son écrasante autorité et à sa justice arbitraire. C'est pour cela qu'ils étaient là, pour plaire aux inquisiteurs, tout en craignant un peu d'être associés aux condamnés qu'ils devaient accompagner. Le parrain de Fernando, un marchand de tissu, s'évertuait à éviter son regard. Il ne lui avait pas décoché un mot et, lorsque le prisonnier se tournait vers lui, il levait les yeux vers le ciel. Tant et si bien qu'il avait déjà trébuché deux fois sur le sol inégal lorsqu'ils sortirent du bâtiment.

La porte s'ouvrit sur un matin orange et moite. De cette moiteur qui colle à la peau avec le sel qu'un vent tiède apporte de l'océan. De cette moiteur que produit la peur, aussi. Tous ici, hommes et femmes, avaient été dénoncés à un moment ou un autre et attendaient maintenant, après plusieurs audiences, de savoir quel sort leur était réservé. Fernando et Simão, lorsqu'on les avait menés là six mois plus tôt, étaient confiants. Ils avaient vécu de pires situations, voulaient-ils croire. Ils l'étaient beaucoup moins à présent, pieds et tête nus, dans les rues de Goa, avançant en procession au milieu de la foule des habitants convoquée là comme pour chaque autodafé. Pendant plus d'une heure, ils s'écorchèrent les pieds en marchant, cierge à la main, derrière les dominicains. En tête du cortège flottait la bannière brodée du portrait de saint Dominique, glaive et rameau d'olivier en mains, surmontée de l'inscription « *Misericordia & Justitia* ». Ils revinrent enfin devant l'église de Saint-François. On les y fit entrer et asseoir sur des bancs dans une galerie latérale par ordre de gravité des crimes qui leur étaient attribués. Les hommes et les femmes à qui l'on avait donné le scapulaire à croix rouge étaient devant. Ceux qui, comme Fernando et Diogo, portaient celui avec les flammes retournées venaient juste après : ils avaient avoué leurs crimes et gagné, ils l'espéraient, le droit au pardon. Il n'en allait pas de même pour ceux, derrière eux, dont le portrait entouré de démons et de flammes portait l'inscription de leurs crimes. On les brûlerait certainement. Parmi ceux-là, des hommes levaient haut, au bout de manches en bois, des effigies et portaient des boîtes elles aussi décorées de flammes et de démons. Dedans se trouvaient les ossements de condamnés que l'Inquisition avait poursuivi post-mortem. Ces coffrets brûleraient aussi. Fernando était impressionné par la manière dont le Saint-Office asseyait ainsi son pouvoir sur les vivants en leur montrant qu'il pouvait les punir même au-delà de la mort. Pour sa part, il aurait préféré que l'Inquisiteur attende jusque-là pour s'intéresser à lui. Mais il était ici, dans cette cathédrale où l'on ne trouvait ni félicité ni pardon. Seulement le grondement réprobateur de la foule et les malédictions dispensées par des hommes au nom d'un Dieu dans lequel il ne croyait guère. Il espérait que tout cela allait bientôt se terminer.

Le silence se fit quand prirent place, de chaque côté du grand autel drapé de noir aux six chandeliers d'argent, l'Inquisiteur et ses conseillers ainsi que le vice-roi et sa cour. Le provincial des Augustins monta en chaire pour un sermon qui parut interminable à Fernando. Il laissa son esprit s'échapper vers le Portugal, les diamants et Sandra, perturbé seulement par l'odeur de la sueur âcre des prisonniers et de l'urine de quelques-uns d'entre eux, en proie à une peur incontrôlable, que l'encens ne suffisait pas à couvrir. Quand l'orateur en termina enfin, deux lecteurs arrivèrent pour ânonner laborieusement la longue litanie du procès de chaque prisonnier et l'énoncé de ses peines. Un par un, les condamnés étaient amenés au milieu de la galerie, toujours avec leur cierge en main. On les faisait s'agenouiller devant un missel et dire la confession de foi. Lorsque ce fut son tour, Fernando écouta la lecture du procès et attendit que sa peine lui soit annoncée. Il ne quitta pas des yeux dom Francisco de Gama. Le vice-roi, en retour, le regardait. Convaincu d'apostasie mais revenu dans la foi chrétienne, Fernando était condamné au fouet et à l'exil : il devrait quitter Goa dans la prochaine nef en partance pour le Portugal. Gama sourit. Il avait tenu sa promesse. Fernando et Simão auraient bien leurs places sur la caraque. Un bref instant, Fernando se demanda s'il avait le temps de se lever, de courir jusqu'au vice-roi et de lui enfoncer son cierge dans la gorge. Il abandonna cette idée à contrecœur. Lui et Simão avaient été dupés. Ils le savaient depuis le début. De simples soldats ne pouvaient jouer à armes égales avec les maîtres de l'empire. Il fallait l'accepter. Au moins savaient-ils qu'ils retourneraient au Portugal. Et aussi que lors de la prochaine partie ils n'auraient aucun scrupule à tricher.

On le raccompagna sur le banc, à côté de son parrain qui persistait à l'ignorer, et ce fut au tour de Simão de recevoir sa sentence, identique. Là encore Gama sourit. Simão lui rendit son sourire. Le visage de Gama se ferma.

La journée touchait à sa fin lorsque les lectures se terminèrent et que les condamnés furent absouts de l'excommunication. Vint ensuite le pénible moment de la lecture des procès des condamnés à mort. Ils étaient une dizaine, tous juifs.

On les mena ensuite sur la rive du Mandovi où les bûchers étaient déjà dressés. La foule rassemblée attendait ce moment avec impatience et il en montait un grondement à mesure que les condamnés avançaient. D'une seule voix la population de Goa scandait : « Juifs… Juifs… Juifs… » Fernando sentit son ventre se contracter et un frisson monter le long de son échine. Il était sauvé, mais c'est à cet instant qu'il avait peur. Des gardiens et les juges séculiers accompagnèrent les condamnés, vivants et coffres d'ossements, vers les bûchers. Aux vivants on demanda dans quelle religion ils désiraient mourir. Ceux qui choisirent la religion chrétienne furent étranglés à l'aide d'un garrot. C'était un spectacle long et désagréable. Le seul qui désira persister dans le judaïsme fut attaché vif sur le bûcher. Quand les dix monticules de bois se mirent à brûler en illuminant la nuit qui venait de s'abattre, on vit l'ombre de cet homme s'agiter un moment avant de cesser de bouger. Il n'avait pas poussé un cri. La foule était un peu déçue. Fernando fut soulagé d'apprendre que le fouet ne leur serait donné que le lendemain. Il craignait qu'on n'exécute cette part de leur sentence ce soir et que, pour satisfaire le public, on ne se laisse aller à les fouetter trop durement. Son dos lui brûlait déjà à cette pensée.

« Montrez-leur qui vous êtes. Gardez la tête haute », leur avait dit le gardien de la prison, qui s'était pris si ce n'est d'affection, d'une forme d'admiration à leur égard, en accompagnant les condamnés dans la pièce où ils seraient flagellés. Leur statut de renégats en faisait des hommes faibles dans leur foi, mais la manière dont ils avaient su s'adapter à un nouveau système et y tracer un chemin suscitait le respect. Fernando n'avait jamais ressenti le besoin d'être ce genre de héros qui nargue la douleur et le bourreau. Cela ne pouvait avoir d'autre conséquence que de pousser celui qui maniait le fouet à faire encore plus mal. Il s'était donc laissé aller et, au troisième coup, s'était évanoui. Simão avait tenu un peu plus longtemps et n'en tirait aucune fierté. Le gardien avait trouvé cette attitude peu honorable.

Quelques jours plus tard, après avoir reçu de l'Inquisiteur la liste des pénitences qu'ils auraient à accomplir durant les trois années suivantes, ils furent à leur grande surprise raccompagnés hors de la prison. Ils auraient dû normalement demeurer dans les geôles jusqu'au départ des nefs pour le Portugal. Leur dos pansé par les soins des dominicains les faisait encore souffrir et leur démarche était raide. En sortant des bâtiments du Saint-Office, ils trouvèrent dom Afonso de Sá qui les attendait. L'officier ne les oubliait pas. Il se sentait responsable de les avoir entraînés dans l'aventure qui les avait amenés à renier le Portugal pour rejoindre Bijapur. Ils le suivirent en direction du marché de la rue Droite. Le jour était encore jeune mais la chaleur, déjà écrasante. Au moins la prison les avait-elle tenus au sec durant le temps de la mousson. Aujourd'hui le soleil brillait et, sous les parasols que portaient des esclaves, l'ombre était chaude, traversée d'éclats de couleurs, et le bruit presque assourdissant après le silence des geôles de l'Inquisition. Ils longèrent les boutiques des orfèvres, des négociants en tissus, des tapissiers, des marchands d'épices et des lapidaires jusqu'à la place du Vieux-Pilori. Ils y furent enveloppés par les odeurs de nourriture. On trouvait là les étals de fruits, des rôtisseurs qui faisaient cuire volailles, chèvres et poissons, et des femmes qui préparaient des plats. Dom Afonso de Sá leur acheta de la fricassée de pigeon, du riz et des mangues. Ils préféraient éviter les bananes. Elles avaient constitué une des bases de leur alimentation durant les derniers mois, et ils les attendaient alors avec impatience lorsque la faim devenait insupportable. Maintenant qu'ils étaient dehors, la seule odeur de ces fruits suffisait à leur retourner l'estomac. Dom Afonso de Sá les entraîna avec leurs plats dans le jardin d'une maison proche. Derrière les murs qui les coupaient du bruit de la rue, à l'ombre mouvante des palmiers qu'un léger vent venu de la mer berçait lentement, arrachant parfois un geignement à leurs troncs, ils mangèrent en silence et burent l'eau fraîche d'une cruche qu'un esclave avait apportée. Lorsqu'ils eurent terminé, dom Afonso de Sá prit enfin la parole :

— Vous pouvez loger ici. Il y a le nécessaire. D'autres soldats y vivent d'ordinaire mais ils sont embarqués pour quelques mois sur la côte de Malabar. Pour le reste… eh bien, j'ai fait ce que j'ai pu. Mais le vice-roi estimait que vous lui aviez extorqué une récompense trop élevée. Il ne voulait pas perdre la face. En vous faisant passer par les geôles du Saint-Office et cette condamnation, il pourvoit à sa part du marché en vous montrant que c'est toujours lui qui commande et il atténue les tensions avec l'Inquisition. Par ailleurs, j'ai pu négocier votre sortie de la prison en me portant garant du fait que vous repartirez bien sur les nefs du Portugal. Tout s'achète, ici, et vous commencez à me coûter cher, en or comme en réputation. Je compte sur vous pour embarquer et aussi pour accomplir vos pénitences. L'Inquisition va vous garder à l'œil tout le temps où vous serez ici.

— J'imagine qu'on ne va donc pas pouvoir embarquer de la cannelle sur la nef de retour ? demanda Simão.

— Que vous puissiez embarquer vous-même est déjà une chance. N'essayez pas de la forcer. Je ne peux plus rien pour vous à présent.

— Et nos diamants ? demanda Fernando.

— Je les ai récupérés avant que l'Inquisition ne saisisse vos biens… enfin, ce qu'il y avait chez vous. Ils ont été déçus. Je pense que vos deux chaises, vos deux lits, votre table et vos armes ont été vendus à l'encan sur le marché. Pas de quoi enrichir considérablement le Saint-Office.

Il porta la main à sa ceinture, ouvrit sa bourse et en tira un sac plus petit qu'il tendit à Fernando.

— Ils sont tous là. Vous pourrez en faire quelque chose au Portugal. Ça n'est pas une fortune, mais de quoi vous lancer, quoi que vous vouliez faire.

Il sortit des pièces d'or de sa bourse qu'il donna à Simão.

— Ça, c'est pour voir venir ici en attendant le départ des nefs. Et pour préparer vos rations pour le voyage. Vous pouvez être sûrs que l'ordinaire à bord ne vous sera fourni ni par la Couronne ni par l'Église.

Fernando hocha la tête.

— Merci.

— Ah ! La préceptrice des neveux du vice-roi m'a demandé de te transmettre un message de sa servante, Fernando. Une caravelle a prévenu hier de l'arrivée des nefs du Portugal. Elles seront là ce matin et vont décharger. La fille partira ensuite avec les neveux de dom Francisco de Gama jusqu'au palais de Daugim, mais elle sera devant l'hôpital vers midi. Tu ne devrais pas y aller. Si le vice-roi apprend que vous vous voyez, il va encore te chercher des poux dans la tête.

— On sort juste de prison, dit Simão, il n'aura pas à chercher loin pour trouver des poux.

Il rit et se crispa aussitôt en s'apercevant que cela tirait sur les plaies de son dos.

Dom Afonso de Sá leva les yeux au ciel en secouant la tête. L'arrière des chemises de Fernando et Simão était humide du sang de leurs meurtrissures qui continuaient à suinter et des onguents que l'on avait appliqués dessus.

— Je vais vous envoyer un barbier qui va vous laver et nettoyer vos plaies et je vous ferai parvenir des chemises neuves. Après ça, nous ne nous reverrons plus, j'espère. Je crois m'être acquitté de ma dette à votre égard.

— Merci, dit Fernando. Vous avez fait beaucoup plus que nécessaire.

Dom Afonso de Sá se leva.

— Adieu.

Le barbier, un Canarin sans âge dont les tremblements trahissaient la passion pour le vin de palme, finissait de panser le dos de Fernando après s'être occupé de Simão lorsqu'ils entendirent les canons annonçant l'arrivée des nefs du Portugal. Peu après les cloches de tous les édifices religieux se mirent à sonner pour les saluer. Ils enfilèrent leurs chemises et leurs chausses, Fernando glissa la bourse de diamants à l'intérieur de sa ceinture, puis ils sortirent.

Ils se postèrent à l'ombre des murs du jardin du palais de l'archevêque, face à l'hôpital du Roi. Ils entendaient, de l'autre côté du bâtiment, le bruit du débarquement des premiers hommes venus du Portugal. Ils se revoyaient là, presque dix ans plus tôt, et n'avaient pas de peine à imaginer l'état de ceux qui mettaient pied à terre après des mois à pourrir littéralement sous les assauts conjugués de la vermine, de l'humidité, de la chaleur tropicale, du froid austral, de la faim et de la promiscuité avec des gens dont même le diable n'aurait pas voulu chez lui. Ils eurent une brève pensée pour Gonçalo Peres.

Puis elle apparut devant la façade blanche de l'hôpital. Silhouette minuscule dans une robe blanche, qui, n'était sa peau brune et ses cheveux rouges, se serait presque fondue dans le mur. Elle cherchait Fernando. Ses yeux étaient plissés par la lumière du soleil et lorsqu'elle l'aperçut enfin, un sourire se dessina sur ses lèvres fines. C'est exactement ainsi qu'il la voyait depuis des mois, souvenir de la dernière nuit passée ensemble. Ses paupières serrées et sa bouche entrouverte, quelque part entre l'abandon au sommeil et la volonté de s'accrocher encore un peu à ce moment de sérénité dont ils savaient tous les deux qu'il finirait par se dissoudre dans l'air. Dans sa geôle, il avait suspendu cet instant, l'avait conservé précieusement dans sa mémoire et l'avait regardé chaque jour avec la peur qu'il ne finisse par s'effacer. Il désirait oublier bien des choses, mais ce moment était trop précieux pour le laisser fuir.

Elle traversa la place, salua Simão et plaça ses mains dans celles de Fernando. Ils se sourirent, et Simão regarda ostensiblement ailleurs, gêné par ce moment d'intimité et par cette forme de tendresse qu'il n'était pas habitué à voir chez son ami.

— J'étais là. À l'autodafé, dit-elle. Ça ne change rien. Nous rentrerons ensemble au Portugal.

— Ça change beaucoup de choses. On ne pourra pas embarquer les marchandises sur lesquelles nous comptions pour commencer notre commerce.

— J'ai mieux. Les diamants de l'Adil Shahi. Ils sont arrivés la semaine dernière. L'ambassadeur du prince les a apportés et ils ont été exposés quelques heures au palais, le temps de la cérémonie. La plupart sont bruts mais de grande qualité. Certains sont taillés et magnifiques.

Simão souriait maintenant. L'idée lui plaisait. Fernando restait silencieux. Sandra dégagea sa main et le prit par le coude.

— C'est l'occasion. Il faut la saisir.

— Elle a raison, dit Simão.

— C'est trop dangereux, répondit Fernando. Ils vont être gardés, mis sous clé, et on sera sur un bateau.

— On ne partira pas avant trois mois. On naviguera six mois si Dieu le permet. Ça nous laisse du temps pour y penser. J'aurai des informations au palais et, sur la nef, je serai logée près de la cabine du capitaine-mor. Il faut y penser.

— On verra bien, oui, dit Fernando.

De la musique leur parvenait depuis le Mandovi. Et des tirs d'arquebuses. La chaloupe du capitaine-mor descendait le fleuve pour aller accoster sur les quais devant le palais du vice-roi.

— J'y vais, dit Sandra. Il faut que je sois là-bas avec dona Beatriz et les enfants.

Elle jeta un œil aux alentours, se souleva sur la pointe des pieds, posa un baiser sur les lèvres de Fernando et se hâta vers le palais.

— Elle est maline, dit Simão. Et dangereuse.

Fernando sourit et haussa les épaules. Les deux soldats repartirent dans les rues de Goa. Ils avaient encore trois mois à tuer et la nécessité de survivre en attendant qu'ils passent.

*
* *

Dom Vicente de Brito était content. Il avait vu avec satisfaction, la veille au soir, se dessiner à l'horizon les lignes basses des îles Queimados. Ce matin, au lever du jour, c'était la barre de Goa qui était apparue. Et avec elle les montagnes vertes, la terre rouge et les bâtiments blancs aux toits orangés que le soleil encore bas et la fine, presque imperceptible, brume de ce matin sec, à moins que ce ne fût le voile de ses propres yeux, coloraient à la manière d'un tableau dont les pigments auraient commencé à s'estomper. Le voyage avait été long et pénible, mais cette partie-là, au moins, touchait à sa fin. Il allait enfin pouvoir mettre pied à terre et rester au sec quelque temps. Cette simple perspective suffisait pour le moment à effacer les désagréments du trajet, les huit mois de mer, les tempêtes et les interminables semaines sans vent sous l'équateur qui avaient contribué à décimer la population du bord après seulement quelques semaines de navigation. Les soldats avaient particulièrement souffert. Vicente de Brito observait les premiers d'entre eux descendre avec difficulté dans les barques et chaloupes venues à la rencontre de la nef *São Bartolomeu*. Certains tremblaient malgré la chaleur. Ils avaient les gencives enflées et infectées. Quant à leurs jambes, elles étaient constellées d'abcès à différents stades de pourrissement. La plupart de ces jeunes hommes paraissaient plus vieux que lui. Il en conçut de la pitié et se promit de prier pour eux.

Après avoir réglé avec le contremaître et l'écrivain du bord les détails du déchargement, dom Vicente de Brito se retira dans sa cabine. Il s'habilla de frais avec ses plus beaux vêtements, toucha du bout du doigt le crucifix fixé à la paroi, se signa, et ressortit pour se faire mener jusqu'au quai du palais du vice-roi où l'on devait l'attendre. Cela faisait bien longtemps qu'il n'avait pas vu Goa et, une fois de plus, malgré toutes les réticences qu'il avait pu avoir à venir ici, il se laissa enchanter par le spectacle des palmiers plantés dans le sable blanc dont les troncs oscillaient lentement dans la brise marine. L'odeur de la marée et des eaux saumâtres de l'estuaire, comme le ballet des embarcations de toutes tailles qui croisaient ici, faisaient aussi partie du spectacle que la ville lui offrait ce matin.

Le vice-roi l'attendait sur le quai avec une partie de sa cour et de sa famille. Dom Francisco de Gama le félicita d'avoir mené les deux nefs jusque-là et s'enquit aimablement de sa santé. Le capitaine-mor se sentait flatté. Il le fut d'autant plus que dom Francisco lui proposa sans attendre d'embarquer avec eux pour sa résidence de Daugim, à quelques encablures en amont du Mandovi. Un brigantin mu par des rameurs noirs du Mozambique les y emmena. Dom Vicente de Brito remarqua la préceptrice des neveux du vice-roi. Beatriz da Fonseca était une jeune femme à l'air triste et hautain. La fille qui l'accompagnait, par contre, était d'une beauté troublante. Derrière les mèches écarlates de ses cheveux, ses yeux laissaient transparaître à la fois l'innocence, la vivacité et une manière de regarder à travers vous qui le mettait mal à l'aise. Il peina à la lâcher du regard durant tout le temps où leur embarcation cheminait en douceur sur le fleuve. Seule l'apparition dans la végétation épaisse de la façade immaculée du palais de Daugim vint détourner son attention. Dans le silence soudainement tombé, les noirs relevaient leurs rames et laissaient le brigantin glisser sur son aire jusqu'au ponton. Dom Francisco de Gama lui demanda de le suivre à l'intérieur pour faire le point sur le voyage, la cargaison et le nombre de soldats arrivés dans les nefs. En entrant dans le palais, il jeta un dernier regard à Sandra et envisagea d'aller se confesser dès le lendemain.

*
* *

La nuit tombée, les rues se vidaient. On y marchait plus facilement, sans avoir à éviter les corps qui s'y massaient, les équipages de *fidalgos* à cheval ou de notables en palanquin portés par des esclaves. On n'y croisait même plus de sergents chargés de la sécurité.

C'était une autre vie qui animait la ville, moins foisonnante, moins honnête et assurément plus dangereuse. Fernando et Simão s'y sentaient comme chez eux. Sur la place du Vieux-Pilori les étals de nourriture avaient laissé place à une autre sorte de marché. Les marchandises y étaient posées à même le sol, et les vendeurs avaient tous ce regard un peu fuyant de ceux qui doivent à la fois gérer leur commerce et surveiller l'arrivée inopinée des autorités. On y marchandait peu, car ce qu'on y trouvait était rarement cher. Il s'agissait bien souvent du produit de vols, et les marchands cherchaient à s'en débarrasser aussi vite que possible. Les lanternes rares et faibles qui éclairaient les lieux de leur lumière terne laissaient peu de doute sur la mauvaise qualité de ce que l'on trouvait là. Simão et Fernando réussirent néanmoins à mettre la main sur des épées correctes qui aideraient à les rendre crédibles lorsqu'ils proposeraient leurs services à quelques *fidalgos* ou *casados* pour assurer leur protection. C'est qu'ils allaient devoir survivre encore plusieurs mois ici. Ils essayaient d'examiner dans la pénombre des paires de chaussures dont ils avaient bien besoin lorsqu'une rumeur enfla d'un bout à l'autre de la rue, accompagnée du bruit étrangement coordonné de couvertures se rabattant sur des objets pour se transformer en baluchons. Les souliers qu'ils regardaient une seconde auparavant disparurent ainsi de leur vue dans un froissement de tissu, et le marchand avec lequel ils discutaient décampa avec son stock. De deux côtés de la place, des sergents du vice-roi faisaient irruption en hurlant. Ils arrêtaient marchands et clients qui passaient à leur portée. Fernando et Simão s'engouffrèrent dans la rue la plus proche à la suite de plusieurs autres hommes. Ils avaient fait quelques pas lorsqu'un sergent surgit d'une ruelle perpendiculaire. Il saisit l'épaule de Simão. Fernando se retourna, épée en main, et appuya la pointe de sa lame sur le cou de l'homme qui relâcha lentement sa prise. Dans l'obscurité, Fernando distinguait le blanc des yeux écarquillés du sergent. Leurs regards se croisèrent. Une goutte de transpiration glissa du front de Fernando jusque dans son œil. Il se força à ne pas le fermer malgré la brûlure de la sueur. Le sergent levait maintenant les mains en signe de reddition. L'épée sur sa gorge le dissuadait de demander pitié. Simão prit le bras de son ami et le fit reculer. « Pas ça. On y va. » Fernando sembla recouvrer ses esprits. Il fit encore deux pas en arrière sans quitter des yeux le sergent qui, les mains toujours levées, s'éloignait lui aussi lentement. Puis il fit volte-face et courut. Dans sa main, l'épée tremblait. Les mois à venir s'annonçaient longs. Survivre ici sans se faire remarquer des autorités et du Saint-Office, en échappant aux hommes de l'Adil Shahi qui les cherchaient certainement, ne serait pas une mince affaire. Il leur faudrait avoir des yeux dans le dos. Et de bonnes armes.

18

Côte du Médoc, mars 1626

Il faisait encore nuit. Dans le foyer, quelques braises rougeoyaient sous une épaisse couche de cendres qui, en refroidissant, donnaient à l'air une odeur douceâtre et lourde qui collait à la peau. La maison ne grinçait pas. Malgré cette absence de vent, l'océan faisait entendre son roulement régulier. On pouvait en l'écoutant imaginer le sable de la plage se dérober sous l'écume et être emporté vers le large. Marie tisonna cendres et braises, posa une pigne par-dessus, une poignée de *galips*, et souffla. Les copeaux gorgés de résine s'enflammèrent d'un coup, puis la pigne, en crépitant. Elle rajouta deux petites bûches de pin. Lorsqu'elles commencèrent à chauffer, la résine s'échappa en bulles épaisses et brunes de leurs extrémités et des nœuds du bois. Quelques étincelles montèrent dans le conduit de la cheminée. Certaines continuèrent à luire sur la couche de suie qui recouvrait les briques. Un courant d'air les détacha et cette constellation d'étoiles sans nom se déversa vers elle. Elle recula d'un pas sans cesser de regarder et d'écouter le feu. L'atmosphère de la maison, en se réchauffant, devenait plus légère. L'odeur de la résine nettoyait l'air.

Hélène était déjà levée. Elle revint avec une racine de brande épaisse et noueuse qu'elle plaça dans le foyer pour qu'elle s'y consume lentement. Elle mit de l'huile à chauffer dans un petit chaudron accroché à une crémaillère et entreprit de préparer des boules de farine mélangée à du lait. L'odeur de l'huile étouffa celle de la résine et l'air se fit de nouveau pesant. Une nouvelle journée commençait.

Dans l'aube sale de cet hiver tardif, les branches du pin fourchu émergeaient de la dune pour se détacher sur un ciel gris-bleu qui n'était pas sans évoquer une viande depuis longtemps avariée. La nuit avait été humide et il avait gelé dans les toutes dernières heures. Marie sentit comme une fine croûte se craqueler sous ses pieds nus avant que ses orteils s'enfoncent dans le sable sec juste en dessous. Le sable, justement, continuait de s'accumuler à l'arrière de la maison. Elle tiendrait bientôt plus du terrier que du repaire de sorcière, pensa-t-elle. Il faudrait bientôt la quitter. Elle soupira, regarda le nuage de son souffle s'évaporer dans l'air et se mit en marche. La marée serait bientôt basse et il fallait arriver tôt sur la plage.
Depuis le naufrage du mois de mai dernier, la situation s'était envenimée avec les officiers du duc d'Épernon. Le gouverneur était jaloux de ses prérogatives sur les épaves et les biens rejetés sur la côte. À quelques lieues au sud, le cadavre d'une baleine échouée avait disait-on suscité un conflit entre les habitants de la paroisse qui se trouvait sur ce rivage et les hommes du duc. Des menaces avaient été lancées par les officiers. Elles leur étaient revenues sous la forme de coups de bâtons et de poings. Ils avaient échappé de peu à la colère des *costejaires* mais s'étaient

vengés à l'automne après le naufrage d'un galion sur la même côte. Le procureur d'office d'Épernon avait fait perquisitionner les maisons de la paroisse et même l'église par des carabiniers. Deux pilleurs avaient été arrêtés, menés à Bordeaux et pendus pour l'exemple. On racontait que ça avait fait là-bas un peu d'animation en ces temps maussades. Cette irruption de la loi dans le quotidien de ceux qui erraient sur ces rivages stériles et désolés avait eu un drôle d'effet. Elle avait attisé leur défiance envers les autorités et, par un esprit de contradiction qui leur était propre, les avait poussés à ne rien vouloir laisser sur la plage qui fût un tant soit peu utilisable. Tout était ramassé méticuleusement, réutilisé, échangé ou vendu. La concurrence était rude et il fallait arriver tôt pour suivre l'estran et voir ce que la marée y avait déposé. L'hiver, une fois encore, avait été humide, les marais inondés, les chemins noyés… Pour le moment, Marie n'avait pas à s'inquiéter des autorités. Elles ne s'aventureraient jusque-là que plus tard. Elle n'avait qu'à se soucier des autres *costejaires* et de son oncle. De l'autre côté de l'étang, la cheminée ne fumait plus depuis quelques mois. Les derniers habitants avaient fui devant l'avancée des eaux. Ses parents étaient partis plus loin, sur le nouveau tènement qui avait été accordé à la communauté. Elle l'avait appris par l'intermédiaire de résiniers qui faisaient, de plus en plus rarement, la traversée. Quand l'eau gagnait ainsi partout, les nouvelles se tarissaient. Elle espérait que ses parents et son frère allaient bien. Qu'ils vivaient mieux. Elle en doutait. Quant à elle, elle s'imaginait de moins en moins faire le voyage du retour. Elle ne pouvait se résoudre à partir en laissant Hélène. Elle avait peur de ceux qu'elles croiseraient là-bas et qui, pour quelques sous ou pour seulement se faire bien voir, la donneraient aux hommes du gouverneur. Elle devait s'occuper de Louis.

Elle marcha longtemps sur le rivage. Les lueurs violettes de l'aube laissèrent peu à peu place au jour, clair et froid, alors qu'un soleil sans chaleur passait au-dessus des dunes. Le vent d'est creusait les vagues, formant des rouleaux lisses et parfaits qui déferlaient à une cadence hypnotique. Marie cheminait au bord de l'eau. Elle cherchait les courants qui ruisselaient des baïnes ou les bancs de sable sur lesquels une lame venue mourir recouvrait parfois ses pieds nus. L'eau lui donnait la sensation de les réchauffer en les isolant quelques instants du vent glacé. Elle finit par trouver un objet que la mer avait dégagé en partie d'un banc de sable. C'était une poulie arrachée au gréement d'un bateau. Plus rien n'y était attaché et le bois avait été longtemps poli par le courant. Elle était douce et froide au toucher. Plus grosse et lourde qu'elle l'aurait pensé. Elle hésita un instant à l'abandonner faute d'imaginer à quoi elle pourrait bien servir. Elle se dit pourtant que Pèir ne l'aurait pas laissée et se serait efforcé d'en tirer quelque chose, comme de n'importe quel bout d'épave qu'il pouvait exhumer du sable et de l'océan. Et comme à chaque fois qu'elle convoquait le souvenir du garçon, elle pensa à son oncle. Louis y trouverait bien une quelconque utilité… et si ça n'était pas le cas, il se débrouillerait sans doute pour la vendre tout de même. Marie serra les dents, souleva la poulie, la cala sous son bras, et entreprit de retraverser l'entrelacs de dunes pour rejoindre le camp de résiniers.

Elle avait quitté le camp après le meurtre de Pèir. S'il lui était inconcevable de retraverser l'étang, elle ne pouvait pas non plus continuer à cohabiter avec son oncle.

Le simple fait de savoir qu'il respirait le même air vicié dans ce cabaret branlant, qu'il foulait le sable des mêmes chemins muletiers et pouvait regarder le même ciel l'écœurait. Mais elle n'avait pas les moyens de sa haine. Elle le savait bien. Ni la force physique qui lui permettrait d'assouvir une vengeance expéditive, ni la capacité de lui nuire de quelque autre manière. Il jouissait moins d'un pouvoir réel que de celui qu'on lui prêtait et il ne cherchait rien d'autre que cette domination fondée sur la peur diffuse qu'il savait instiller grâce à un comportement imprévisible. Que pouvait-elle lui retirer qui le fasse souffrir ? Elle avait commencé par elle-même en rejoignant Hélène. Et si Louis lui demandait encore de revenir, il semblait loin de se languir de sa présence. Ce que Marie voulait dorénavant, c'était le priver de ce à quoi il tenait le plus. Son pouvoir. Encore fallait-il savoir comment s'y prendre et entretenir sa colère. Elle l'avait compris, le temps faisait inlassablement son œuvre, comme la mer sapait la dune, comme la dune ensevelissait la forêt, comme les eaux aspiraient le village où elle était née. Il érodait le ressentiment, polissait la haine. Elle devait s'astreindre à la fréquentation de Louis pour l'entretenir. C'est pour cette raison, plus que pour les miettes qu'elle en retirait, qu'elle continuait à venir au camp pour échanger ses trouvailles contre quelques denrées.

Lorsqu'elle pénétra dans le camp aux cabanes branlantes, ce village de pacotille, et se dirigea vers la maison de Louis, les quelques femmes qui étaient là se turent pour la regarder. Après sa longue marche dans le sable, la poulie se faisait plus lourde. Mais Marie se redressa et, comme toujours depuis des mois, c'est le front haut qu'elle traversa cette assemblée de mégères silencieuses. L'une d'elles porta machinalement le bout de ses doigts sales et crevassés à son cou. Et lorsque Marie la regarda, elle baissa les yeux. Quand elle fut passée, la conversation ne reprit pas dans son dos. On se méfiait désormais de ce que l'on disait devant elle, tout comme derrière. Le vent pouvait être traître, et s'il pouvait porter jusqu'ici le bruit de la mer, il était aussi capable de dérober des paroles pour les déposer dans des oreilles dont on ne voulait surtout pas qu'elles les entendent.

Comme chaque fois qu'elle entrait dans le cabaret de Louis, Marie fut tiraillée entre l'envie de fuir et une forme de quiétude. Ses jambes lui intimaient de faire demi-tour. Son ventre lui disait qu'elle était à sa place. Quant à son cœur, comme toujours depuis que Pèir s'était effondré sur la plage, il se refroidit à la vue de son oncle. Elle lâcha la poulie sur la première table devant elle. Le gobelet d'étain plein de vin piqué du *costejaire* installé là se renversa. L'homme poussa un cri et fit mine de se lever. Les regards de Louis et de Marie l'incitèrent à se rasseoir et à se taire.

Louis ne daigna même pas examiner l'objet avant de demander :

— Que veux-tu que je fasse de ça ?

Marie haussa les épaules.

— Je ne m'inquiète pas. Tu réussirais à vendre n'importe quoi à n'importe qui. Et sinon, tu peux toujours t'en servir pour fracasser un crâne.

Elle pointa le menton vers le *costejaire* assis devant elle.

— Le sien, tiens. Pourquoi pas ?

L'homme ouvrit la bouche. Se ravisa avant qu'un son n'en sorte. Jeta un œil vers la porte qui dut lui sembler trop éloignée et rentra la tête dans ses épaules. Son oncle rit, fit le tour de son comptoir, ajouta du bois dans la cheminée, s'assit sur un tabouret devant le foyer et tapota celui qui se trouvait à côté pour inviter Marie à le rejoindre. Elle n'en avait aucune envie mais le feu ravivé lui rappela combien elle avait froid aux pieds. Elle prit place à côté de Louis. Derrière eux, le *costejaire* se leva, posa une pièce sur la table, et sortit.

— Tu prendras de la farine et du lait, dit Louis. Je n'ai pas rentré grand-chose d'autre qui puisse vous être utile.

Marie tourna la tête et observa le cabaret. Les étagères étaient en effet clairsemées : quelques sacs de farine, de l'huile, des pots de lait et les habituels objets rapportés par les *costejaires*, essentiellement des pièces de métal et des cordages.

— Des problèmes avec tes fournisseurs ?

— Avec Minvielle et le procureur d'Épernon. Entre la disparition du berger et les conflits sur les épaves, ils essaient de me couper les vivres. Et puis il y a toi. Tout le monde se doute bien que tu es ici. S'ils ne viennent pas, c'est parce que c'est difficile et dangereux, mais s'ils ont l'occasion de tout régler d'un coup, ils ne se priveront pas. Ça m'oblige à trouver de nouveaux chemins pour faire entrer les marchandises sans payer de taxes et surtout pour faire sortir celles que je veux vendre à l'extérieur. Le gouverneur est de plus en plus jaloux de sa part sur les épaves et Minvielle en profite. Il n'y a que moi à des lieues à la ronde qui l'empêche d'être le seul maître ici après Épernon.

— Tu fais peur, mais pas assez. Tu déclines, mon oncle, dit Marie en souriant aux flammes.

— Ça t'amuse, hein ? Ils savent qu'ils peuvent me détruire, mais que cela leur coûterait trop cher. Je peux lever assez de monde ici pour leur mener la vie dure. Alors ils veulent m'avoir à l'usure. Le gouverneur peut me tracasser. Mais Minvielle, lui, sauf à perdre les bêtes qu'il fait paître par ici et les hommes qui les surveillent, ne peut pas faire beaucoup plus que donner des informations au procureur sur mes chemins de contrebande. Je suis désolé de te décevoir, mais il va falloir du temps avant que je tombe. Et peut-être même que ça n'arrivera jamais. Il peut se passer beaucoup de choses, tu sais.

— J'espère qu'il s'en passera beaucoup, oui, dit Marie en regardant son oncle.

— Ah, ça ! Je sais bien ce que tu espères. Mais si je tombe, tu ne seras plus en sécurité. Tu te crois prisonnière, mais tu ne seras jamais aussi libre qu'ici. Rentre bien ça dans ta tête, dit-il en posant sa main sur la nuque de sa nièce.

Marie se dégagea de cette étreinte et se leva. Dehors, avant de reprendre le chemin de la maison d'Hélène avec sa farine et son lait, elle se tourna vers le cabaret. Dans l'encadrement de la porte son oncle, immense, l'observait en souriant. Elle cracha au sol et lui tourna le dos. Elle sentait encore le cal des doigts de Louis sur sa peau ; une démangeaison comme une piqûre de tique.

19

Goa, mars 1626

Simão n'était qu'une enveloppe étique dans laquelle ne s'allumait même plus l'étincelle de ses yeux. La veille encore, il avait ri faiblement en évoquant la poule qu'ils avaient perdue en venant ici. Ses fièvres semblaient le ramener toujours vers ces moments-là, sur le *São Julião*. Pas assez loin pour rejoindre Lisbonne, trop loin pour revenir à Goa et se tourner vers le futur. Il avait commencé à se vider quatre jours auparavant. Il avait espéré que cela passe, mais il n'en avait rien été. Le barbier qui était venu avait tenté de lui faire boire des remèdes, avait utilisé des onguents et, en dernier recours, avait appliqué un fer rouge sur les talons de ses pieds froids. La maladie était déjà tellement avancée que l'opération n'avait tiré de la bouche asséchée de Simão que quelques gémissements presque inaudibles alors qu'une odeur de chairs brûlées envahissait la pièce. Il était encore traversé par des crampes qui raidissaient son corps, mais son souffle se faisait de plus en plus faible et ses yeux vitreux, enfoncés dans leurs orbites, ne regardaient plus rien. Le *mordechin* achevait de le dévorer de l'intérieur et Fernando ne pouvait rien faire d'autre que tenir sa main glacée et lui parler, en espérant que ses mots ne résonnaient pas dans le vide. Après tout ce qu'ils avaient vécu ensemble, de tempêtes, de naufrages, de batailles, de confrontations avec des animaux aussi sauvages que les tigres, les serpents, les crocodiles et les Portugais en Inde, ils en étaient venus à oublier que l'on pouvait mourir d'une si bête manière : en buvant une eau souillée qui vous achevait aussi sûrement et plus douloureusement qu'un coup d'épée en plein cœur.

La nuit venait de tomber comme elle tombait toujours ici, brusquement, lorsque Simão cessa de respirer. La lueur d'une bougie donnait à son visage un teint cireux. Fernando le regarda attentivement et peina à y voir ce qui avait été son ami. Il pensa à tout ce que Simão voulait écrire et à ce qu'il disait de la forme d'immortalité que cela pourrait leur octroyer. Il se demanda qui écrirait maintenant sur Simão. Pas lui, qui savait tout juste lire son propre nom. Que resterait-il de ce garçon qui avait traversé les océans, combattu les Anglais, les pirates malabars, les soldats des sultanats du Deccan... qui avait assassiné un homme de sang-froid, qui avait ri souvent, pleuré parfois, et qui avait couru si longtemps après des chimères et des aventures souvent décevantes ? Un nom dans les registres de la *Casa da India* et dans ceux du Saint-Office. Celui d'un garçon parmi tant d'autres, mort loin de chez lui, sans doute déjà oublié. Rien ni personne pour dire la grandeur de ses rêves et la force de son amitié. Fernando caressa le front froid de son ami et ses cheveux humides d'une ultime sueur, baissa la tête et pleura comme il ne se souvenait pas avoir déjà pleuré un jour.

On enleva le corps au matin. Dom Afonso de Sá avait appris la nouvelle et discrètement fait le déplacement. Il avait œuvré pour que Simão, revenu dans la Religion, puisse être enterré dans un cimetière chrétien. Personne d'autre n'y assisterait qu'un prêtre et des esclaves indiens faisant office de fossoyeurs. Simão n'était pas la seule victime du *mordechin*. Des cadavres comme le sien, on en sortait tous les jours de l'hôpital royal. Il rejoindrait sans doute une fosse anonyme.

Ironie du sort, dom Afonso de Sá venait aussi avec la nouvelle qu'ils attendaient. Les nefs avaient été réparées. Les calfats avaient refait leur étanchéité, les pièces de bois brisées ou pourries par le voyage avaient était changées, tout comme les cordages et les voiles. Elles allaient bientôt partir. Le retour était proche.

Les trois derniers mois avaient paru interminables. Simão et Fernando s'étaient presque terrés dans leur maison, conscients de la surveillance exercée sur eux par le Saint-Office. Ils avaient assisté aux messes, s'étaient confessés, et avaient ostensiblement dit les prières que leur pénitence exigeait. Dans le même temps, afin de contourner l'absence de place pour leurs marchandises sur la caraque qu'ils prendraient, ils avaient cherché un passager susceptible d'embarquer leurs ballots de cannelle en échange d'un pourcentage sur la vente à l'arrivée. Un *casado* de Goa qui faisait commerce de tissus avait accepté. Dinis Gouveia avait un peu d'entregent et connaissait l'écrivain du bord. Moyennant un pot-de-vin, il avait réussi à obtenir un peu plus de place sur le pont de la nef *São Bartolomeu*. Cela avait coûté quelques diamants de plus à Fernando et Simão qui voyaient fondre leurs économies, mais ce qui les inquiétait le plus était Gouveia lui-même, dont ils ne savaient à quel point ils pouvaient lui faire confiance. En le laissant s'occuper de la cannelle qu'ils avaient achetée, ils mettaient leur avenir entre ses mains. Qu'il parte avec leur marchandise et ils seraient ruinés à l'arrivée. «Tu t'imagines, si on était obligés de repartir dans l'autre sens, à nouveau engagés comme soldats?» avait demandé Simão en riant. Fernando avait lu dans ses yeux que ça ne serait peut-être pas pour lui déplaire. Pour tenter de convaincre le *casado* de ne pas les trahir, Fernando, un soir, avait pris le risque d'aller avec lui dans une maison de jeu. Lorsqu'ils en étaient sortis, tard dans la nuit, il avait pris le prétexte d'un mauvais regard de la part de deux soldats ivres croisés dans la rue pour les battre à coups de poing. Il avait abandonné ces deux sacs à vins pissant le sang au milieu de la rue. Ses phalanges écorchées et gonflées le lançaient, mais il s'était délesté d'un peu de la colère qui l'habitait depuis des mois et avait montré à Dinis Gouveia qu'il ne fallait pas jouer avec lui. Il espérait que ça serait suffisant. Rien n'était moins sûr.

Il avait aussi continué à voir Sandra. Dans ses bras, il arrivait à s'oublier un peu et à s'abandonner. Il lui arrivait même d'envisager un futur avec elle sans le lui dire. C'était exaltant et, quelques minutes après, source d'une grande tristesse. Il n'arrivait pas à imaginer comment cela serait possible. Pourtant, durant ces moments partagés avec elle, il se sentait enfin à sa place. Peut-être devrait-il cesser de penser au futur, se disait-il alors. Mais au sein de Sandra succédait le gris du matin, le sentiment de solitude malgré la présence de Simão et la nécessité de partir pour ne pas sombrer ici. Sandra, elle, ne vivait que peu l'instant présent. C'était le futur qui l'intéressait. Dans ce futur, il y aurait peut-être Fernando. Et les diamants de l'Adil Shahi. Simão aussi y pensait. C'était encore une occasion de se frotter à l'aventure.

«On est un peuple de conquérants, disait-il. On a pris les Indes occidentales et orientales, des îles lointaines, des terres africaines… Et qu'est-ce qu'on a fait, sinon voler ceux qui étaient là quand on est arrivés ? Même toi, on t'a volé en t'engageant de force ! On ne fera que perpétuer une vieille tradition.»

Maintenant que Simão n'était plus là, Fernando se disait qu'après tout il n'avait rien à perdre.

*
* *

Dom Vicente de Brito voyait avec plaisir les nefs prêtes à accueillir leur chargement dans les temps. Il n'avait pas envie de s'attarder ici plus que nécessaire et désirait plus que tout retrouver le Portugal, le confort de ses appartements et même sa femme. Il pensait beaucoup à elle depuis qu'il avait croisé la servante de Beatriz da Fonseca. Par sa seule présence, Sandra lui rappelait qu'il avait épousé une femme devant Dieu et qu'il lui devait fidélité. Cela avait aussi contribué à augmenter considérablement le nombre de ses prières quotidiennes. Non pas que la jeune fille se montrât indécente d'une quelconque manière. Elle savait rester à sa place. Elle s'intéressait poliment à sa conversation lorsqu'il l'abordait et, parfois, il aurait juré que ses regards étaient un peu plus appuyés, qu'elle frôlait sa main sans qu'il sût si c'était par inadvertance. Il ne pouvait s'empêcher de parler devant elle pour montrer son importance faute de pouvoir jouer de son physique, bien qu'il jugeât qu'après tout il était encore assez solide pour faire le trajet aller et retour entre Lisbonne et Goa, ce qui n'était pas donné à tous les hommes de son âge. Après leurs conversations, il se sentait le cœur léger mais devait supporter sur ses épaules le poids de la culpabilité. Il se serait volontiers confessé, mais il craignait de le faire à Goa.

C'était là un endroit étrange où les Portugais, qu'ils fussent nés au Portugal ou *casados* de Goa, descendants des hommes d'Afonso de Albuquerque, se livraient à diverses débauches. On exhibait ici les cicatrices de la vérole comme des titres de gloire. Les hommes trompaient leurs femmes avec des esclaves, les femmes trompaient leurs maris, après les avoir drogués, avec des soldats ou des esclaves, et hommes et femmes battaient ces mêmes esclaves comme plâtre. Les nuits étaient autant troublées par les cloches des mille églises qu'il semblait y avoir ici que par les cris des Indiens, Chinois ou nègres du Mozambique en train de se faire bastonner par leurs maîtres et dont on retrouvait parfois les cadavres abandonnés dans la rue. Pourtant, dans ce lupanar géant, dans cette copie obscène de Lisbonne, Dieu veillait par les yeux et les oreilles du Saint-Office. Il suffisait d'un mot prononcé à mauvais escient, d'un blasphème ou plus sûrement d'une dénonciation pour chuter. Votre importance pouvait vous protéger ou, au contraire, selon les jeux politiques complexes qui gouvernaient la ville, faire de vous une cible. Dom Vicente de Brito ne voulait pas prêter le flanc à la moindre mise en cause de sa piété ou de sa morale. Mais que c'était difficile lorsque Sandra lui souriait en plissant les yeux ou riait à l'une de ses anecdotes !

Il l'avait beaucoup impressionnée en lui parlant des diamants de l'Adil Shahi et de la manière dont ils allaient faire le voyage jusqu'à Lisbonne.

Elle les avait vus lorsque l'ambassadeur accompagné de sa suite de soldats, de fonctionnaires et d'esclaves les avait remis au vice-roi. L'ambassadeur avait transmis les paroles de son souverain à propos de l'amitié qui liait les deux royaumes, et dom Francisco de Gama avait remercié l'Adil Shahi au nom du roi et de la reine, rappelant lui aussi l'importance que revêtaient pour eux les liens solides entre leurs États. Les pierres avaient été exposées un bref instant à une assistance choisie avant d'être emportées en sécurité, puis on avait mangé et le vice-roi et l'ambassadeur avaient pu aborder des sujets plus épineux à propos des relations entre les Espagnes et Bijapur. On avait parlé de commerce, d'échanges de services et de menues tensions diplomatiques à propos de renégats portugais qui auraient trahi le sultan en attentant à la vie de l'un de ses meilleurs artisans. Dom Francisco de Gama avait assuré qu'il veillerait particulièrement à ce que, si ces hommes réapparaissaient à Goa, on les fasse arrêter. Malheureusement, disait-il, il y avait fort à parier qu'ils ne prennent pas le risque de revenir. Sans doute avaient-ils été proposer leurs services dans un autre sultanat ou même, pourquoi pas, au Grand Moghol, qui lorgnait sur les sultanats du Deccan. Voire aux pirates malabars dont ils connaissaient d'autant mieux les mœurs qu'ils les avaient combattus et en avait été, pour l'un d'entre eux, prisonnier. Il espérait en tout cas que cet artisan pourrait être remplacé. On avait pudiquement évité d'aborder le domaine de compétences tout comme la nationalité de la victime.

Dès son arrivée, avait dit dom Vicente de Brito à Sandra, il avait été conduit par le vice-roi lui-même en son palais de Gaujim. S'en souvenait-elle ? Ils étaient sur le même brigantin qui avait remonté le Mandovi. Elle s'en rappelait, bien entendu, avait-elle répondu. Comment aurait-elle pu oublier ? Elle avait trouvé qu'il avait beaucoup de prestance pour un homme qui achevait un si long voyage. Il n'avait pu s'empêcher de se rengorger en poussant un petit grognement de satisfaction, quelque chose entre le rot mal contrôlé et le chant de la tourterelle, et en avait eu immédiatement honte. Il avait continué : dom Francisco de Gama lui avait alors confié la responsabilité de la garde de ces diamants lors du trajet de retour. Lorsqu'il rejoindrait la caraque *São Bartolomeu* avant le départ, il serait accompagné de soldats de la garde du vice-roi. Les diamants seraient placés dans un coffret de bois des Indes ouvragé pour l'occasion, marqueté de nacre et d'or, et entouré de trois bandes de fer se terminant chacune par une serrure. Dom Vicente en possèderait une clé. Les deux autres seraient confiées au maître-pilote et au contremaître. Le coffret serait sous la garde de dom Vicente, dans sa cabine. Il tirait de cette responsabilité, comme de toutes celles qu'on lui confiait, une grande fierté. Il savait bien qu'il frôlait le péché d'orgueil, mais il ne pouvait s'empêcher de faire part de sa propre importance à Sandra. Alors qu'il venait de lui expliquer tout cela pendant qu'ils prenaient tous les deux l'air sur la galerie du palais du vice-roi, elle prit sa main et lui dit : « Je ne suis pas étonnée que l'on vous ait confié cette responsabilité. Les hommes capables d'assumer de telles missions sont si rares. Le royaume a de la chance d'avoir des *fidalgos* aussi fidèles et compétents que vous à son service. J'espère qu'on vous le rendra bien. » Il avait bredouillé quelques mots, des paroles emplies de modestie qui, comme il se devait, le mettaient encore plus en valeur, et s'était senti rougir en même temps que Sandra le lâchait. « Je dois partir maintenant. Il est tard et dona Beatriz m'attend. Nous nous reverrons vite j'espère, ici ou à bord. » Dans la pénombre de la galerie, il avait d'abord gardé sa main ouverte. Dans sa paume, autour de ses doigts, il sentait la chaleur de celle de la jeune fille et il s'en délectait. Une ombre était apparue au coin du balcon. C'était un garde qui lui jeta un coup d'œil rapide. Dom Vicente de Brito releva la tête, frotta sa main sur ses chausses et rejoignit ses appartements pour prier.

*
* *

Il était temps de s'en aller. Fernando avait réuni ses affaires et celles de Simão. Il avait cousu les quelques diamants restants dans la doublure de sa chemise. Dinis Gouveia, rencontré l'après-midi dans sa boutique de la rue Droite, l'avait assuré que la cannelle serait embarquée d'ici la fin de la semaine. Dès le lendemain on commencerait à charger les caraques. D'abord le poivre que des navires avaient ramené de la côte de Malabar, de Cochin, Calicut, Cannanore ou Barcelore. C'était là la cargaison la plus importante. Le monopole royal. L'épice qui pouvait remplir les caisses, financer les travaux, la construction des navires et les guerres. Viendrait ensuite l'avitaillement pour le long voyage, eau, nourriture, munitions… et enfin seulement les marchandises des entrepreneurs privés.

Après cela, Fernando s'était arrêté dans une église. Il s'était agenouillé et avait marmonné des paroles indistinctes tout en pensant à ce qu'il avait à faire avant le départ. Réunir des vivres. Se présenter à l'écrivain du bord pour être inscrit sur le registre que les dominicains ne manqueraient pas de vérifier pour s'assurer de son départ. Essayer de ne pas mourir. Revoir encore Sandra.

La nuit était déjà tombée depuis longtemps lorsqu'elle se faufila dans la maison. Fernando était réveillé. Assis dans le noir, il écoutait le silence que Simão laissait derrière lui. C'était bien plus angoissant que l'idée de repartir six mois sur un bateau plein à craquer de marchandises et d'hommes. Il aurait volontiers navigué six mois de plus encore et même accepté avec joie de faire naufrage si on lui avait rendu son ami. La silhouette diaphane de Sandra dont la robe de coton fin semblait traversée par le rayon de lune qui courait dans l'encadrement de la porte l'apaisa. Elle savait pour Simão et n'eut rien besoin de dire. Elle resta debout derrière Fernando, posa ses si petites mains sur ses épaules, se pencha pour embrasser son front. Il se laissa aller, la tête contre la poitrine de sa maîtresse, soupira, retint un sanglot qui manqua de le prendre par surprise. Ils restèrent là un moment sans rien dire avant de rejoindre le lit.

Plus tard, étendus l'un contre l'autre, ils parlèrent un peu du passé et de Simão, et plus encore de l'avenir et des diamants. Il faudrait être prudents et surtout patients. Rien ne servait d'essayer de mettre la main dessus avant l'arrivée à Lisbonne. Les serrures et les trois clés ? Ça ne serait pas un problème. Il suffisait d'emporter le coffret et de le forcer plus tard. Ce qui comptait, c'était de trouver le bon moment. Et ça, ils auraient des mois pour y penser. Chacun de leur côté. Ils se croiseraient certainement sur la nef mais il serait difficile de s'y voir vraiment. Il n'y avait sur ces navires aucun endroit où l'on puisse avoir un peu d'intimité. Sandra aurait la sienne dans sa cabine, proche de celle du capitaine-mor, mais Fernando n'y aurait pas accès. C'était maintenant la dernière fois qu'ils pouvaient se parler ainsi et se toucher. Ils en profitèrent jusqu'à ce que la lumière terne qui précède l'aube commence à éclaircir les carreaux des fenêtres. Sandra se rhabilla, déposa un baiser sur les lèvres de Fernando et partit.

*
* *

Dans les cales et les entreponts une précieuse ressource en remplaçait une autre. Les soldats de l'aller avaient fait place au poivre, aux épices, et à tout ce que les Indes avaient à offrir au Portugal. Installé sur le château de poupe, dom Vicente de Brito vérifiait les registres du bord avec l'écrivain. Il y avait sur la nef *São Bartolomeu* huit mille quintaux de poivre, quatre mille de salpêtre, cinq mille de cauris, ces coquillages qui servaient à acheter des esclaves, tout cela monopole du roi. Il fallait y ajouter ensuite ce qu'avaient embarqué les marchands particuliers. Trente mille balles de coton, deux mille de soie, deux mille petites barriques d'encens, deux mille autres de laque, mille de camphre, quatre mille quintaux d'ébène, mille balles de clous de girofle et mille autres de cannelle, cinq mille quintaux de benjoin dont l'odeur résineuse embaumait tant l'air entier que l'on avait l'impression d'en être enduit. Il y avait aussi des meubles laqués ou marquetés, richement incrustés, qui iraient occuper les appartements de riches familles portugaises, et des confitures exotiques. Tout cela s'entassait dans les entrailles du bateau mais aussi sur le pont. Des amoncellements de barriques et de ballots plus ou moins bien arrimés formaient une pyramide autour du grand mât le long duquel elle montait sur un bon quart de sa hauteur. Le pont était encombré de tentes de fortune en peau de bœuf tannée pour protéger les marchandises qui n'avaient pas trouvé place dans les cales et les hommes qui faisaient le trajet de retour. Les marins devaient courir entre ces ballots et ces marchands maladroits au pas mal assuré. Les gabiers, dans la mâture, regardaient tout cela de haut et étaient certainement les seuls à ne pas être oppressés par la masse. Quelque part plus bas, sans doute même en dessous de la ligne de flottaison tant la caraque s'enfonçait dans les eaux bleues et rougeâtres de la barre, là où se rencontraient le fleuve et l'océan, il y avait la dernière ligne de marchandises du registre. Trois cents esclaves, mâles et femelles avec leurs différentes spécialités : musiciennes, cuisiniers, brodeurs, tailleurs, fabricantes de confitures… Et puis il y avait les diamants. Ceux de l'Adil Shahi, que l'on avait apportés dans la cabine du capitaine-mor, et d'autres moins beaux que les marchands emmenaient avec eux. Certains étaient déclarés et il faudrait payer une taxe dessus. La majorité ne l'était pas. Ils étaient cousus dans les vêtements de ces mêmes marchands, mais aussi des marins et des soldats. Tout le monde le savait et dom Vicente de Brito le premier, mais on fermait les yeux. Il fallait que l'empire prospère et pour cela on devait parfois lâcher la bride à ceux qui participaient à le maintenir encore à flot.

Les derniers passagers embarquaient. Quelques soldats. Quelques prêtres et quelques hommes condamnés à l'exil par l'Inquisition. Dom Vicente regardait ces derniers avec la sévérité qui seyait à son rang et à la rigueur de sa pratique religieuse, mais il savait aussi combien on pouvait facilement chuter. Sans même y penser, il chercha sur les ponts inférieurs du château de poupe la petite silhouette de Sandra. Elle n'était pas là. Il soupira, se signa rapidement et se réjouit à l'idée que ce serait là son dernier voyage.

*
* *

Dom Afonso de Sá l'avait accompagné sur le quai pour lui faire ses adieux et aussi parce qu'il s'était porté garant de lui et tenait à vérifier qu'il embarquait bien. Fernando lui dit sa gratitude. La chaloupe sur laquelle il se trouvait avec deux dominicains et quatre autres condamnés à l'exil descendit lentement le Mandovi, portée par le courant, jusqu'à la barre, sous les fortifications du fort des Rois Mages : remparts noirs, terre rouge, bâtisses blanches aux toits de tuiles orange, le tout noyé dans le vert des arbres et bercé par des palmiers indolents. S'il ne devait garder qu'une seule image de Goa, ça serait celle-ci, décida-t-il. Il y avait là les couleurs de ce pays et le calme que l'on n'y trouvait que trop rarement. Ils traversaient maintenant toute une flotte d'embarcations, barques, brigantins, galiotes et caravelles qui venaient accompagner le départ des caraques. La musique jouait, tambours et fifres, et l'on tirait des coups de canons. Les deux immenses navires étaient enfoncés dans l'eau, tellement pleins de tout ce que l'on pouvait prendre ici que certains sabords frôlaient la ligne de flottaison. Un soir, un vieux marin leur avait raconté, à lui et Simão, alors qu'ils observaient une partie de cartes dans un de ces salons clinquants dont les tentures dissimulaient mal les murs décrépis gorgés d'humidité, l'histoire de la poule. La seule mention de l'animal avait attiré leur attention. Ils s'étaient souri et avaient attendu, suspendus aux lèvres de cet homme au visage barré de cicatrices, comme une vieille chemise mal raccommodée, dont le bégaiement, après trop de vin de palme, rappelait justement le caquètement d'une poule. Dix ou peut-être quinze ans auparavant, la poule, donc, avait été embarquée sur une caraque en partance pour le Portugal. La flotte de l'année précédente n'était jamais arrivée à Lisbonne et le royaume avait perdu un an de revenus liés au poivre. Autant dire que le budget avait été sévèrement grevé. On avait donc voulu compenser les pertes en chargeant autant que possible les caraques de cette année-là. À tel point, disait le marin, qui avait bien entendu assisté à tout cela, que l'eau touchait les porte-haubans et que l'on avait dû clouer les sabords pour éviter que l'eau ne pénètre à l'intérieur. L'embarquement terminé, lorsque l'on eut levé les ancres et que l'on commença à faire voile, une cage contenant des poules chuta d'un des amoncellements de marchandises qu'il y avait sur le tillac. Les volatiles, effrayés, commencèrent à voleter sur le pont en laissant derrière elles des plumes qui flottaient dans l'air. Un premier passager revendiqua les poules. C'était les siennes, cria-t-il. Un autre le coupa : « Bien sûr que non, elles m'appartiennent ! » Un troisième intervint : il était le propriétaire légitime de ces poules et pourrait le prouver en temps voulu. Tant et si bien que l'on commença à s'écharper et à courir après les pauvres bêtes qui avaient fini par se réfugier près du bastingage, à bâbord. Une foule de passagers s'y pressa bientôt pour faire main basse sur les volailles. Ce faisant, le bateau prit juste assez de gîte pour que l'eau passe au-dessus du plat-bord. Il fallut seulement quelques minutes pour que la nef sombre devant Goa. Les deux garçons avaient ri avec le marin. Ils lui avaient offert une bouteille de vin de palme en échange d'autres histoires que Simão écoutait avec attention. Fernando le revoyait, sourire aux lèvres, se repaître des anecdotes de l'ivrogne. Il se disait sans doute qu'il pourrait lui en emprunter une ou deux pour ses propres mémoires.

Fernando pensait aux poules lorsque la chaloupe arriva enfin contre le flanc de la nef. Ils montèrent à bord, et il tourna la tête vers le château de poupe dans l'espoir d'y voir Sandra. Elle n'y était pas. Il vit par contre, tout en haut, l'écrivain du bord et le capitaine-mor. Celui qui avait la responsabilité de ces deux caraques et des diamants était donc ce vieillard. Il avait au moins cent ans, à en juger par la blancheur de ses cheveux et sa posture. Il s'agrippait au bastingage et se tenait courbé comme si chacune de ses articulations le faisait souffrir. C'était certainement le cas. Fernando espérait que ce vieil homme serait assez compétent ou que, au moins, il saurait faire confiance à ceux qui l'étaient pour les mener tous à bon port. Il se rappela la nef *São Julião* et les Comores. Il espérait bien que ce soit là son dernier voyage.

20

Cascais, septembre 1626

En quelques mois, ils avaient vu plus de choses que dans leurs vies entières. Lisbonne les avait fascinés. São Salvador paraissait minuscule à côté. Diogo avait pensé qu'Ignacio surprendrait les habitants de cette ville. Sa coiffure, son habitude de ne se déplacer qu'avec son arc et sa massue, sa peau cuivrée et ses yeux presque bridés avaient de quoi étonner. Pourtant, on ne lui avait pas porté une grande attention. Diogo se rendit vite compte qu'il y avait ici toutes les races d'hommes et de femmes. Des Noirs d'Afrique, des Chinois, des Indiens, des Maures, des Allemands et des Flamands, des Italiens… Le Tupinamba n'était qu'un spécimen d'humanité parmi d'autres. Oh, certes, il ne se fondait pas dans la foule, ni n'était considéré totalement comme un humain, à vrai dire. Mais sa présence paraissait aller de soi. Et le fait qu'il accompagne dom Manuel de Meneses avait sans doute joué dans cette forme d'indifférence des Lisboètes à son égard.

Avec dom Manuel, ils avaient découvert la ville sur le Tage, mais aussi Porto et l'Alentejo. Ils avaient surtout traversé l'Espagne jusqu'à Madrid. C'était là-bas que tout se décidait, et dom Manuel de Meneses avait des requêtes à porter à la Cour de Castille. L'expédition de Bahia lui avait laissé un goût amer. Le commandement général confié à don Fadrique de Toledo ou encore l'entrée triomphale des *tercios* espagnols dans São Salvador avaient été humiliants. Le retour en grâce d'António Moniz Barreto après ses exploits lors du siège l'avait contrarié, même s'il voulait voir la mise à la retraite du maître de camp comme une manière de l'éloigner. Il considérait surtout que l'armada portugaise avait joué un rôle essentiel et que son commandement n'avait pas démérité. C'est pourquoi il venait avec l'amiral dom Francisco de Almeida solliciter leurs nominations officielles comme chefs de la flotte et de l'infanterie portugaises.

Dom Manuel de Meneses avait la confiance du souverain et même d'Olivares, son ministre tout puissant, avec lequel il partageait son goût pour la poésie. Des années auparavant, il avait participé aux négociations entre la France et l'Espagne. D'une certaine manière, le roi lui devait en partie son mariage avec la reine Isabelle. Il comptait bien que ces années de fidélité au monarque sans avoir jamais pour autant renié le Portugal soient enfin récompensées. Pour son bien comme pour celui des deux Couronnes.

S'ils n'avaient pas eu le loisir de pénétrer au cœur des lieux du pouvoir, Diogo et Ignacio avaient découvert l'effervescence des rues de Madrid, le bruit incessant produit par plus de cent mille personnes, les odeurs, et le mouvement perpétuel. C'était vertigineux. Exaltant et épuisant. Ignacio attirait plus l'attention ici qu'à Lisbonne et, à plusieurs reprises, n'avait dû qu'à Diogo, et surtout à la protection de dom Manuel de Meneses, de ne pas se faire agresser par quelque ivrogne ou arrêter par des sergents soupçonneux à l'égard du sauvage qu'il était de toute évidence, malgré les vêtements européens dont on l'avait affublé et dans lesquels il semblait déguisé. Diogo trouvait son ami un peu ridicule dans cet accoutrement et avait honte de penser cela. Ignacio se trouvait tout aussi grotesque. Il rêvait d'arracher ces oripeaux. Le mal du pays le rongeait dans ces moments-là. Et s'il avait eu sa massue casse-tête en main, il aurait plus d'une fois été tenté de l'utiliser. Mais, comme son arc, dom Manuel avait exigé qu'elle reste avec ses affaires dans la chambre de l'auberge où ils logeaient. Diogo ne savait pas pourquoi dom Manuel les emmenait ainsi partout avec lui. Il se demandait si le général lui-même en avait la moindre idée. Il imaginait qu'Ignacio et lui étaient des sortes de porte-bonheurs, des fétiches encombrants dont Meneses n'arrivait pas à se séparer.

Ce n'était pas de chance dont il était question ici, mais de réseaux. La navigation entre la Cour de Castille, le Conseil du Portugal installé à Madrid et les cabinets de ministres influents était au moins aussi périlleuse et nécessitait autant de capacités à voir arriver les grains ou à prendre les bons vents et courants qu'une traversée de l'Atlantique. Il fallait toucher les bonnes personnes, frapper aux bonnes portes et parfois laisser faire le temps.

Il se trouve que le comte de Portalegre et gouverneur du Portugal envoyait dans le même temps ses propres requêtes, notes et rapports à Madrid. L'état de la flotte portugaise l'inquiétait. Depuis le départ des armadas de Castille et Portugal pour Bahia en 1624, la défense des côtes était dégarnie. Anglais et, dans une moindre mesure, Hollandais, profitaient de cette faiblesse. Leurs navires réguliers ou corsaires infestaient les parages et, à Lisbonne, on ne pouvait guère compter que sur une flotte disparate et exsangue. On y trouvait, revenue de Bahia, la capitane *Santo António e São Diogo* de dom Manuel de Meneses. Un galion en mauvais état et une hourque saisie aux Hollandais, que don Fadrique de Toledo avait abandonnée à la Couronne du Portugal car elle était de peu de valeur, comptaient dans l'effectif avec un galion arrivé d'Inde l'année précédente. On ne disposait que de deux galions neufs. Il y avait enfin le *Santo António*, un galion si mal conçu et peu manœuvrable que nul ne savait s'il était plus dangereux de se trouver à son bord ou sur un navire croisant à ses côtés. Le tout était peu armé, puisque la plus grande partie de l'artillerie portugaise avait été laissée à São Salvador pour assurer la défense de la ville en cas de nouvelle attaque hollandaise.

Les efforts du gouverneur, de dom Manuel de Meneses et de dom Francisco de Almeida avaient fini par porter leurs fruits, et leurs requêtes, par être entendues. D'autant plus que les nouvelles se bousculaient. Des caravelles avaient indiqué que les nefs de l'Inde avaient passé l'île de l'Ascension et se dirigeaient vers le Cap-Vert. Elles suivaient apparemment sans encombre la route normale du retour et remonteraient donc ensuite vers les Açores avant de rejoindre Lisbonne. Or elles risquaient, sur cette dernière partie du voyage, de rencontrer les corsaires anglais qui naviguaient dans ces eaux comme si elles leur appartenaient. Les deux nefs étaient bien armées. Elles transportaient chacune vingt-six canons. Mais leur taille et le poids de leur chargement rendaient les manœuvres difficiles. Aussi grosses soient-elles, face à des bateaux corsaires, elles demeuraient des proies.

Tout s'était alors accéléré. On avait annoncé à dom Francisco de Almeida qu'il était nommé gouverneur de

Mazagan, sur la côte nord de l'Afrique, et à dom Manuel de Meneses que l'on confirmait définitivement sa charge de capitaine-mor de la flotte du Portugal. On lui demandait de rejoindre au plus vite Lisbonne pour occuper ce poste et armer l'armada dont le Conseil du Portugal avait désigné les chefs et capitaines. Quelques secondes après, le capitaine avait rougi en lisant les documents qu'on lui avait amenés. Il avait serré les lettres dans ses mains et ses doigts avaient blanchi. Il avait levé la tête, regardé Diogo et Ignacio, assis en face de lui dans la voiture qui devait les transporter jusqu'à Lisbonne, et dit, les dents serrées : « Moniz… » Moniz l'intrigant, Moniz qui défiait son autorité, Moniz l'orgueilleux… À peine l'avait-on mis à la retraite qu'on l'en sortait pour remplacer dom Francisco de Almeida comme amiral et maître de camp de l'infanterie portugaise. Son second. Maigre consolation : António Moniz Barreto se voyait affecté au *São João*. Le galion des Indes était, après le *Santo António*, le plus mauvais navire de la flotte. Les équipages considéraient leur affectation à son bord comme une punition. Dom Manuel de Meneses dit soudain à Diogo : « Dis donc au cocher de se mettre en route, nous n'avons pas que ça à faire. »

Le garçon descendit de la voiture pour voir qu'un carrosse était arrêté à quelques pas, accompagné de cavaliers en armes. Un homme en descendait. Le comte-duc d'Olivares, Premier ministre, s'avançait. Dans ses vêtements de velours noir, il marchait d'un pas décidé et vif malgré sa corpulence. Ses yeux, deux billes noires enfoncées sous d'épais sourcils, regardaient Diogo sans le voir ou, plutôt, le transperçaient, fixés qu'ils étaient sur la voiture de dom Manuel. Diogo s'écarta et Olivares s'approcha de la portière ouverte, regarda à l'intérieur et dit :

— Dom Meneses, j'ai à vous parler.
— Excellence, dit Meneses, que puis-je pour vous ?
— Descendre de cette voiture, pour commencer. Je n'ai guère envie de me serrer sur une de vos banquettes. Et encore moins à côté du sauvage qui vous accompagne. D'ailleurs, a-t-il vraiment besoin de voyager avec une massue ?
— Oh, ça le rassure, je pense, et je n'y vois pas d'inconvénient. Nous avons rangé son arc sur la galerie.
— Je ne vous connaissais pas cette passion pour les Indiens et les jeunes garçons, ajouta le Premier ministre en regardant enfin Diogo qui baissa la tête.
Dom Manuel de Meneses descendit de la voiture et se tint face au comte-duc. Deux hommes engoncés dans leurs vêtements noirs. Le gros brun taurin, le blond élancé comme un chat maigre.
— Ils me rendent bien service tous les deux. Ils me servent d'aides de camp.
— Vous m'en direz tant... on dirait que vous vous déplacez avec une ménagerie. Je vous croyais plus sérieux.
— Certes, Ignacio a une drôle d'allure et Diogo paraît bien jeune, mais ils ne sont pas maladroits au combat et ils sont fidèles.
Olivares tourna la tête vers ses gardes.
— Les miens aussi savent combattre. Mais ils le font dans les règles de l'art.
— C'est que votre protection est bien plus importante que la mienne, Excellence. Je ne suis qu'un soldat, un marin et un Portugais.
— Comme vous dites, oui. Et vous pouvez croire qu'au-delà de ce genre d'extravagance, dit Olivares en donnant un coup de menton en direction d'Ignacio, s'il n'avait tenu qu'à moi il y a longtemps que vos Conseil du

Portugal et autre gouvernement auraient disparu pour se fondre dans la Couronne de Castille. Mais je ne suis pas là pour parler avec vous de la conduite du royaume. Cela ne vous concerne pas.

Les pommettes de dom Manuel de Meneses se teintèrent vaguement de rouge sous l'offense, mais le capitaine-mor resta droit et stoïque dans l'attente de ce que le Premier ministre avait à dire.

— Les nefs de l'Inde qui arrivent sont importantes. Il y a le poivre, certes, qui fera du bien aux caisses de la Couronne, mais il y aussi des diamants que l'Adil Shahi de Bijapur a fait envoyer à la reine. Le roi y tient beaucoup. C'est pourquoi il m'a envoyé personnellement vous dire à quel point il est important que ces bateaux accostent à Lisbonne avec tout leur chargement.

— Je suis très flatté que vous ayez pris la peine de venir en personne m'enjoindre d'accomplir ma mission. Vous savez que je ne manquerai pas de le faire.

— Je sais, oui. Mais je préfère que ces choses-là soient dites, dom Meneses. Sur ce, je vous laisse, j'ai encore du travail. Ne traînez pas.

Olivares fit volte-face et rejoignit son carrosse. Dom Manuel de Meneses rentra dans la voiture, et Diogo à sa suite. Sur sa banquette, dom Manuel était sombre. Olivares avait sur lui le même effet que Moniz Barreto. Il ne desserra pas les dents quand le cocher lança les chevaux et pendant les jours qu'il fallut pour rejoindre Lisbonne il ne s'adressa à Diogo et Ignacio que pour leur donner des ordres brefs et les tancer lorsqu'ils ne les exécutaient pas assez vite.

Ils ne perdirent pas de temps à Lisbonne. Dom Manuel de Meneses devait veiller aux préparatifs de la flotte afin de rejoindre au plus vite les nefs de l'Inde. Il fallait des bateaux en état de prendre la mer, et les dernières réparations n'étaient pas encore terminées. On préparait aussi l'avitaillement pour plusieurs semaines et, conscient des aléas qui accompagnaient ce genre de mission, le capitaine-mor y veillait lui-même. Il fallait enfin des équipages et des soldats. Les premiers ne manquaient pas. Lisbonne en était pleine, du port aux tavernes. Les seconds se révélaient parfois difficiles à trouver. C'était là la charge d'António Moniz Barreto et il peinait un peu. L'expédition de Bahia avait largement amputé les régiments d'infanterie, moins d'ailleurs sous les coups de canon ou de mousquet des Hollandais que lors des naufrages à l'aller comme au retour. Impatient, pressé par Afonso Furtado de Mendonça qui venait d'être nommé troisième gouverneur et tenait à exercer ses prérogatives, dom Manuel de Meneses ne se privait pas de brusquer à son tour son amiral. Il disait à Moniz : « Là où il y a des Portugais, il y des soldats ! Vous avez bien réussi à trouver un récif au milieu de l'Atlantique pour y échouer un bateau, vous ne devriez pas avoir trop de peine à trouver des soldats au Portugal. »

Il les trouva. Les tavernes et les prisons étaient bien pratiques pour cela. Les hospices un peu moins, mais on pouvait y rencontrer des hommes presque valides. Ensuite, il y avait les recrutements vraiment forcés. À Cascais, où les soldats étaient en garnison, Diogo et Ignacio découvrirent des régiments dans lesquels les soldats expérimentés se mêlaient aux voleurs, aux mendiants, aux enfants et aux meurtriers. Ces troupes hétéroclites ressemblaient un peu aux bateaux revenant de Bahia, avec leurs voiles raccommodées mille fois, leurs calfatages de fortune et leurs planches et poutres gauchies, tronquées et parfois remplacées par n'importe quel bout de bois susceptible de faire l'affaire : ça donnait l'impression que l'on ne pourrait guère aller bien loin mais qu'on était malgré tout dangereux et pas seulement pour soi-même. Ignacio goûtait particulièrement ces formations d'infanterie disparates. Au moins, on l'oubliait un peu. Au milieu de tant de marginaux réunis, on ne souciait guère d'un Tupinamba silencieux portant des armes étranges.

Tout le monde finit par embarquer et cela réjouit Afonso Furtado de Mendonça. Six navires. Près de deux mille hommes. On aurait voulu tout cela plus imposant, plus propre et plus neuf, moins grossier et moins prêt à craquer de toutes parts. Mais il y avait dom Manuel de Meneses sur le *Santo António e São Diogo*. Le capitaine-mor blond se tenait droit dans son manteau noir. À lui seul il donnait à sa flotte la prestance qu'elle n'avait pas. On était le 24 septembre 1626 et, après deux tentatives avortées par des vents contraires, on gagnait la haute mer. Au large de Cascais, Diogo et Ignacio regardaient une nouvelle fois une côte s'éloigner. Lorsqu'il prit enfin le temps de regarder vers le large, Diogo fut frappé par une évidence : comment pouvait-on trouver les deux nefs dans cette immensité ? Où allaient-ils donc ainsi ? Il avait vu beaucoup d'hommes tomber, il gardait en lui l'odeur des chairs brûlées, il avait affronté des tempêtes au retour de Bahia. Mais c'est à cet instant-là, sur le pont d'un galion pourtant solide, incapable de raccrocher son regard à quoi que ce soit si ce n'était parfois le mouton d'une lame écumante, qu'il envisagea pour la première fois l'éventualité de sa propre mort.

21

Atlantique Nord, septembre 1626

L'intimité n'existe pas sur une caraque. On vit et on meurt à la vue de tous. La mort est un spectacle presque quotidien. Le voyage, jusque-là, s'était déroulé sans encombre particulière. Il y avait bien sûr les accidents habituels. Fernando avait assisté à la chute d'un gabier un jour ou, pourtant, la mer était calme. Une seconde d'inattention et l'homme avait glissé de la vergue. En tombant son pied s'était pris dans une corde et l'on avait alors cru au miracle. C'était un drôle de spectacle que ce garçon – il n'avait sans doute pas vingt ans – suspendu la tête en bas et agitant les bras au milieu des cordages comme une mouche aurait battu des ailes dans une toile d'araignée. Un mouvement du bateau, le gréement mu par le vent qui forcissait peut-être un peu ou simplement le poids du corps et son agitation… on vit le gabier tomber à nouveau. Sa tête heurta le bastingage tandis que son corps basculait dans l'eau. Ceux qui se tenaient là dirent qu'il avait coulé comme une pierre. La maladie avait aussi emporté son lot d'hommes et de femmes. Les tempêtes croisées n'avaient pas été si violentes. Les deux caraques ne s'étaient d'ailleurs presque jamais quittées.

Elles avaient été séparées quelques jours dans le brouillard au moment du passage du cap des Aiguilles mais s'étaient retrouvées dans l'Atlantique sud.

Ce voyage était bien meilleur que celui qu'il avait fait en sens inverse. Pas beaucoup plus confortable, guère distrayant, voire pesant sous la surveillance des dominicains, mais à tout le moins presque au sec et surtout sans naufrage. Mais ce qu'il désirait le plus, c'était de l'intimité. Pas parce qu'il devait sans cesse veiller sur ses affaires. Pas même parce qu'il était impossible de déféquer sans spectateurs. Mais parce qu'il brûlait de voir Sandra.

Sur un navire aussi plein d'hommes, les rares femmes à bord restaient dans les cabines du château de proue. Elles ne sortaient guère, sinon sur les balcons aménagés à l'arrière, ce qui était plus prudent, sauf lorsque la mer était mauvaise. Les histoires de jeunes filles passées par-dessus bord n'étaient pas rares. Chacune était un drame, mais sans doute un peu plus lorsqu'il s'agissait d'une femme noble plutôt que d'une de ces orphelines que l'on envoyait à Goa pour les marier à des Portugais de là-bas.

Sandra, elle, faisait malgré tout quelques apparitions sur le pont. La plupart du temps, elle était aux côtés de dom Vicente de Brito. Le vieillard semblait rajeunir à ses côtés. Il tentait de se redresser et de ne pas laisser paraître à quel point l'âge et ce dernier voyage en mer l'érodaient. Chaque fois, Fernando la voyait qui le cherchait parmi les grappes d'hommes qui occupaient le tillac. Et aussi loin soit-il d'elle il devinait son sourire lorsqu'elle le trouvait enfin, et le discret signe de main qu'elle lui adressait alors. Mais la réalité reprenait vite le dessus. Le voyage n'allait pas tarder à toucher à sa fin. Le

Portugal n'était plus très loin, et il ne savait toujours pas comment ils allaient pouvoir voler les diamants.

*
* *

Dom Vicente de Brito était heureux. Ils avaient passé depuis plusieurs jours les Açores et se dirigeaient maintenant vers Lisbonne. Sa mission touchait enfin au but, et il revenait avec les deux caraques et leurs chargements. Il ne regrettait pas ses prières. La veille, alors que Beatriz da Fonseca et les neveux du vice-roi dormaient, Sandra l'avait accompagné jusqu'à sa cabine. Elle avait besoin de conversation et trouvait que les nobles qui logeaient dans cette partie du navire n'en avaient pas beaucoup. Elle se méfiait aussi de leurs bas instincts. Quant aux rares femmes qui se trouvaient là, elles ne voyaient en elle qu'une fille au service de Beatriz da Fonseca qui ne méritait pas leur attention. Avec lui, disait-elle, elle se sentait plus en sécurité, car il était un vrai gentilhomme. Il avait curieusement trouvé cela flatteur et vexant à la fois. Un gentilhomme, certes, mais ne sous-entendait-elle pas qu'il n'était guère en état de la courtiser ? Pourtant, à un moment, alors qu'elle s'était levée pour admirer les marqueteries du coffre de diamants, il avait été tenté de la faire basculer sur sa couche, juste à côté. Deux choses l'en avaient empêché. Dieu, et cette impression tenace que son corps ne supporterait peut-être pas cet effort. Il s'était contenté d'effleurer sa main comme de manière fortuite. Elle n'avait pas bougé, absorbée par la contemplation des serrures ouvragées. Lorsqu'elle était sortie en le remerciant – elle se sentait si seule – pour le moment de discussion qu'il lui avait accordé, il avait caressé le coffre de diamants là où Sandra avait posé ses mains si délicates. Ensuite, il avait redressé le crucifix accroché à la paroi derrière son bureau que le roulis faisait sans cesse glisser, puis il avait prié.

22

Atlantique Nord, octobre 1626

Des jours maintenant que l'armada portugaise tournait en rond sur un minuscule bout d'océan. Les ordres étaient on ne peut plus clairs. Il fallait croiser à cinquante lieues de la côte par 38°40' de latitude dans l'attente des nefs de l'Inde. Des caravelles avaient été envoyées à leur rencontre pour leur indiquer de rejoindre ici les galions chargés de les escorter. Mais plus d'une semaine après avoir pris la mer, les bateaux de dom Manuel de Meneses n'avaient rien vu venir d'autre qu'une armada espagnole. Seize navires battant pavillon de Castille que le roi avait envoyés à la rencontre de la flotte portugaise pour l'assister. De toute évidence, Felipe IV tenait vraiment à voir arriver les diamants à bon port.

Dom Manuel de Meneses avait pris cela comme un affront. N'était-il pas capable, avec ses propres bateaux, d'accompagner ces deux caraques jusqu'à Lisbonne ? Au moins le roi avait-il eu la délicatesse de faire rappeler au général Francisco de Rivera, qui commandait la flotte espagnole, l'importance qu'il y avait à respecter les récents accords entre Castille et Portugal. Ceux-ci donnaient en cette occasion la préséance à la capitane portugaise.

Francisco de Rivera goûtait peu de devoir seconder les Portugais, mais il avait dû en cette occasion ravaler sa fierté. Diogo et Ignacio avaient trouvé ces jours-là divertissants. L'intérêt de toutes les simagrées dont ils avaient été témoins leur échappait, mais ils prirent un plaisir enfantin à voir les navires castillans saluer le *Santo António e São Diogo* par des salves de canons et ce dernier leur répondre avec son artillerie et son clairon. Ils savaient aussi que, même s'il n'en laissait rien paraître, dom Manuel de Meneses jubilait. Cet homme n'était jamais aussi heureux que lorsqu'il pouvait montrer sa supériorité, en particulier à ceux qu'il méprisait. Quinze jours durant, les deux armadas tirèrent des bords le long de cette ligne imaginaire sur laquelle, comme leur avait expliqué dom Manuel, ils se trouvaient. Diogo peinait à s'imaginer cette ligne, alors il la cherchait malgré tout. Il finit par décider qu'elle était si fine qu'on ne pouvait la voir. Ignacio lui rétorqua que si elle était si fine, tous ces bateaux ne pourraient pas tenir dessus. Alors peut-être était-elle en fait tellement large qu'elle échappait à leur regard faute d'en pouvoir discerner les limites au nord et au sud. Plusieurs fois, pendant leurs interminables discussion à ce sujet, ils avaient vu dom Manuel lever les yeux au ciel et soupirer. Aussi se gardèrent-ils de lui donner leurs conclusions. Ils ne voulaient pas gâcher l'évident plaisir que prenait le capitaine général portugais à voir les Castillans suivre son pavillon le jour et son fanal la nuit comme des canetons tentant de ne pas perdre leur mère au milieu d'un étang.

Le vent fraîchit à plusieurs reprises, annonçant l'arrivée de la saison des premières tempêtes. Sans doute y en avait-il déjà eu plus au large. Les nefs n'apparaissaient toujours pas. Conformément aux ordres, Francisco de Rivera et son armada finirent par laisser les Portugais pour rejoindre le cap Saint-Vincent et y attendre, afin de l'escorter jusqu'à Cadix, la flotte de l'argent qui devait revenir du Nouveau Monde. Dom Manuel de Meneses tint à ce que ce départ eût lieu selon tous les usages du protocole. Francisco de Rivera ravala encore une fois sa fierté et, humilié, se prêta au même cérémonial que deux semaines auparavant avant de pouvoir cingler librement vers la côte.

L'armada portugaise restait là, continuant à attendre l'arrivée de caraques dont on doutait de plus en plus qu'on les verrait un jour. Pour briser la monotonie de ces journées interminables, les prêtres organisaient des offices, les officiers faisaient tirer les soldats au mousquet et Ignacio avait commencé à faire des démonstrations de son habileté à l'arc. Le Tupinamba était un redoutable tireur, y compris avec les flèches qu'il avait fabriquées au Portugal sans trouver les matériaux auxquels il était habitué. On lui demandait de viser ici une pièce de bois, là un cordage ou encore une mouette qui volait au-dessus du navire. Il l'avait abattue d'une flèche. L'oiseau était tombé, raide mort sur le tillac, transpercé de part en part. Lorsqu'Ignacio eut extrait sa flèche du corps chaud de l'animal, un marin s'en saisit et le jeta par-dessus bord. Ignacio saisit son épaule, poing levé. On ne touchait pas à la proie d'un autre et on ne gaspillait pas la viande fraîche. Diogo, qui l'avait suivi, retint le bras de son ami et le tira vers lui tandis que le marin reculait vers ses camarades dont certains avaient déjà leurs couteaux en main. Dom Manuel de Meneses interdit à Ignacio d'utiliser son arc dorénavant. L'incident de ce jour était de trop. C'était le premier dans lequel le Tupinamba était impliqué, mais il y avait déjà eu plusieurs bagarres à la suite de désaccords entre soldats et marins à propos des paris qui étaient faits lors des prestations d'Ignacio. Cela finissait par créer trop de tensions, y compris chez les prêtres qui tentaient désespérément de lutter contre le jeu.

L'armada était remontée jusqu'à plus de 40° de latitude. Dom Manuel de Meneses en avait assez de faire des ronds dans l'eau. Il espérait que le hasard le favoriserait et que, peut-être, il finirait par trouver les nefs si elles avaient manqué le cap Espichel. L'arrivée de forts vents de nord-ouest contribua à apaiser les hommes dorénavant occupés à autre chose et il fut décidé de ramener la flotte vers le sud et Lisbonne.

Ils arrivaient en vue de la côte lorsqu'on signala deux voiles. Des caravelles qui avaient quitté le Tage au matin approchaient. Elles avaient été envoyées à leur rencontre avec une heureuse nouvelle. On avait retrouvé les nefs de l'Inde.

23

La Corogne, octobre 1626

Lorsqu'il était monté sur le pont ce matin-là, le soleil levant tentait vainement de percer les amas de nuages noirs qui bouchaient l'horizon. Dom Vicente de Brito remonta le col de son manteau et frémit par avance à l'idée du déluge qui n'allait pas tarder à s'abattre sur eux. Derrière eux, au sud-ouest, la nef *Santa Helena* prenait déjà le grain. On voyait sa silhouette rebondie, secouée comme une toupie prête à tomber après un dernier tour hasardeux, s'effacer peu à peu derrière le rideau de pluie et de vent qui approchait maintenant du *São Bartolomeu*.

Durant les deux jours suivants, le travail du maître-pilote, Manuel dos Anjos, fut de maintenir la caraque au large. Les vents ramenaient sans cesse ce bateau immensément lourd vers la côte. À croire qu'il avait été conçu pour marcher en crabe. Mais il avait réussi, avec l'aide des hommes qui manœuvraient le gouvernail et des gabiers qui avaient pris tous les risques pour permettre à la nef de prendre au mieux ces vents irréguliers et violents.

Lorsque la mer et le ciel s'apaisèrent, Manuel dos Anjos estima qu'ils se situaient entre 42 et 43° de latitude. Ils avaient largement raté Lisbonne. Les vents restaient forts, toujours de sud-ouest, et il était inconcevable d'essayer de repartir vers le sud dans ces conditions. La seule baie assez profonde pour accueillir les caraques dans ces parages était celle de la Corogne qui, si les estimations du maître-pilote étaient justes, devait se trouver un peu plus au nord. Maintenant que le ciel était dégagé et que l'on voyait suffisamment loin, on décida donc de remonter la côte. Il fallait pour cela s'en rapprocher assez pour pouvoir repérer la tour d'Hercule, qui marquait l'entrée du port.

Sur son promontoire, la longue silhouette de l'ancien phare romain pointait vers un ciel uniformément gris qui, parfois, se faisait transpercer par un rayon de soleil. Alors la Punta Robaleira, sur laquelle en des temps immémoriaux Hercule avait enterré l'une des têtes du géant Géryon, se mettait à luire. Vert vif des herbes grasses qui poussaient sur ce cap battu par les vents. Violet des tapis de bruyère en fleur qui descendaient jusqu'à la mer.

Les caraques avaient déjà été repérées et un bateau léger naviguait vers la nef *São Bartolomeu*. À son bord se trouvait un messager envoyé par don Juan Fajardo, capitaine général et gouverneur de Galice. Il était accompagné d'un pilote expérimenté qui aiderait Manuel dos Anjos à pénétrer dans la baie en évitant ce que les gens d'ici appelaient les gisants. Ces bancs rocheux totalement invisibles à marée haute constituaient un danger mortel pour des embarcations avec un tel tirant d'eau.

Malgré les rafales violentes et une bruine opaque qui s'était mise à tomber et diminuait la visibilité, la manœuvre fut effectuée sans grande difficulté. La *Santa Helena* suivit le même chemin quelques heures plus tard. Le poivre d'Inde et les diamants de Bijapur étaient à l'abri en attendant de pouvoir redescendre vers Lisbonne dès que le vent et la mer le permettraient. Vite, espérait dom Vicente de Brito que ce contretemps contrariait. Non seulement c'étaient là des jours perdus sur sa future et, du moins l'espérait-il, définitive retraite, mais aussi autant de temps à devoir résister aux pensées inavouables – sinon à Dieu, et encore là aussi en avait-il honte – qui l'assaillaient lorsqu'il croisait Sandra.

*
* *

Fernando s'impatientait. Il se sentait impuissant. Dans ses vêtements trempés, il tâchait de s'abriter sous le couvert d'une de ces peaux de vache mal tannées qui, même après des mois en mer, continuaient d'exhaler une vague odeur de charogne et servaient de toiles de tentes sur le tillac. Il caressait l'espoir de voir enfin Sandra et de pouvoir lui parler afin de trouver un moyen de récupérer ce coffre de diamants, qu'il considérait désormais comme la juste compensation de ses années de services. De celles de Simão aussi, qui, d'une certaine manière, l'avaient mené à cette mort pathétique sans qu'il ait pu effleurer ses rêves de gloire et d'éternité.

Mais, alors que le *São Bartolomeu* pénétrait dans la baie de la Corogne, Sandra n'apparaissait pas. La lande sur laquelle s'élevait la tour d'Hercule se déployait en pente douce jusqu'à la ville basse que l'on apercevait en pénétrant dans ce havre, derrière la ville haute, elle-même précédée côté mer par le fort de Sant Antón. Posé sur sa petite île, il gardait le port grâce à ses batteries. L'eau avait beau être haute et le temps frais, l'odeur de la marée remontait jusqu'aux ponts de la nef et avec elle une forme de délivrance à l'idée de retrouver enfin, bientôt, la terre ferme. Et, fussent-ils dans une ville fortifiée aux maisons serrées, des espaces plus vastes pour se mouvoir. À manger aussi. Et à boire. Fernando sentait déjà sous l'odeur de vase et d'iode le fumet des plats qui cuisaient dans les auberges. Sans doute le rêvait-il. Pour une fois, c'était un songe agréable alors il en profita, oubliant un instant Sandra, Simão et même les diamants. Il ferma les yeux, respira aussi profondément que possible et, pour la première fois depuis bien longtemps, se sentit léger. Ni la bourrasque qui glaça ses oreilles, ni la grosse goutte de pluie annonciatrice d'une nouvelle averse qui s'écrasa sur son front, ni même le grincement irritant d'une corde usée en train de coulisser dans une poulie gauchie ne parvinrent à l'arracher à ce moment d'abandon.

*
* *

Les ancres avaient été jetées et une chaloupe avait amené dom Vicente de Brito à terre pour qu'il rencontre don Juan Fajardo. La question qui se posait était celle du déchargement. Fallait-il que les marchandises rejoignent la terre ici ou valait-il mieux qu'elles le fassent à Lisbonne ?

Depuis l'étroit balcon qui longeait la poupe au niveau de la cabine de Beatriz da Fonseca, Sandra avait regardé la silhouette voutée du vieux capitaine-mor se fondre dans la bruine tandis que son embarcation s'éloignait de la nef *São Bartolomeu*. Si la décision était prise de débarquer ici le chargement des caraques, il ne leur restait que peu de temps pour trouver un moyen de subtiliser les diamants. Elle pensa à Fernando qui devait attendre un signe d'elle. Elle pensa à Vicente de Brito dont elle allait trahir la confiance. Et elle pensa à elle. Nul ne saurait plus lui dire que faire après cela. En volant ces joyaux, elle affirmait sa rupture avec un monde qu'elle méprisait autant qu'il la dédaignait. Tous ceux qui, depuis des années, avaient fait d'elle cette élégante mais négligeable poupée au service de gens qui auraient dû être ses pairs si le destin n'avait pas fait obstacle au chemin qui lui était tracé, sauraient dès lors qu'elle était autre chose. Et que cette autre chose était plus dangereuse qu'ils ne le pensaient et bien plus libre qu'ils ne l'étaient eux-mêmes, pièces d'échecs dont les déplacements étaient limités par des règles immuables, arbitraires et stupides. Ils l'avaient dégradée. Ils en avaient fait un pion. Elle était en fait une reine. Elle irait où elle voudrait. Et même au-delà des cases de l'échiquier. Et elle n'attendrait certainement pas son tour pour jouer.

24

La Corogne, novembre 1626

La première ancre s'enfonça dans l'eau noire, et à celui des éclaboussements succéda vite, bien trop vite, le bruit déformé d'un lourd objet heurtant la pierre. Les hommes sur le pont grimacèrent et cherchèrent à se regarder dans la lueur fantomatique des lanternes plongées dans la brume qui flottait encore sur la mer après le crépuscule. Ils levèrent ensuite la tête vers le château de poupe et l'ombre noire surmontée du halo pâle d'un visage émacié entouré de cheveux blonds. Sans le voir, ils devinèrent le rictus du capitaine-mor de l'armada portugaise.

«Qu'est-ce que c'est que cette connerie?» demanda le pilote. On avait sondé peu avant. Il y avait du fond et on avait remonté du sable. Quant à la mer, sans être agitée, elle était formée. Assez pour que l'on puisse repérer de nuit les irrégularités du fond sur lesquelles viendrait buter la houle pour produire son écume. Or, on n'avait rien vu ou entendu de tel.

Dom Manuel de Meneses ordonna que l'on tire des coups de canons pour prévenir la terre qu'une partie de l'armada mouillait ici. Les fanaux du *São José* et du *Santiago* se balançaient au rythme des vagues à quelques encablures de la capitane. Le *São Filipe* et la hourque *Santa Isabel* étaient restés plus au large. Quant au vaisseau amiral de Moniz Barreto, on n'en avait plus eu de nouvelles depuis la dernière tempête qui avait fait dériver la flotte. Difficile à manœuvrer, le *São João* avait été comme emporté par le vent. Il avait fallu attendre plusieurs jours avant qu'une caravelle vint rejoindre la capitane pour indiquer que l'amiral Moniz Barreto s'était réfugié à Vigo et attendait des vents favorables pour rejoindre la flotte. D'un point de vue pratique et en tant que chef de l'armada portugaise, dom Manuel de Meneses espérait que le *São João* les rejoigne aussi vite que possible. En tant qu'homme, il ne pouvait s'empêcher de regretter que Moniz n'ait pas simplement disparu. Il était absorbé par ces pensées lorsque Diogo, à côté de lui, signala l'arrivée d'embarcations légères venues de l'intérieur de la baie de la Corogne. Des barques et chaloupes approchaient, manœuvrées à la rame.

Il y avait à leur bord plusieurs pilotes expérimentés que don Juan Fajardo avait envoyés pour qu'ils se répartissent sur les différents navires au mouillage à l'entrée de la baie. Celui qui monta à bord du *Santo António e São Diogo* s'appelait Antonio de Castro. Il avait navigué dans ces parages toute sa vie durant et connaissait assez bien la mer de Galice pour s'épargner d'employer le genre de circonvolutions dont on gratifiait trop souvent à son goût les capitaines, commandants ou amiraux. Ceux-ci ne savaient en général que deux choses à propos de l'océan : c'était grand et humide. Les plus avertis étaient parfois vaguement conscients qu'il y avait du vent et des courants, mais savaient trop rarement que faire de cette information. Aussi s'adressa-t-il à dom Manuel de Meneses comme il l'aurait fait avec un mousse maladroit.

« On ne vous a jamais appris à regarder une carte ? Bien sûr que non. Si ça avait été le cas, vous auriez su qu'il y a sous votre quille – très près de votre quille – toute une île faite de rochers bien découpés. Lorsque la marée va baisser, et cela va arriver bientôt, vos navires vont se poser dessus. Et vous savez ce que ça fait, un gros bateau de bois qui se pose sur de gros rochers pointus ? Eh bien, ça casse. Et après, quand la marée remonte, ça coule. Alors je vous conseille de vite couper vos amarres et d'abandonner vos ancres tant que l'on peut encore partir. »

Les paroles du pilote galicien imposèrent le silence. Silence stupéfait chez les hommes de l'équipage. Silence outré de Meneses. Les deux à la fois pour Diogo et Ignacio. Ce dernier avait d'ailleurs porté, comme par réflexe, sa main à sa massue. Dom Manuel, partagé entre la colère et la gravité de la situation, n'arrivait pas à détacher son regard d'Antonio de Castro, qui finit par ajouter :

— Demain il sera trop tard. Dites-moi tout de suite si je dois reprendre la chaloupe.

— Je vous laisse faire le nécessaire, répondit Meneses, mais faites bien. Parce que s'il y a le moindre problème, je me ferai un plaisir de vous voir passer à la grande cale.

Diogo pensa à Michele Belano qui, à ce moment-là, était quelque part en train de grimper dans la mâture. Le gabier italien était une légende du bord. Parce qu'il avait justement survécu à la grande cale. Force de la nature, c'était un homme imposant auquel on prêtait une vie des plus aventureuses. Ses camarades, pour l'avoir vu dénudé, l'appelaient la Grande Vergue. On disait qu'il avait vécu une grande histoire d'amour avec une femme pirate après qu'il avait déserté de la Compagnie néerlandaise des Indes occidentales dans les Antilles.

Il avait épousé Carlotta sur un îlot près d'Hispaniola sous les auspices d'un pirate manchot alcoolique qui se targuait d'avoir été instruit dans un séminaire jésuite et presque ordonné prêtre. Michele s'était ensuite retrouvé à Lisbonne après avoir parcouru des mois durant l'océan Atlantique à la recherche de Carlotta, faite prisonnière par les Anglais lors d'un abordage raté. Il ne désespérait pas de la retrouver et jurait qu'il serait l'un des premiers à monter à l'assaut lorsque l'armada finirait, nécessairement, par croiser des Anglais dans ces parages. Tout cela était-il vrai ou le fruit d'affabulations de Michele et d'exagérations de l'équipage ? Carlotta était-elle si belle et forte ? Existait-elle seulement ? Ce qui était certain, c'était que le dos du gabier portait les stigmates de sa grande cale. Des cicatrices boursouflées qui, des années après, étaient encore violacées et dont certaines, lorsque Michele tirait les lourds cordages et les voiles, se rouvraient encore. Les Hollandais punissaient ainsi les marins et soldats qui dérogeaient au règlement. Qu'avait fait Michele Belano ? Nul ne le savait. Mais il avait été enchaîné et attaché à un cordage qui faisait le tour du bateau, d'un bord à l'autre, en passant sous la coque. On l'avait ensuite jeté à l'eau depuis la vergue du grand mât tandis que ses camarades tiraient la corde pour le faire passer sous la quille jusqu'à ce qu'il émerge de l'autre côté du navire. Mal lesté par cette chaîne trop légère, il avait frotté contre les coquillages accrochés au bois sous le bateau. Il ne s'était pas noyé mais avait failli mourir ensuite de l'infection des plaies souillées.

Antonio de Castro ne connaissait pas l'histoire de Michele Belano, mais il savait ce qu'était une grande cale. Quant à savoir si dom Manuel de Meneses était réellement prêt à mettre sa menace à exécution, il suffisait pour cela de regarder ses yeux. Alors le Galicien choisit prudemment de se taire. Il hocha la tête et rejoignit le poste du pilote pour donner ses ordres.

On coupa donc les amarres et l'on abandonna les ancres sur les gisants en espérant que don Juan Fajardo les fasse récupérer dès que possible. La nuit était tombée. Un vent se levait qui venait du sud-est et chassa les dernières nappes de brouillard du crépuscule. La capitane *Santo António e São Diogo* glissait avec une élégante lenteur hors du danger qui la guettait. Les fanaux des autres galions indiquaient qu'eux aussi s'éloignaient de cet écueil invisible en attendant d'être guidés à leur tour.

Diogo et Ignacio, qui avaient essuyé quelques tempêtes effrayantes depuis leur départ de Bahia, sentaient qu'ils n'avaient jamais été aussi près du naufrage. Et ils étaient heureux de voir s'éloigner, en même temps que les lieux où ils avaient jeté l'ancre, la possibilité de vivre cette expérience dont tous les marins s'entendaient pour dire qu'elle était bien désagréable.

Pourtant, quelques minutes plus tard, le vent forcit. Les étoiles qui étaient apparues peu à peu furent effacées par un fleuve de nuages venus du sud. Ils apportaient dans leur sillage pluie, vent et houle. La tourmente s'abattit sur l'armada avec violence et leur interdit l'entrée dans la baie. Sur le navire, on s'agitait. Quelques marins priaient et pestaient en se souvenant soudain que l'on avait doublé le cap Finisterre le 2 novembre, jour des Morts, et que personne n'avait été capable de voir ce présage. Diogo le savait : le propre des présages est qu'on ne les reconnaît que trop tard comme tels. Mais il était tout de même impressionné. Les soldats qui s'aventuraient sur le tillac étaient vite renvoyés en dessous où ils recevaient régulièrement des paquets de mer qui avaient au moins l'avantage de dissoudre les vomissures jonchant le plancher.

Antonio de Castro, lui, était serein. Il lançait ses ordres avec autorité, faisait s'activer les gabiers au milieu des bourrasques et tirer des bords au galion. Dom Manuel de Meneses se tenait à ses côtés. Le col de son manteau noir relevé et son chapeau ne laissaient paraître que l'ovale blanc de son visage. Lorsque dans leur course les nuages laissaient passer quelques rayons de lune ou qu'un fanal, en se balançant, jetait sa lueur vers lui, ses yeux restaient dans l'ombre. Dans ces moments-là, Ignacio avait envie de tirer sur le manteau pour vérifier qu'il n'était pas au service d'un squelette dont les orbites vides absorbaient la lumière. Le capitaine-mor, malgré les doutes de ses marins qui ne comprenaient pas la course erratique qu'imposait le pilote galicien au galion, laissait Castro diriger le navire. Poussés par des rafales qui venaient maintenant du sud-ouest, ils finirent par se présenter face à une côte montagneuse sur laquelle ils voyaient au loin se fracasser les vagues dans d'immenses gerbes d'écumes. Diogo voyait cette masse avancer vers eux et s'agrippait à la rambarde du pont sur lequel ils se trouvaient, Ignacio et lui, à quelques pas de dom Manuel de Meneses. Lorsqu'ils furent assez près, ils repérèrent un endroit où les vagues ne se brisaient pas. Tranchant l'ombre noire des montagnes, une ligne grise indiquait un passage. Trop étroit pour leur navire, pensa Diogo. Il tenta de se convaincre qu'Antonio de Castro savait ce qu'il faisait, de se rassurer en regardant les marins. Eux aussi semblaient terrifiés. Alors il se tourna vers dom Manuel. Lui ne montrait aucune peur. Mais il fixait Antonio de Castro, et Diogo savait à quoi il pensait. Il imaginait le pilote galicien au bout d'une vergue, une chaîne bien serrée autour de la taille.

Cela n'avait rien à voir avec les tempêtes en pleine mer. Alors que le *Santo António e São Diogo* pénétrait dans ce goulet, l'écho des lames qui se brisaient sur ses parois emplissait l'atmosphère. Dans ce bruit étourdissant, Castro hurlait ses ordres qui étaient ensuite transmis par d'autres cris et les coups de sifflets du maître et du contremaître. Il fallait du temps pour qu'ils parviennent à ceux auxquels ils étaient destinés. Or, dans un passage aussi étroit, il était essentiel de manœuvrer rapidement. Dans le fracas des vagues, le hululement du vent, le grincement des mâts et gréements, les chocs du matériel mal arrimé qui glissait sur le pont, les claquements des voiles et les cris des hommes, cette entrée dans la rivière du Ferrol parut durer aussi longtemps que les heures précédentes passées dans la tempête. Lorsqu'enfin le ciel se fit plus grand, indiquant que le chemin s'élargissait, Diogo sentit ses jambes s'amollir dans un tremblement. Ignacio, le corps tendu, continuait à s'agripper au plat-bord en marmonnant des paroles indistinctes dont on ne pouvait savoir s'il s'agissait d'incantations ou de prières que lui avaient apprises les Jésuites. En regardant de près, on pouvait distinguer le sourire d'Antonio de Castro. C'était plus difficile si l'on était un peu plus loin. Le blanc de ses dents se confondait avec la pâleur de son visage. Il était conscient qu'il avait échappé de peu à une baignade en apnée.

Le jour se leva. Il était d'un gris sale que les rares rayons du soleil levant coloraient de teintes violacées. On aurait dit que le ciel était une vieille nappe terne sur laquelle des taches de vin s'étaient incrustées. Le vent continuait de pénétrer dans l'embouchure de la rivière. Il faisait pleurer les yeux et glaçait les oreilles. Au jour, le spectacle des fortifications du château de San Felipe qui s'avançaient dans l'eau au sortir du goulet, face à des collines imposantes qui plongeaient dans la rivière, était plus effrayant encore. Il ne laissait de passage qu'un chenal dans lequel on n'aurait pu faire entrer ne serait-ce que deux petites caravelles côte à côte. Passer de nuit ici était pure folie. Antonio de Castro avait accompli un exploit. Dom Manuel de Meneses allait cependant s'abstenir de le remercier avant de le renvoyer à la Corogne pour signaler leur arrivée ici à don Juan Fajardo. Il espérait que l'attente ne serait pas trop longue et que l'on pourrait rapidement faire sortir les nefs de la baie de la Corogne afin de les mener au Ferrol. En attendant, Meneses était seul dans ce port, séparé des nefs qu'il devait escorter et de son armada par le havre des Trois rivières. Et parmi cette armada, Moniz. Cette seule idée suffisait à l'empêcher, dans les longs moments d'attente, de lire les poésies de Lope de Vega qu'il avait ramenées de Madrid.

25

La Corogne, fin novembre 1626

Dom Vicente de Brito n'en revenait pas. Ils avaient sauté. Il avait entendu le bruit des corps qui pénètrent dans l'eau. Une eau froide dans une mer qui, même dans la baie, était agitée, traversée par des courants violents. Trois hommes encore venaient de déserter, et dans le noir d'encre de cette nuit d'automne, le vieux capitaine ne pouvait même pas ordonner qu'on leur tire dessus avec des mousquets. On retrouverait sans doute dans quelques jours, déposés par la marée sur les rochers ou sur un banc de sable, leurs cadavres gonflés attaqués par les crabes.

C'était inquiétant, toutefois. Les dernières lettres du roi avaient semé le trouble. Ordre avait été donné aux nefs de rester à la Corogne pour une durée incertaine. Une flotte anglaise avait été aperçue dans les parages, et Felipe IV ne voulait pas prendre le risque de voir les nefs de l'Inde prises par l'ennemi. Il avait demandé à ce que la flotte espagnole de Francisco de Rivera, dès qu'elle aurait achevé sa mission auprès du convoi de l'argent, rejoigne la Corogne. Le souverain tenait aux diamants. Ceux du chargement, d'abord, sur lesquels il comptait prélever une partie pour faire fabriquer des bijoux. Ceux de l'Adil Shahi ensuite, que la reine était impatiente de voir. Aussi avait-il suggéré que, plutôt que de perdre du temps à attendre des vents favorables pour rejoindre Lisbonne et prendre ainsi le risque d'une attaque anglaise ou d'une nouvelle tempête, on décharge les caraques à la Corogne. Don Juan Fajardo avait profité de l'absence de dom Manuel de Meneses, bloqué au Ferrol, pour convoquer une réunion la veille. Dom Vicente de Brito n'était pas dupe. Le gouverneur de Galice voulait pouvoir prendre sa part sur les marchandises. C'est pourquoi il insistait pour que l'on en finisse rapidement et chez lui. Le vieux capitaine-mor n'y voyait pourtant pas d'inconvénient. Il était fatigué et désirait en finir. Décharger ici, rentrer à Lisbonne par voie terrestre. Assis et au chaud. Goûter à un repos mérité. S'éloigner de la tentation. Laisser Sandra derrière lui. Ou peut-être proposer à Beatriz da Fonseca, avec les enfants dont elle avait la charge et sa servante, de rentrer avec lui ? Ce serait une proposition honorable. La moindre des élégances de la part d'un *fidalgo* à l'égard d'une jeune femme de bonne famille... António Moniz Barreto avait tranché pour lui. L'amiral, que dom Vicente de Brito avait toujours considéré comme un homme léger et peu attaché aux conventions, était enfin arrivé de Vigo et avait participé à la réunion convoquée par don Juan Fajardo. Il s'était opposé avec la dernière force au déchargement des nefs à la Corogne. C'était, disait-il, la manière dont les choses devaient se faire. Parce que c'était le privilège du Portugal. Parce que les propriétaires des marchandises, notamment des diamants, qui les avaient commandés en Inde, les attendaient à Lisbonne et qu'il était hors de question que qui que ce soit, même le roi, se serve avant que les pierres n'aient été estimées à leur juste valeur par des personnes compétentes. Personne n'était dupe. Ce que voulait Moniz avant tout, c'était la gloire d'avoir ramené les caraques à Lisbonne. Mais c'était suffisant pour faire obstacle aux desseins de don Fajardo.

Alors on restait là. On avait dégréé les nefs comme pour un long hivernage que les équipages n'avaient pas envisagé. Et depuis, les désertions s'enchaînaient. Des hommes envoyés à terre pour aller chercher des produits nécessaires à l'entretien des bateaux ou des provisions en avaient profité pour ne pas revenir. D'autres étaient partis de nuit sur des barques. Et voilà que maintenant certains préféraient encore plonger dans les eaux froides et piégeuses de la baie plutôt que de passer plus de temps à bord. Dom Vicente de Brito secoua la tête et rejoignit sa cabine.

*
* *

La rumeur selon laquelle les caraques allaient décharger à la Corogne avait couru dès les premiers jours. Fernando en était à envisager un coup de force. De nuit, se frayer un chemin jusqu'aux cabines des nobles et du capitaine-mor. Mettre ce dernier hors d'état de nuire, briser le coffre de diamants et fuir avec Sandra.

Après cela viendrait le moment le plus délicat. Il faudrait quitter le bateau discrètement. Descendre par un cordage jusqu'à une des barques arrimées à la nef. Fernando ne savait pas si Sandra en serait capable. Ensuite, ils rameraient jusque vers le fond de la baie. Il faudrait profiter de la marée montante et, une fois à terre, creuser l'écart, se cacher le jour, avancer la nuit. Pour aller où ? Il n'en savait rien. Ils verraient bien.

C'était un plan simple. Aussi mauvais qu'un tel projet puisse être. Tout ce dont il était sûr, c'est que cette fois il ne croiserait pas de tigre.

Puis Beatriz da Fonseca était partie à terre. Don Juan Fajardo, apprenant les liens qui l'attachaient à la famille du vice-roi, avait insisté pour qu'elle loge chez lui en attendant que les nefs repartent. La préceptrice avait accepté. Elle avait rejoint la ville avec les enfants et, bien entendu, Sandra. À peine Fernando et elle avaient-ils pu se parler quelques minutes sur le pont encombré que la jeune femme quittait le bateau. Fernando avait alors pensé mettre seul son plan à exécution avant de retrouver Sandra à la Corogne et de fuir avec elle. L'idée était plaisante. Elle relevait cependant plus du rêve que de la réalité. Si le premier projet était hasardeux, cela ressemblait de plus en plus, en rajoutant ce passage à la Corogne, à l'organisation méthodique d'un suicide spectaculaire. Sandra, alors qu'ils étaient dissimulés derrière des tas de cordages, lui avait demandé de ne rien tenter sans elle. De la Corogne, elle pourrait s'informer de ce qui se passait réellement. Si jamais le déchargement était confirmé, elle saurait le lui faire savoir. Si ça n'était pas le cas, elle reviendrait sur la nef pour la dernière étape du voyage. Il serait alors temps de s'occuper des diamants. Pour la première fois depuis leur départ de Goa, ils avaient échangé un baiser. Là, entre des cordes usées, des ballots de tissu empilés contre le bastingage, et avec quelques rats qui couraient entre tout cela, ils avaient hésité avant de se taire. Ils ne voulaient pas se faire de promesses dont ils savaient tous les deux que, même si elles leur brûlaient les lèvres à cet instant, ils ne seraient sans doute pas capables de les tenir. Fernando avait serré les petites mains de Sandra, caressé sa chevelure écarlate et plongé son regard dans ses yeux en amande. Puis la jeune femme avait reculé. Avant de disparaître derrière un empilement de caisses, elle lui avait jeté de loin un baiser qui avait le goût d'un adieu.

26

Monte Ventoso, Le Ferrol, fin décembre 1626

Ignacio pleurait et cela faisait rire Diogo. Ils avaient tous les deux escaladé le Monte Ventoso. De la bruyère, des ajoncs, des fougères, des immortelles dont les fleurs sèches, même dans le froid de décembre, laissaient encore planer le fantôme de leur odeur lourde et chaude, quelques pins tordus par les rafales, presque couchés sur la pente, quelques fourrés épais et beaucoup de cailloux : voilà ce qu'offrait, après une heure d'ascension, cette colline où un vent piquant semblait toujours souffler, vent qui, ce jour-là, même venant du sud, frigorifiait l'Indien Tupinamba posté sur une dalle de pierre nue. Diogo portait une veste et un bonnet. Ignacio, qui se sentait bien assez mal à l'aise dans les vêtements qu'on lui avait imposé de porter, refusait tout accessoire destiné à protéger ses extrémités. Ni chaussures, ni chapeau ou bonnet. Aussi avait-il très froid. Sa fierté lui interdisait de le laisser paraître, mais il peinait à maîtriser des tremblements intempestifs et échouait complètement à retenir les larmes que le vent lui tirait des yeux. Et Diogo riait. De l'orgueil malmené de son ami et tout simplement parce qu'il était heureux. Heureux de vivre cette drôle de vie que le destin lui avait réservée. Heureux surtout de la vivre ce jour-là à terre et non pas dans le désordre du galion, le chaos de ses ponts chargés d'un fatras immense, le bruit constant – cris, coups de sifflet, chocs et grincements amplifiés encore par le vent –, les remugles qui s'échappaient des écoutilles, odeurs de charogne des cadavres de rats morts dans d'inaccessibles recoins, des déjections des hommes et des humeurs des malades qui venaient se mêler à celle de la vase à marée basse. Ici, le nez dans le vent, il n'entendait que ce souffle qui faisait bruisser la végétation, ne sentait que la terre humide, les plantes et parfois l'odeur iodée de l'océan. Et puis, le temps de grimper jusqu'à ce poste d'observation, il avait cessé d'avoir l'impression, après des semaines de mer, que le sol bougeait sous ses pieds. Il avait d'ailleurs aussi rigolé en voyant Ignacio tituber parfois comme un homme ivre, après avoir rejoint la terre ferme. Puis il s'était aperçu qu'il en allait de même pour lui et il avait encore ri.

Le vent, ce vent primordial et immuable, avait commencé à chasser les nuages, et sous le ciel clair la côte se déployait jusqu'à un horizon que Diogo et Ignacio n'avaient jamais connu aussi lointain, pas même au cœur de l'Atlantique. Au nord, la côte découpée à leurs pieds cédait la place à une longue plage blanche bordée par une eau d'un bleu glacial ourlée d'écume; plus loin, les rochers et les collines reprenaient leur place jusqu'au cap Prior. La course des nuages vers le nord donnait à ces rivages qu'éclairait par intermittence un soleil d'hiver une allure mouvante, une beauté sans cesse renouvelée, toujours surprenante. Les deux garçons étaient tentés de ne regarder que dans cette direction tant le spectacle était saisissant. Quant à Ignacio, cela lui permettait de tourner le dos au vent.

Il fallait pourtant regarder de l'autre côté. Au sud s'ouvrait le havre des Trois rivières dans lequel se mêlaient les eaux de la ría de Ferrol, de la ría de Betanza et de celle de la Corogne. La tour d'Hercule en formait le verrou méridional. On voyait plus loin encore cette côte toute de lande qui finissait par se dissoudre dans l'air nébuleux porté par l'océan. Mais il n'était pas nécessaire de porter son regard jusque là-bas. Ce que Diogo et Ignacio devaient observer, c'était la flotte portugaise qui mouillait dans les eaux du havre, entre Corogne et Ferrol, en attendant de rejoindre, si le vent ne sautait pas au nord et si la mer forcissait, l'abri du Ferrol.

Quelques jours plus tôt, après avoir reçu une lettre du roi lui ordonnant de se rendre à la Corogne pour tenir une réunion avec don Juan Fajardo, António Moniz Barreto, dom Vicente de Brito et les pilotes, dom Manuel de Meneses avait quitté le Ferrol sur une petite embarcation. Ignacio et Diogo l'accompagnaient.

Comme de coutume, l'Indien Tupinamba avait suscité la curiosité, dans les rues étroites de la Corogne comme sur l'eau, tandis que leur chaloupe glissait entre les bateaux ancrés dans la baie. Mais c'était autre chose, un instant presque fugitif, qui avait impressionné Diogo. Alors qu'ils doublaient l'immense *São Bartolomeu* dans leur minuscule bateau, dom Manuel de Meneses avait brusquement levé la tête en direction de la nef. On aurait dit qu'une guêpe avait planté son dard dans sa nuque. Le capitaine-mor avait scruté les ponts de la caraque et son regard s'était arrêté sur un homme. Appuyé au bastingage, il observait la chaloupe et son étonnant équipage. Ses longs cheveux bruns tombaient sur son visage et, lorsqu'il les avait repoussés en arrière, il avait révélé une pommette enfoncée, rendue lisse par le tissu cicatriciel, et un œil sur lequel une paupière s'abattait comme un rideau à moitié fermé. Il ne regardait pas Ignacio, son étonnante coiffure, son arc ou sa massue au manche de laquelle pendaient des plumes écarlates, pas plus que Diogo. C'était l'homme debout à l'avant, engoncé dans son manteau noir, qui bénéficiait de toute son attention alors que sa main se posait sur la cicatrice de son visage. Pour la première fois depuis qu'il était à ses côtés, Diogo vit le regard de dom Manuel fuir celui d'un autre homme. Meneses tourna la tête en direction du port et tira sur un pan de son manteau. Sa main y resta accrochée jusqu'à ce qu'ils accostent. Diogo aurait juré qu'elle tremblait. Lorsqu'il se retourna une dernière fois vers le *São Bartolomeu*, il vit encore la silhouette de l'homme qui avait tant troublé le capitaine-mor. Il était trop loin maintenant pour que l'on puisse distinguer ses traits, mais Diogo aurait juré qu'il les regardait encore.

La réunion avait été fructueuse. Il avait été décidé de ne pas attendre l'escorte espagnole. On savait depuis plusieurs semaines que la flotte anglaise, éprouvée par des tempêtes et des avaries, était remontée à Plymouth. Le problème venait du vent qui continuait à souffler du sud. Tout le monde avait convenu que le mieux serait que les navires qui mouillaient dans la baie de la Corogne profitent de ce régime de vent pour en sortir, puis rejoignent le havre des Trois rivières et le Ferrol où ils seraient à l'abri des tempêtes et d'éventuels ennemis. Il suffirait ensuite d'attendre que le vent tourne au nord pour sortir du Ferrol et naviguer en direction de Lisbonne. La veille, la nef *Santa Helena*, sortie la première de la baie de la Corogne par vent de sud, était remontée dans le havre jusqu'à quelques encablures de l'embouchure de la ría de Ferrol. Lorsque la nef *São Bartolomeu* avait quitté la baie, le vent avait tourné sud-est. Les galions l'avaient rejointe et les navires avaient serré la côte jusqu'à mouiller au pied de la tour d'Hercule. Tous avaient jeté leurs ancres et cargué les voiles.

Dom Manuel de Meneses, qui persistait à se méfier de Moniz, avait envoyé Diogo et Ignacio monter la garde sur le Monte Ventoso. Il avait été averti à la nuit de la manœuvre des galions et de la nef *São Bartolomeu* et avait ordonné aux deux garçons de monter à la vigie de la colline dès avant l'aube. Ils auraient dû observer les manœuvres des petites embarcations chargées de procéder à l'avitaillement des bateaux en attendant une hypothétique entrée dans la baie du Ferrol et un tout aussi hypothétique départ vers Lisbonne : torches et chandelles pour les fanaux et lanternes, eau, vin, riz, quelques munitions aussi… mais ce qu'ils voyaient, pourtant, c'était des navires qui déployaient leurs voiles, comme prêts à partir. Diogo supposa qu'ils désiraient rejoindre le Ferrol. En effet, le vent se renforçait, tournait parfois au sud-ouest, et quelques rafales battaient la lande et l'océan en contrebas qui commençait à moutonner. Il demanda à Ignacio de descendre prévenir dom Manuel de la manœuvre qui semblait se préparer. Son ami n'hésita pas. C'était l'occasion d'abandonner cette position inconfortable de vigie et de se réchauffer. Il partit en courant sur le sentier mal tracé dans les ajoncs. Diogo le regardait dévaler les pentes raides et les passages parsemés de cailloux qui se dérobaient sous les pas de n'importe qui sauf de ce Tupinamba nu pieds qui semblait voler au-dessus.

Quand, presque deux heures après, Ignacio revint, accompagné de membres de l'équipage du *Santo António e São Diogo*, il était clair que les navires n'entendaient pas entrer au Ferrol. La petite assemblée réunie sur le Monte Ventoso vit un nuage de fumée blanche s'échapper de la nef *São Bartolomeu* et, quelques secondes après, leur parvint le bruit de la détonation. La *Santa Helena* tira à son tour un coup de canon. Déjà les navires de l'armada prenaient la direction du large. Puis ce fut au tour de la caraque *São Bartolomeu* et enfin du *São João* de Moniz Barreto et de la *Santa Helena* de louvoyer vers l'ouest. Dom Francisco Manuel de Melo, un jeune *fidalgo* engagé dans la flotte depuis que dom Manuel de Meneses avait rejoint Cascais, fut l'un des premiers à redescendre du Monte Ventoso pour prévenir le capitaine-mor de ce que les bateaux qu'il devait protéger et sa propre armada quittaient le havre des Trois rivières en direction du large. Il fut rapidement suivi par les autres qui, pour rien au monde, n'auraient voulu manquer la réaction de leur commandant à cette annonce.

Diogo et Ignacio restèrent à leur poste pour observer les manœuvres des navires. Portés d'abord par un léger vent d'est-sud-est ils s'éloignèrent lentement. Quelques rafales plus fortes leur firent parfois gagner un peu de vitesse selon des courses erratiques. Le *São João* de Moniz, voiles gonflées, semblait alors un corps tendu jusqu'à trembler, et Diogo se demanda comment il pourrait bien supporter des bourrasques plus fortes ou une tempête. Les caraques, elles, paraissaient toujours aussi lourdes et pataudes. À se demander comment elles pouvaient flotter et faire autre chose qu'aller là où le vent et les courants les portaient. Les pilotes, sur de tels monstres, devaient sans doute compter d'abord sur la chance et ensuite, peut-être, sur leurs compétences. Au soir, alors que le vent avait fini par s'installer sud-ouest, les dernières voiles avaient passé l'horizon. Quelques hommes étaient remontés pour voir de leurs propres yeux ce départ impromptu auquel ils ne voulaient pas croire. Plantés sur la lande, ils maudissaient Moniz, cet ambitieux qui n'en faisait qu'à sa tête et cherchait à tirer toute la gloire de cette expédition. Ils ne s'étaient pour leur part pas engagés sur cette armada pour servir de marchepieds à l'amiral. Quant à dom Vicente de Brito, les plus indignés, comme les plus indulgents, mettaient son attitude sur le compte de la sénilité. Nul en revanche n'arrivait à comprendre comment dom João Enriques Ayala, le capitaine de la *Santa Helena*, que tout le monde tenait en haute estime, avait pu se laisser entraîner dans ce départ qui relevait au mieux de l'incompétence, au pire de la trahison.

Il n'y avait plus rien à voir désormais que l'océan bleu sombre veiné de blanc là où les courants et le vent faisaient écumer la surface de l'eau. L'assemblée redescendit en continuant à injurier Moniz, Brito, Ayala et tous ces cailloux qui roulaient sous les pieds dans la descente raide vers le Ferrol. Dom António de Lima dévala ainsi une partie de la pente sur les fesses, en insultant cette colline mal fichue, les ajoncs dont les épines se plantaient dans ses mains et son cul, et l'Indien qui sautillait devant lui comme si de rien n'était. Mais les humeurs de ces hommes n'étaient rien à côté de celle de dom Manuel de Meneses lorsqu'ils le retrouvèrent au Ferrol. Le capitaine-mor venait de faire réquisitionner vingt-deux barques dans les ports de la *ría* afin de remorquer le *Santo António e São Diogo* jusqu'à l'entrée du chenal afin de pouvoir partir aussi vite que possible à la suite du reste de la flotte. Le chef de l'armada était d'autant plus sombre que tout ce que lui avaient rapporté les guetteurs du Monte Ventoso semblait indiquer l'imminence d'une tempête. Courir après ceux qui avaient pris seuls et au mépris de ce qui avait été conclu la décision de quitter la sécurité du Ferrol, c'était aller au-devant d'une catastrophe et sans doute de la mort. Mais il y avait plus grave que la mort. Il y avait l'honneur que l'on risquait de perdre et qu'il fallait sauvegarder. C'est pour cela que dom Manuel de Meneses allait lui aussi prendre la mer comme le premier *fidalgo* inculte et dénué de la moindre notion des choses de la cosmographie auquel on confiait un navire. Comme Moniz Barreto, en somme.

27

La Corogne – Havre des Trois rivières, fin décembre 1626

La veille, Jacques de Coutre, un marchand flamand proche de don Juan Fajardo avec lequel ils avaient dîné plusieurs fois depuis que Beatriz da Fonseca était logée ici, avait proposé de les ramener avec lui par la route jusqu'à Lisbonne. La flotte mouillait depuis si longtemps déjà à la Corogne et son départ était si incertain que le trajet serait assurément plus rapide ainsi. Beatriz da Fonseca avait demandé à y réfléchir. La proposition était tentante, mais elle ne savait pas s'il serait correct pour une femme seule avec des enfants et une servante de voyager ainsi avec des hommes. Sur le bateau, au moins, elle disposait d'une chambre à part. Lorsque Sandra avait eu connaissance de cette proposition, elle avait elle aussi argué auprès de sa maîtresse du nécessaire respect de l'étiquette. Serait-il de bon ton de voyager avec des hommes et, qui plus est, des marchands ? Beatriz da Fonseca s'était donné la nuit pour y penser et Sandra n'avait pas fermé l'œil.

Au matin, Sebastião Carvalho, l'écrivain du bord, et Lourenço Peneda, le contremaître de la nef *São Bartolomeu*, étaient arrivés. Ils devaient organiser l'avitaillement avec don Juan Fajardo. Si Beatriz da Fonseca avait encore eu une hésitation, elle s'était envolée à ce moment-là. Le départ semblait imminent et il n'était donc pas nécessaire de prendre la route. Elle demanda à Sandra de préparer les enfants et de réunir leurs affaires pour qu'elles soient transportées à bord. Les choses rentraient dans l'ordre. Les neveux du vice-roi avaient parfois eu du mal durant le voyage à supporter l'enfermement, mais leur imagination sans limite et la fréquentation des *fidalgos* du bord qui leur racontaient mille aventures, l'observation des gabiers qui couraient dans la mature, les coups de canons et ceux des mousquets lorsque les soldats s'entraînaient avaient fini par faire de ce pénible périple une aventure. Ils rechignèrent bien un peu, mais rejoignirent avec bonne grâce la chaloupe qui devait les amener jusqu'à la nef. L'embarcation était encombrée et il était difficile de s'y faire une place. Le marin qui la dirigeait se montrait pressé. Il allait avoir du mal à manœuvrer un tel chargement et il fallait profiter de la marée pour rejoindre facilement la caraque. Beatriz da Fonseca avait ouvert sa malle et fouillait à l'intérieur, préoccupée. Lorsqu'elle leva enfin la tête, elle dit, en portant une main à son cou : «Mon collier. Il doit être chez don Fajardo.» La veille, en effet, elle avait porté lors du repas avec le gouverneur et les marchands flamands un collier d'or hérité de sa mère. Les hommes à bord se turent. Leurs regards n'en parlaient pas moins : il ne manquait plus que ça. Puisse-t-on au moins éviter une crise d'hystérie. Le pilote de la chaloupe, lui, se souciait peu des humeurs féminines : «Pas le temps. Il faut y aller, maintenant. Après, ça sera trop tard.» Beatriz da Fonseca lui lança un regard noir et tous virent les larmes lui monter aux yeux. Sebastião Carvalho l'apaisa : «Nous allons le récupérer. Votre servante peut y aller pendant que nous rejoignons la nef. Nous reviendrons demain matin pour achever l'avitaillement. Elle embarquera avec nous à ce moment-là et vous rejoindra avec votre collier. Don Fajardo l'hébergera cette nuit.» Sandra acquiesça, posa une main sur l'épaule de Beatriz da Fonseca pour l'apaiser. Celle-ci soupira. De soulagement sans doute, ou plus sûrement encore parce qu'elle s'avisait qu'elle devrait s'occuper seule des enfants jusqu'au lendemain. Elle accepta cependant. Sur le quai, Sandra regarda la chaloupe s'éloigner. Les enfants agitaient leurs mains dans sa direction. Elle leur répondit en souriant. Son cœur se recroquevillait dans sa poitrine.

*
* *

Il avait bien vu Beatriz da Fonseca revenir à bord ce matin-là, avec l'écrivain du bord et le contremaître. Le capitaine-mor l'avait accueillie. Elle était accompagnée des neveux du vice-roi, mais Sandra n'était pas avec eux. Alors il avait espéré. Tout le temps que les gabiers et les hommes de pont préparaient le navire pour le départ, il avait scruté la mer. Tenté de voir si, venant du fort Sant Antón, une chevelure rouge apparaissait dans une embarcation. En vain. Lorsque les ancres furent levées, que le vent gonfla les voiles en faisant craquer la mature et que la caraque s'ébranla en grinçant de toutes ses planches, Fernando envisagea lui aussi de sauter à l'eau. Mais à quoi bon ? Aurait-il rejoint le rivage à la nage malgré les courants, on l'y aurait attendu et tout se serait terminé dans une nouvelle geôle. Il n'avait plus qu'à ronger son frein et attendre dans l'espoir qu'elle rejoigne la nef un peu plus tard. La rumeur du pont disait que la flotte allait mouiller hors de la baie afin de pouvoir rejoindre la capitane de l'armada au Ferrol. De là-bas, lorsque le vent sauterait au nord il serait plus facile de mettre le cap sur Lisbonne. S'éloigner de Sandra et se rapprocher de Meneses. C'était là un chemin qu'il n'avait pas envisagé de suivre. Depuis la veille, le visage du capitaine-mor qui n'avait pas changé en dix ans le hantait. Crainte et colère mêlées l'avaient maintenu éveillé. Si dom Manuel de Meneses avait la responsabilité de cette flotte, il avait une raison de plus de mettre son plan à exécution.

La caraque *São Bartolomeu* suivit la côte, devancée par les galions, jusqu'à aller mouiller près de la tour d'Hercule, tandis que la *Santa Helena* faisait cap au nord vers l'embouchure de la ría de Ferrol. La manœuvre terminée, il restait encore à charger de l'avitaillement. Peut-être Sandra arriverait-elle par un de ces bateaux. Fernando l'espérait.

*
* *

Tout alla très vite. Dans la mesure où les choses pouvaient aller vite sur de tels bateaux. Les voiles carguées la veille furent hissées alors que l'on attendait encore l'avitaillement. Dom Vicente de Brito semblait dépassé. Depuis le tillac, où il tentait de se faire le plus petit possible pour ne pas gêner les manœuvres des marins, Fernando le voyait discuter vivement avec le pilote. Fort de son expérience, Manuel dos Anjos pensait de toute évidence qu'un départ aussi précipité n'était pas prudent et il le faisait savoir. Les bribes de la conversation agitée qui lui parvenaient évoquaient les vents et les courants contraires, Moniz Barreto, l'amiral, qui avait ordonné le départ, et Meneses, dont nul ne pouvait dire si, de là où il était, au Ferrol, il savait ce qu'il se passait. Ça parlait de risques et de perdition, de tempêtes et de prières. Un prêtre, d'ailleurs, appelait à un office à la proue du navire, et Fernando dut à regret abandonner sa place pour se joindre à la petite assemblée qui se dirigeait à l'avant de la nef. Durant la messe, ça n'est pas Dieu qu'il avait dans le cœur, mais Sandra qui n'arrivait toujours pas alors que les préparatifs du départ avançaient. La cérémonie était à peine terminée lorsque dom Vicente de Brito fit tirer un coup de canon auquel répondit la *Santa Helena*. Déjà, on levait les sept ancres de la caraque et rien ne venait depuis la Corogne. Et puis c'en fut fini des espoirs de voir apparaître la fille à la peau brune et aux cheveux rouges. La nef *São Bartolomeu* prenait le large et une nouvelle fois Fernando sut qu'il était au mauvais endroit. Mais y en avait-il un bon pour lui? Il était seul sur le pont grouillant d'hommes d'un navire gigantesque, après avoir parcouru bien des chemins du vaste monde. Il avait avec lui quelques ballots de cannelle, des diamants de piètre qualité cousus dans la ceinture de son pantalon, un couteau dans la poche, une condamnation par l'Inquisition au-dessus de la tête, des idées de vengeance et le projet d'un vol que l'absence de Sandra rendait plus invraisemblable qu'il ne l'était déjà. Il était épuisé, il était triste, il n'avait plus grand espoir de changer quelque chose à son existence et pourtant il voulait encore essayer. Mourir était une possibilité, un risque à courir. Il ne désirait pas la mort, mais cela faisait longtemps maintenant qu'elle lui faisait moins peur que la vie. Alors ce coffret de diamants, il comptait bien mettre la main dessus.

*
* *

Le collier était bien là, dans la maison du gouverneur, posé sur la coiffeuse de la chambre dans laquelle Beatriz da Fonseca avait dormi. Don Juan Fajardo le prit pour le ranger dans un coffre, dans son bureau. Il serait en sécurité ici et il le remettrait à Sandra le lendemain. Maintenant que ni sa maîtresse, ni les neveux du vice-roi n'étaient avec elle, don Fajardo se montrait moins attentionné. Il renvoya Sandra auprès de ses domestiques qui lui feraient de la place pour une nuit dans la partie de la maison dans laquelle ils logeaient.

Elle attendait depuis les premières lueurs de l'aube et commençait à s'inquiéter de ce qu'on l'eût oubliée lorsque l'on vint la chercher pour la mener jusqu'au bureau du gouverneur. Celui-ci lui remit le collier dans une pochette de velours noir et l'invita à prendre place avec lui dans une voiture qui les conduisit au port. Don Fajardo était préoccupé. Aucun membre de l'équipage de la nef *São Bartolomeu*, ni même du reste de la flotte ne s'était encore présenté au port. Sandra était tétanisée. Quelqu'un eût-il pris la peine de lui adresser la parole, elle n'aurait pu que balbutier quelques formules de politesse comme elle avait l'habitude d'en débiter sans même y penser.

Ils venaient de poser les pieds sur le quai lorsqu'ils entendirent au loin des coups de canon. « Ah ! Ça communique ! » dit don Fajardo qui n'en savait guère plus et ne se montrait pas plus rassuré qu'avant d'avoir entendu les détonations. Ils attendirent donc là, pendant que des hommes chargeaient caisses et tonneaux sur des chaloupes pour l'avitaillement, que quelqu'un vienne informer le gouverneur sur ce qu'il se passait sur les terres et les eaux qu'il était censé administrer. La nouvelle leur parvint moins d'une heure plus tard. L'armada portugaise prenait le large. Le temps était clair, le vent de sud-est peu soutenu. Les conditions étaient réunies pour prendre le large, certes, mais c'était beaucoup compter sur la chance que d'espérer que le vent saute au nord.

Sandra, elle, ressentait un grand vide, regard fixé sur la tour d'Hercule au-delà de laquelle elle imaginait les navires voguer. Et sur l'un d'eux, Fernando et un coffret de diamants. Don Fajardo se tourna vers elle et dit : « En fin de compte, vous allez peut-être devoir accepter la proposition de Jacques de Coutre. » Elle retint ses larmes.

28

Le Ferrol, 25 décembre 1626

La nuit après le départ de la flotte avait été infernale. Un brouillard épais s'était levé. Le vent le faisait mollement danser en nappes ondulantes sans pouvoir le disperser. Ce même vent, pourtant, était suffisant pour que le *Santo António e São Diogo* tire sur le câble de remorque qui le retenait à l'entrée du chenal jusqu'à le faire céder. António de Castro avait pris les choses en main. Dom Manuel de Meneses ne voulait plus que lui comme pilote dans ces eaux et on l'avait fait venir la veille pour aider à la sortie du navire. Les deux hommes s'étaient froidement salués. António de Castro avait jugé bon d'abandonner toute familiarité avec le capitaine-mor de l'armada, et Meneses, quant à lui, n'avait rien décidé. Il restait tel qu'en lui-même. Poussé par le vent, le galion avait dérivé vers les rochers qui bordaient le chenal jusqu'à ce que, comme l'avait ordonné Castro, on mouille une ancre. Lorsque le câble s'était tendu, emporté par son poids, le *Santo António e São Diogo* avait encore traîné l'ancre quelques secondes avant de s'arrêter assez prêt des rochers pour que Diogo, agrippé au bastingage, les voit émerger du brouillard. Dom Manuel de Meneses n'avait pas bougé.

Au matin, le vent de sud-ouest fraîchissant remontait le chenal face au galion et balayait les ponts. L'après-midi des bateaux vinrent se réfugier au Ferrol pour fuir les grains. Parmi eux, un navire de Bayonne indiqua avoir aperçu la *Santa Helena* à environ cinq lieues au nord de l'île de Sisarga, ce qui la plaçait à peu près à la latitude du cap Prior. Eux-mêmes avaient essuyé plusieurs grains sur une mer formée. António de Castro avait donné sa conclusion, laconique : « S'ils passent le cap Prior, ils sont perdus. Ils ne reviendront pas. » Le vent avait continué à souffler toute la nuit. Il faisait frapper les poulies contre les pièces de bois, s'immisçait partout et sifflait tant en passant entre les planches que dans son demi-sommeil Diogo maudissait à voix haute les calfats incapables de rendre un navire réellement étanche. Lorsqu'il s'était calmé au matin, dom Manuel de Meneses avait voulu sortir aussitôt, mais António de Castro s'y était opposé. Le capitaine-mor avait dû convoquer des conseils incluant des marins du port et des *fidalgos* du bord. Eux-aussi estimaient qu'il fallait attendre que le temps soit plus sûr. Nombre d'entre eux craignaient qu'une tempête ne se forme qui mènerait le *Santo António e São Diogo* à sa perte. Ils avaient aussi argué du fait que l'avitaillement n'était pas terminé. Dom Manuel de Meneses les avait écoutés. Du moins les avait-il laissé parler. Mais beaucoup d'hommes à bord estimaient qu'il fallait partir. L'équipage se lassait de cette escale, Michele Belano espérait qu'en sortant on rencontre enfin une flotte anglaise, et certains gentilshommes orgueilleux disaient que si le galion ne sortait pas dès aujourd'hui pour retrouver les nefs et les mener à Lisbonne, alors ils auraient tous ensemble failli et perdu leur honneur. Dom Manuel de Meneses, de toute manière, avait déjà pris sa décision. Il n'avait qu'une seule mission et il se devait de la remplir, quelles qu'en soient les conséquences. Il était temps de partir. Rien ne servait de reculer une échéance inexorable, fût-ce pour courir à une perte que l'apparition de ce fantôme du passé aperçu sur le pont du *São Bartolomeu* rendait encore plus palpable. Le nom lui était revenu après que ce visage l'eut hanté plusieurs jours. Fernando Teixeira. Celui qui avait contemplé sa terreur alors qu'il était à terre sur cette plage brûlante des Comores. Un moment de faiblesse qui le poursuivait encore et un geste de colère dont il ne savait s'il le regrettait parce qu'il était l'expression de sa perte de contrôle ou parce qu'il n'avait pas suffit à tuer ce gamin qui en avait trop vu.

On fit venir quatre barques à la proue pour diriger le *Santo António e São Diogo*, on amena les voiles et, en profitant de la marée descendante, on descendit le chenal du Ferrol jusqu'à la mer. Là, António de Castro quitta le navire non sans adresser quelques paroles encourageantes au capitaine-mor et à l'équipage : « J'irai brûler quelques cierges pour vous et recommander votre âme à Dieu. »

Le temps semblait pourtant s'être calmé. Le vent était doux et la mer assez calme. Alors que le soleil achevait de se coucher, un banc de brume venu de la mer s'éleva lentement dans le ciel où il se désagrégea en longs nuages roses qui, à la nuit tombée, avaient fini de se diluer dans l'atmosphère.

Profitant d'une accalmie, la capitane gagna le large durant la nuit. Au fur et à mesure qu'elle s'éloignait de la terre les bourrasques se faisaient plus fréquentes et, dans le ciel, les étoiles disparaissaient peu à peu derrière les nuages.

Au matin le vent fraîchit encore et le galion rencontra une forte houle. On ne voyait plus la terre et, sur le pont, Diogo et Ignacio observaient les manœuvres des gabiers, périlleuses par ce gros temps d'hiver. Diogo pensait aux dernières paroles d'António de Castro lorsqu'il avait quitté le navire. Les marins autour de lui persistaient à dire que c'était là une mer habituelle en cette saison, mais la raideur bien plus forte que de coutume de dom Manuel de Meneses l'inquiétait. Plus encore la lettre qu'il avait écrite au roi la veille pour annoncer son départ du Ferrol afin d'accomplir sa mission d'escorte. Dom Francisco Manuel de Melo, qui se trouvait avec eux dans la cabine, en avait vu quelques phrases avant que le capitaine ne la plie, et les avait rapportées à Diogo. Le garçon n'en avait retenu que dix mots qui ne cessaient depuis lors de tourner dans son esprit. Il n'avait pas osé en parler à Ignacio, que le temps rendait déjà suffisamment nerveux. L'Indien habitué au monde clos de la forêt continuait, des mois après son départ du Brésil, à être troublé par l'immensité vide de l'océan.

Dom Manuel avait écrit : «... pour suivre ces aveugles, je vais me perdre avec eux... »

29

Golfe de Gascogne, 29 décembre 1626 – 14 janvier 1627

Il fallait arriver tôt pour profiter de la marée descendante. Le jour n'était pas levé. Lorsqu'elle apparaissait derrière les nuages, la lune faisait briller l'écume sur l'estran, là où les vagues venaient mourir. Lorsque l'eau se retirait, des points verts scintillaient quelques instants sur le sable mouillé avant de disparaître. La première grosse tempête de l'hiver avait commencé et les *costejaires* battaient la plage à la recherche d'objets échoués. Les plus optimistes rêvaient de trouver par hasard un morceau d'ambre ou de découvrir un bateau naufragé. Les réalistes, comme Marie, se contenteraient d'à peu près n'importe quoi. Et pour l'instant elle ne trouvait rien. Ses yeux s'étaient habitués à l'obscurité et elle arrivait assez bien à distinguer les formes inhabituelles sur le sable, mais elle attendait avec impatience le lever du jour. Cela lui faciliterait la tâche. Plusieurs fois elle avait marché vers des masses sombres qui s'étaient révélées n'être que des morceaux de bois flotté, le cadavre d'un gros poisson qu'elle n'arriva pas identifier dans l'obscurité si ce n'est qu'il était mort depuis trop longtemps pour être récupéré, et un bloc d'alios que le courant avait découvert. Elle avait rabattu son bonnet sur ses oreilles pour les protéger du vent d'ouest qui écrasait les grosses vagues et les poussait loin sur la plage. Elle avait déjà été surprise un peu plus tôt en s'approchant d'un bout de bois que le ressac traînait sur le sable. Le temps qu'elle identifie l'objet, une vague plus grosse que les autres s'était brisée au large. Lorsqu'elle avait terminé sa course sur le rivage, encore écumante, Marie avait vu le tronc, à quelques pas d'elle, se soulever trop vite et trop haut. Elle avait compris qu'elle n'échapperait pas à la chute. Elle avait évité le bout de bois mais l'eau l'avait frappée derrière les genoux et elle était tombée en arrière. Elle s'était relevée aussi vite que possible, avant que le ressac ne la tire vers le large. Elle avait résisté au courant tout en marchant vers le sable découvert. Elle était trempée et elle avait déjà froid. Elle n'espérait même plus que le soleil se lève. Seul le jour viendrait, gris, sans un rayon pour la réchauffer un peu.

Ses premières lueurs étaient presque imperceptibles, seul le sable à ses pieds devenait un peu plus terne, moins lumineux que sous les rayons de lune. C'était aussi le moment où, sans qu'elle comprenne pourquoi, les bruits se distinguaient un peu moins les uns des autres que dans la nuit. Mais elle crut discerner des voix et vit loin devant elle des silhouettes se détacher sur la plage. Quatre personnes dont elle n'arrivait pas à savoir si elles s'éloignaient ou venaient vers elle. Elle se tourna. De l'autre côté, elle distingua du mouvement dans la dune et vit apparaître un, puis deux hommes qui descendaient sur la plage. Et ça n'était pas une bonne nouvelle. La protection de Louis s'était relâchée. Il tenait la loi en si basse estime qu'il n'irait pas jusqu'à inciter qui que ce soit à la dénoncer, mais elle ne disposait plus de passe-droits. Elle l'avait trop provoqué depuis qu'elle vivait avec Hélène. Lui avait trop tenu tête.

Elle s'était surtout employée à saper son autorité. Elle l'avait compris, les sentiments ne comptaient pas. Et la richesse ne comptait que si elle permettait d'asseoir un pouvoir qui, lui-même, permettait d'accumuler plus de richesse. Elle avait donc commencé par miner son commerce. La résine, ça prend facilement feu. Au printemps, les trous dans lesquels elle était récoltée au pied des pins commencèrent à brûler. Une fois, même, l'incendie se propagea assez pour qu'une bande calcinée coupe la forêt en deux, de l'étang aux premières dunes dénudées. Le feu avait ainsi tracé une frontière entre le monde de Louis, son village et son tripot, et celui de Marie, avec Hélène et sa maison. Une frontière entre la civilisation et la sauvagerie avait pensé Marie avant d'abandonner cette idée. Parce que de quel côté se trouvait la civilisation? Elle était bien en peine de le dire.

Moins de résine, c'était moins d'argent pour les résiniers. Moins d'argent pour les résiniers, c'était moins de consommations dans le cabaret de Louis et plus de sollicitations pour qu'il accepte de faire crédit. En le faisant, il perdait de l'argent. En refusant, il mettait à mal la fidélité des hommes à son égard. On pouvait régner par la peur pendant un moment. Mais la peur, parfois, provoque des réactions qui défient le bon sens. Un résinier avait ainsi tenté d'enfoncer sa hache dans le dos de Louis un matin où il lui avait refusé du lait. L'homme était petit. Il n'avait pas l'allonge nécessaire pour atteindre Louis par-dessus le comptoir. Il s'était étiré au maximum mais la lame avait seulement entaillé l'omoplate de l'oncle de Marie. Les deux autres clients présents étaient sortis lorsque Louis s'était retourné, avait saisi l'homme par le cou et l'avait fait passer derrière le comptoir. On ne l'avait plus revu. Sa femme avait alors décidé de rejoindre le village le plus proche à pieds pour prévenir les autorités. On disait qu'elle avait dû, en route, prendre un mauvais chemin et peut-être tomber dans une bedouse, un de ces trous sur lesquels le sable forme une pellicule mouvante et dans lesquels on peut s'enfoncer si l'on n'y fait pas attention. L'été était sec, et certains s'étaient étonnés qu'il puisse y avoir en cette saison des bedouses assez profondes pour qu'une personne y disparaisse. Toujours est-il qu'on n'avait pas revu la femme du résinier et que nulle autorité n'était venue interroger qui que ce soit sur la disparition de son mari. En tout cas, les relations s'étaient tendues entre Louis et la communauté de résiniers qui habitaient ce village de cabanes bancales. Hélène avait recousu Louis avec du fil et des aiguilles qu'elle utilisait en général pour coudre des vestes en peau de mouton et elle l'avait pansé. Tout le temps où il était étendu sur le ventre pendant que l'aiguille pénétrait ses chairs, il avait regardé Marie, assise sur un tabouret dans un coin de la pièce. Elle raccommodait une robe et tirait fort sur le fil épais en lui souriant.

Depuis, les *costejaires* lui étaient ouvertement hostiles. Ils l'avaient acceptée lorsqu'elle venait avec Pèir, tolérée ensuite parce qu'elle était la nièce de Louis. Dorénavant, s'ils la voyaient sur la plage à la recherche d'objets, ils la chassaient. Tous ces hommes dépendaient de son oncle et s'ils se permettaient cela, c'est qu'il leur en avait explicitement donné l'autorisation. Il ne refusait pas de lui acheter ce qu'elle apportait, mais il lui en proposait des prix dérisoires, arguant du manque à gagner qu'il subissait dans son cabaret depuis que les résiniers ne pouvaient plus le fréquenter aussi assidument. Il ne restait que les *costejaires* et les bergers. Elle ne pouvait rien pour les *costejaires* mais elle commençait à se dire qu'il y avait quelque chose à faire avec les bergers.

*
* *

António de Castro avait raison. Comme l'avait prédit le pilote galicien, au-delà du cap Prior ne les attendait qu'une route de perdition. Les vents ne pouvaient les mener ailleurs et rendaient impossible la navigation vers le sud. Dans l'immensité du golfe de Gascogne frappé par une tempête si violente que même les prêtres embarqués dans les navires finissaient par douter de la miséricorde de Dieu, équipages et passagers des nefs et galions allaient vivre des semaines d'angoisse. Perclus de froid, affamés, leurs vies suspendues à quelques bouts de toiles que le vent mettait en lambeaux, à des pièces de bois trop malmenées, à des pompes actionnées par des enfants épuisés, à des bouts d'étoupes que les calfats replaçaient avec de plus en plus de lassitude entre bordages disjoints par la furie des flots, ils attendaient la mort sans pour autant savoir laisser s'éteindre l'étincelle de vie qui les guidait encore. Dans cette flotte égarée et soumise aux caprices de vents qui les ballotaient dans les directions les plus extravagantes, aux courants qui s'acharnaient à les envoyer s'abîmer vers des côtes anonymes, ils en venaient à espérer se faire porter jusque chez les ennemis anglais, les seuls à disposer de ports assez profonds pour recevoir les deux caraques. Encore eût-il fallu savoir où elles se trouvaient. Nul n'était plus capable, dans cet océan qui s'acharnait à les broyer, de savoir où il était.

Ils ne voulaient pas sortir, mais ils ne pouvaient pas non plus rester dans le dortoir. Aux odeurs des corps crasseux et suants se mêlaient celles de la bile et du vomi. Le *Santo António e São Diogo* ne semblait plus être qu'un morceau de bois ballotté par les vents et les courants. Diogo avait cessé de compter les jours depuis le début de la tempête qui tentait de les engloutir. Tout ce qu'il savait, c'est que cela durait depuis bien trop longtemps. Et s'il avait cru au début que l'on pouvait s'habituer à ces mouvements désordonnés du navire et à ces bruits effrayants qui surgissaient comme pour les prendre par surprise, il savait maintenant que ça n'était pas le cas. Seul Ignacio réussissait à tenir dans son hamac. Diogo attribuait ça à un don mystérieux dont auraient été dotés les Tupinambas. Lui en glissait régulièrement. Un des marins affectés à la barre qui partageait le dortoir avec eux était tombé dans son sommeil deux jours ou deux nuits plus tôt. Le choc lui avait brisé la clavicule et depuis, il gémissait à chaque mouvement de roulis ou de tangage. Tout le temps, donc. Et encore maintenant. De l'extérieur, couvrant les grincements de la structure du bateau et les chocs des objets mal arrimés, venaient, de plus en plus proches, des coups de tonnerre. Diogo n'y tenait plus, il se leva, glissa dans une flaque qu'il jugea bon de ne pas tenter d'identifier et, suivi par Ignacio, sortit dans la coursive. Au même moment, devant eux, la porte de la cabine de dom Manuel de Meneses s'ouvrait. La silhouette sombre du capitaine-mor apparut devant eux. Il les regarda et, d'un signe de tête, les invita à le suivre : « Allons voir ce qu'il se passe dehors. »

Alors que Diogo et Ignacio le rejoignaient, au moment de passer sur la galerie, une lumière éclatante jaillit depuis l'extérieur, accompagnée d'un bruit assourdissant. Tous les trois furent comme paralysés. L'ombre figée de dom Manuel, découpée dans l'encadrement de la porte devant une lumière blanche traversée par une flamme orangée, s'imprima dans les yeux de Diogo, réminiscence d'autres corps brûlés. L'odeur qui arriva ensuite, âcre, soufrée, le ramena à la réalité. Il cligna des yeux, secoua la tête. La vue lui revenait en même temps que l'ouïe et les cris de l'extérieur. Ignacio et lui sortirent à la suite du capitaine-mor. Ils furent immédiatement trempés sans savoir si cela venait du ciel ou de la mer. Des voix s'élevaient qui demandaient la confession. D'une autre coursive sortit le grand aumônier, frère Paulo da Estrela. Il s'approcha de l'endroit où se trouvait la barre. Ceux qui la tenaient quelques minutes auparavant étaient encore à terre, hébétés. Celui qui les éclairait gisait au sol en se lamentant. L'eau n'avait pas encore éteint l'huile enflammée de sa lanterne répandue sur le pont. À la lumière de cette flaque de feu, on pouvait distinguer le segment noirci et fumant de son avant-bras. Frère Paulo de Estrela s'agenouilla à ses côtés pour lui donner l'extrême-onction. D'autres prêtres officiaient sur le tillac, parmi les marins et soldats encore étendus au sol qui recevaient régulièrement des paquets de mer. On les entendait prier et se lamenter. Le maître-pilote était descendu lui aussi et, avec dom Manuel de Meneses, ils avaient pris la barre pour éviter que le *Santo António e São Diogo* ne se mette en travers à la lame. Diogo et Ignacio vinrent leur prêter main-forte le temps que des marins arrivent pour prendre le relai. «La nuit ne fait que commencer», dit dom Manuel. Diogo, lui, pensait qu'elle avait commencé au moment où la tempête s'était levée peu après leur départ du Ferrol et qu'elle était loin d'être terminée.

*
* *

Fernando grelottait. Cela faisait peut-être une semaine maintenant que la nef *São Bartolomeu* était bringuebalée dans le gris de l'océan et du ciel au gré des vagues et du vent. La peau de bœuf tirée au-dessus de ballots divers, dont ceux contenant sa cannelle, ne suffisait pas à arrêter la pluie et les embruns qui s'immisçaient partout. Ses vêtements lui collaient à la peau et cela faisait bien longtemps qu'il avait renoncé à porter quoi que ce soit aux pieds de peur de les voir pourrir. La mer était si violente que l'on avait aussi renoncé à faire des feux sur le bateau, de peur de le voir brûler. Même les *fidalgos*, même dom Vicente de Brito, même Beatriz da Fonseca et les neveux du vice-roi n'y avaient plus droit, et cela se voyait. Les peaux étaient blêmes, les joues creusées, les yeux cernés, les cheveux se plaquaient aux visages, les vêtements s'alourdissaient et servaient moins à protéger du froid qu'à sauvegarder la pudeur. Et on mourait. Les gabiers avaient été décimés. Ceux qui restaient étaient, de leur propre avis, les plus agiles. Fernando optait plutôt pour la chance et un sens de la survie qui les empêchait de tenter l'impossible comme avaient pu le faire d'autres dont on avait ramassé les cadavres sur le pont ou regardé les corps couler dans les eaux froides et écumantes de l'Atlantique. Un *casado* de Goa parti pour Lisbonne avec un chargement de tissus avait été précipité à l'eau : il était en train de chier à travers un trou prévu à cet effet à la proue lorsque la caraque avait passé une haute lame avant de retomber de tout son poids de l'autre côté. D'après les témoins, l'homme avait lâché la corde tendue à laquelle il se tenait et était resté en suspension alors que la proue descendait tout à coup de plusieurs toises. Un des gabiers qui se trouvait sur la vergue de misaine affirmait qu'il avait échangé avec lui un regard face à face avant qu'il disparaisse. Il ajoutait, à qui voulait bien l'écouter, qu'il ne savait même pas si le *casado* était bien retombé dans l'eau ou s'il avait été aspiré en l'air par une de ces trombes qui se formaient parfois.

Pour l'heure, la nef tentait de naviguer vers le nord-ouest. Le maître-pilote, Manuel dos Anjos, avait trouvé une carte des côtes de France, d'Angleterre et d'Irlande. Faute de port assez profond pour accueillir un si imposant navire sur la côte française, il fallait se résigner, quitte à perdre le poivre de cette année, à rejoindre un port anglais. Encore fallait-il doubler la pointe de la Bretagne et Ouessant. Mais le *São Bartolomeu*, trop lourd, trop gros, trop gigantesque n'obéissait pas. Même en naviguant à la bouline pour tracer une route vers le nord-ouest, la nef abattait. Si sa proue était bien dirigée dans la direction voulue, elle dérivait malgré tout dangereusement vers l'est et la côte française. Les maître et contremaître pouvaient bien hurler et siffler dans le rugissement constant de l'océan et des vents qui le traversaient, et les marins faire tout ce qu'ils pouvaient malgré l'épuisement qui les gagnait, rien n'y faisait. Le bateau n'obéissait plus. On avait beau essayer de resserrer les haubans qui le maintenaient, le grand mât battait et, du tillac au plus profond de la coque, des planches et des membrures se tordaient à chaque choc et commençaient à céder. Personne pourtant ne se résignait à le couper. Car personne n'était encore assez fou pour s'attaquer à cette immense pièce avec des haches sans savoir, dans ce gros temps, où elle tomberait. Ce moment viendrait, Fernando en était certain. Lui, pourtant, refusait de se résigner. Simão était mort. Sandra avait disparu. Il n'avait plus rien à perdre qu'une vie qui n'avait d'intérêt pour personne d'autre que lui. Et encore. Alors autant occuper ses derniers instants à autre chose qu'à l'attente résignée d'une mort probable. Ça n'était que le début. Déjà la peur avait fait son nid dans le cœur des hommes et des femmes à bord. Ensuite viendrait la panique avant la catastrophe. Qui se soucierait des diamants de l'Adil Shahi à ce moment-là ?

*
* *

La lueur du feu était comme écrasée par la bruine si fine que, portée en vagues par le vent, elle prenait la consistance du brouillard. Tapie dans l'ombre d'un buisson de brande, Marie s'essuya les yeux et porta la main à sa bouche. La pluie avait le goût salé de l'océan dont le grondement habitait les bois et couvrait presque les voix des bergers recroquevillés autour du foyer dans leurs capes de gros tissu noir. Les chiens à leurs pieds cherchaient aussi la chaleur. Ils étaient couchés, les oreilles basses, la truffe dans le sable irradié par les flammes, leurs sens abolis par la tempête. Sur la droite on entendait parfois mugir une vache. C'est par là que se dirigea Marie. Dans l'ombre des arbres et de la bruine, elle se repérait à la blancheur du sable sur lequel les obstacles se découpaient. Elle finit par distinguer le bétail. Les petites vaches étaient réunies près de l'eau qui stagnait au fond de la lède dans laquelle elle se trouvait. Dans ce repli entre deux dunes qui se rejoignaient un peu plus loin, les animaux étaient censés être à l'abri. Les bergers surveillaient le passage et pensaient leur bétail en sécurité. C'était sans compter sur un léger affaissement de la dune de l'autre côté de cet enclos naturel.

Cela faisait longtemps qu'il n'y avait pas eu de vol de bétail ici. Louis avait excellé en son temps dans cette pratique. On n'en avait jamais parlé à la maison, où tout ce qui touchait le parrain de Marie était tabou. Hélène lui avait donc raconté l'arrivée de Louis qui avait traversé le lac pour récolter la résine et qui avait vite compris qu'il existait des moyens autrement plus amusants de gagner sa vie. Avec d'autres résiniers et quelques *costejaires*, il avait formé une petite bande et s'était spécialisé dans le détournement d'animaux. Les petits chevaux, les vaches et parfois les moutons dont les gardiens s'aventuraient à la frontière de la lande marécageuse et de ces vieilles dunes boisées que l'on appelait la Montagne. Ils avaient commencé par prélever de quoi se nourrir puis, très vite, par voler plus massivement des bêtes qu'ils revendaient plus au nord à d'autres pâtres. Cela avait occasionné des tensions avec le principal propriétaire. Minvielle n'appréciait guère que des demi-sauvages s'en prennent à son bétail et, accessoirement, à ses gardiens de troupeaux. Il avait commencé par se tourner vers les autorités. On avait envoyé des carabiniers qui avaient reçu un accueil assez froid. Personne n'avait rien vu. Personne n'avait rien entendu. Et de toute façon personne n'envisageait de discuter avec des hommes qui portaient des chapeaux et parlaient le plus souvent la langue d'un roi lointain plutôt que celle de ce pays. Les perquisitions violentes s'étaient enchaînées. Deux membres de la bande avaient fini par être arrêtés alors qu'ils étaient couchés, ivres, dans une hutte de fortune, après avoir trouvé sur la plage un tonnelet de rhum encore étanche. On les avait emmenés à Bordeaux et la rumeur disait qu'ils y avaient été pendus. On ne savait pas trop si la sanction avait été aussi sévère à cause de la disparition de quelques gardiens de troupeaux ou des troupeaux eux-mêmes. La plupart des gens, ici, penchaient pour les troupeaux. Les gardiens avaient moins de valeur aux yeux de Minvielle.

Après ça, les vols avaient redoublé. Plus importants et plus violents. Minvielle avait dû embaucher des hommes supplémentaires et les armer. Il y avait eu plus de morts des deux côtés, mais surtout de celui du grand propriétaire, qui s'était résigné à négocier. Il y avait gagné la tranquillité, et Louis, cette bâtisse qui servait de maison, de bazar et de cabaret. Ses associés s'étaient légitimement sentis floués. Et il y avait encore eu des morts et quelques blessés. Louis avait imposé son autorité à coups de hache, de couteau, de poings et, quoi qu'avec beaucoup plus de mesure, d'argent. Ceux qui n'avaient pas eu droit à une fosse anonyme entre les marais et les dunes avaient accepté de vendre leur silence et de louer leur fidélité à Louis. La Vive en faisait partie tout comme certains des vieux *costejaires* qui chassaient maintenant Marie de la plage. Mais chacun ici était d'une manière ou d'une autre la propriété de Louis.

Le meurtre du berger dans le cabaret, deux ans plus tôt – c'était hier et une éternité –, avait failli remettre en question le pacte entre l'oncle de Marie et Minvielle. Cela avait en tout cas ravivé des tensions. Et ici, la méfiance et la colère mettaient longtemps à retomber. Qui oserait aujourd'hui, sur ce territoire qu'un seul homme contrôlait grâce à sa violence, toucher au bétail ? Personne à part cet homme lui-même. Minvielle savait les difficultés de Louis avec les résiniers, et c'était de son point de vue un mobile suffisant pour qu'il se rabatte sur cette valeur sûre que représentait son bétail.

Marie sourit et elle commença à tapoter le cul des vaches les plus proches du chemin au fond de la lède. Les premières bêtes s'y engagèrent lentement, suivies des autres. De l'autre côté, là où quelques flammes se reflétaient sur la bruine, les bergers s'abandonnaient au sommeil et leurs chiens avec eux. Les vaches, elles, partaient, et Marie tentait de les accompagner le plus loin possible. Tout le troupeau ne disparaîtrait pas, mais elle savait pouvoir en mener quelques-unes assez loin pour qu'elles se perdent entre les dunes et continuent leur chemin vers le nord. Demain soir ou la nuit d'après, elle trouverait une nouvelle harde de pâtres et leur troupeau. Alors elle recommencerait.

*
* *

Ils étaient incapables de connaître leur position exacte. Le ciel et les astres apparaissaient si rarement que relever la latitude tenait de la gageure. L'arbalestrille, tout comme l'astrolabe et le quadrant étaient le plus souvent inutiles. Dom Meneses pensait qu'ils étaient montés très au nord. Il désirait doubler Ouessant et se réfugier entre les côtes de l'Angleterre et de l'Irlande. Mais il fallait se rendre à l'évidence : les vents de sud-ouest étaient trop forts, les vagues si grosses et puissantes les poussaient toujours plus vers la côte, ils ne passeraient jamais.

Michele Belano, qui avait un temps espéré que le *Santo António e São Diogo* rejoigne l'Angleterre dans l'espoir d'y retrouver peut-être sa Carlotta, ne cachait pas sa déception. L'ardeur contrariée du gabier reflétait d'ailleurs la fatigue de l'équipage entier. Cette fatigue avait peu à peu laissé place au découragement, le découragement à l'apathie et l'apathie à l'insubordination. Sans nourriture chaude et bientôt sans nourriture du tout, sans répit et confrontés chaque jour à la mort qui fauchait au hasard, les marins obéissaient de moins en moins aux ordres. On avait même vu le maître monter lui-même sur une vergue en pleine tempête, accompagné par de jeunes *fidalgos*, pour serrer une voile de contre-misaine.

Les soldats n'allaient pas mieux. Quand ils avaient embarqué à la fin de l'été, ils ne pensaient pas qu'ils seraient encore à bord quatre mois plus tard, sur un bateau à la dérive en plein hiver. Ils manquaient de vêtements chauds et de chaussures, étaient trempés et, sur les ponts encombrés du galion, exposés eux aussi à la mort, emportés par des lames, heurtés ou écrasés par des caisses, des tonneaux ou des canons, fauchés par des cordes trop tendues qui cédaient d'un coup, fouettant le pont et décimant les hommes qui se trouvaient sur leur passage. Les prêtres confessaient ceux dont les blessures étaient fatales et priaient pour les morts avant qu'on les passe par-dessus bord. Le médecin et le chirurgien faisaient ce qu'ils pouvaient pour ceux dont on pensait qu'ils pouvaient survivre. Diogo et Ignacio aidaient à dégager le pont des morts et de quelques membres sectionnés qui y traînaient. La mer nettoyait le sang.

La seule pompe encore en état ne suffisait plus pour évacuer toute l'eau qui entrait par les sabords mal cloués et les planches disjointes que les calfats tentaient d'étanchéifier comme ils le pouvaient. Le grand mât commençait à se déboiter et une bourrasque plus forte en arracha le mât de hune. En se brisant, il tomba sur la grand-voile. Déchirée en son centre, elle se disloqua sous les rafales.

C'est ainsi que Diogo voyait le *Santo António e São Diogo* depuis le château de poupe : une carcasse qui n'en finissait pas de se briser, naviguant sous des lambeaux de toile soulevés par le vent sur un océan noir et blanc. Il se tourna vers dom Manuel de Meneses. Le capitaine-mor avait une main posée sur le bastingage pour garder l'équilibre. Il se tenait droit cependant, raide dans son manteau noir luisant d'humidité, et regarda Diogo et Ignacio. «N'est-ce pas impressionnant?» cria-t-il. Ignacio fixait un point lointain sur l'océan déchaîné et Diogo supposa que son ami, à cet instant précis, était à Bahia. Il répondit seul à dom Manuel de Meneses : «Si, mais où va-t-on ainsi?» «Là où nous mène notre mission. Vers les caraques, j'espère, mais plus sûrement vers notre perte. Nous verrons bien.» Diogo le savait déjà. Il acquiesça. Pour une raison qui lui échappait il n'avait plus peur.

*
* *

Les nuages roulaient maintenant en direction du *São Bartolomeu*, portant avec eux des vagues immenses qui bouchaient l'horizon. Sur les ponts, tout le monde semblait avoir abdiqué. Seul le maître-pilote semblait encore prêt à combattre. Il criait des ordres que le maître et le contremaître tentaient de transmettre à coups de sifflets à des gabiers et des marins qui se préoccupaient moins du sort de la nef que de celui de leurs âmes. Les prêtres priaient et certains d'entre eux commençaient à recevoir les ultimes confessions des hommes à bord. Ceux qui étaient encore à la manœuvre agissaient mécaniquement et avec lenteur. Nul ne savait plus où on se trouvait entre la France et l'Espagne ni à quelle distance de la côte. Le navire craquait de toutes parts, des gréements pendaient et se balançaient dans les bourrasques, des planches se brisaient. Des vagues balayaient parfois le tillac. Les ballots entassés autour des mâts avaient disparu depuis longtemps, emportant parfois avec eux les hommes qui s'étaient trouvés sur le chemin. Il n'y avait pourtant nulle panique, juste de la résignation. Tout le monde ici semblait avoir accepté son sort.

Pas Fernando. Il ne ressentait plus le froid ni la faim. Il n'avait pas peur. Il se sentait enfin à sa place. Ici et maintenant. Il attendait. Et le moment arriva. La houle venait de soulever la nef et sur le château arrière quelqu'un cria « Terre ! » Une ligne grise apparaissait entre la mer et le ciel. Manuel dos Anjos ordonna de virer vers l'ouest pour repartir vers le large. L'apathie des hommes et la faible manœuvrabilité du navire firent le reste. La caraque continua d'avancer vers la côte. Elle commençait seulement à infléchir son cap lorsqu'elle descendit une vague plus grande que les autres. Elle n'avait pas glissé sur l'eau. Elle avait juste basculé. Le choc fut brutal lorsque l'étrave du *São Bartolomeu* toucha le sable. Il y eut d'abord cette impression d'avoir été heurté et les hommes tombèrent, projetés eux aussi vers l'avant. Puis le bruit du bois qui cède. Craquements et explosions. Enfin l'eau de la vague qui balaya le tillac, emportant avec elle tout ce qui se trouvait là et n'était pas arrimé. Précipité vers le château de proue, Fernando agrippa une corde. Un ballot heurta son dos sans qu'il lâche prise, il sentit une main attraper sa jambe et la relâcher. Il vit des hommes emportés dans les flots et d'autres aller s'écraser contre le château avant. Un mousse émergea un instant. Il se tenait à la rambarde de la galerie du château, les jambes encore dans l'eau qui déferlait sur le pont. Un tonneau vint s'écraser sur lui. Puis l'arrière de la caraque retomba tandis que le bateau pivotait sur sa proue. Il s'arrêta en travers des vagues qui commencèrent à se briser contre son flanc.

Fernando ne voulait pas savoir ce qui se passait sous le tillac, aux ponts inférieurs. L'eau devait y entrer à flot, collant un peu plus la nef au banc de sable sur lequel elle était échouée. Il devait y avoir là des corps martyrisés, désarticulés, broyés par les caisses, les tonneaux, les canons… des silhouettes émergeaient des écoutilles, titubaient sur le pont. Des hommes plongeaient. Beaucoup coulaient comme des pierres. Certains étaient emportés en direction du rivage. D'autres étaient heurtés par des pièces de bois avant de disparaître. Il reprit ses esprits et se dirigea vers le château arrière, monta une échelle jusqu'à la galerie, porta la main à sa ceinture. Son couteau était encore là, dans son étui. Et dans la doublure de sa chemise, il sentit les diamants. Il entendit un cri derrière lui. Se retourna. Plus bas, le connétable criait en sa direction des paroles inintelligibles dans le fracas ambiant, mais ses gestes étaient clairs : il n'avait rien à faire là. Qui pouvait bien encore se soucier de cela ? Il tourna le dos et pénétra dans la coursive. Les portes de certaines cabines battaient dans le couloir. Des passagers en sortaient sans savoir où aller. Dans la première, il vit au sol des chandelles dont certaines étaient encore allumées. Il en prit une et ressortit. Il se dirigea tout droit. La chambre du capitaine devait être au fond.

Elle était bien là. Sa porte avait été arrachée par le choc. Fernando marcha dessus, se pencha pour passer l'encadrement et pénétra dans la cabine. Dom Vicente de Brito était assis sur une chaise face à la porte. Ses yeux étaient clos. Il tenait un crucifix dans sa main. À la lueur de la chandelle, son visage avait la pâleur d'un cadavre.

Fernando regarda autour de lui. Les effets du capitaine étaient disséminés sur le sol et sur le lit. Le bureau avait glissé contre la paroi et, en dessous, quelque chose capta la lumière de la bougie. C'était un coffret marqueté d'or. Fernando trouva un chandelier et y planta sa chandelle. Il se pencha et se saisit du coffret. Il était grand, fermé par trois serrures, en effet. Il n'imagina pas les forcer. Il se contenta de soulever l'objet et de le frapper contre le bureau. Après quelques coups, il sentit le bois craquer et les charnières se relâcher. Il insista jusqu'à ce qu'elles cèdent. Alors il le posa au sol, insinua la lame de son couteau dans la fente laissée à l'arrière par les charnières détruites, souleva le couvercle, y passa ses doigts et tira de toutes ses forces. Dans un ultime craquement, la boîte s'ouvrit. Les diamants étaient là, dans un sac de tissu écarlate. Il l'ouvrit, les renversa dans le fond du coffret et attrapa la chandelle pour les éclairer. Il n'en avait jamais vu d'aussi beaux. Certains avaient la taille d'une noix. Il pensa à Sandra et surtout à Simão. Voilà quelque chose qui aurait fait une belle histoire de naufrage. Il remballa les pierres dans le sac et se leva. Lorsqu'il se retourna, dom Vicente de Brito le regardait. Le vieil homme cligna des yeux, serra son crucifix, et entama une prière.

La nef vibrait, bougeait parfois brusquement lorsqu'une plus grosse vague la heurtait. C'était assourdissant. La structure du bateau éclatait peu à peu sous les chocs. L'océan grondait et sembler déverser sa fureur juste ici. Le vent, en s'engouffrant dans les interstices, sifflait dans la coursive, et parfois des hurlements s'élevaient sans pouvoir couvrir le bruit ambiant. Fernando lâcha sa chandelle et sortit. Devant lui se tenait le connétable. Il levait une hache. Fernando recula et la lame s'enfonça dans l'encadrement de la porte. Dom Vicente de Brito n'avait pas même bougé. Les yeux clos, il récitait sa prière. Le connétable dégageait sa hache du bois lorsque le couteau de Fernando pénétra entre ses côtes. Il inspira fort et expira quelques bulles de sang. Déjà ses yeux semblaient dirigés vers un endroit très lointain. Il s'assit. Fernando s'avança dans la coursive. Devant une cabine dont la porte était ouverte, il s'arrêta. La petite lucarne qui donnait sur l'extérieur était brisée et laissait entrer de l'eau et la lumière diffuse de ce jour tellement gris qu'il semblait mort-né. Au sol, Beatriz da Fonseca serrait contre elle les neveux du vice-roi. Elle lui jeta un regard implorant. Il ne savait pas s'il pourrait se sauver lui-même mais ne voulait pas fuir de manière hypocrite. Il dit : « Je ne peux rien. » La jeune femme hocha la tête et tint plus fort les enfants. Il avança vers l'extérieur. En débouchant sur la galerie, il tira les cordons du sac de diamants, le lia à sa ceinture, aussi serré que possible, et le glissa à l'intérieur de ses bragues. Ça n'était pas confortable, mais pas pire que ce qu'il avait enduré jusqu'alors et, pensa-t-il, certainement pas pire non plus que ce qui l'attendait. Sur le tillac, un homme le regardait. C'était Martim Pacheco, le maître de pont. Il était presque nu, vêtu de bragues courtes et d'une chemise, et portait en bandoulière un attirail étrange que Fernando devina être une sorte de grosse ceinture faite de noix de coco. Pacheco avait dû récupérer les fruits dans les réserves de l'entrepont et espérait qu'ils l'aideraient à flotter. Une nouvelle lame déferla. Le maître la laissa passer en s'accrochant à un cordage et, alors que l'eau semblait bouillonner autour du bateau, il plongea.

Sur les ponts, on continuait à mourir. Plutôt silencieusement, d'ailleurs. On ne criait pas ici comme sur un champ de bataille pour se donner du courage et effrayer l'adversaire. Les vagues n'en avaient rien à faire et continuaient inlassablement leur travail de sape, tapant sur la coque, passant par-dessus les platsbords, arrachant les haubans, entraînant les corps morts ou vivants. L'océan autour de la caraque brassait une masse de débris. La coque percée laissait échapper du poivre qui se mêlait aux vagues. Les vagues, Fernando les comptait. Quand une dernière grosse lame balaya le pont et, en passant de l'autre côté, entraîna vers le rivage les débris qui flottaient jusqu'alors contre le flanc du bateau, il regarda l'eau écumante en contrebas. Un ballot de coton flottait entre deux eaux dans une sorte de tourbillon. Il le visa et sauta. Il fut surpris de toucher si vite le fond. Ses jambes et son dos absorbèrent en partie le choc mais une onde le traversa jusqu'au sommet du crâne. Il poussa sur ses pieds et retrouva vite l'air libre. Le temps de recouvrer la vue, les yeux piqués par l'eau salée, le ballot s'était éloigné. Il battit des bras et des jambes jusqu'à pouvoir saisir les cordelettes qui l'entouraient. Une vague avait traversé la caraque et se déversait derrière lui avec de nouveaux débris. Un morceau de bois frappa son crâne, mais il tint bon, chercha un peu d'air et agita ses jambes dans le courant pour s'éloigner. Il sentait le poids du sac de diamants et ça le rassura un instant avant qu'il se rappelle où il était et que d'ici, perdu dans l'eau agitée, il ne voyait plus le rivage. Son nez le brûlait, il haletait comme un chien épuisé, ses doigts se tétanisaient dans l'eau froide, il ne savait pas qui aurait sa peau, de l'océan ou des objets qui flottaient dans les vagues, mais au moins il était libre. Le Saint-Office ne viendrait pas le chercher ici. Il rit, avala de l'eau et la vomit aussitôt en toussant. Il recommença à battre des pieds.

*
* *

Ils ne pensaient pas que ce fût possible, pourtant, le vent d'ouest s'était encore renforcé et ils n'avaient eu d'autre choix que d'aller vent arrière avec ce qui leur restait de toile. Des lambeaux de la grand-voile, réparée hâtivement, les faisaient avancer vers l'est et, de l'avis de nombre de gentilshommes à bord, vers leur perte. Du château de poupe, Diogo peinait à voir au-delà du grand mât tant le brouillard était épais. Pourtant, on entendit les hommes postés à la proue crier «Terre ! » L'un d'eux rejoignit l'arrière du galion pour assurer à dom Manuel de Meneses que, quelques instants au moins, une côte s'était dessinée et que l'on fonçait droit dessus. Le maître-pilote ordonna de mettre immédiatement le cap au nord-est et, par un de ces miracles qu'offre parfois la mer, le navire obéit. Tous virent alors à tribord la masse noire d'une côte rocheuse émerger du brouillard. Le *Santo António e São Diogo*, continua à courir dans cette direction tandis que les *fidalgos* débattaient pour savoir s'ils avaient rejoint le cap Finisterre ou celui de Muxía. Après plusieurs heures, dans la blancheur opaque du jour naissant, on aperçut l'ombre d'une rade.

— Croyez-vous que nous soyons de retour à la Corogne ? demanda Diogo à dom Manuel de Meneses.

— J'ai mesuré 44° hier. Nous devrions être dans ces parages. Mais les calculs sont bien difficiles à établir avec ce temps, et je ne vois pas la tour d'Hercule.

— C'est normal, avec ce brouillard, répondit le maître-pilote, et peut-être sommes-nous plus au nord de la baie...

— Si c'est le cas, il faut que nous évitions les gisants, cette fois, ajouta Meneses.

— Nous devrions rester en mer et attendre que le brouillard se lève, répondit le pilote. S'engager dans une passe dans ces conditions est trop dangereux.

— Eh bien, avez-vous une autre solution ? Préférez-vous que nous continuions à dériver sur cet océan jusqu'à ce que le bateau ait achevé de se désarticuler ? Il nous faut un port.

Les marins protestaient aussi. Quitte à s'échouer, autant attendre de repérer une plage plutôt que d'aller s'éventrer sur des rochers. Dom Manuel de Meneses les ignorait. La côte était maintenant trop proche et des hommes signalèrent que le galion venait de passer au nord d'une nouvelle pointe rocheuse. Ils ne pouvaient plus reculer.

— Un bateau ! cria un homme depuis la proue.

Dans le brouillard de la tempête, la silhouette d'une patache venait d'apparaître à quelques encablures devant eux. Le petit navire filait lui aussi vers la côte.

— Qu'on la suive ! ordonna le capitaine-mor.

Le maître-pilote hésitait.

— Monsieur, peut-être ne savent-ils pas où ils vont. Et même, ils passeront là où notre navire ne passera pas.

— Qu'on la suive, j'ai dit.

Le pilote se tut. Et le *Santo António e São Diogo* suivit la patache malgré les protestations des marins.

Les deux bateaux se dirigeaient maintenant vers la côte. On avait cargué la grand-voile et le galion ne courait plus que sous une civadière gréée sur le mât de misaine. On vit tout à coup la patache s'échouer sur un banc de sable. Sur la plage, alors que le brouillard se levait enfin, on voyait une foule rassemblée qui faisait signe au galion pour lui indiquer de virer à tribord, ce qui fut fait. Le navire doubla ainsi la patache déjà harcelée par les vagues et dont l'équipage se jetait à l'eau sans guère d'espoir de survie. Les habitants de cet endroit continuaient à adresser des signes que l'on interpréta comme une invitation à jeter les ancres. Les deux ancres mouillées le furent trop tard. Le *Santo António e São Diogo* avait fini sa course par trop peu de fond. On s'en aperçut à marée basse.

En début d'après-midi, depuis le château de poupe, Diogo, Ignacio, dom Manuel de Meneses, quelques *fidalgos* dont Melo et le frère Paulo da Estrela regardèrent une procession s'avancer sur la plage. Deux moines la dirigeaient. L'un d'eux levait haut l'ostensoir du Très Saint Sacrement sous le dais de procession que des hommes portaient avec peine lorsque les rafales s'engouffraient dessous. Il y avait dans cette cérémonie que leur offrait la population de ce lieu dont ils ne savaient toujours rien quelque chose de sublime, de ridicule et de désespérant, pensait Diogo. Si on leur dédiait cette procession, c'est que leur situation était bien mal engagée. Assez proches de la plage pour discerner ce qui s'y passait, ils en étaient trop loin pour la rejoindre ou pour que les chaloupes du port viennent jusqu'à eux dans les vagues immenses et désordonnées qui entraient dans cette rade et créaient d'affreux courants tourbillonnants. Et la mer se retirant, la situation devint plus critique encore. Tous observaient encore la cérémonie qui se déroulait sur le rivage lorsqu'une vague plus grosse que les autres souleva haut la coque du *Santo António e São Diogo*. Quand elle fut passée, le bateau, alourdi par l'eau que les hommes qui se relayaient jusqu'à l'épuisement à la pompe n'arrivaient pas à évacuer, retomba lourdement et vint toucher le fond avec une telle violence que le gouvernail sauta et que tous les hommes sur le pont furent déséquilibrés. « Encore quelques coups comme celui-ci, et nous n'aurons plus à nous soucier de notre avenir », dit dom Manuel de Meneses. Il ordonna que l'on coupe les mâts pour soulager le galion. Par ce temps, la tâche était périlleuse, mais les hommes du bord s'exécutèrent. Ce fut un spectacle poignant que de voir ainsi le navire comme décapité. Les mâts étaient toutefois tenus par tant de câbles et de haubans qu'ils pendaient dans l'eau et venaient frapper la coque. Il fallut encore tailler dans les œuvres mortes du *Santo António e São Diogo* pour finir de les dégager et alléger l'ensemble. Cela se fit au prix de vies de marins. Diogo vit un homme enjamber le bastingage et s'y tenir d'une main pour, de l'autre, sectionner avec une hache des haubans qui retenaient le mât de misaine. C'est au moment où il achevait sa tâche que Diogo le reconnut et que le mât porté par le ressac vint l'écraser contre la coque. Michele Belano ne reverrait jamais Carlotta.

Aussi allégé soit-il, le galion continuait d'embarquer de l'eau et de toucher régulièrement le fond. Alors que la nuit tombait, et avant de se retirer lui-même dans sa cabine, dom Manuel de Meneses conseilla aux *fidalgos* qui étaient là de mettre leurs plus beaux habits pour être présentables au moment du Jugement dernier. La question des vêtements ne se posait pas pour Diogo et Ignacio qui n'avaient que ceux qu'ils portaient depuis leur départ de Cascais et des manteaux grossiers récupérés au Ferrol.

Les prêtres, cette nuit-là, confessèrent de nombreux hommes. Sur des feuilles humides, avec une encre qui bavait et une écriture rendue parfois presque illisible par les mouvements impromptus du galion, des testaments furent rédigés, destinés seulement à se déliter quelques heures plus tard dans l'eau salée.

Dom Manuel de Meneses lui-même avait dit vouloir s'habiller. Lorsque Diogo et Ignacio le rejoignirent dans sa cabine pour voir s'il avait besoin de quoi que ce soit, il avait en effet revêtu une chemise blanche par-dessus laquelle il portait une veste noire. Son éternel manteau noir était suspendu à un crochet. Il devisait avec dom Francisco Manuel de Melo.

— Écoutez donc ça, Melo, disait-il alors, « *Como en el mar undísono derrama* » ... Qu'est-ce donc là si ce n'est une périssologie ? La mer qui fait un bruit de vagues ! Ça n'est pas à vous et surtout pas maintenant, que je vais apprendre que la mer fait un bruit de vagues !

Comme pour approuver les paroles du capitaine-mor, une lame se brisa sur le galion avec une telle fureur qu'il trembla. Et Melo répondait :

— Je crois que Lope a voulu faire un pléonasme pour insister sur le caractère particulier de ce bruit.

Meneses le regarda et secoua la tête.

— Je connais bien Lope de Vega. C'est lui-même qui m'a donné ces chansons en l'honneur du cardinal Barberino lors de mon dernier voyage à Madrid. Il a parfois ce défaut de vouloir trop en faire pour impressionner le lecteur auquel il dédie ses vers. C'est une périssologie, vous dis-je !

Et, se tournant vers Diogo :

— Demandons à quelqu'un qui n'y connaît rien. Diogo, que penses-tu de ce vers : « *Como en el mar undísono derrama* » ?

— Je ne sais pas, Monsieur. C'est la première fois que j'entends le mot *undísono*.

— C'est un mot de poète pour parler du bruit que font les vagues. Alors, qu'en penses-tu ? « *El mar undísono* » ?
— Oh, si c'est un mot de poète, c'est certainement joli…
— Tu as raison, tu n'y connais rien. Tu peux disposer, merci. Je n'ai besoin de rien si ce n'est d'un peu de soutien de la part de quelqu'un qui sait ce qu'est la poésie.

Diogo se retira. En refermant la porte, il entendit encore « Une périssologie, Melo ! »

Quand le jour vint enfin, le vent avait baissé et les vagues étaient tombées avec la marée haute. Elles étaient toujours rudes et frappaient le navire avec constance, mais moins grandes, un peu moins brutales. Aussi une barque se présenta. Cela permit d'apprendre que le *Santo António e São Diogo* était échoué en France, en rade de Saint-Jean-de-Luz. Les deux hommes qui étaient là demandèrent à être reçus par le général dont le galion portait l'étendard. Ils furent introduits auprès de dom Manuel de Meneses. Ils étaient envoyés par les échevins de la ville, dirent-ils, et des chaloupes de Saint-Jean-de-Luz et Ciboure arrivaient pour aider l'équipage à évacuer le navire avant qu'il ne se disloque. Dom Manuel de Meneses demanda à ce que l'on évacue d'abord les hommes les plus mal en point. Pour sa part, il quitterait son galion en dernier. Cela provoqua une vive discussion. Pendant que l'on évacuait des blessés, dom Manuel campait sur sa position tandis que les marins basques lui expliquaient qu'ils n'embarqueraient personne d'autre que les blessés avant lui, car ils avaient ordre de le secourir en priorité. Les *fidalgos* sentaient tous que se jouait là une question de point d'honneur. Ils refusaient donc eux aussi d'embarquer sur les chaloupes. La plupart espéraient secrètement que le capitaine-mor embarque, car ils pourraient alors quitter à leur tour cette épave en sursis. On était dans une impasse : seul dom Manuel de Meneses pouvait débloquer la situation. Les Basques insistaient. Le changement de marée allait arriver et avec lui de nouvelles bourrasques et des vagues plus violentes. Le capitaine-mor céda donc. Déjà le galion recommençait à talonner lorsqu'une chaloupe vint le chercher. Il y avait avec lui Melo, Diogo, Ignacio, le frère Paulo da Estrela, le chirurgien et le médecin du bord. Habiles chasseurs de baleines habitués au gros temps, ceux qui dirigeaient la chaloupe eurent tout de même fort à faire. Les vagues amenaient l'embarcation contre le *Santo António e São Diogo* et, quelques secondes après, le ressac l'aspirait en l'éloignant. Il fallut s'y prendre à plusieurs reprises pour embarquer. Quand ce fut fait la chaloupe s'éloigna rapidement pour rejoindre l'abri du port. D'autres prenaient leur tour pour secourir d'autres hommes. Puis une vague plus puissante frappa le galion avec un bruit de canon. De la chaloupe, Diogo vit des gerbes d'écume s'élever haut vers le ciel et le navire prendre une gîte inquiétante. Des hommes furent précipités à la mer. Avant que la chaloupe atteigne les quais deux autres lames avaient fait leur office. La capitane de l'armada du Portugal avait sombré et plus de quatre cents hommes avec.

30

Louis tisonne les braises dans la cheminée de son cabaret. Le vent s'insinue par les planches disjointes de la baraque. Une des cordes accrochées derrière le comptoir oscille et tape régulièrement contre le mur. Le bruit de ce frottement l'agace plus que le sifflement de l'air. Une rafale fait grincer l'édifice, et la fumée épaisse, chargée de l'humidité et de la résine des bûches de pin, refoule dans la pièce. Il tousse, se recule et va ouvrir la porte pour respirer un air plus limpide. La pluie fine fouette son visage comme des grains de sable et lui pique les yeux. Lorsqu'il les rouvre, il voit La Vive qui approche en courant. Il crie quelque chose que le vent emporte. Alors Louis attend qu'il soit là.

— Qu'est-ce qu'il y a ?

— Un bateau à la côte ! Un galion énorme ! Tout le monde y va.

— J'arrive. Il va falloir organiser ça.

Il entre, se dirige vers le comptoir et se sert un gobelet d'eau-de-vie au robinet d'un tonnelet. Il enfile sa veste en peau de mouton et se saisit d'une musette et d'une hache. Il était temps qu'arrive une bonne nouvelle. Minvielle a envoyé des hommes pour savoir ce qu'il se passe. Son bétail disparaît, et il soupçonne Louis. Ça n'est pas bon pour les affaires. À la première occasion, il va lui jouer un tour où faire intervenir ses relations. Et Louis n'a aucune envie de voir des étrangers marcher sur ses plates-bandes. Il se doute bien de qui est à l'origine de tout ça. Dire qu'il l'a nourrie, cette petite garce, et protégée ! On n'est jamais mieux trahi que par les siens. Il faudra s'en occuper. En attendant, il va aller voir ce bateau, s'il est si gros que ça, et calmer les ardeurs des *costejaires* qui pourraient être tentés de s'attribuer le butin en son absence.

Il s'engage avec La Vive sur le chemin muletier qui mène à travers bois par les crêtes des dunes. Lorsqu'ils arrivent à la bande de pins brûlés dont les troncs noircis tracent une ligne entre son domaine et celui d'Hélène et Marie, Louis s'arrête un instant. Cherche une ombre mouvante. Peut-être sa filleule est-elle là, qui l'observe. Cette pensée le perturbe. Elle le met mal à l'aise. D'ici, on ne voit pas la maison d'Hélène, et le vent est si fort qu'il doit rabattre la fumée de sa cheminée. Il espère qu'elle sera vite ensevelie. Les tempêtes qui se succèdent y participent. S'il pensait que ça pouvait lui faire quelque chose, il remercierait Dieu de pourvoir à cette tâche. Ils tournent à gauche sur la terre au sol noirci par l'incendie du printemps précédent, que le sable commence à recouvrir, y dessinant des taches grises, et se dirigent vers la mer à travers les dunes mouvantes, choisissant les bonnes crêtes, évitant de descendre dans les lèdes où pousse parfois une herbe étonnamment grasse, écrasant quelques immortelles desséchées qui s'accrochent désespérément à ce monde en mouvement constant. La pluie sent la mer. Le vent porte le sable qui vient cingler la peau nue de leurs visages. Ils s'en protègent comme ils peuvent avec leurs avant-bras. Le grondement de l'océan était là tout le long du chemin, mais c'est seulement maintenant, alors qu'ils n'ont plus que quelques dunes à passer pour arriver sur le rivage, qu'ils en prennent conscience. Peut-être parce qu'il apporte avec lui de nombreux cris. Beaucoup de «*Avarèc !* » Le butin doit être bon. Ils accélèrent le pas.

*
* *

Elle revient des marais inondés du sud de l'étang, d'où elle a réussi à pousser des moutons parqués sur une parcelle de terre un peu plus haute en direction de la forêt et du village de résiniers. Elle a suivi un moment la rive du lac, au pied des dunes qui y plongent, puis elle est remontée jusqu'au chemin par lequel elle est arrivée il y a une éternité avec son frère et son père. En haut, elle a pris le vent d'ouest et le rugissement de l'océan comme une claque. Elle entend des voix, des bruits de course, et descend dans la première lède qui se présente. Deux hommes passent au-dessus d'elle à flanc de dune. Ils courent et l'un d'entre eux tient ce qui ressemble à une épée. Il la lève et crie «*Avarèc !* » tout en continuant son chemin, sans doute à la recherche d'autres personnes pour les aider à piller l'épave qu'ils ont trouvée. Marie attend qu'ils disparaissent et entreprend l'ascension de cette dune raide en s'accrochant aux troncs des arbres, aux brandes, et en enfonçant bien ses pieds dans le sol.

À son tour, elle court. Traverse le bois jusqu'au sable nu des dunes blanches au-dessus desquelles flottent les grains de sable qui s'insinuent dans sa bouche, son nez et même ses yeux plissés. Elle baisse la tête et avance courbée, ne se redressant que pour vérifier que personne n'arrive et qu'elle ne dévie pas trop de sa trajectoire. Lorsqu'elle entend des voix proches, elle s'aperçoit qu'elle est déjà presque sur la plage. Elle se jette au sol et rampe. À fleur de sable, dans la poussière soulevée par le vent, elle voit mal. Assez cependant pour reconnaître les *costejaires* qui se trouvent là, en train d'ouvrir à coups de hache un ballot qui crache du coton humide, avant de s'éloigner à la recherche d'objets plus intéressants. Elle s'approche alors de l'eau. Les vagues charrient une abondance de débris et l'estran est recouvert à certains endroits, là où vient mourir l'onde, d'une matière brune qu'elle n'identifie pas. Face à elle, une masse molle est roulée dans l'écume. Il lui faut un moment pour comprendre qu'il s'agit d'un cadavre. Maintenant qu'elle en a vu un, elle en repère d'autres, dans les vagues qui se brisent et sur la plage. Elle s'approche, ses pieds nus et le bas de sa robe dans le courant, jusqu'au corps. Lorsque l'écume d'une nouvelle vague brisée le soulève, elle saisit son bras et profite de la force de l'eau pour le tirer vers le bord. Elle s'arrête, essoufflée, et prend le temps de le regarder. Ses yeux sont clos, et il paraît presque serein. Après ce qu'il a dû subir dans cette tempête, la mort est certainement venue comme une délivrance. Il porte des vêtements de prix, à commencer par ce grand manteau. Il était doublement prêt à se présenter devant son Créateur : assez bien vêtu pour être présentable, trop habillé pour échapper à la noyade. Elle retourne le cadavre sur le ventre et lui ôte son manteau. Il est détrempé, lourd, mais sec il sera confortable. Plus au nord, elle aperçoit dans la brume un groupe d'hommes presque immobiles. Elle regagne les dunes et, courbée en deux, s'approche autant qu'il est possible de le faire sans être vue. Les *costejaires* semblent s'en prendre à quelqu'un. Sans doute un survivant. Deux d'entre eux sont plus grands. Impossible de les confondre avec d'autres. Louis et La Vive.

*
* *

Même lui est impressionné. Le bateau qui s'est échoué sur un banc de sable au large est immense. Quant à ce que la mer recrache sans même l'avoir digéré, c'est incroyable. Le naufrage a eu lieu dans la nuit et la plage est jonchée de débris de bois, de ballots divers, de corps et même de naufragés qui ont survécu, à en croire celui qui, debout à côté d'un cadavre, est aux prises avec deux *costejaires* qui le menacent avec des bâtons. Louis tape sur l'épaule de La Vive et l'invite à le suivre. Ils se dirigent vers le groupe. En approchant il s'aperçoit que le survivant a la peau noire. Un nègre, mais pas comme ceux qu'il a déjà vus une fois à Bordeaux. Son teint est un peu différent, ses traits plus fins. Il se demande d'où il peut bien venir, celui-ci. En le voyant arriver les *costejaires* s'écartent un peu. Le nègre parle mais Louis ne comprend rien. Il s'en fiche, il vient de voir que le cadavre qui traîne au sol porte un collier avec de lourds maillons d'or et une belle médaille. Ses vêtements disent que c'est un noble et certainement une sorte d'Espagnol. Il se penche, ôte le collier du mort et aperçoit à sa main une chevalière. Il pose sa hache, enfile le collier, prend la main froide du corps que la frange d'une vague vient délicatement toucher et essaye d'ôter la grosse bague. Elle ne veut pas venir. Il brise le doigt comme il le ferait d'une branche sèche. Rien à faire. Il pose la main du mort sur le sol et prend sa hache. Il espère que le fil est bien tranchant. Parce qu'avec le sable dessous, le poignet va s'enfoncer.

Il frappe un coup sec. La main est sectionnée. Il s'en saisit, se redresse et la lève vers le ciel d'où percent parfois quelques rayons de soleil. La chevalière brille. Il range la main dans sa musette. Le nègre parle de plus en plus fort et de plus en plus vite. Il énerve tout le monde et il ne sert à rien. Un des *costejaires* n'y tient plus et le frappe avec son bâton. Le nègre tombe à genoux. Louis lève sa hache et fend son crâne en deux. Il dégage sa lame d'un coup de poignet. Il regarde déjà plus loin sur la plage. «Allez, il y a encore du travail.»

*
* *

Après que Louis a abattu sa hache sur l'homme à genoux, d'autres *costejaires* arrivent par la dune. Une ombre pourtant va à contre-courant. Un peu plus loin quelqu'un cherche à quitter la plage. La silhouette est courbée et disparaît parfois derrière le rideau de sable soulevé par le vent. Les autres, focalisés sur la récolte qu'ils ont à faire, ne sachant plus où donner de la tête, ne regardent pas de ce côté. Marie décide de suivre le fuyard.

Elle reste à distance. Le regarde lutter pour avancer dans le sable malgré les bourrasques. Il essaie de tenir un cap mais n'y arrive pas. Il dévie lentement dans sa direction. Marie marche aussi vers lui. Doucement. Elle se glisse entre les dunes pour se couper un peu du vent, remonte régulièrement pour être sûre de ne pas le perdre. Il est à quatre pattes maintenant, puis il se redresse. Il doit mourir de froid dans ses bragues et sa chemise humides. Il arrive au sommet d'une dune, titube l'espace de quelques pas, bascule en avant et disparaît.

Alors Marie ralentit et regarde autour d'elle. S'est-il jeté à terre parce qu'il a repéré quelqu'un ? Il n'y a personne. Le vent porte parfois des cris mais ils viennent de loin. De la mer où l'on récolte le fruit du naufrage, où on se le dispute, où l'on tue. Elle ne croit pas qu'il l'ait vue, mais elle reste prudente. Le vent a déjà effacé toutes les traces mais elle pense reconnaître la dune sur laquelle elle l'a vu pour la dernière fois, avec ce drôle de bourrelet de sable à son sommet. Elle comprend lorsqu'elle a terminé son ascension. Il y a là une belle lède avec, dans son fond, une bedouse. L'homme est agenouillé au bord de l'eau recouverte de sable. Il contemple le cadavre d'une vache. Elle ne saurait lui donner d'âge. Ses longs cheveux bruns pendent, mouillés, sur un visage émacié dont la barbe épaisse fait ressortir une pommette lisse. Il lève enfin la tête et la voit. Un œil est à moitié fermé. L'autre est creusé par la fatigue mais brille pourtant au fond de son orbite. Si elle s'en tenait à ce regard, elle ne lui donnerait pas vingt ans. Elle scrute les dunes autour d'elle. Le vent emporte toujours le sable. Les quelques plantes rachitiques ploient à fleur de sol. Il n'y a personne. De la main elle fait signe à l'homme de la rejoindre. Il hésite un court instant, se lève en croisant les bras autour de son corps pour tenter désespérément de se réchauffer. Il tremble et monte avec difficulté dans le sable qui s'échappe sous ses pieds. Quand il est assez proche, elle lui tend le manteau récupéré sur le cadavre. Du sable est collé par plaques sur le velours noir trempé. L'homme hoche la tête et l'enfile cependant avec l'espoir qu'il coupera au moins le vent. Il s'enveloppe dedans et essaie de retrouver une respiration moins saccadée. Quand il cesse de claquer des dents, il dit quelque chose dans une langue inconnue de Marie, mais dont certains sons lui rappellent un peu la sienne.

Elle interprète cela comme un remerciement. Elle saisit son bras et l'entraîne derrière elle.

*
* *

En remontant la plage, Louis prend conscience de l'ampleur du problème. Comment faire pour tout ramasser et transporter ? Comment ensuite l'écouler sans payer un trop lourd tribut à ceux qui vont revendiquer leur part ? Minvielle va vouloir la sienne. Le gouverneur, surtout, voudra tout récupérer. Encore faut-il que ses hommes parviennent jusqu'ici. Il faudra d'abord que la nouvelle du naufrage l'atteigne. Puis qu'il envoie des hommes. Et que ces hommes traversent les landes inondées et trouvent les passages qui les mèneront sur le lieu du naufrage. Une semaine ? Deux ? De quoi mettre beaucoup de choses de côté. Mais d'abord il va falloir veiller à ce que les *costejaires* ne subtilisent pas trop de pièces de prix. En en croisant qui viennent d'ouvrir à coups de hache un ballot d'épices qui baignent maintenant dans l'eau salée, il pense qu'il n'a pas grand-chose à craindre de ce côté-là. Il faudra juste les tenir.

« Regarde, dit La Vive en désignant un groupe qui tire un homme un peu plus loin, on dirait qu'il y a d'autres survivants. » En effet, celui-ci a l'air presque vivant. Sa peau vire au bleu sous l'effet du froid. Il ne porte pas grand-chose sur lui, à part une sorte de collier de noix géantes. Il n'a pas l'air très utile. Les *costejaires* s'écartent de lui quand Louis arrive. L'homme le regarde. Il n'a pas l'air effrayé. Juste immensément las. Louis pense que lui fendre le crâne serait un geste de pure charité. Il assure sa prise sur le manche de sa hache. Et l'homme parle. « La France ? » dit-il, avec un accent espagnol. Il a de la chance. Ici Louis est un des seuls à comprendre le français et à le parler un peu.

— Oui.
— Aidez-moi, dit l'Espagnol.
— Tu as quelque chose à me donner ?
— *Por Dios…*

Louis tourne la tête, regarde le ciel, lève les mains et sourit.

— Dieu ? Pas ici, mon ami.

Il lève sa hache.

— *Diamantes !*

Louis interrompt son geste. Baisse la hache.

— Où ça ?
— Un homme. Habillé comme moi, un peu. Il a pris les diamants. Je le reconnais. *Com cicatriz.* On le cherche !
— Ah oui, on va le chercher. La Vive, passe-lui ta veste.
— Pourquoi moi ?
— Parce que tu es gros et que tu as plus chaud. Et parce que je te le dis.

La Vive enlève sa veste de peau de mouton. Il porte une chemise si vieille et élimée qu'elle serait presque transparente si elle n'était pas raide de crasse. Il souffle de dépit et frissonne un peu dans le vent.

L'Espagnol quitte son attirail étrange et sa chemise. Il passe la veste et fait comme s'il n'en sentait pas l'odeur. Un réflexe de survie que Louis apprécie à sa juste valeur.

— On y va, on va essayer de trouver son cadavre. Ou lui, s'il est vivant. On garde l'Espagnol. On ne sait jamais. Il peut être utile. Au moins pour montrer qu'on a aidé des gens si jamais on en a besoin.

31

Au sable nu ont succédé des pins rachitiques que le vent a fait pousser au ras de terre puis, enfin, des dunes boisées. Sous le couvert des arbres, à flanc de dune, le vent est moins fort, moins piquant, mais Fernando grelotte encore et ses jambes ne le portent presque plus. La fille l'encourage, l'aide à avancer. Ils montent une dernière côte sur un chemin à peine tracé entre des arbousiers et des chênes verts, et la scène qui s'offre ensuite à eux le cloue sur place.

Les pins, ici, sont plus clairsemés, et après eux apparaît une maison étrange. Elle est faite de planches grossières et de poutres, de pièces de bateaux, et son pignon tourné face à l'ouest a presque disparu sous le sable qui s'amoncelle. On pourrait monter cette dune pour marcher sur le toit où une cheminée dégage une fumée grise rabattue par le vent. Derrière, le haut d'un pin fourchu émerge d'une autre colline de sable, et plus loin on peut voir des troncs morts. Des têtes d'arbres auxquelles s'accrochent encore quelques aiguilles marron sortent du sol. Tout un monde semble avoir été englouti, et à voir le vent transporter toujours plus de sable, Fernando se dit que ça n'est pas fini.

Il suit la fille à l'intérieur. Il voit d'abord le foyer et les flammes orange. Il sent ensuite l'odeur de la fumée et une autre plus forte, d'huile rance cuite. En temps normal, ça ne serait pas particulièrement agréable, mais là, ça lui évoque la chaleur et il aime ça. Il devine une silhouette assise devant le feu, sur un tabouret. Ses yeux s'habituent à la pénombre. C'est une femme. Très vieille. La fille tire sur le manteau. Il la laisse le lui enlever. Elle lui fait signe de se déshabiller et lui montre la cheminée. Il ne sait que faire. Il sent ses diamants dans la doublure de la chemise et ceux de l'Adil Shahi dans le sac à l'intérieur de ses bragues. Elle insiste et la vieille se lève et approche. Elle aussi lui indique de se déshabiller et de se mettre devant le foyer. Il ôte sa chemise et la pose sur une chaise. La vieille passe derrière un drap qui sépare la pièce en deux et en revient avec une couverture élimée. Elle la lui pose sur les épaules. Elle lui fait ensuite comprendre qu'il faut aussi qu'il enlève le bas. Il secoue la tête. Elle lève les yeux au ciel et parle.

*
* *

« J'en ai vu d'autres. Un peu trop même, dit Hélène, alors qu'il enlève ça, maintenant. Il va mourir de froid. »

Marie sourit et regarde l'homme. « Allez » dit-elle, et elle tire sur sa ceinture. Il saisit sa main et serre. Elle lève la sienne et le regarde droit dans les yeux. Elle ne sourit plus. On ne la touche pas. Il desserre son étreinte et lève ses paumes face à elle en signe d'apaisement. Il enlève enfin sa culotte trempée et pleine de sable et en retire un petit sac de tissu rouge qu'il garde à la main.

« Tout ça pour ça. Il n'avait qu'à le sortir dès le début. » Hélène secoue encore la tête et lui fait signe de s'asseoir devant la cheminée. L'homme obéit, penaud. Il la regarde et porte sa main à sa gorge pour indiquer qu'il a soif. Marie attrape un broc et verse de l'eau dans un gobelet en étain qu'elle lui tend. Il le boit en une gorgée et en redemande. Elle lui donne le broc. Il le vide en quelques minutes. « *Obrigado*, dit-il en hochant la tête, *obrigado*. »

Elles ne connaissent pas la langue qu'elles entendent mais devinent sans peine le sens de ce mot. Marie accroche à la crémaillère une marmite d'huile marron, attrape quelques boules de farine brune et, lorsque l'huile commence à frémir, les y jette sous le regard du naufragé. Quand elle estime qu'elles sont cuites, elle les attrape avec une louche grossièrement taillée dans du bois et les verse dans un bol de terre cuite qu'elle lui tend. L'homme remercie encore, attrape une mique avec les doigts, se brûle et la relâche. Marie et Hélène rient. Il sourit timidement en retour et souffle sur le bol pour refroidir son contenu.

Sans se départir de son sourire, Hélène dit à Marie : « Tu viens de nous rapporter bien des ennuis. »

*
* *

Il a fallu un peu de temps pour organiser tout ça, mais à présent ça fonctionne. Les *costejaires* et les résiniers ramassent ce qui peut l'être sur la plage et transportent le tout vers diverses caches en forêt : des huttes de pâtres faites de brande, des lèdes encaissées, des souches d'arbres déracinés. Les objets seront triés, partagés, ou payés par Louis qui les rapatriera ensuite vers son cabaret. Des femmes et des enfants ont été postés à des points stratégiques pour guetter l'arrivée de représentants des autorités ou d'hommes de Minvielle.

En dehors du nègre dont il a fracassé le crâne, de deux autres qui ont succombé à l'accueil des *costejaires*, et de l'Espagnol, ils n'ont pas trouvé de survivants. Ni l'homme décrit par l'Espagnol. Soit il est mort et son corps réapparaîtra – ou pas, soit il est vivant et leur a échappé. Si c'est le cas, soit il est en train de mourir dans une bedouse, d'épuisement et de froid quelque part dans les dunes, soit il sera repéré par les guetteurs. Reste la possibilité qu'il ait fui avant que Louis n'organise tout cela. Et même que quelqu'un, sans avertir qui que ce soit, se soit chargé de le dépouiller. Cette idée commence à faire son chemin dans l'esprit de Louis comme une crise de prurit. Ça gratte, et c'est très désagréable. Alors on ne pense plus qu'à ça. Qui serait assez bête ? Certes, la population ne brille ni par son sens de la mesure ni par sa fidélité, mais personne ne remettrait en cause son autorité. C'est d'ailleurs moins une question d'intelligence que d'instinct de survie. Et pourtant, il lui vient à l'esprit qu'il connaît au moins une personne bien dotée en intelligence et assez pauvrement en instinct de survie. Il faut qu'il sache ce qu'a fait Marie.

*
* *

L'homme s'est réchauffé. Il est toujours enveloppé dans la couverture d'Hélène, face au feu, et n'a pas lâché son sac rouge. Ses vêtements sont suspendus près du foyer. En les étendant, Marie a senti le poids de la chemise. Le bas a été cousu et contient quelque chose. Elle pense à des pièces ou des pierres précieuses, mais elle n'a pas osé tâter. Il ne l'a pas quittée du regard. Ils ont essayé de parler. Ils arrivent plus ou moins à se comprendre en joignant les gestes à la parole. Il s'appelle Fernando et il est portugais. Il arrive d'Inde. Il veut partir vite. Rejoindre son pays. Ça va être compliqué. Elle n'a pas les mots pour décrire les marais et les landes inondées, ni surtout ceux qui, ici, guettent le butin pour Louis. Avant de penser au Portugal, il faut se demander comment il va sortir de là.

*
* *

La chaleur du feu l'a réconforté, et même ces boules de farine cuites dans l'huile, aussi mauvaises au goût qu'à l'odeur, lui ont fait du bien. Il a essayé de parler à Marie et Hélène. Il doit partir. En fin de compte, tout s'est bien agencé. Il a les diamants et aucun témoin du vol. Pour tout le monde, les pierres ont sombré avec la nef de l'Inde. Il pense à Sandra, qui doit l'attendre quelque part. Il l'imagine sur les quais de Lisbonne, espérant son retour et apprenant le naufrage. Pour elle, il veut rentrer là-bas. Parce qu'il est libre de le faire. Libre pour la toute première fois. Pour l'heure, cependant, coincé dans cette cabane qui s'enfonce dans les sables, il trouve que sa liberté nouvelle ressemble beaucoup à ses années de servitude. Il se concentre sur le grésillement des flammes. La suie du foyer se pare de points rouges qui finissent par s'évanouir ou par s'envoler dans le conduit. Il sent la fatigue prendre le dessus. Ses yeux se ferment tous seuls. Il pique du nez à plusieurs reprises. Chaque fois, il se redresse en se demandant où il est et en serrant son sac. Marie le regarde en souriant, à distance. Elle est peut-être honnête. Et il est épuisé. Ses paupières se ferment encore et il se laisse aller.

*
* *

La Vive n'est pas complètement rassuré. Il n'aime pas venir par ici, surtout quand la nuit tombe. Mais Louis a été clair. Il faut vérifier que Marie n'a pas récupéré de marchandises du naufrage. Il a l'impression d'être un carabinier au service du gouverneur chargé d'une perquisition et il déteste ça. Surtout si ça doit le mener chez la Sorcière. Les deux résiniers qui l'accompagnent n'ont pas l'air plus enthousiastes. Le plus jeune des deux paraissait plus fier, tout à l'heure, après avoir dépouillé le cadavre d'un noble. Il porte par-dessus sa veste en peau de mouton une bandoulière à laquelle est suspendue une épée qu'il a récupérée sur le mort et dont Louis n'a pas réclamé qu'elle soit versée au butin. Avant de partir, il jouait avec, fendait l'air, faisait mine de piquer le cul de son copain. Maintenant, il se tait et l'épée paraît plus encombrante qu'autre chose. Plus ils approchent de leur destination, plus ils traînent des pieds. En voilà un qui s'arrête pour pisser. Ça donne envie à l'autre, qui se soulage aussi. La Vive hausse les épaules en s'apercevant que sa vessie est pleine. Il cherche un beau tronc de pin à arroser, baisse sa culotte, se campe bien sur ses jambes et, alors que l'ombre de la nuit s'est déjà abattue sur le bois, il voit un coin de ciel dégagé taché par une trace de fumée. Il plisse les yeux et discerne le sable et la maison ; le vent fait parfois voleter au-dessus de la cheminée des étincelles orange. Il ne pensait pas qu'ils étaient si près. Les autres non plus : « Oh ! Tu finis ? On n'a pas envie de passer la nuit chez la Sorcière ! » La Vive frissonne. Un jet incontrôlé s'échappe et réchauffe ses pieds nus. Il se tourne vers celui qui a parlé : « Ta gueule ! On y est ! » Dans le noir, malgré la barbe et les cheveux qui mangent son visage, il voit le résinier pâlir.

*
* *

Fernando tressaille lorsque la main d'Hélène se pose sur son épaule. Il commence à parler mais elle l'interrompt. Elle pose son doigt sur sa bouche pour lui intimer de rester silencieux. Puis elle porte une main à son oreille et, de l'autre, désigne l'extérieur. Quelqu'un est là, dehors, et ça n'était pas prévu. Il se lève, Marie ramasse sa culotte, sa chemise et son manteau. Lui reste engoncé dans la couverture, son sac de diamants à la main. Marie lui fait signe de la suivre derrière le drap qui sépare la pièce en deux. Et de là, dans une pièce aveugle et étroite. Dans la pénombre, il distingue un lit qui occupe presque tout l'espace. Fernando laisse tomber la couverture de ses épaules et s'habille à tâtons. On cogne à la porte. Il cesse de bouger.

*
* *

Hélène ouvre. La Vive occupe tout l'encadrement de la porte aux planches gauchies. Derrière lui, elle entrevoit deux hommes qu'elle ne croit pas connaître. La Vive se racle la gorge.

— On peut entrer ?
— Non.
— Et que fais-tu de l'hospitalité ?
Hélène hausse un sourcil.
— L'hospitalité ? Ici, elle est payante. Tu n'es pas au courant ? Et je prépare des philtres.
La Vive se tait. Il semble réfléchir, mais Hélène doute de sa capacité à produire un tel effort. En fait, il ne sait simplement plus quoi dire. C'est un autre qui prend le relais.
— Oh, la Sorcière ! Tu as vu quelqu'un ? Un homme ?
— Il y a bien longtemps que je n'en ai pas vu. Mais je ne désespère pas.
— Et Marie, la nièce de Louis, elle est là ?
Marie apparaît derrière Hélène.
— Oui. Et je n'ai vu personne non plus.
— Tu n'es pas venue sur la plage ? demande La Vive.
— Si, mais il y avait trop de monde. Je suis repartie.
— Il faut vraiment qu'on entre pour vérifier, dit La Vive d'un ton suppliant.
— J'ai dit non, répond Hélène.
La pointe d'une épée passe entre La Vive et le montant de la porte. Elle se pose sur la gorge d'Hélène, qui recule.
— Désolé, dit La Vive, qui baisse la tête et pénètre dans la maison, suivi des deux autres.
À cinq dans cette pièce, dans la lumière jaune du foyer et d'une lampe à huile suspendue à une poutre, tout le monde se sent à l'étroit. L'homme à l'épée bouscule Hélène et arrache le drap suspendu. Derrière, il ne trouve qu'un lit défait. Marie crie et attrape son épaule. Il se retourne et la frappe du revers de la main. Elle sort de sa robe un couteau. Le résinier lève son épée.

La pointe se plante dans une poutre. Celle du couteau glisse sur une côte avant de s'enfoncer dans son aisselle. Il lâche l'épée qui reste suspendue, tente de repousser Marie. Elle a retiré le couteau qu'elle tient bien en main. Son nez saigne après le coup reçu et elle lance au visage de l'homme un crachat sanguinolent avant de s'écarter. Le blessé tombe dans les bras de La Vive. L'autre résinier a lui aussi sorti un couteau. Mais Hélène, à côté de lui, lève une hachette. Il lâche son arme.

La Vive paraît perdu. Il tient son compagnon dont les jambes sont en train de lâcher et dont la veste de peau crasseuse prend une teinte brune dans la pénombre de la maison. Il regarde Hélène : « Tu ne peux pas le soigner ? » La Sorcière secoue la tête : « Il sera mort avant d'avoir passé le seuil de la porte. Sors-le d'ici, et enterre-le ailleurs. » La Vive traîne le corps dont la vie finit de s'échapper. L'autre résinier est déjà dehors. Marie n'a pas bougé. Elle les regarde sortir. Ses phalanges sont blanches sur le manche du couteau. De sa main libre elle porte un doigt contre sa narine, souffle avec le nez et expulse un caillot de sang. Avant de passer la porte, La Vive lui jette un regard inquiet. Elle y répond en levant le menton en signe de défi. Le colosse a l'air triste et embarrassé.

— On va devoir revenir.
— Revenez avec Louis.

La Vive charge le mort sur son épaule. Vieille habitude. Il tourne le dos à la maison et, avec l'autre survivant de cette mission, il s'éloigne dans la nuit. Le poids du corps qu'il porte et le sable qui s'enfonce sous ses pas rendent sa démarche hésitante et sa retraite plus piteuse encore.

Quand la silhouette a fini de se fondre dans l'ombre des premiers arbres, Hélène parle : « J'aimais bien cette maison, tu sais. »

* *

La première chose que voit Fernando en sortant de la chambre, c'est une épée qui flotte dans les airs. La seconde, c'est le visage ensanglanté de Marie. Elle se tient de profil entre lui et la cheminée, et une goutte rosée dans la lumière des flammes est suspendue au bout de son nez. Elle tombe au sol lorsque la jeune femme se tourne vers lui, et il l'entendrait presque heurter le plancher de pin qui l'absorbe dans la seconde suivante. Il a le réflexe de tendre la main vers une joue barbouillée de sang, mais Marie l'écarte. Il voudrait s'excuser. D'être là. D'avoir trop longtemps hésité à intervenir. De ne pas arriver à se faire comprendre. Il se contente de remercier encore.

Hélène trempe un linge dans un baquet d'eau et le passe délicatement sur le visage de Marie qui grimace. Quand elles en ont terminé, elles l'observent longuement. Pas besoin de comprendre leur langue, elles ne parlent pas. Mais leurs yeux disent tout. Que vont-elles faire de lui?

*
* *

La journée a été longue. Il fait nuit depuis longtemps lorsque Louis rentre avec l'Espagnol. Sa maison est bien éclairée. À travers les planches des parois, des rais de lumière s'échappent vers l'extérieur. Pourtant, il n'entend pas de voix. Lorsqu'il ouvre la porte, hache à la main, il découvre Minvielle assis devant la cheminée avec deux de ses hommes. L'un d'eux tient en main un pistolet à rouet. Cela rappelle à Louis deux vérités essentielles : Minvielle a peur de lui ; il a d'assez bonnes relations avec Épernon, ses représentants et, d'une manière générale, les riches bourgeois de la région pour pouvoir équiper avec ce genre d'armes les pouilleux qui travaillent pour lui. Il repère ensuite La Vive, assis à une table avec l'un des hommes qui devaient l'accompagner chez Hélène pour interroger Marie. Le deuxième résinier n'est pas là. Ça n'est pas bon signe. Derrière lui, l'Espagnol se glisse à l'intérieur et se colle au mur en silence.

Louis lève la tête, redresse son corps pour bien occuper l'encadrement de la porte et montrer qu'ici, non seulement on est chez lui, mais qu'il est le plus grand. Si Minvielle est impressionné, il ne le montre pas.

— Fais comme chez toi, Louis, viens t'asseoir avec moi, dit-il en poussant un tabouret.

— Je vais faire ça, oui, ma journée a été longue.

Il s'assied sur le tabouret, lève sa hache et la plante dans le plancher à côté de lui. Le geste et le bruit ont surpris les hommes de Minvielle. Le premier a porté la main à son couteau, le second a pointé son pistolet vers Louis. La Vive a posé ses pognes sur la table, comme pour venir prêter main-forte à Louis. Le résinier s'est recroquevillé sur sa chaise. Minvielle n'a pas cillé.

— À quoi dois-je le plaisir de vous recevoir dans mon humble établissement, monsieur Minvielle ?

— Je suis embêté, Louis. D'abord, mon bétail disparaît quand il vient paître dans les environs. J'ai encore perdu des moutons pas plus tard que ce matin. Ensuite, j'apprends par la rumeur qu'un gros navire s'est échoué et que personne n'a pris la peine de me prévenir. Sur ce point, d'ailleurs, je ne suis pas embêté, Louis, je suis triste. Mais je vois que tu es accompagné d'une personne que je ne connais pas...

— Ah... en ce qui concerne le bateau, je pensais que parmi les *costejaires* il y aurait assez de monde pour vous prévenir. D'ailleurs, vous me dites que la nouvelle vous est parvenue. Bien entendu, vous aurez votre part sur ce que nous avons récupéré. En ce qui concerne le bétail, j'en ai entendu parler. Je suis en train de m'en occuper. Dès que je mettrai la main sur ceux qui font ça, je vous les confierai pour que vous puissiez les livrer à la justice et demander un juste dédommagement. Quant à cet homme, c'est le seul malheureux à avoir survécu à ce terrible naufrage. La charité m'a guidé et je l'ai recueilli.

— Ce qui me dérange, Louis, c'est que je pensais que tu saurais tenir ce territoire et que l'on pouvait y cohabiter. Alors, oui, trouve-les vite, parce que je vais commencer à croire que tu es dans le coup. Ton survivant, là, ça n'est pas le seul. Un gentilhomme et deux nègres ont remonté la plage vers le sud, et des *costejaires* les ont guidés jusque chez moi. C'est un bateau portugais, et le gentilhomme, qui parlait français, m'a dit qu'il transportait beaucoup de richesses et même des diamants envoyés par un prince mahométan d'Inde. Tu es sûr de ne pas avoir trouvé tout ça ?

— Monsieur Minvielle, vous savez tout le respect que j'ai pour vous. J'ai en effet commencé à ramasser divers objets et produits. Certains sont peut-être précieux. Mais des diamants... je n'ai pas eu la chance d'en trouver. Et s'ils sont dans le bateau, il va être difficile d'y accéder. Il est au large et la mer est en train de le broyer. C'est à mon tour d'être triste du peu de confiance que vous m'accordez. Et la tristesse, vous savez, ça fait parfois commettre des folies.

Minvielle rit.

— Tu n'es pas fou, Louis. Pas à ce point, en tout cas. Tu sais où est ton intérêt. Ne l'oublie pas. Je vais repartir et emmener ton naufragé avec moi. Il pourra retrouver ses compagnons d'infortune, et je les ferai accompagner à Bordeaux pour qu'ils puissent bénéficier de l'aide du duc d'Epernon qui sera ravi lui aussi qu'on lui annonce qu'un naufrage a eu lieu sur sa côte.

— C'est très aimable à vous, monsieur Minvielle. Je vous le confie avec plaisir. Vous savez ce que c'est… la vie est dure ici, et je suis sûr que ce pauvre hère que j'ai recueilli sera en bonnes mains avec vous.

Minvielle se lève et ses hommes aussi. Louis se prépare à faire de même, mais celui qui porte le pistolet le pointe vers lui.

— Ne te dérange pas, Louis, reste assis, dit Minvielle.

L'homme au pistolet sourit. Louis lui sourit en retour. Minvielle sort avec le naufragé. Des ennuis en perspective.

La porte fermée, Louis se tourne vers La Vive et son compagnon.

— Ou est l'autre ?

— Mort, répond La Vive.

— Qui l'a tué ?

— Marie…

Louis rit. Il est fier. Et il y a ce frisson dans la nuque qu'il n'a pas ressenti depuis bien longtemps. Il a peur. Il est en colère.

— Vous avez fouillé la maison ?

— On a préféré sortir après que Marie a poignardé ce pauvre Arnaud… elles nous ont dit qu'elles n'avaient rien, répond La Vive.

— Tu les as crues ?

La Vive baisse la tête. Le résinier à côté de lui prend la parole.

— Moi, non. Je suis sûr qu'elles cachaient quelque chose. Surtout la Sorcière. Mais bon…

Louis lève sa hache et l'abat sur le crâne de l'homme.

— Deux, aujourd'hui. Je vais finir par y prendre goût, dit Louis qui regarde La Vive tout en dégageant sa lame dans un bruit mouillé. Et deux pour toi aussi… tu peux aller l'enterrer quelque part. Il s'appelait comment ?

— Je ne sais pas trop. C'était un ami de l'autre. Ils travaillaient dans le bois de Barbarieu.

— Alors tu n'as pas eu le temps de t'attacher, c'est bien. Moi, c'est le problème que j'ai avec ma nièce. Mais il va bien falloir trancher dans le vif, dit Louis en passant le pouce sur le fil de sa hache.

32

Il a fallu enterrer les morts rendus par l'océan. Tous les survivants capables de creuser un trou, de porter des corps, qu'ils soient marins, soldats ou gentilshommes ont pris leur part avec l'aide de la population. Dom Manuel de Meneses lui-même a aidé à donner une sépulture à ses hommes. Sous la pluie, ils ont creusé la terre noire mêlée de sable chargée d'une telle odeur d'humus qu'elle est presque parvenue à dissimuler celle de la mort.

Au fil des jours, les nouvelles de la flotte sont arrivées. Terribles. Sans surprise.

Dans la grande maison de Joannis Haraneder, l'un des échevins de la ville, où ils sont accueillis avec dom Manuel de Meneses, Diogo et Ignacio découvrent au fil des messages qui parviennent au capitaine-mor le sort des différents bâtiments de l'armada du Portugal et des caraques qu'ils devaient protéger.

Le *Santiago* seul a échappé au naufrage avec l'aide des marins et habitants de Guetaria. Pour les autres, qui ont échoué plus au nord, les équipages ont presque tous été décimés. Par la furie de l'océan et par la sauvagerie des habitants de cette côte.

Le *São José* a perdu presque tous ses hommes, noyés, brisés par les débris de l'épave mêlés aux vagues, assassinés à terre pour les maigres possessions qu'ils avaient pu sauver ou, au contraire, parce qu'ils n'avaient rien à offrir à ceux qui voulaient les dépouiller.

De la hourque *Santa Isabel*, seuls quelques *fidalgos* se sont sauvés.

Le *São João* d'António Moniz Barreto, on l'apprend bien plus tard, a lui aussi connu un sort tragique. L'amirale de la flotte, si malcommode à manœuvrer, a été le premier navire jeté à la côte. L'amiral Moniz Barreto, d'après les récits des survivants, aurait pu s'en sortir. Mais c'était sans compter sur les caprices de la destinée. Ayant pris place sur un solide radeau construit par l'enseigne avec l'aide des menuisiers et calfats, Moniz avait presque rejoint la plage et tenait dans ses bras son jeune fils dont ce voyage était le premier. Entraînée dans un creux à l'approche de la plage, leur embarcation avait pris de la vitesse et ils couraient vers leur salut lorsque la lèvre de la vague s'était abattue sur eux. Un bau hérissé de clous arraché au galion par les lames s'y trouvait. Il avait transpercé le père et le fils qui n'avaient touché la terre ferme que morts. En apprenant cela, dom Manuel de Meneses est resté silencieux. Diogo a vu ses yeux gris se troubler. Tristesse ? Plus certainement le regret de savoir que celui dont il avait fait son ennemi était mort d'une manière si prosaïque, sans le panache qu'aurait mérité un adversaire à sa taille.

La nef *Santa Helena* s'est échouée à quelques lieues de Saint-Jean-de-Luz. La population a recueilli un noir, un Indien et trois Portugais. Les Portugais ont déjà disparu. On les soupçonne d'avoir emporté avec eux des richesses qu'ils auraient sauvées du naufrage. Dom Manuel de Meneses a demandé au comte de Gramont, maire perpétuel de Bayonne et seigneur de ces lieux, de faire surveiller les routes et chemins, mais il y en a une multitude. Retrouver ces traîtres et voleurs est une tâche presque impossible.

Le *São Filipe* a eu plus de chance, grâce au courage de quelques marins et *fidalgos*. Échoué à peu de distance de la plage, le galion a vu son gouvernail sauter et être emporté sur le rivage. Dom Félix Ferreira, un gentilhomme de Madère, et António de Araújo Mogemes, l'enseigne du navire, bons nageurs, l'ont rejoint malgré les courants. Ils ont planté ce qui restait de la pièce disloquée dans le sable humide. Ils y ont attaché un câble grâce auquel la majorité de l'équipage a pu prendre pied sur la terre ferme et faire corps contre les pauvres hères armés de bâtons, de couteaux et de haches qui les y ont rejoints. En négociant avec eux et en leur abandonnant l'épave et une partie de ce qu'ils avaient sauvé, les Portugais ont pu se faire guider à travers les dunes et les marécages jusqu'à un village. Là, on leur a indiqué le chemin de Bordeaux où ils ont retrouvé quatre survivants de la nef *São Bartolomeu*. Et des informations. Un homme aurait pris les diamants de l'Adil Shahi et aurait survécu. Il ne s'est pas présenté à Bordeaux. On le cherche dans le dédale des dunes, des bois et des marais. Il porte une cicatrice à la pommette et a un œil qui semble mort. À cette annonce, Diogo a tendu l'oreille et observé dom Manuel, mais celui-ci a à peine froncé les sourcils. Les habitants sont après ce naufragé, et le duc d'Épernon, gouverneur de Guyenne et seigneur de ces terres désolées, veut y envoyer ses hommes. Le voleur des diamants est prisonnier du désert dans lequel il a échoué. Traqué, acculé par des marais dont on dit qu'ils sont infranchissables en cette saison si l'on ne connaît pas les rares passages qu'il est possible d'emprunter, on peut mettre la main dessus…

«Encore faut-il le faire avant Épernon et, surtout, avant les sauvages qui demeurent là-bas», dit dom Manuel de Meneses, debout sur les marches de la maison Haraneder où un messager vient de lui transmettre une lettre du maître de la nef *São Bartolomeu*. Le capitaine-mor de la flotte du Portugal semble pensif. Il fixe Ignacio qui a fabriqué de nouvelles flèches de roseau et apprend au fils de l'échevin basque à tirer avec son arc. Il se tourne vers Diogo, debout à côté de lui : «... et quoi de mieux qu'un sauvage pour en doubler d'autres ?»

33

Hélène lui a préparé des miques qu'elle a enveloppées dans un torchon gris. La vieille femme lui a conseillé de fuir. De chercher des chemins inconnus d'elle pour contourner le lac en s'éloignant du territoire de Louis. Le risque de se perdre n'est rien au regard de celui de se rendre à son oncle. Il se sent acculé.

— La disparition du bétail a donné à Minvielle un prétexte pour l'affaiblir et peut-être même mettre la main sur ce territoire. Et puis il y a les résiniers. Cela fait des mois qu'il les retient ici et les empêche de traverser le lac au prétexte qu'ils pourraient parler aux autorités. Pour l'instant il leur fait juste assez peur pour qu'ils obéissent. Mais il devient tellement imprévisible qu'il va finir par leur faire trop peur. C'est un équilibre difficile, la peur. Bien proportionnée, elle pousse à la soumission. Mais si elle devient trop forte, elle incite à la rébellion. Qu'un seul d'entre eux désobéisse, s'en aille malgré tout, et les autres suivront. Et maintenant, il y a ce bateau et toutes ses richesses. C'est une opportunité mais aussi une malédiction. Tout le monde veut sa part. Louis va devoir se montrer assez juste envers les *costejaires* et les résiniers pour qu'ils ne se soulèvent pas, tout en lâchant assez de lest à Minvielle et aux hommes du gouverneur pour qu'ils lui laissent les mains libres. Mais son vrai problème, c'est toi et Fernando. Il veut te mater. Pas pour l'exemple... ou alors juste un peu, mais parce que tu lui as fait peur et que, dans son idée, tu l'as trahi. Et il veut les diamants, bien sûr. Plus que tout le reste.

— Pour quoi faire ? demande Marie. Il voudrait partir ? Acheter des terres ? Devenir un nouveau Minvielle ?

— Je ne crois pas. C'est l'idée de les avoir qui lui plaît. C'est seulement une question de pouvoir. Il vit ici depuis tellement longtemps. Il règne sur cette communauté depuis tant de temps. Il veut juste montrer qu'il est le plus fort et que tout ici doit se plier à sa volonté. Et il le veut d'autant plus que toi, tu montres le contraire. Alors pars. Emmène le Portugais et ses diamants avec toi. Sauve ta vie et la sienne.

— Et toi ?

— Moi, je suis vieille. Je suis fatiguée et je t'assure que je ne dirai rien. Alors va...

Hélène a déposé un baiser sur son front et alors qu'elle descend la dune pour rejoindre Fernando, Marie sent encore la chaleur des lèvres de la vieille femme sur sa peau. Ça ressemblait à un adieu.

*
* *

On le cherche et les chemins sont surveillés. Fernando n'est en sécurité nulle part et surtout pas dans cette maison. Quant aux deux femmes qui l'ont accueilli, il ne sait dans quelle mesure elles sont aussi en danger, même s'il est évident que Marie sait se défendre. Tous les trois se sont relayés cette nuit pour monter la garde. Personne n'est venu. Tant mieux. Si quelqu'un était arrivé pendant le tour de Fernando, il aurait eu l'occasion de les surprendre. Il a alterné les moments de somnolence et ceux où sa vigilance ne servait à rien, incapable qu'il est de distinguer un bruit inhabituel parmi tous les autres : grincement des troncs de pins, bruissement de leurs aiguilles, grondement lointain de l'océan, sifflement du vent dans les interstices, frottement du sable contre les murs de la maison, cris d'animaux dans l'obscurité… beaucoup trop de sons qui ne sont pas ceux d'un bateau, ceux auxquels il s'est habitué depuis des mois.

Marie l'entraîne dehors. Le vent souffle encore. Un peu moins fort. Les nuages sont toujours là, qui cachent la lune, les étoiles, et la lueur du jour naissant qui doit bien exister quelque part. Il a avec lui les diamants. À l'exception de quelques-uns de ceux qui étaient cousus dans sa chemise. Il les a laissés sans rien dire dans le gobelet qu'il a utilisé pour boire cette nuit. Hélène les trouvera le moment venu. La vieille femme est là. Son ombre s'encadre dans la porte de la maison. Elle balaie du sable à l'extérieur en les regardant partir. Ils quittent vite le chemin à peine marqué, fine ligne blanche qui disparaît parfois sous les aiguilles de pin et la mousse qui tapisse le sol par endroits. En s'enfonçant dans le sous-bois, ses chênes verts, ses arbousiers et ses buissons, Fernando, engoncé dans le grand manteau noir, a la sensation rassurante de se fondre dans l'ombre, dans l'odeur du sol en décomposition et le parfum entêtant de champignons qu'il ne voit pas encore dans la semi obscurité de ce matin maussade. Marie lui fait vite comprendre que cette sensation d'être invisible est une illusion. Il y a des yeux partout dans cet étrange désert.

La jeune femme s'arrête souvent. Au sommet des dunes ou sur leurs flancs, elle s'agenouille près d'un buisson de brande ou contre un tronc, tend l'oreille. Intime d'un geste le silence à Fernando lorsque son pas se fait trop lourd et que résonne le bruit des branches qu'il écrase ou écarte trop vivement de son passage. Alors qu'ils sont descendus dans une cuvette entre les dunes, Marie prend son bras et l'attire vers le sol. À plat ventre sur la mousse humide, les aiguilles et les feuilles mortes, derrière un tronc de pin couché et vermoulu sous lequel s'active une colonie de cloportes, il observe les alentours. D'un coup de menton, Marie lui indique le haut de la dune qui leur fait face. Sur la crête, entre les ombres des pins, des chênes et des arbousiers, il finit par distinguer quelque chose. Il plisse les yeux et se concentre jusqu'à voir apparaître deux silhouettes presque humaines. La faute à ces vestes de peau de mouton dont la laine crasseuse et ébouriffée est tournée vers l'extérieur. Les deux hommes sont arrêtés. Quelque chose, un bruit, un mouvement ou juste un instinct animal, a retenu leur attention. Ils scrutent le fond de cette minuscule et luxuriante vallée qui, de leur point de vue, doit être en partie plongée dans l'ombre. L'un d'entre eux fait mine de s'avancer pour descendre. L'autre le retient. Ils ne parlent pas. Le premier continue de chercher, et Fernando, s'il ne voit pas ses yeux, sent son regard sur sa nuque. Il voudrait se laisser engloutir par la mousse, se fondre dans le sol dans lequel il enfonce son visage. Un cloporte entre dans sa narine. Il tourne la tête et essaie de souffler avec le nez pour expulser l'intrus qui continue son chemin. Il se tourne vers Marie. Elle le regarde, lui fait signe de rester silencieux. En haut, les deux hommes n'ont pas bougé. L'insecte n'avance plus, sans doute heureux d'avoir trouvé cette cachette humide et sombre. Fernando fait tout ce qu'il peut pour retenir un éternuement. Une larme coule sur sa joue. Son nez se contracte. Le mouvement perturbe le cloporte qui décide de sortir. Fernando se dit que cette bestiole a mille pattes et que chacune d'entre elles a pour seul but de le chatouiller. La main de Marie se pose sur sa tête et l'écrase contre le tapis de mousse au moment où il éternue. Le bruit est atténué mais il a l'impression qu'il résonne tout de même, fausse note au milieu de la musique de la forêt agitée par le vent. Il essuie sa barbe dans laquelle le cloporte recouvert de morve se débat, et cherche les deux hommes. Ils descendent.

*
* *

Les deux résiniers plantent leurs pieds dans le sable et parfois, avec la main qui ne tient pas la hache, s'agrippent à des branches ou des troncs pour freiner leur course dans la pente. Ils ont repéré la zone d'où est venu le bruit. Marie profite de ce qu'ils sont concentrés sur leur équilibre pour se réfugier un peu en arrière, dans l'ombre d'un chêne aux branches basses. Elle s'agenouille, couteau en main. Fernando, quant à lui, a roulé sur le côté, s'est glissé dans le trou laissé par la souche arrachée du grand pin derrière lequel ils étaient cachés. Les pieds dans l'eau qui stagne là, il s'est courbé de manière à ce que seul son buste dépasse, dissimulé en partie par les racines mêlées au sable et à la terre qui s'élèvent au-dessus. Il attend. Lui aussi serre un couteau.

Ils sont arrivés au fond de la lède et avancent. Elle les entend progresser dans la végétation mais ne peut encore les voir. Ombre dans l'ombre, Fernando s'est presque fondu dans sa cachette et, si elle ne le savait pas là, elle ne le verrait sans doute pas. Elle espère qu'il en va de même pour elle. Les deux résiniers approchent. Un buisson de houx s'agite à droite, à quelques pas de la souche du pin arraché. À gauche, du côté de la tête pourrie de l'arbre, ce sont les troncs argentés de quelques jeunes bouleaux qui grincent tandis que des joncs bruissent.

Le premier à apparaître se tient juste au bord du trou dans lequel Fernando s'est caché. Il s'arrête pour scruter les lieux dans la lumière grise qui, même ici, commence à gagner sur l'obscurité. Il est petit, sec. Une barbe grise pousse par plaques sur son visage et de longs cheveux gras dépassent de son bonnet. Il est pieds nus. Et il crie. Fernando a attrapé son mollet et a coupé net son tendon d'Achille. L'écho de sa voix ne s'est pas encore tu que déjà il a basculé dans le trou où le soldat portugais l'égorge sans plus se soucier du bruit. Marie croit entendre un léger sifflement puis le gargouillis du sang qui s'échappe du cou du résinier. Hache levée, le second homme émerge de la végétation en cherchant son ami. Marie se lève derrière lui et le poignarde dans le dos. Il s'arrête net mais, au lieu de tomber comme elle l'espérait, se retourne en brandissant toujours sa hache. Puis il s'immobilise à nouveau. Fernando vient d'enfoncer entre ses omoplates la hache de son compagnon. L'homme s'écroule. Ses yeux roulent, paniqués. Il essaie de parler mais n'émet qu'un geignement pathétique. Marie voudrait abréger ses souffrances. Après tout, elle n'en veut qu'à Louis et pas à ces pauvres gens qui ont dû se vendre à lui pour vivre un peu mieux. À peine mieux. Mais elle est incapable de faire le geste qui soulagerait l'homme de ses souffrances. Alors Fernando prend les choses en main. Comme il vient de le faire il y a moins d'une minute, comme il l'avait déjà fait plus de dix ans auparavant sur le pont d'un bateau sur un océan lointain, il enfonce sa lame dans le cou et sectionne tout ce qui s'y trouve. Puis il lève ses yeux tristes sur Marie. Le manteau noir luit de la chaude humidité du sang répandu, les mains de Fernando sont rouges. Marie dit : « On a fait beaucoup de bruit. Il faut partir. » Fernando arrache la hache du dos du mort et la suit.

*
* *

Elle ne sait pas où aller. Au sud ? Autant se jeter dans les bras de Louis. Au nord ? Il y aura d'autres dunes, d'autres bois, d'autres marais et d'autres *costejaires* et résiniers. Personne d'aussi puissant que Louis, mais des tas de gens dangereux. Traverser l'étang ? Il faudrait voler un bateau. Nul doute que les rares embarcations qui se trouvent sur cette rive seront surveillées, si ce n'est simplement coulées sur ordre de Louis. Et puis il faudrait regarder en face une réalité qu'elle ne veut pas voir. Un village abandonné, englouti par les eaux, et ses parents absents. Cela fait des mois qu'elle n'a pas vu une fumée s'élever là-bas lorsqu'elle vient se poster ici, au sommet d'une dune qui domine le lac. Seuls les murs blancs de la chapelle sont visibles. Si proches qu'en tendant le bras elle a l'impression de pouvoir les toucher. À quelle distance sont-ils ? Une lieue à peine ? Une lieue. Quatre années. Plusieurs vies et un monde disparus auxquels elle n'appartient plus.

Elle regarde Fernando qui attend en surveillant les environs. Le lac ne semble pas l'intéresser. Il a sans doute lui aussi exclu l'idée d'une traversée. Pour l'instant du moins. Il se concentre sur les bois. C'est de là que vient le danger. Elle tire son bras et l'entraîne avec elle. Quelques minutes plus tard, ils descendent une dune raide qui semble plonger dans les eaux de l'étang. Des arbousiers et des pieds de genêt s'y accrochent. Quelques pins aussi. L'un d'eux n'a pas réussi à trouver prise dans le sable. Ses racines son dénudées et il a basculé. Sa tête repose dans l'eau et une mousse blanche comme l'écume entoure ses branches et leurs aiguilles. Ils se laissent glisser en bas. À droite, un étroit repli de la dune forme une anse minuscule. Des roseaux serrés s'avancent dans le lac et, côté terre, la bruyère cède rapidement le terrain à un enchevêtrement d'arbres et de buissons dans lequel ils s'enfoncent. Un grand arbousier a poussé là. Sous ses branches qui touchent le flanc de la dune, le sol est de feuilles mortes, de mousse et d'aiguilles de pin, et l'on pourrait presque croire que l'on s'enfonce sous la terre tant la lumière du jour peine à se frayer un chemin. Ici ils sont invisibles. Marie espère qu'on les cherche ailleurs, sur les chemins qui mènent vers le reste du monde. Personne, veut-elle croire, ne viendra, au moins dans l'immédiat, les chercher dans ce cul-de-sac. Ils vont pouvoir penser en paix à la suite. Elle veut aider Fernando. Elle veut humilier son oncle.

34

Il leur a fallu deux jours pour rejoindre Bordeaux. Plusieurs cavaliers se sont relayés pour porter derrière eux Diogo et Ignacio qui ne sont jamais montés à cheval. Ils ont traversé des étendues d'une telle monotonie, faites d'eau stagnantes et de lande basse, que Diogo a pensé parfois qu'ils naviguaient sur un nouvel océan. Les vaisseaux croisés et leurs vigies, ici, sont des hommes bruns vêtus de peaux de mouton et montés sur des échasses. Pour la première fois depuis longtemps, Diogo a pensé qu'Ignacio, avec son crâne qu'il persiste à raser à moitié, sa peau cuivrée, son arc et son casse-tête, n'est pas le plus étrange des êtres humains à fréquenter ces contrées.

Le paysage a peu à peu changé, s'est vallonné à l'approche du fleuve, mais en voyant pointer les flèches et clochers de Bordeaux, Diogo éprouve le même soulagement qu'en voyant la terre après avoir traversé l'océan Atlantique. Une pluie fine ne cesse de tomber alors qu'ils traversent les faubourgs, et c'est trempés qu'ils se présentent enfin devant des hommes du duc d'Épernon. Diogo montre des lettres de dom Manuel de Meneses, de Joannis Haraneder et du comte de Gramont au service duquel se trouve Izko, un des cavaliers qui les accompagne et fait aussi office de traducteur. Ils apprennent ainsi que le gouverneur de Guyenne a lui-même tenté de se rendre sur les lieux du naufrage mais a dû rebrousser chemin tant les passages pour rejoindre la côte sont inondés. Il a dépêché là-bas des hommes avec mission de traverser ces étendues, mettre la main sur les marchandises récupérables, les stocker et les surveiller. Les premières perquisitions menées dans les villages les plus proches de la côte où sont passés les survivants ont déjà permis de récupérer un certain nombre d'objets – bijoux, pièces d'or et vêtements – dont les habitants disent qu'ils leur ont été donnés en remerciement pour leur aide.

Le récit des survivants est un peu différent. On a guidé Diogo et Ignacio jusqu'à l'auberge où l'on a fait loger Martim Pacheco, le maître de la nef *São Bartolomeu*. Même si le monde entier semble se croiser à Bordeaux, même si d'autres Tupinambas sont passés par ici, tout comme des noirs, des Indiens, des Arabes ou des Chinois, Ignacio éveille curiosité et méfiance. Diogo pense que ça n'est pas seulement une question de coiffure ou de couleur de peau. Le long arc et la massue casse-tête suscitent eux aussi un peu de crainte. Son ami est donc monté dans la chambre qu'il va partager avec lui cette nuit.

Quant à Diogo, il interroge Pacheco à propos de ce que taisent les courriers qu'il a montrés aux hommes du duc d'Épernon. Si lui et Ignacio sont officiellement envoyés pour reconnaître les lieux du naufrage et rendre un rapport à dom Manuel de Meneses, qui transmettra au roi, ce sont bien les diamants qui les intéressent. Secret de polichinelle. Tout le monde les cherche, mais ça ne se dit pas. Plus d'une semaine après le naufrage, le maître de la nef affiche encore un air terrifié. À la lueur de la lampe à huile qui brûle au-dessus de la table, les traits de son visage émacié et pâle sont tirés, et Diogo s'attend à le voir se mettre à pleurer à tout moment. Son récit est long, entrecoupé de silences. Pacheco dit sa peur. Celle de la noyade, d'abord. Celle des hommes entre les mains desquels il est tombé ensuite. Ceux qui ont fini par l'échanger comme une marchandise à d'autres, à peine moins sauvages, avant qu'il soit amené ici. Lorsqu'ils parlent d'eux, il a le même regard que l'ivrogne au crâne enfoncé de la table d'à côté, qui ne cesse de commander du vin et se crispe chaque fois que la serveuse approche avec son pichet, une main serrée sur son gobelet en étain pour ne pas céder à la panique tandis que l'autre se porte machinalement à sa tempe concave.

Martim Pacheco a reconnu le voleur des diamants. Le renégat condamné par le Saint-Office. Celui avec la cicatrice et l'œil endormi. Fernando Teixeira. Diogo lui demande s'il peut les accompagner, Ignacio, lui et l'homme qui leur sert de traducteur, jusque là-bas. Le maître de la caraque rit. « Plutôt revivre les deux dernières semaines en mer et ne plus jamais revoir le jour que de remettre les pieds chez ces… ces… gens ? Non merci. Le duc d'Épernon veille à nous faire acheminer vers l'Espagne aussi vite que possible et c'est le chemin que je vais prendre. Quant à vous, vous feriez mieux de faire la même chose. Celui-là, avec les diamants, à l'heure qu'il est, je parierais que s'il a encore sa tête, il y a une hache enfoncée dedans. »

35

Louis est en colère. Il se sent humilié par Minvielle, défié par Marie, trahi par Hélène.

Ce matin, il a fait le tour des huttes de fortune dans lesquelles les *costejaires* et les résiniers entreposent le produit de leur récolte sur la plage. Bois, cordages, ballots de tissu, épices gâtées par l'eau de mer, vêtements pris sur les cadavres échoués et même quelques pots de confitures des Indes. Il a trouvé là des goûts inconnus, des saveurs jamais éprouvées auparavant. Chaque marée apporte son nouveau lot de découvertes qu'il va falloir dissimuler avec intelligence. Il convient d'en montrer une partie pour que Minvielle et les hommes du gouverneur qui ne tarderont pas à arriver aient l'impression de toucher leur part. Organiser tout cela est fatiguant. Il a confié à La Vive la responsabilité de châtier ceux des hommes et femmes qui ratissent la plage et sont tentés de détourner un peu de ce qu'ils trouvent. C'est du travail.

La Vive a lui-même dû déléguer à d'autres une partie de sa mission. En trois jours, il a coupé deux mains et fendu un crâne pour l'exemple. Ça n'a d'ailleurs aucun sens. Nul ici ne sait soigner un membre amputé. Les deux *costejaires* qui ont perdu leur main dans cette affaire sont morts quelques heures après leur punition. Trois morts, donc. Et un autre qui ne devrait pas tarder à l'être après avoir été poignardé par un camarade avec lequel il avait découvert une barrique de vin aigre. Après s'être entendus sur le fait qu'il fallait l'alléger pour mieux la transporter, ils avaient immédiatement mis cette décision à exécution. Deux heures plus tard, ils avaient eu un désaccord à propos de l'origine du vin en question. Le premier soutenait qu'il venait d'Espagne. Le second, assez porté sur la religion, qu'il s'agissait du sang du Christ et que donc il venait sans doute de Cana. Une lame enfoncée dans son ventre avait mis fin au débat.

Louis doit aussi veiller à ce que les chemins soient bien gardés, envoyer des hommes à la recherche de Marie et du Portugais. Il est allé voir Hélène au lendemain du naufrage. La Sorcière a répété que Marie n'avait rien trouvé, ni homme ni butin. Et elle lui a donné raison pour avoir poignardé le résinier qui s'était montré agressif. Louis a senti qu'elle mentait mais il n'a pas insisté. Il a par contre fait poster des hommes aux alentours pour l'avertir lorsque sa nièce reviendrait. Ils ne l'ont pas vue, mais ont découvert deux corps au fond d'une lède. Ils ont été poignardés et achevés. On les a saignés comme des porcs. Marie peut être mauvaise. Ça n'est pas celui que La Vive a dû enterrer l'autre soir qui dirait le contraire. Mais deux hommes à la fois ? Et en les achevant ? Elle n'est pas seule. Hélène lui a menti. Après tout ce qu'il a fait pour elle. Elle va devoir parler.

Il prend des chemins détournés pour rejoindre la maison de la Sorcière, son pignon enseveli sous le sable et ses planches de guingois. Cela lui permet de constater à quel point ses sentinelles sont inefficaces. Deux seulement l'ont vu passer. Il y a ceux qui dorment, ceux qui pensent à autre chose et ceux qui, tout simplement, ne sont pas là, certainement en train d'écumer la plage de peur de voir s'envoler leur part du butin. On ne peut décidément faire confiance à personne, mais ça, il le sait depuis longtemps.

Il s'arrête à la lisière des arbres et observe la maison. La fumée de la cheminée s'élève dans l'air. Le vent est tombé. La tempête s'éloigne enfin. Tout est silencieux. Même l'océan semble s'être tu. Il avance dans le sable. La pluie l'a recouvert d'une croûte plus épaisse constellée de cratères durcis formés par les gouttes. Ses pieds la brisent pour s'enfoncer dans la couche sèche et froide qui se trouve en dessous. L'unique marche en bois grince quand il s'appuie dessus. Il pousse la porte.

Hélène ou Marie ont dû trouver de la corde sur la plage récemment. Avec le courant d'air, le corps de la vieille se balance, un nœud coulant autour du cou. En dessous, un tabouret renversé et une flaque de déjections. Louis se dit que pour son premier vol véritable la Sorcière n'a pas eu besoin de son balai. Il attrape une jambe pour que le corps arrête de bouger. Elle est encore chaude. Il l'a ratée de peu. Il met un coup de pied dans le tabouret qui glisse jusqu'à la cheminée, et entreprend de faire le tour de la maison en renversant le peu de mobilier qui s'y trouve. Dans la chambre, sous le lit, il trouve une petite boîte marquetée. À l'intérieur un anneau, vestige de l'époque où la Sorcière n'en était pas une et où, peut-être, elle rêvait d'une vie sinon agréable, du moins supportable. Et à côté de l'anneau, quatre pierres transparentes de la taille de l'ongle de son petit doigt. Il sort avec pour les examiner à la lumière du jour. Deux d'entre elles ont des tâches noires à l'intérieur. Ce sont des cailloux presque grossiers mais avec quelques angles inhabituels. Il n'a pas besoin d'en avoir déjà vu pour deviner qu'il s'agit de diamants, mais que ce ne sont sans doute pas ceux qu'il cherche. Par contre, il est maintenant sûr que le Portugais est vivant et qu'il est passé par ici. Il ne reviendra pas et Marie non plus. Alors il attrape le chaudron et vide l'huile encore chaude dans le foyer. Les flammes s'élèvent dans un souffle. Il arrache le drap qui sépare la pièce en deux, le dispose au ras du feu et regarde le tissu qui roussit avant de s'enflammer. Il entasse à côté le reste du rare linge qu'il a pu trouver et il sort.

Dehors, il contemple les flammes qui s'échappent de la cheminée et gagnent le toit. Il éprouve de la satisfaction à voir cette maison partir en fumée. Lorsqu'elle aura fini de brûler, quand elle se sera effondrée, le sable se chargera de faire disparaître de la surface de la Terre les marques du passage d'Hélène, cette garce ingrate. Quant à Marie, il ne sait guère ce qu'elle va faire. Fuir avec le Portugais ? Le lac est trop large et ils ne trouveront pas d'embarcation. Au sud, il y a ses hommes. Elle pourrait passer en comptant sur l'inattention des sentinelles. Au nord, elle finira par se heurter à des marais inconnus. Et surtout, il la connaît bien. Si elle se cache encore dans les parages, elle verra la maison brûlée. Ce sera une raison de plus pour elle de se venger. Il compte sur sa haine : tôt ou tard, il l'espère, Marie devra venir à lui. Il va les attendre. Elle et ce Portugais qui transporte des diamants et qui abandonne derrière lui des cadavres d'hommes peu honnêtes, certes, mais fidèles.

*

Ce matin, Fernando regarde l'autre rive du lac. Sous les nuages gris et bas, une ligne orangée apparaît. Il a l'impression de ne pas avoir vu le soleil depuis des mois, alors ces rayons ténus, lointains, lui sont précieux. Lorsqu'ils arrivent à se frayer un passage dans le ciel de plomb, les eaux prennent une teinte cuivrée. Même s'ils ne le touchent pas, ces rayons le réchauffent après ces jours humides et ces nuits froides. Il ne pourra pas tenir beaucoup plus longtemps ici. Si personne ne les trouve, lui et Marie, ils finiront de toute manière par mourir de froid.

Il indique le nord à Marie. C'est par là qu'il faut partir. Elle regarde au sud. C'est par là qu'elle veut aller. Elle ne veut pas fuir. Elle veut encore défier Louis. Il secoue la tête et se met en marche sur la fine bande de sable entre la végétation et l'eau. Il doit mouiller ses pieds pour contourner la pointe de la dune qui plonge là. Avant de passer de l'autre côté, il jette un dernier coup d'œil en arrière. Marie n'a pas bougé. Elle le regarde, bras ballants et poings serrés. Il la trouve belle dans la lumière de l'aube. Lorsqu'elle plisse les yeux pour exprimer sa colère de le voir partir, tandis qu'une boule rouge apparaît enfin derrière elle au-dessus de l'horizon, il pense à Sandra. Elle soupire et le suit.

36

Au lever du jour, les voilà repartis. Entre les toits des maisons le ciel est enfin bleu, et lorsqu'ils quittent la ville et ses faubourgs, après avoir traversé des vignes dont les ceps nus et noueux évoquent à Diogo des âmes suppliant un Dieu indifférent, ils pénètrent dans des landes humides. Ils sont toujours accompagnés d'Izko. Il y a aussi deux mousquetaires qui les prennent en croupe. Ils sont mutiques, visages fermés. Diogo soupçonne qu'on a tiré leur escorte au sort et que ces deux-là ont perdu.

La route principale, creusée d'ornières inondées, est à peine plus praticable que les bas-côtés. Ils ont déjà vu les mêmes paysages en venant de Saint-Jean-de-Luz sous la pluie. Ils sont pourtant différents aujourd'hui au soleil du matin. Sous la chaleur douce des rayons, une fine nappe de brume s'élève au-dessus de la végétation basse. Parfois, un bosquet de chênes, de pins ou de bouleaux vient crever cette pellicule cotonneuse. Ils voient régulièrement des moutons occupés à paître sur d'imperceptibles élévations de terrain. Et toujours ces hommes perchés sur des échasses, pieds nus ou serrés dans des bandes de tissus crasseux, parés de manteaux noirs ou de vestes en peau de mouton, bonnet enfoncé sur le crâne, yeux faussement indifférents tandis qu'ils regardent passer ce drôle d'attelage : hommes d'armes portant en croupe un presque enfant et un sauvage avec un arc en bandoulière et, pendant à son flanc, une massue parée de plumes écarlates qui apporte un point de couleur presque dérangeant dans ce pays brun.

Après des heures d'une chevauchée très inconfortable qui a mis leurs culs à rude épreuve, un clocher apparaît à l'horizon. Il leur faut une heure de plus pour arriver dans ce bourg modeste entouré de lande. De loin en loin, on aperçoit des fermes isolées avec leurs champs noirs en cette saison, et de maigres bois. Il y a beaucoup de moutons. Dans le village, les ailes d'un moulin à vent tournent lentement. Les maisons sont de pierre blonde et de brique pour certaines, de bois et de terre pour la plupart. Le cortège s'arrête devant un cabaret presque vide à cette heure. Mais une petite foule a tôt fait de s'agglutiner autour d'eux et surtout d'Ignacio. Un enfant plus téméraire que les autres s'approche, touche son pied qui pend le long du flanc du cheval et s'enfuit en riant, étonné de son propre courage. Le Tupinamba essaie de rester stoïque mais esquisse un sourire qui fait rire l'enfant de plus belle. Izko s'adresse au tenancier du cabaret qui a rejoint les autres dans la rue. Il se tourne ensuite vers Diogo :

— Il dit qu'il y a peu de chemins praticables pour aller vers la côte. Trop d'eau. Et que si l'on veut y arriver, et surtout y arriver vivants, il faut que l'on voie ça avec un certain Minvielle qui possède beaucoup de terres et de bétail, et qui est l'un de ceux qui connaissent le mieux les passages. Il vit à une lieue environ.

Le petit groupe s'ébranle de nouveau en direction de l'ouest. Le chemin, de ce côté-là, est encore plus boueux.

Lorsqu'ils atteignent enfin leur destination, Diogo est étonné. Le grand propriétaire annoncé semble vivre dans une maison bien modeste. Bois et torchis, toit bas, fenêtres étroites. Autour, des chênes dénudés par l'hiver près desquels se trouvent des cabanes de bois pour le personnel ; une bergerie et, de l'autre côté du chemin, un champ nu sur lequel l'eau affleurant du sol brille sous le soleil. De là, on voit au loin l'étendue d'un lac immense. L'horizon est barré par des dunes hautes. Certaines, plantées d'arbres, forment une masse noire, d'autres paraissent des cascades blanches qui se jettent dans les eaux de l'étang. Au sud de celui-ci, le paysage est un archipel jaune et brun de roseaux et d'herbes hautes qui surnagent dans un marais infini. Il suffit de regarder tout cela et d'aspirer l'air chargé de l'odeur de la boue pour se sentir soi-même humide.

Des hommes sont sortis. Certains portent des haches, d'autres des pistolets, des couteaux sont glissés dans les ceintures. Un seul a les mains vides. Il porte une sorte de dalmatique noire de tissu grossier. Tête nue, il arbore une chevelure d'un blanc terne et des rides qui trahissent son âge avancé, mais il se meut avec assurance. Là où la plupart des autres ont un teint presque jaunâtre, sa peau semble tannée par le soleil ou ses reflets sur l'eau. On sent que comme ses hommes, car il saute aux yeux que c'est bien lui le chef, il vaque à l'extérieur, mais qu'il est mieux nourri. Mieux soigné aussi, sans doute. Il s'adresse aux deux mousquetaires, mais il regarde surtout Ignacio et Diogo, qui viennent de descendre maladroitement de cheval et se massent les fesses.

— Eh bien, que me vaut cette visite ?
— Monsieur Minvielle, nous sommes envoyés par le comte de Gramont, avec la bénédiction du duc

d'Épernon, et par le capitaine général de la flotte du Portugal dont une nef s'est échouée sur cette côte, dit Izko. Et on nous a dit que vous pourriez nous guider jusqu'au lieu du naufrage pour que nous puissions estimer ce qui peut être sauvé.

— Et eux, là, qui est-ce ? demande Minvielle en désignant Ignacio et Diogo. Et celui avec l'arc, les yeux bridés et la coiffure étrange, c'est un Chinois ?

— C'est un Indien du Brésil.

— Ah... il paraît qu'il y a beaucoup de richesses, là-bas.

— Oui, c'est ce qui se dit.

— Alors pourquoi il est là ? C'est un prisonnier ? Il n'a pas l'air.

— Il accompagne le jeune Portugais qui doit faire un rapport au capitaine général.

— Il est venu de son plein gré ? Qu'est-ce qui l'intéresse ici ? Le sable ? La boue ? Les moutons ?

— Je n'en sais rien, et cela ne m'intéresse pas, répond Izko, agacé. Pouvez-vous nous conduire ?

Minvielle ignore la question. Il continue de regarder Ignacio et Diogo.

— Ils ne sont pas là pour ça. Ils cherchent autre chose. Il y avait beaucoup de richesses, sur ce bateau ? Ils doivent récupérer quelque chose en particulier ? Qu'ils me le disent et je peux lancer mes hommes à sa recherche.

Izko se tourne vers Diogo et traduit.

— Nous sommes là seulement pour identifier ce qui est sauvable et peut être rendu, répond Diogo, traduit à son tour par Izko.

Minvielle rit, et ses hommes avec lui. Pas plus qu'Izko ou Diogo ils ne savent pourquoi, mais chacun estime qu'il vaut mieux rire avec le chef.

— D'accord... ils ne cherchent rien de spécial. Ça tombe bien, parce que je n'ai rien. Par contre, je sais qui a récupéré beaucoup. Et je peux vous conduire à lui. Avec plaisir. Mais il va falloir descendre de cheval : c'est à pied que l'on va là-bas. Et puis la journée est bien avancée. Nous partirons demain.

— Très bien, dit Izko, qui descend à son tour de cheval, comme les deux soldats de l'escorte. Merci pour votre hospitalité.

— Hospitalité ? Je ne suis qu'un pauvre berger dont le bétail a tendance à disparaître. Je vous aurais bien volontiers accordé l'hospitalité, mais je n'en ai pas les moyens. Par contre, vous pouvez partager les cabanes avec les bergers et les hommes qui travaillent ici. Il fait froid la nuit, vous verrez, mais vous vous tiendrez chaud.

Il leur tourne le dos et rentre dans sa maison.

L'un de ses hommes donne un coup de menton en direction d'Ignacio.

— C'est quoi ce bâton ?

Izco tourne la tête vers le Tupinamba et ses armes.

— C'est une massue casse-tête. Ça sert à fendre des crânes.

L'homme sourit et lève sa hache.

— Un peu comme ça, donc.

— Chez eux, d'après ce que j'ai compris, c'est un objet sacré.

— Oh ! Ici aussi, croyez-moi ! Et plus encore là où on ira demain. Il va avoir de la concurrence, votre Indien, pour fendre des crânes... En attendant, venez, on va vous installer et manger un peu.

Dans une des cabanes de planches au sol de terre battue, les hommes se serrent autour d'un foyer. Celui qui les a accompagnés leur donne du pain noir rassis frotté d'ail et un peu de lard. L'un des soldats de Gramont, sans doute habitué à mieux, plisse le nez.

— Profite de ce festin, à partir de demain, tu vas manger moins et ça sera aussi moins bon, crois-moi, dit l'homme de Minvielle.

— Ils sont si terribles, ces gens ? demande Izco.

— Oh oui ! Ici, nous ne sommes pas des anges. Mais ceux-là, *costejaires*, *vagants* et résiniers, ils sont certainement plus sauvages que votre Indien.

— Ils obéiront, crois-moi, dit le soldat qui s'est décidé à mâcher son pain.

— Ils obéissent qu'à Louis Bacquey. Et lui, il obéit à personne s'il y trouve pas un intérêt. Je vous conseille de pas le prendre de haut.

Le soldat hausse les épaules. Izco résume à Diogo et Ignacio la teneur de la conversation. Diogo hoche la tête. Ignacio sourit à l'idée de ne pas être le seul que l'on considère comme un sauvage. Il est curieux de découvrir ces gens. Il caresse les plumes écarlates de sa massue.

37

C'était une mauvaise idée. Il faut se rendre à l'évidence. Quand ils ont rejoint la pointe nord du lac après six heures d'une marche pénible, ils ont découvert que les eaux se fondaient dans un immense marécage complètement noyé en cette saison. Fernando espérait au moins trouver un bateau, une barque, sur le rivage. Rien. Les dunes sont plus basses mais plus mouvantes. Les bois plus dispersés. En certains endroits, des pins apparaissent, presque ensevelis, morts. L'océan gronde au loin et dans le ciel les nuages courent vers l'est, passent au-dessus d'eux, survolent cette autre rive inaccessible et continuent leur chemin.

Au moins n'ont-ils pas fait de mauvaise rencontre. Quelques ombres au loin, seulement, qu'ils ont pris soin d'éviter en profitant des replis du terrain. Alors qu'ils ont fait demi-tour depuis un moment déjà et que le soleil commence à descendre, Marie s'arrête sur une pointe de sable qui s'avance dans le lac. De là, la vue est dégagée vers le sud. Ils voient le bois qu'ils ont quitté ce matin. Mais aussi une fumée qui leur avait échappé jusqu'à présent. Couchée par le vent, elle semble être soufflée par les pins avant de se fondre lentement dans l'air limpide. Fernando rejoint la jeune femme qui cherche à savoir d'où cela peut venir. Elle serre sa main dans la sienne. Ce n'est pas un feu allumé par des hommes pour se réchauffer. Il y a trop de fumée pour cela. Et dans l'humidité ambiante, seul du bois sec, vieux, peut prendre. Il n'y a rien d'autre de ce côté-là du bois, à la limite avec le sable des dunes nues, que la maison d'Hélène. Ils se hâtent de grimper dans le sable sec, assez haut pour s'assurer de ce qu'ils devinent déjà. Essoufflés, ils voient enfin la ligne sombre des pins qui marque la limite de ce désert et, tout au bout de cette pointe qui y est enfoncée, là où la blancheur gagne sur l'ombre de la forêt, un nuage épais de fumée sombre sur lequel s'impriment parfois des lueurs orangées.

Marie reprend sa course. Tout droit. S'entrave dans le sol meuble. Se relève. Fernando la rattrape et la retient. Elle se débat. Il la tire vers lui et secoue la tête. Il est sûr que des hommes sont tapis dans l'ombre des arbres pour les accueillir. Marie se laisse tomber au sol et pleure. Fernando patiente. Il s'accroupit à côté d'elle en espérant qu'à cette distance on ne les a pas repérés. Il ne faut pas longtemps à Marie pour épancher son chagrin. Elle connaît tout ça. Trop. Et Fernando de même.

Ils rebroussent chemin aussi discrètement que possible afin de repasser derrière le relief de la dune.

Le jour meurt lentement, éclairé par les derniers feux du soleil qui se reflètent sur les nuages venus du large. Ils font un large détour et rampent dans le sable. Enfin ils aperçoivent la dune formée contre le pignon de la maison. Elle s'est délitée. Le sable a coulé sur les ruines fumantes dans lesquelles brillent encore des braises attisées par le vent. Des traînées d'étincelles volettent dans la charpente calcinée en partie effondrée. Face à eux, deux hommes se chauffent les mains au-dessus de ce foyer. Marie serre son couteau. Fernando a sa hache bien en main. La nuit tombe et les enveloppe d'ombre. Lentement, Marie et Fernando sortent de leur cachette. Ils contournent la ruine, courbés. Le sable étouffe le bruit de leurs pas. Le vent couvre leur souffle court. Ils ne sont plus qu'à quelques toises du côté ensablé de la maison lorsque Fernando s'arrête. Un troisième homme est apparu. Impossible de savoir d'où il est arrivé. Aucune de ces sentinelles ne parle. Il était sans doute là avant et a échappé à leurs regards. Ils attendent encore, étendus sur le ventre dans le sable froid pour s'assurer que personne d'autre ne va venir. Les trois hommes ne brisent pas vraiment le silence, mais à tout le moins le fendent-ils un peu en murmurant. Fernando ne distingue pas leurs armes. Certainement des haches et des couteaux. Peut-être même des bâtons. Il sent la fraîcheur et l'humidité du sol qui traversent son manteau. Il tremble. Il a froid. Il a faim. Il n'a plus beaucoup de patience. Alors il rampe à nouveau pour s'approcher encore. Marie le suit. Au coin de la maison en ruine, là où le sable monte toujours sur ce qui reste de ce pignon, ils ne voient plus les trois hommes. Mais les entendent. Fernando se souvient de l'Inde. De la côte de Malabar. Des assauts contre les pirates. De Bijapur et des combats sur terre. S'il a bien appris quelque chose là-bas, c'est que la ruse fonctionne parfois, mais que rien ne vaut un assaut direct et violent. Alors il se lève et marche droit vers les trois hommes. Il ne dit qu'un mot, « Hé ! », en levant la main gauche en signe de salut. Le plus proche lève aussi la sienne par réflexe. Elle n'est pas redescendue que la hache de Fernando a pénétré de biais sous son aisselle. Le soldat portugais fait un pas de plus pour abattre son arme sur le crâne du suivant. La hache reste plantée là comme dans une souche, et Fernando saisit le couteau à sa ceinture. Le corps du deuxième homme n'a pas fini de basculer que le troisième sent une lame pénétrer sous son sternum. Elle ressort aussitôt, remonte, passe derrière son menton et épingle sa langue à son palais. Fernando la dégage et tranche la gorge. Un cri étranglé noyé dans un gargouillis indique que derrière lui Marie a achevé le premier homme. Le silence retombe. On n'entend plus que le vent, l'océan au loin, le crépitement des braises et la respiration saccadée de Fernando. Comme les trois hommes avant que la mort ne les cueille, il s'approche de la maison pour se réchauffer. La poutre maîtresse s'est effondrée. Elle repose en diagonale entre le sol et un pignon qui ne va pas tarder à tomber lui aussi. Sur le sol, en partie ensevelie sous les débris, il voit une silhouette noire recroquevillée, comme un papier qui s'enroule sur lui-même lorsqu'on l'enflamme. Hélène a l'air beaucoup plus petite ainsi. Marie l'a vue aussi. Pas de larmes cette fois. Elle les a déjà versées. Du fond de sa gorge jusqu'à ses dents serrées, une seule parole se fraie un chemin : «Louis.»

38

L'herbe craque sous leurs pieds et leurs haleines se mêlent dans un nuage blanc qui brille sous la lune. Le jour n'est pas encore levé. Les hommes se préparent en silence. Ils portent des besaces légères dans lesquelles ils ont glissé du pain noir. Les deux soldats sont équipés de mousquets et de dagues. Ils laissent ici leurs épées encombrantes mais n'échappent pas aux moqueries des bergers de Minvielle. « Laissez aussi vos mousquets. Qu'est-ce que vous allez en faire quand vous aurez tiré une fois ? Le temps de recharger vous serez morts ! » Diogo comprend que s'ils ne veulent pas abandonner leurs armes à feu, c'est surtout qu'ils ont peur de ne pas les retrouver à leur retour. Il le conçoit volontiers. Les gens d'ici paraissent peu digne de confiance. Et si ceux qu'ils vont rencontrer sont pire encore, il se demande bien à quoi ils doivent ressembler. Les hommes de Minvielle ont entouré leurs pieds de chiffons pour se protéger un peu du froid piquant et ils regardent avec curiosité et un peu d'admiration Ignacio qui va pieds-nus. Une fine bande orangée commence à chevaucher l'horizon à l'est lorsque Minvielle sort enfin de sa maison. Il est vêtu comme les autres mais porte des souliers grossiers. Il a aussi un pistolet à la ceinture. Il observe ses hommes et ceux qui accompagnent Diogo et Ignacio. Il dit : « Treize », et pince les lèvres, puis désigne un des bergers : « Baptiste, tu restes ici. Autant mettre toutes les chances de notre côté. » Les douze hommes se mettent en route.

Les chemins qu'ils empruntent sont gorgés d'eau, mais la gelée de la nuit a durci le sol et rend leur progression plus aisée. Ils traversent des bosquets de bouleaux et de chênes, des landes désolées d'ajoncs, de bruyères, d'arbustes et d'herbes jaunes, puis parviennent enfin à la lisière des marais. Diogo saisit alors l'ampleur du problème : tout ici n'est que boue noire, roseaux, buissons immergés. L'un des mousquetaires de Gramont s'avance un peu. La fine pellicule de glace qui s'est formée sur une frange de la rive se brise dans un craquement satisfaisant. Un canard s'envole dans un battement d'ailes. L'homme jure en même temps que l'on entend un son mouillé et gras. Son pied droit s'est enfoncé et l'eau atteint presque son genou. Il agrippe une poignée de roseaux et tente de retirer sa jambe. Son camarade l'aide en le tirant sous les aisselles. Les deux finissent par tomber sur le cul. Devant eux, des bulles se forment là où l'eau pénètre à l'intérieur de la botte restée plantée dans la vase. Une odeur de décomposition et d'œuf pourri s'élève dans l'air frais. Minvielle et ses hommes rient de bon cœur. Les soldats, pas du tout. Diogo et Ignacio sourient. Celui qui a perdu sa botte veut la récupérer. Lorsqu'il essaie de s'en approcher, il s'enfonce à nouveau, recule vivement, le pied noirci d'une vase collante et puante. Il ôte à regret son autre botte. L'un des bergers lui tend des chiffons pour bander ses pieds. Ils suivent la rive un moment jusqu'à trouver une trace à peine visible. Des roseaux écartés au pied desquels le sol est un peu plus ferme. Ils avancent ainsi pendant un moment, cernés par la végétation, les yeux fixés sur les pas de ceux qui les précèdent afin de marcher précisément dans leur trace. Au bout de la sente, un trou d'eau plus profond entouré d'autres roseaux et de mottes d'herbes un peu plus hautes dont ils se servent pour avancer les pieds au sec. Rien ne vient troubler le silence sinon leur respiration, les clapotis de quelques poissons, les chants des oiseaux, et le bruit de leurs pas. Le soleil s'est levé depuis longtemps et chauffe leurs dos lorsqu'ils émergent enfin de ce labyrinthe d'eau, de plantes et de boue. Ils gagnent une terre plus ferme au pied de buttes boisées à la végétation presque luxuriante. Ils suivent encore le bord de l'eau jusqu'à un endroit dégagé, une zone plane où pousse une herbe brune sur un sol de sable et de terre mêlés. Des petites vaches les regardent avec moins de curiosité qu'elles n'en suscitent. Les hommes de Minvielle sortent de leurs besaces leur casse-croûte. Diogo demande par l'intermédiaire d'Izko s'ils sont encore loin de la mer. Minvielle répond que non. Deux heures de marche tout au plus. Mais il faut d'abord passer chez Louis Bacquey. Il tient ces lieux et surtout les gens qui y vivent… y survivent, plutôt. Bacquey saura ce qui s'est échoué, qui a ramassé quoi et ce qui peut encore être sauvé. Diogo demande s'il n'y aurait pas d'autres survivants que ceux qui sont arrivés à Bordeaux. Minvielle rit. Ce rire désagréable et éraillé qui irrite le jeune Brésilien. « Ici, dit le vieil homme, rien n'est impossible. Le problème, c'est qu'il y a des choses plus possibles que d'autres et que la survie d'un naufragé seul sur cette côte n'en fait pas partie. » Là encore, il faudra demander à Bacquey. Les hommes de Gramont renâclent. Ils voudraient que l'on se contente de voir où se trouve l'épave et s'il est possible d'en sortir quelque chose, en particulier les canons qui à eux seuls valent une fortune. Ils n'ont pas envie de s'attarder dans ce pays inhospitalier. Surtout celui qui a perdu sa botte. Ignacio reste stoïque. Son regard balaie les alentours et s'attarde aussi sur les hommes. Sa main reste toujours près de sa massue. Lui non plus n'aime pas Minvielle. Lorsqu'ils repartent tous en suivant un chemin qui monte à flanc de dune, le Tupinamba ferme la colonne. Durant la courte ascension, ils marchent sur un tapis de feuilles mortes. Les aiguilles de pins prises dans les branches de jeunes chênes aux troncs couverts de mousse forment parfois un rideau en travers du chemin. Les hommes de Minvielle traversent cela avec aisance quand les hommes d'armes qui les suivent ne cessent de se frotter le visage et les cheveux pour se débarrasser des débris et des toiles d'araignées qui s'y collent. La végétation est moins touffue en haut de la dune où l'on trouve surtout des pins et, à leurs pieds, des chênes verts, des arbousiers, des ajoncs et des brandes. Le sable est plus présent et une ligne plus claire au milieu du tapis d'aiguilles de pin révèle le chemin muletier qui mène à leur destination.

 Les hommes qui ouvrent la marche s'arrêtent. Sur la crête d'une dune plus haute, entre les pins, des ombres sont apparues. « On y est », dit Minvielle en levant le bras. Puis il crie des paroles indistinctes en direction des silhouettes dont les corps paraissent se détendre. Quelques minutes plus tard, après avoir rejoint le haut de cette butte, Diogo découvre le camp de résiniers. Installées entre les arbres, des cabanes sommaires dont les cheminées de brique crachent une fumée dense, un chemin central et, au bout, face à eux, comme chez Minvielle, un espace dégagé et une bâtisse plus grande en haut des marches de laquelle se tient un colosse. Il est appuyé négligemment contre un des poteaux qui soutiennent l'avant-toit. Sur cette terrasse se trouvent d'autres hommes dont un est au moins aussi grand que le premier. Minvielle paraît à l'aise, mais ceux qui l'accompagnent sont crispés. Les soldats de Gramont aussi, qui se retiennent de saisir leurs mousquets. Ignacio observe la scène avec détachement, ce qui rassure Diogo.

Minvielle parle le premier.

— Alors, Louis, où en es-tu avec mon bétail ?

— Bonjour, monsieur. Vous savez ce que c'est… nous vivons des moments agités ces derniers temps. Mais je cherche, et je pense que je ne vais pas tarder à trouver. Vous êtes avec des hommes de votre ami le gouverneur ? Et n'est-ce pas un Chinois drôlement coiffé qui les accompagne ? J'ignorais que ce peuple tirait à l'arc.

— Je compte sur toi, Louis. Je sais que tu feras de ton mieux. Il le faut bien. Les hommes du duc d'Épernon ont renoncé à venir. Ils attendent que le temps soit meilleur et les eaux plus basses. Ceux-ci sont envoyés par le comte de Gramont pour accompagner ce jeune homme et ce Chinois qui est en fait un Indien du Brésil, vois-tu. Ils sont mandés par le capitaine de l'armada qui accompagnait la caraque qui s'est échouée ici et voudraient voir ce qui peut être sauvé.

Louis écarte les bras en signe d'impuissance.

— Oh ! Bien peu de choses, je le crains. Les débris qui tombent sur la plage sont de peu de valeur. Il y a bien quelques ballots et tonneaux, mais ils sont gâtés par l'eau de mer. Peut-être aux beaux jours et lors des grandes marées sera-t-il possible de récupérer les canons et quelques objets à bord, si la mer n'a pas complètement détruit le bateau… En attendant, nous prenons soin d'enterrer les morts qui s'échouent et de leur offrir une sépulture chrétienne. Enfin, sauf pour les Nègres. Ils n'ont pas du tout l'air chrétiens, eux.

Izko traduit et Diogo lui pose une question qu'il transmet.

— Y a-t-il des survivants que nous pourrions ramener avec nous ?

Louis écarte de nouveau les bras.

— J'en ai sauvé un que j'ai confié à monsieur Minvielle. Je n'en ai pas vu d'autres, malheureusement.

Minvielle acquiesce. Diogo regarde l'autre colosse qui, lorsque Louis Bacquey a parlé, a tourné la tête, comme s'il s'attendait à voir quelqu'un apparaître. Ignacio sourit. Lui aussi a vu. On leur ment.

39

Ils ont attendu à l'affut, sous le couvert des arbres, que les braises refroidissent un peu. Il a commencé à geler au milieu de la nuit et ils se sont serrés l'un contre l'autre pour supporter le froid. Il n'est pas question de faire comme les trois hommes qu'ils ont tués et de se poster devant la maison calcinée à la vue de n'importe qui. Peu avant l'aube, ils s'approchent. La pellicule de sable gelé craque sous leurs pas. Le vent léger fait voler les cendres blanches du brasier apaisé. Fernando se souvient d'une neige lointaine lorsqu'il était enfant et cette pensée le réconforte et l'attriste. Il ne saurait dire pourquoi. Il déblaie le sol et écarte les morceaux de bois encore fumant sous lesquels se trouve le corps supplicié d'Hélène. Lorsqu'il en a fini, il le tire délicatement et le prend avec précaution dans ses bras. Le cadavre est léger, il n'y a plus guère que des os. Quelques dents blanches brillent en captant la lumière d'une étoile ou de la lune. L'odeur âcre et lourde de la chair brûlée empli ses narines et il craint qu'elle ne les quitte plus jamais.

À chaque pas qui l'éloigne de ce qui fut la maison d'Hélène, le sable refroidit un peu plus sous ses pieds. Marie est à quatre pattes près du pin fourchu que la dune ensevelit lentement. Elle creuse. C'est là et nulle part ailleurs que doit reposer la Sorcière. Dernier pied de nez à tous ceux qui n'ont jamais vu en elle qu'une pute vendue à Belzebuth. S'il n'avait pas brûlé avec le reste, elle y aurait ajouté son balai.

Il leur faut peu de temps pour enterrer Hélène. Le sable que les bourrasques de l'hiver amoncèleront ici cachera bientôt l'existence de cette tombe anonyme. Lorsqu'ils ont terminé, avant que les premiers rayons du soleil viennent filtrer entre les pins, Fernando sort son couteau et coupe les fils serrés qui tiennent à l'intérieur de sa ceinture le sac rouge. Il l'ouvre et montre les diamants à Marie. Elle hoche la tête. À quelques pas, en direction de l'est, après les premiers arbres, se trouve un arbousier au tronc tordu comme s'il avait poussé autour d'un tuteur. Fernando ôte délicatement la mousse verte à son pied, creuse dans le sable et enterre son butin. Il reviendra le chercher plus tard. Il l'a bien compris, il faudra affronter ceux qui les traquent. Et il est hors de question qu'ils aient les diamants. Soit il pourra revenir les chercher, soit personne d'autre que Marie n'en profitera.

Ils n'ont pas besoin de parler pour savoir que faire. Ni l'un ni l'autre n'a envie de continuer à se cacher ou à se heurter à des impasses en tentant de fuir.

Pour Fernando, tout cela a un sens. Il a cru brièvement avoir un contrôle sur sa vie. Il n'en est rien. Il continue de se retrouver au mauvais endroit. Il a beau se dire qu'il a tenu tête à Gonçalo Peres quand il était encore presque un enfant, qu'il s'est attiré la haine de dom Manuel de Meneses parce qu'il avait vu derrière sa carapace, qu'il a survécu aux pirates malabars, aux tigres, aux troupes du Grand Moghol, aux meilleurs hommes de l'Adil Shahi, au Saint-Office même, à deux trajets de la *Carreira da Índia* et à la pire tempête que l'on ait vue de mémoire d'homme... pour autant il n'est pas sûr d'échapper aux sauvages qu'il y a ici. Il sourit parce qu'il sait que Simão, à sa place, chercherait déjà comment raconter tout cela.

Marie, elle, n'a jamais autant contrôlé sa vie que depuis qu'elle a réussi à s'émanciper de son oncle. Elle le sait, maintenant, elle n'est prisonnière de rien ni de personne. La vie n'est pas toujours facile sur cette côte désolée, mais ni plus ni moins qu'ailleurs et nul ne lui donne d'ordres. Louis ne l'a toujours pas compris. Elle n'a pas envie de lui expliquer. Mais elle va le lui montrer.

40

Le spectacle qui les attend sur la plage est impressionnant. Bien qu'encore forte, la mer s'est calmée et, à la lueur de ce jour ensoleillé, la catastrophe telle qu'elle s'étale sous leurs yeux prend une apparence déconcertante et presque paradoxale. Calme et désordre. Drame antique et tragédie présente.

La marée est basse et la plage semble infinie. L'eau coule dans des rigoles creusées par les courants, se perd sur le rivage ou dans des cuvettes. Des vols de petits oiseaux tournent au-dessus des vagues et plongent ; quand ils ressortent, l'éclat des rayons de soleil pris dans les gouttes d'eau trace derrière eux un sillage argenté. Au large, prise sur un banc de sable que l'on devine à la blancheur de l'écume, la caraque *São Bartolomeu* n'est que ruine. Mais ruine immense, même vue du haut de la dune. La mer l'a suppliciée. Sa mâture n'est qu'un lointain souvenir, ses murailles sont fendues, des pièces de bois retenues par des câbles pendent sur son flanc. On dirait qu'elle est là depuis toujours, vestige ancien que l'océan aurait découvert. Sur la plage, les débris en partie ensevelis rendent cette impression plus puissante encore. Et pourtant, il y a aussi tous ceux qui jonchent encore le sol à perte de vue. Il est évident que les plus utiles et les plus précieux ont déjà été ramassés, mais des hommes et des femmes continuent de parcourir cette étendue dénudée par petits groupes, de retourner des pièces de bois, des tonneaux brisés, des ballots éventrés qui vomissent des tissus colorés ou des denrées pourries par l'eau salée. Diogo voit aussi les cadavres gonflés qui commencent à noircir. Certains sont nus, mutilés. Impossible de dire s'ils ont seulement subi les affres de cet orage biblique ou s'ils ont aussi été profanés par ceux qui arpentent la plage. Ce qui est sûr, c'est que Louis Bacquey a une drôle de manière d'envisager la sépulture chrétienne... Diogo le dit à Izko, qui traduit. Louis hausse les épaules : « On fait ce qu'on peut, mais il en arrive tous les jours des nouveaux... »

Ce que Diogo peine à comprendre, c'est comment celui qui a volé les diamants a pu s'en sortir. Même aujourd'hui, à marée basse, nager jusqu'au rivage depuis ce banc de sable sur lequel l'océan bouillonne serait un exploit. Et puis il y a ces gens sauvages. Louis et son compagnon qu'il appelle La Vive ne sont jamais que les spécimens les plus parfaitement effrayants de cette race d'hommes. Les autres sont plus petits, moins intelligents et moins retors que leur chef, mais ils sont nombreux, bien plus que ce que cet endroit désolé pourrait le laisser penser, et ne semblent connaître ni la pitié ni, tout simplement, la raison. Peut-être ont-ils tué ce naufragé parmi d'autres sans même s'apercevoir qu'il avait des diamants. Peut-être les a-t-il perdus avant d'atteindre la plage. Peut-être l'ont-ils tué et ont-ils gardé les diamants. Si tel est le cas, c'est Louis qui les a. Diogo ne veut pas rentrer sans quelque chose pour dom Manuel de Meneses. Au mieux, les diamants. Au pire, des informations. Même s'il s'agit de dire qu'ils sont perdus ou que le comte de Gramont et le duc d'Épernon, grâce à Minvielle, ont mis la main dessus. Ce qu'il veut avant tout, c'est ne pas décevoir le capitaine-mor. Lui montrer qu'il mérite sa confiance.

Le soleil commence à baisser. Louis annonce qu'il est temps de rentrer au camp. Ils pourront y passer la nuit. Les mousquetaires de Gramont pâlissent. Louis leur sourit. « Eh bien ! Vous n'appréciez pas notre hospitalité ? On ne va pas vous manger, ne vous inquiétez pas. » Des paroles que les hommes d'armes tentent de prendre avec dignité. Celui qui a perdu sa botte esquisse un sourire forcé. Louis lui fait un clin d'œil : « Ah ! On va se contenter de vous saouler et de vous dépouiller, hein ? » Les hommes autour de lui rient en exhibant leurs dents noires. Leurs yeux brillent. Ceux du deuxième soldat, le plus jeune, brillent aussi. Encore une remarque de ce genre et il va se mettre à pleurer, pense Diogo. Seul Izko, drapé dans sa dignité d'officier, reste stoïque en se contentant de traduire la teneur de la conversation à Diogo. Ignacio écoute et sourit. Il trouve tout ça amusant.

En traversant de nouveau le labyrinthe des dunes, leurs crêtes et leurs creux indistincts, les chemins invisibles suivis par Louis et les *costejaires*, Diogo se demande comment un étranger à ce pays pourrait y survivre sans aide au milieu d'une tempête hivernale. Ignacio, en revanche, n'a pas l'air si perdu. À sa façon de marcher, à son regard qui semble anticiper les changements de direction du groupe, il paraît avoir compris le fonctionnement intime de ce paysage pourtant si différent des lieux où il a grandi. Le Tupinamba sait trouver les repères infimes, une bande d'herbe vivace accrochée à une pente protégée du vent, un versant de dune à l'incurvation particulière, l'alignement de deux arbres lointains… Diogo se sent rassuré par cette présence amicale et sereine. Lorsqu'ils atteignent enfin la forêt et qu'ils s'engagent sur un sentier mieux marqué, Louis s'arrête. Les rayons du soleil déclinant passent à travers les arbres, et la douce lumière d'hiver coupe en deux le visage du colosse. La tête penchée et le regard perdu dans le vide, Louis écoute le silence. Quelque chose ne lui plaît pas. Il renifle l'air comme un animal à la recherche d'une proie. Il crache. Ses traits sont entièrement dans l'ombre maintenant. Il dit : « Ça brûle. » Au même moment, un homme surgit sur la dune devant eux. Il court. Il lui faut quelques secondes pour réaliser que le groupe est face à lui. Il s'arrête alors et crie : « Ta nièce et le Portugais. Ils sont là ! »

41

Maintenant qu'ils savent où aller, tout est plus simple. Fernando est épuisé, les derniers jours l'ont usé autant que ceux passés dans la tempête. Il marche pourtant d'un pas presque léger. Peut-être est-ce d'avoir laissé les diamants derrière lui. Il pense de nouveau à Sandra. Il sait qu'il ne la reverra pas. À Simão aussi. Nul ne connaîtra son histoire. Il n'y a plus de passé. Le futur est déjà écrit. Il peut enfin vivre. Une hache à la main, un couteau à la ceinture et à son côté une femme pieds nus, armée d'assez de détermination, il le sent, pour faire sombrer n'importe quel vaisseau qui lui barrerait la route, il avance à travers les bois. Le soleil matinal chauffe le sol givré d'où émane une fine brume d'eau riche des arômes de la terre. Ça sent l'humus, la résine et, plus que tout, les champignons. Il les voit par tapis, sur la mousse verte du sol, chapeaux bruns en forme de trompettes, pieds orangés translucides à la lumière. Il aspire l'air de ce jour et s'en gonfle les poumons comme un soldat libéré de son entrepont qui retrouve le tillac.

Ils se sont arrêtés plusieurs fois. Se sont dissimulés dans des fourrés pour éviter des résiniers et des *costejaires*. Ils ont vu passer ceux qui ont trouvé les cadavres de leurs camarades chargés de surveiller ce qui restait de la maison d'Hélène. À voir ces hommes s'agiter, Fernando se demande qui est le gibier et qui est le chasseur. Il lui suffit de regarder les yeux de Marie pour le savoir. Il est heureux de ne pas être celui qu'elle cherche. Le jour a commencé à décliner lorsque, après de longs arrêts et d'aussi longs détours, ils émergent de l'ombre des arbres pour pénétrer dans le camp de sauvages déguenillés auxquels il tente d'échapper depuis qu'il a posé les pieds sur la plage il y a si longtemps maintenant.

*
* *

Elle marche, décidée, entre les cabanes de résiniers. Les femmes la regardent passer. L'une d'elle, dans son dos, à mi-voix, la traite de putain. Elle n'y prête pas attention. À côté d'elle, Fernando avance, hache à la main et sourire aux lèvres en découvrant le camp et les regards des hommes qui s'y trouvent. On lit dans leurs yeux une multitude de sentiments. Ils sont interloqués de voir débarquer chez eux ceux qu'ils traquent depuis des jours. Ils se sentent insultés par cette apparition. On les nargue. Ils ont peur. On leur a dit de ramener Marie et le Portugais au camp pour les livrer à Louis. Maintenant qu'ils sont là, ils ne savent plus quoi faire. D'autant plus qu'ils se dirigent tous les deux vers le cabaret. Marie les voit s'écarter devant elle. Deux *costejaires* qui se trouvent sur la galerie du cabaret reculent lorsqu'elle en monte les marches. Avant de pousser la porte, elle s'adresse à eux : « Mon oncle est là ? » Ils secouent la tête. « Alors allez lui dire que nous l'attendons. » Le plus jeune des *costejaires* part en courant. Elle entre avec Fernando.

Le tripot de Louis est comme au premier jour où elle y est entrée. La poussière en suspension brille dans la lumière qui filtre entre les planches. Dans la cheminée, des braises rougeoient. Le comptoir est vide et, derrière, sur les étagères, pendus aux crochets, quelques provisions et des objets sauvés de la mer. Marie tisonne les braises, attrape une bûche contre le mur et la met dans le foyer. Les fines lanières d'écorce d'arbousier s'enflamment vite. Elle rajoute du petit bois pour aviver encore le feu, puis de nouveau une bûche. De pin, cette fois, qui ne tarde pas à prendre elle aussi en suintant de résine. Une autre encore. Fernando recule mais Marie continue à s'activer devant la cheminée, à ajouter du bois et à remuer les tisons. Concentrée sur sa tâche, elle n'affiche aucune expression. Les flammes s'échappent du foyer et s'élèvent devant. La tablette sur laquelle est posé un gobelet en étain commence à noircir. Une bûche se brise et fait chuter celles qui sont posées au-dessus. Elles roulent au sol où elles continuent à brûler. Marie s'approche du comptoir. Elle décroche la lampe à huile suspendue à une poutre et la jette dans les flammes. Lorsque l'huile s'embrase, elle jette une chaise. Le feu gagne. Et la fumée. Elle tousse. Fernando a placé le pan de son manteau devant sa bouche et son nez. Ses yeux pleurent. Ceux de Marie aussi, mais leurs larmes semblent venir de bien plus loin. Pourtant, elle lui sourit.

42

Tout le monde a accéléré le pas. On ne court pas, cependant. Louis, le visage sombre, le voudrait certainement, mais cela révèlerait son inquiétude et il ne peut pas se permettre de laisser paraître une quelconque faiblesse. Diogo et Ignacio se regardent. Tout va se jouer maintenant. Dom Manuel de Meneses leur a beaucoup parlé du point d'honneur et de la nécessaire dignité du gentilhomme portugais comme des soldats. Ils se doutent toutefois que cette valeur n'est guère partagée par ici. Il va y avoir beaucoup d'hommes, beaucoup d'armes et des diamants que tout le monde veut. Le point d'honneur risque de passer après les tractations diplomatiques qui elles-mêmes vont vite céder le pas à la loi du plus fort.

L'odeur qu'a senti Louis leur arrive enfin et ils voient à travers les arbres une fumée épaisse qui s'élève devant eux. Quand ils parviennent à la lisière du camp de résiniers, la maison devant laquelle Louis les a reçus plus tôt n'est plus qu'un immense feu crépitant dont la chaleur, même à bonne distance, vient réchauffer leurs visages. Devant les flammes qui s'élèvent vers le ciel, deux ombres. Une femme dans une longue robe sombre et un homme engoncé dans un manteau noir. L'espace d'un instant, Diogo pense à dom Manuel. La femme et l'homme s'avancent. Le garçon reconnaît le soldat qu'il avait vu à la Corogne et qui avait tant troublé le capitaine-mor.

*
* *

Fernando sent dans son dos, à travers son manteau, la brûlure de l'incendie. Il fait quelques pas en avant pour s'en éloigner. Les hommes, les femmes et les quelques enfants du camp reculent. Marie les toise. Cette fois, personne ne se hasarde à l'insulter. D'autres hommes arrivent enfin. Ils sortent du bois. Ils en suivent un qui semble taillé dans le roc. Un gros roc. Seul un de ses compagnons paraît un peu plus grand. Ils sont toute une bande de *costejaires* et de résiniers comme ceux qu'il a fui et que, pour certains, il a dû tuer. Vestes en peau de mouton, culottes noires, capes, barbes épaisses, cheveux longs et gras parfois dissimulés sous un bonnet de laine, pieds nus. Il y a aussi trois soldats en uniforme. Et enfin, il a la surprise de découvrir l'Indien et le garçon du Brésil. Les protégés de Meneses. Ainsi donc, le vieux capitaine-mor n'a pas changé. Il lui faut mener les missions jusqu'au bout. Que compte-t-il qu'on lui rapporte ? Le poivre qui noircit l'écume des vagues mourantes ? Les diamants, bien sûr… Fernando a parfois tendance à oublier combien même au bout du monde les nouvelles et les rumeurs courent vite. En attendant, tout ça fait beaucoup de haches et de couteaux, de bâtons, quelques mousquets et pistolets et même un arc et une drôle de hache en bois décorée de plumes rouges. Ça ne semble pas impressionner la fille qui se tient à sa droite, avec pour seules armes un couteau dans sa robe et une colère si froide qu'elle ne semble pas sentir le feu derrière eux.

*
* *

Louis bout de rage. Il ne doit pas le montrer. C'est difficile. Il élève la voix pour se faire entendre de sa nièce et de tous les autres : « On reconstruira ça en mieux. Il y avait plein de courants d'air. On va discuter et apaiser les choses. J'ai promis à ton père de prendre soin de toi. Merci de m'avoir ramené le Portugais, je le cherchais, justement. »

Izko s'avance : « Il est sous la protection du duc d'Épernon et du comte de Gramont. Nous allons nous en occuper. » Derrière lui, un des hommes de Minvielle lève son pistolet. La balle entre dans la nuque d'Izko qui tombe face contre terre. Les deux autres soldats lâchent leurs mousquets mais n'ont pas le temps de se saisir de leurs dagues. L'un reçoit une balle, l'autre un coup de hache dans la poitrine. Un *costejaire* se précipite sur Diogo, couteau à la main. La massue casse-tête d'Ignacio le frappe de biais et lui fracasse la mâchoire. Un autre lève sa hache mais déjà Diogo vient de lui planter sa dague dans le ventre. Son corps devient de chiffon, ses jambes cèdent sous lui. Minvielle a décidé de jouer sa partie tout seul, comprend le jeune portugais. De se débarrasser d'eux et de mettre la main sur les diamants de Fernando Teixeira. Il pourra toujours mettre ça sur le dos de Louis Bacquey.

Il a suffi d'une poignée de secondes pour que cinq hommes viennent arroser le sable de leur sang. Assez de temps pour que Louis se retourne et voie Minvielle se rapprocher, lui aussi avec un couteau. Louis le frappe au bras du tranchant de sa hache. L'arme tombe mais pas la main, sectionnée en partie seulement, qui pend à son poignet comme une fleur fanée. Minvielle lâche un soupir de déception au moment où le deuxième coup, porté au niveau de sa gorge, vient le faire taire définitivement. L'un de ses hommes, qui n'a pas eu le temps de recharger, frappe Louis à la pommette avec la crosse de son pistolet. La Vive saisit ses cheveux et lui tord le cou. D'autres *costejaires* et résiniers s'occupent des trois autres bergers de Minvielle. Louis sourit à Diogo en essuyant le sang qui coule sur sa joue et dit : « On ne peut vraiment, mais alors vraiment faire confiance à personne. »

Fernando voit Marie sortir son couteau et s'avancer vers Louis qui lui tourne le dos. Il la rattrape. Tire son bras. Elle résiste un instant. Il lui fait signe de le suivre. C'est maintenant ou jamais. L'envie de vivre prend le dessus. Et de laisser tous ceux-là s'entretuer. Ils font demi-tour et s'enfuient en courant.

Diogo tient sa dague. Prêt à combattre. Il entend le bruit d'une flèche qui file. Ignacio tient son arc en main. La corde vibre encore. Un *costejaire* qui se précipitait vers lui avec une hache trébuche et glisse au sol, transpercé. Un autre crie en montrant la maison en feu. La fille et le soldat portugais ont profité de la confusion du combat pour disparaître derrière le rideau de flammes. Louis et La Vive essaient de rameuter leurs hommes pour traquer les fugitifs. En quelques minutes Louis a perdu son cabaret et son autorité. Les gens d'ici peuvent courber l'échine devant plus fort qu'eux mais il ne faut pas laisser paraître le moindre signe de faiblesse. Il n'a pas réussi à tenir sa nièce. En tuant Minvielle, il a mis toute la communauté en danger. Et ils ont aussi sur les bras les cadavres des soldats de Gramont. Leur disparition présage des semaines difficiles lorsque l'on viendra à leur recherche. Plus personne ici n'est disposé à le suivre. Les résiniers rejoignent leurs cabanes. Les *costejaires* s'égayent dans les bois. La lueur des flammes est plus forte. Le soleil est en train de se coucher. Diogo et Ignacio en profitent pour se fondre dans l'ombre de la forêt. Ils ont une mission à accomplir.

43

Marie ne les connaît pas, mais elle sait qu'il existe des passages pour contourner le lac. Elle n'en a guère envie, mais il va falloir tenter de traverser les marais. L'essentiel, pour le moment, reste de mettre de la distance entre eux et Louis. Et aussi ces deux étrangers, le garçon et l'autre avec ses armes étranges et sa drôle de coiffure. Elle ne s'embarrasse pas à chercher les sentiers qui traversent les dunes et les bois. Elle se contente de courir tout droit en gardant le soleil couchant légèrement à droite derrière elle. Les autres ne vont sans doute pas tarder à se lancer à leur poursuite, à moins qu'ils décident de s'entretuer, une possibilité tout à fait acceptable à son goût. Alors il faut creuser l'écart. Plus ils avancent vers le sud-est, laissant derrière eux les dunes les plus hautes, plus ils s'enfoncent dans l'ombre. Ils suivent une pente boisée, s'égratignent aux buissons, s'entravent sur des racines, se font fouetter par des branches, et soudain, au sommet, une vaste étendue plane se révèle à eux. Ils voient les reflets de l'eau et devinent les roseaux jaunes, les rares bouleaux dont l'écorce blanche réfléchit la pauvre lumière du soir. Au-dessus, dans un immense ciel bleu sombre, des étoiles vertes commencent à briller.

Marie cherche un passage. L'eau est haute et il est facile de s'enfoncer dans la boue. Elle finit, dans la pénombre, par trouver un petit bois de saules dans lequel elle s'engage, suivie de Fernando. Le sol est spongieux et la vase aspire parfois leurs pieds mais ils avancent et débouchent sur une nouvelle étendue d'eau entourée de roseaux. Fernando prend la tête. Il s'engage dans l'eau froide. Le fond est mou et glissant mais praticable. L'eau lui monte assez vite à la taille et, à partir de là, la profondeur ne change plus. Ils traversent. Le passage suivant, dans les hauts roseaux est plus difficile. Il faut se frayer un chemin parmi les plantes, tirer fort sur les jambes que la boue épaisse emprisonne. Et puis le froid s'abat avec la nuit. Ils soufflent, transpirent et l'humidité les glace. Quand ils atteignent enfin une légère butte au sol plus dur, un îlot d'herbe basse perdu dans cette mer de boue et de joncs, ils s'arrêtent et tendent l'oreille. Dans le silence ils entendent quelques éclats de voix lointains. Le rideau de végétation qui les dissimule les empêche aussi de voir, mais bien vite, ils distinguent dans le ciel une traînée de fumée assez proche. Marie estime qu'elle provient du bois de saules. Louis les a donc suivis. Fernando pense la même chose et ce feu dans la nuit lui rappelle d'autres nuits lointaines dans le canal du Mozambique, lorsque dom Meneses tenait à ce que les Anglais le voient. Ici, ce sont les prédateurs qui font du feu, pas les proies. Ces gens-là, au fond, sont peut-être plus normaux qu'il ne pensait. Il grelotte et Marie aussi. Ils s'assoient et se serrent l'un contre l'autre pour passer la nuit, s'abandonnant parfois à quelques minutes d'un sommeil léger.

La gelée blanche se forme sur leurs vêtements humides quelques heures avant le lever du jour. Ils ont faim, ils ont soif, ils ont froid et ils sont épuisés. Lorsque la lumière de l'aube leur permet de voir où ils posent le pied, ils reprennent leur marche harassante dans le marécage. Ils ont un peu avancé lorsqu'ils entendent des oiseaux battre des ailes en s'envolant derrière eux. Ils se doutent que Louis aussi vient de se remettre en route. Le vent se lève et des nuages venus de la mer obscurcissent le ciel. Ils perdent la notion du temps. Derrière eux, ils entendent parfois des éclats de voix, d'autres oiseaux qui s'envolent. Il leur semble que l'écart avec Louis diminue, mais ils ne peuvent pas accélérer l'allure. Lorsqu'enfin ils émergent du marais par un bosquet de bouleaux, de saules et de quelques chênes, c'est pour se retrouver face à la lande inondée. Sur l'autre rive, celle qu'ils ont quittée, au-dessus de la forêt sombre, les fumées du camp de résiniers, si lointaines, plient sous les rafales. Plus au nord, les dunes blanches descendent dans les eaux du lac pour s'y dissoudre. De ce côté, toujours vers le nord, quelques bois et, comme surgissant des eaux, un bâtiment de pierre blanche. Marie s'arrête pour le regarder. Il y a si longtemps. Elle ne sait plus ce qu'elle redoute le plus : retrouver ce lieu ou le moment où Louis va les rattraper. Ils ne feront qu'y passer. De là, elle connaît le chemin pour rejoindre Bordeaux. Ensuite, là-bas... elle verra bien et Fernando aussi.

Louis et La Vive ont veillé toute la nuit auprès du feu. Ils ont suivi les traces de Marie et du Portugais jusqu'au bois de saules qui permet de pénétrer dans le marais. Louis sait que sa nièce n'est pas loin et qu'elle les entend. Il l'espère. Il veut qu'elle le sente approcher, qu'elle ait le temps d'imaginer ce qui va lui arriver quand il mettra la main sur elle. Le Portugais, ils le tueront vite.

Il n'a d'autre intérêt que les diamants qu'il transporte. L'idée qu'il ait pu les cacher a traversé l'esprit de Louis. Mais il lui faudrait alors revenir et il n'en a certainement pas envie. Et quand même ce serait le cas, Louis prendra plaisir à œuvrer pour lui faire cracher le lieu de sa cachette. Le vrai travail commencera ensuite. Il faudra revenir au camp et remettre tout le monde au pas. Faire disparaître les morts. Trouver une histoire à raconter lorsque le duc d'Épernon enverra des gens.

Les traces les mènent jusqu'à un trou d'eau. Ils le traversent sans hésiter. De l'autre côté, sur une petite butte au sol sec, aussi sec que peux l'être une clairière dans ces marais en hiver, ils voient de l'herbe couchée là où ceux qu'ils poursuivent ont passé la nuit. Lorsqu'ils sortent du marais, ils aperçoivent sur la lande les deux silhouettes noires qui avancent péniblement vers le nord. Louis s'arrête et pousse un hurlement bestial. Les deux ombres se tournent vers lui. Louis lève la main et les salue. Il rit. Puis tout le monde se remet en marche. Un peu plus vite.

Tout à coup, un cri. Diogo se rappelle les batailles de Salvador de Bahia et les hurlements des hommes montant à l'assaut. Ignacio prend son arc en main. Ils suivent Louis Bacquey et son homme depuis la veille, en silence. Assez loin pour ne pas être repérés, assez prêt pour ne pas les perdre. Ils n'ont même pas besoin d'être très discrets. Ils ne font pas partie de ce qui se joue devant eux. Louis est focalisé sur les fuyards. Diogo compte que les choses se régleront toutes seules. Lui et Ignacio attendront de voir qui l'emporte et interviendront ensuite pour mettre la main sur le voleur et, il l'espère, récupérer les diamants.

Depuis l'orée du bois, ils voient la lande nue, ses herbes jaunes courbées par le vent, mer végétale, les buissons marron, l'eau qui brille un peu partout et quatre ombres qui pataugent là-dedans en essayant de rallier un autre bois et des bâtiments qui se découpent sur la ligne d'horizon. Diogo a froid, et l'idée de traverser encore toute cette étendue noyée lui pèse. Ignacio, lui, semble à son aise. Il s'est adapté bien plus vite au climat de ces latitudes et de cette partie du monde. Le simple fait de ne plus être prisonnier d'un bateau, de pouvoir se mouvoir librement, lui a fait retrouver sa vitalité. Mieux : il a l'air bien ici. Il sourit à Diogo et dit : « Allons-y. »

44

Presque rien n'a changé. Tout est mort. L'eau est partout et elle a passé le seuil de la chapelle. Les chemins ont disparu, gagnés par la végétation, submergés. Elle n'entend plus que le sifflement du vent et le clapotis des vaguelettes. Elle marche jusqu'à la maison de ses parents. La porte a disparu. Le toit s'est effondré sous son propre poids lorsque les murs sapés par l'humidité ont bougé. À l'intérieur, rien de la vie d'avant. C'est vide. Au sol, au bord d'une flaque, brille seulement une épingle. Marie voudrait la lier à un souvenir particulier. Sa mère en train de coudre à la faible lumière de la cheminée, ou en train de fermer une robe... rien ne vient. Elle reste là, bras ballants.

Fernando attend, quelques pas en arrière. Il pensait avoir vu la désolation dans le camp de résiniers. Ce côté-là n'est pas beaucoup plus accueillant. Il ne sait pas où Marie voulait le mener, mais il est évident que c'est ici que tout va se terminer. Ou commencer, pourquoi pas ? Il se retourne pour observer les deux hommes qui approchent. Dans quelques minutes, ils seront là. Il pense qu'il a ses chances. Ils sont grands tous les deux, forts mais lents. Il est épuisé mais a connu des combats plus inégaux. S'il réussit à se débarrasser d'eux, il pourra envisager la suite. Dans le cas contraire, il a la satisfaction de savoir qu'ils ne trouveront jamais les diamants. Même s'ils épargnent Marie, elle ne dira rien. Il pose sa hache en les attendant. Elle pèse depuis trop longtemps au bout de son bras. Et puis il s'assoit sur le rebord d'un abreuvoir dans lequel l'eau est recouverte d'une mousse marron. Mais sous ses doigts, il sent des lignes. Il se penche pour regarder. L'abreuvoir est un sarcophage. Il jette un œil en direction de la chapelle et de son cimetière. Décidément, les gens d'ici n'en finissent pas de l'étonner. Ils ont profané une tombe pour faire boire leurs bêtes, dans un endroit submergé la majeure partie de l'année. Il y a certainement une leçon à tirer de ça, mais dans l'immédiat il ne voit pas trop laquelle, si ce n'est qu'une fois que l'on est mort plus rien n'a vraiment d'importance. S'il pouvait, il aimerait énoncer cette saillie philosophique à Simão. Ça le ferait rire. Il lui conseillerait sans doute de s'en tenir à ce qu'il sait faire et de continuer à tuer des gens plutôt que de s'interroger sur le sens de la vie ou de la mort. Il frissonne et se lève. Frotte ses bras pour se réchauffer un peu. L'oncle de Marie s'est rapproché et ne va plus tarder. Quelque chose, plus loin, attire son attention. Il observe la lande immense, ne voit rien d'abord, puis distingue une tache rouge minuscule. Et deux hommes. Il se souvient des plumes écarlates de la massue de l'Indien. Ils suivent Louis à distance. Les cartes, une fois encore, sont rebattues. Il a bien raison de ne croire en rien.

Marie le rejoint. Le vent continue de souffler en rafales et le village mort geint à chaque bourrasque qui vient s'insinuer dans une fente ou faire grincer une pièce de bois pourri. Les nuages noirs venus de la mer traversent le lac et s'amoncellent. Ils donnent à la surface de l'eau une teinte d'obsidienne zébrée par les moutons du clapot. Marie tire sur son bonnet. Fernando voudrait pouvoir remonter le col de son manteau assez haut pour protéger ses oreilles glacées. Les hommes qui approchent dans leurs peaux de mouton sales ne sentent pas le froid. La colère les réchauffe. Ils ont passé la chapelle, soulevant des gerbes d'eau à chaque pas, et sont maintenant à portée de voix.

— On va en finir vite, parce que je suis fatigué, crie Louis à Marie.
— J'espère bien.
— Commence par dire à ton Portugais de nous donner les diamants. On règlera les affaires de famille après.
— Je ne parle pas sa langue. Il va falloir venir lui demander.

La Vive s'avance. Il porte sa hache sur l'épaule, presque négligemment. Il est fatigué lui aussi. Fernando se baisse et ramasse la sienne. Il se campe sur ses jambes et attend. Louis s'est aussi mis en mouvement. Il marche de manière à arriver par le côté. Marie sort son couteau. Louis la voit et secoue la tête. Il va peut-être falloir régler les affaires de familles aussi rapidement et définitivement que les autres.

Ensuite, tout va très vite. La Vive, plus rapide que ne laissait présager son air pataud et las, efface les derniers mètres qui le séparaient de Fernando au pas de course. Il pousse un cri et abat sa hache sur le soldat portugais. Fernando tente d'esquiver tout en avançant vers son adversaire. La lame de La Vive entaille l'épaule gauche de son manteau au moment où, de la main droite, il frappe le géant au genou. La jambe se tord et cède dans un craquement que le cri de l'homme vient couvrir. Ils glissent tous les deux dans la boue. La Vive a lâché son arme et, les yeux exorbités, hurle sa douleur lorsqu'il voit les éclats d'os qui traversent sa peau. Fernando, assis, pose ses mains au sol pour se relever, mais son bras blessé ne lui obéit pas et ses talons glissent. Louis a écarté Marie de son chemin du plat de la main, comme on se débarrasse d'une mouche agaçante. Il est déjà sur Fernando mais il se raidit et se cambre. Marie vient d'enfoncer son couteau dans les reins de son oncle. Il se tourne vers sa nièce. Marie plonge son regard dans le sien et enfonce à nouveau sa lame. Dans le ventre, cette fois. Louis grimace et lève sa hache. Une flèche traverse son cou. Il bascule. Étendu sur le côté, la tête dans une flaque, il cherche de l'air. Marie relève un peu sa robe, enjambe son parrain, s'assoit à califourchon sur son épaule et, des deux mains, enfonce sa tête dans l'eau boueuse. Il devrait déjà être mort, pense-t-elle, et pourtant il se débat encore. Il se cambre, s'agite. Elle se souvient de cette fois où Pèir avait attrapé un des petits chevaux qui déambulaient dans une lède. Il l'avait fait monter sur la croupe de l'animal qui s'était mis à ruer et avait fini par la projeter sur le tapis de mousse humide. Pèir était venu la relever et ils avaient ri ensemble. Elle ne rit plus aujourd'hui, et le souvenir du garçon qu'elle a aimé lui fait un peu plus assurer sa prise sur les cheveux de son oncle dont les mouvements faiblissent. Elle commence à reprendre conscience de ce qui l'entoure lorsque les cris de La Vive cessent. Fernando vient d'abréger ses souffrances et se tient à nouveau debout, avec sa hache dont le tranchant est ensanglanté. Son bras gauche pend, comme mort. Il regarde la lande. Au bruit du vent se mêle celui de pas dans l'eau. Elle tourne la tête dans la même direction. L'Indien trottine vers eux, son arc en bandoulière et sa massue à la main, suivi par le garçon, quelques pas en arrière.

45

Ignacio est satisfait de son tir. Il visait la poitrine imposante de l'homme mais la flèche est partie un peu haut. Rétrospectivement, il frémit à l'idée qu'il aurait pu toucher la femme, mais les vieux réflexes ont pris le dessus. Tant mieux. La femme... elle s'en est bien sortie. Elle aurait mérité de couper les mains et la tête de son ennemi. Il s'arrête à quelques pas d'elle et du Portugais avec la hache en attendant Diogo. Il ne sait pas ce qui va se passer maintenant. Il n'est pas sûr du tout que le Portugais veuille donner les diamants. L'idée de le tuer le dérange un peu. Il a, comme lui, l'air d'avoir beaucoup voyagé dans des lieux où il ne voulait pas forcément aller.

Diogo regarde la scène, sa dague inutile à la main. Le corps de Louis est immobile, face enfoncée dans la flaque où se diluent des volutes de sang. Celui de son acolyte avec sa jambe presque arrachée et son visage ouvert comme un fruit trop mûr est étendu à quelques pas. La femme les fixe de ses yeux noirs encore emplis de colère. Le soldat portugais avec son bras inutile et sa hache affiche un air las. Lui aussi est fatigué et voudrait en finir.

— Je vais avoir besoin des diamants. Je dois les rapporter.

— Non.

— Je te laisserai libre. De toute manière, je ne vois pas comment je pourrais te ramener, sauf à te tuer, et je n'en ai pas envie.

Fernando sourit.

— Tu n'en as pas les moyens tu veux dire. Il va falloir te battre, pour me tuer. Ils sont nombreux à avoir essayé, aucun n'a réussi.

Diogo garde le silence durant quelques secondes.

— Je ne suis pas seul. Si je ne te tue pas, Ignacio le fera.

Ignacio acquiesce.

— Alors je vous tuerai tous les deux, répond Fernando en haussant son épaule droite. On dirait que nous n'avons pas le choix.

— Bien sûr que si. Tu as le choix de nous donner les diamants et de vivre.

— Tu as quel âge ? Moi, j'ai… je ne sais pas trop, vingt-cinq ou vingt-six ans et j'ai l'impression d'en avoir mille. Voilà plus de dix ans que mon métier consiste à me battre. Pas pour moi. Pour des gens plus puissants qui m'achètent pour pas très cher. Je suis un des milliers de bras armés qui maintiennent en vie des empires qui ne le méritent pas. Comme toi et comme lui. Aujourd'hui, je m'en vais avec ma part ou bien je meurs. Mais plus personne n'aura rien de moi que je n'ai décidé moi-même d'offrir.

— Je ne le fais pas pour un roi ou un empereur. Je le fais pour l'homme qui m'a donné la chance de devenir quelqu'un d'autre.

Fernando rit.

— Meneses ? Quelle chance t'a-t-il offerte ? Un naufrage ? J'y ai eu droit. Et j'ai vu ce qu'il était : un homme comme les autres, qui a peur, qui se plie aux ordres de plus fort que lui et qui pour ça se croit meilleur.

Je l'ai admiré un moment, moi aussi. Mais il faut se rendre à l'évidence. Tu n'es jamais qu'un pion à son service. Et si tu veux ces diamants, c'est seulement pour lui plaire. Reviens les mains vides et tu ne seras plus rien… ou plutôt tu seras un peu moins encore que le rien que tu es déjà. Bon sang, le simple fait d'être ici devrait te le faire comprendre ! Qu'est-ce qu'on fait là ? Dans la boue, le froid, les dunes et les marées, et ces sauvages qui tuent au hasard et sont à peine plus libres que nous.

Il regarde le corps de Louis.

— Enfin, un peu plus libres maintenant… jusqu'à ce qu'un nouveau gars plus fort arrive ou que le roi, le gouverneur ou qui sais-je encore vienne les mettre au pas. Et les diamants n'y changeront rien. Ni pour toi si tu les rapportes, ni pour moi si je les garde. Alors viens les chercher et qu'on en finisse. Je n'ai pas que ça à faire. Il faut que je meure ici ou que je vive enfin ailleurs.

Diogo est troublé. Il voit qu'Ignacio l'est aussi. La femme est inquiète. Tendue. Il hésite. Il a traversé l'océan pour suivre dom Manuel. Il a entraîné Ignacio avec lui. Ça n'est pas pour abandonner ici, dans cet endroit désolé. Où irait-il maintenant, de toute façon ? On ne lui rendra pas ce qu'il a perdu, mais il a encore le temps de se forger une vie nouvelle. C'est maintenant qu'il va choisir à quoi elle ressemblera.

Marie ne sait pas ce qui s'est dit, mais elle sait que le moment est crucial pour eux et pour elle. Elle s'avance pour s'interposer entre Fernando et le garçon. Ignacio pose la main sur son bras et elle s'arrête.

Diogo tient toujours sa dague. Une bourrasque frappe son visage et rafraîchit les larmes qui y coulent. Il fait un pas vers Fernando.

46

Côte du Médoc, printemps 1688

Les six hommes avancent lentement sur la plage en suivant le bas de la dune. À l'arrière, deux d'entre eux mènent des chevaux par la bride. En avant, deux hommes étirent une chaîne en ligne droite et un autre, plus jeune, plante dans le sable, à intervalles réguliers, des bâtons auxquels sont attachés des chiffons blancs. Derrière eux, compas et règle en main, celui qui dirige la manœuvre s'est agenouillé et prend des notes. Puis il tourne la tête vers la dune et son regard s'arrête sur une butte de sable un peu plus haute et plus avancée que les autres. Ce sera un point de repère idéal pour commencer à trianguler. Le soleil est haut dans le ciel et l'éblouit alors qu'il grimpe péniblement vers ce promontoire. Ses pieds s'enfoncent et glissent dans le sol qui se dérobe. Il sent la sueur perler sur son front et le sable sec porté par le vent qui le fouette et se colle à sa peau moite.

Claude Masse est fatigué d'arpenter le sable depuis des semaines pour accomplir la tâche qui lui a été confiée par le roi. Patiemment, il prend ses relevés. Cet hiver il lèvera les cartes de ces côtes et rédigera les mémoires qui doivent les accompagner. Tout cela servira au Conseil du roi pour éventuellement lancer des travaux afin de défendre la côte en cas d'attaque anglaise. Il n'y aura pas grand-chose à faire ici. Les dunes sont déjà des forteresses, et les marais qui s'étendent derrière elles, des douves bien larges. C'est son premier voyage ici et il pourrait aussi bien se trouver au bout du monde. L'immensité et la monotonie de cette côte jonchée d'épaves, la rareté des points de repère, la méfiance des quelques hommes qu'ils croisent ne le rebutent pas, bien au contraire. S'il ne sait pas encore que cette mission l'occupera presque toute sa vie, il sent d'une manière indéfinissable qu'il se trouve très exactement là où il doit être.

Quand il arrive au sommet de la dune, crachant le sable qui s'est insinué dans sa bouche et y a laissé un goût terreux et salé, il est surpris de voir un homme assis dans un creux entre deux monticules qui le protègent du vent du nord. Il les observait. L'homme le regarde sans mot dire et hoche la tête pour le saluer. Il a la peau sombre, tannée par le soleil, et les yeux plissés par l'aveuglante lumière qui se réverbère sur l'eau et le sable blanc. Habitué depuis qu'il a quitté l'intérieur des terres à ne croiser que ceux que l'on nomme ici *vagants* ou *costejaires*, vagabonds de la côte, voleurs à l'occasion, naufrageurs dit-on parfois, mais surtout pilleurs de ce que l'océan veut bien rejeter, il ne s'attendait pas à cette rencontre. Les *vagants* fuient les hommes qui portent le chapeau, symbole d'une autorité qu'ils craignent autant qu'ils la haïssent, et Masse a eu bien du mal à se renseigner sur la région malgré l'aide de deux assistants gascons qui parlent la langue locale. Il saisit l'outre en peau qu'il porte en bandoulière et se rince la bouche. Il la tend ensuite vers l'homme qui refuse d'un signe de la main. Claude Masse se retourne et appelle un de ses assistants.

Il faut profiter de ce qu'un habitant du pays ne détale pas devant eux pour en tirer quelques informations.

L'homme se présente comme un commerçant. Il tient, dit-il, une sorte de cabaret et de magasin général dans un camp de résiniers. Il fournit les denrées essentielles à la survie ici : du lait, de l'huile, de la farine, du tissu, quelques outils, du vin... Cela fait plusieurs générations que ce commerce existe. Quant à l'endroit où ils se trouvent, on l'appelle ici le Truc de la Caraque. L'assistant de Masse lui explique que, dans le dialecte qui se parle ici, le *truc* est une dune. L'homme entraîne le cartographe à sa suite au sommet de la dune. La marée est descendante. Il indique à Claude Masse un endroit, un peu au large, où des vagues grossissent avant de redescendre pour venir se briser près du rivage. Là-bas, explique-t-il, lors des grandes marées, quand la mer recule loin, on voit apparaître le squelette brisé d'un immense bateau.

Masse à l'habitude de ces récits. Il a vu bien des épaves depuis quelques semaines. Elles lui ont régulièrement fourni du bois pour faire du feu le soir et bivouaquer. L'homme dit que le naufrage a eu lieu du temps de ses grands-parents. Il s'agissait d'une caraque portugaise qui revenait d'Inde. Elle faisait partie de toute une flotte qui s'est échouée le long de la côte, mais c'était de loin le bateau le plus grand. Elle était chargée d'immenses richesses et commandée par un prince. Masse demande s'il y a eu des survivants. Oui, répond l'homme. Mais ils ont été massacrés par les habitants. Masse rougit, mal à l'aise. L'homme rit : « Vous savez, nous sommes un peu plus accueillants maintenant... » Il cligne de son œil en amande et ajoute : « Enfin... restez quand même groupés. » Il tourne le dos à Claude Masse, lève la main et commence à s'éloigner. Il s'arrête, se retourne vers le cartographe : « Si vous voulez dormir à l'abri du vent ce soir, suivez la direction de ces arbres, là-bas au fond. Et quand vous croisez quelqu'un, demandez-lui de vous indiquer le magasin du Chinois. Tout le monde à un surnom, ici. Le mien n'est pas original. On appelait déjà mon grand-père comme ça lorsque ma grand-mère a hérité du magasin de son oncle. »

Remerciements

Merci à dom Manuel de Meneses et dom Francisco de Melo d'avoir, il y a plusieurs siècles de cela, couché sur le papier leurs récits de cette tempête qui les a jetés un matin de janvier 1627 sur la côte basque. Merci à Jean-Yves Blot et Patrick Lizé de les avoir édités, expliqués et contextualisés dans *Le naufrage des Portugais sur les côtes de Saint-Jean-de-Luz et d'Arcachon*, paru en 2000 aux éditions Chandeigne. Merci aux éditions Chandeigne de leur immense travail sur le monde lusophone, et plus particulièrement d'avoir réuni dans la collection «Magellane» tous ces récits de voyageurs et de naufrages. Ce roman leur doit beaucoup. Précisons-le d'ailleurs : bien qu'il parte de faits historiques, ce livre est une fiction. J'ai pris la liberté de m'éloigner assez souvent de la réalité.

Merci enfin à Mikael qui, à quelques pas des rues de Magalhaes et d'Elkano, a permis à ce livre de s'écrire, à Caroline Thomas pour sa patience, à Sébastien Wespiser pour y avoir cru dès les premiers instants et à l'équipe des éditions Agullo pour sa confiance.

Déjà parus chez Agullo Fiction

Soufiane Khaloua
La Vallée des Lazhars

Faruk Šehić
Le Livre de l'Una

Sigbjørn Skåden
Veiller sur ceux qui dorment

Jurica Pavičić
La Femme du deuxième étage

Laura Mancini
Rien pour elle

Magdaléna Platzová
Le Saut d'Aaron

Dragan Velikić
La Fenêtre russe
Le Cahier volé à Vinkovci

Osvalds Zebris
À l'ombre de la Butte-aux-Coqs

Astrid Monet
Soleil de cendres

Maria Galina
Autochtones
L'Organisation

Joe Meno
La Crête des damnés
Le Blues de La Harpie
Prodiges et Miracles

Viliam Klimacek
Bratislava 68, été brûlant

Bogdan Teodorescu
Le dictateur qui ne voulait pas mourir

Dmitri Lipskerov
Léonid doit mourir
L'Outil et les Papillons
Le Dernier Rêve de la raison

Jaroslav Melnik
Espace Lointain

Saad Z. Hossain
Djinn City
Bagdad, la grande évasion !

S.G. Browne
Héros secondaires
La destinée, la Mort et moi, comment j'ai conjuré le sort

Vladimir Lortchenkov
Le Dernier Amour du lieutenant Petrescu

Anna Starobinets
Refuge 3/9

Rui Zink
Le Terroriste joyeux
L'Installation de la peur

Déjà parus chez Agullo Noir

Maryla Szymiczkowa
Le Rideau déchiré
Madame Mohr a disparu

Miguel Szymanski
La Grande Pagode
Château de cartes

Jurica Pavičić
L'Eau rouge

Arpád Soltész
Le Bal des porcs
Il était une fois dans l'Est

Valerio Varesi
La Main de Dieu
La Maison du commandant
Or, Encens et Poussière
Les Mains vides
Les Ombres de Montelupo
La Pension de la via Saffi
Le Fleuve des brumes

Frédéric Paulin
La Nuit tombée sur nos âmes
La Fabrique de la terreur
Prémices de la chute
La Guerre est une ruse

Wojciech Chmielarz
Les Ombres
La Cité des rêves
La Colombienne
La Ferme aux poupées
Pyromane

Magdalena Parys
Le Magicien
188 mètres sous Berlin

Bogdan Teodorescu
Spada

Déjà parus chez Agullo Court

Rui Zink
L'Installation de la peur (nouvelle édition augmentée)

Maja Thrane
Petit Traité de taxidermie

Sigbjørn Skåden
Oiseau

Asja Bakić
Mars

Yan Lespoux
Presqu'îles

Visitez notre site Internet
www.agullo-editions.com
pour découvrir les univers de nos romans,
de leurs auteurs et de
leurs traducteurs.

Retrouvez Agullo Éditions sur
Facebook, Twitter et Instagram.